TÊTE BRÛLÉE

DAMON SUEDE

TÊTE BRÛLÉE

DAMON SUEDE

DREAMSPINNER PRESS

Publié par
DREAMSPINNER PRESS

5032 Capital Circle SW, Suite 2, PMB# 279, Tallahassee, FL 32305-7886 USA
www.dreamspinnerpress.com

Tête brûlée
Copyright de l'édition française © 2015 Dreamspinner Press.
Titre original : Hot Head
© 2011 Damon Suede.
Première édition : juin 2011
Traduit de l'anglais par Ingrid Lecouvez.

Conception graphique :
© 2011 Anne Cain.
annecain.art@gmail.com
Les éléments de la couverture ne sont utilisés qu'à des fins d'illustration et toute personne qui y est représentée est un modèle

Édition e-book en français : 978-1-61372-815-4
Première édition française en version papier : août 2016
Édition imprimée en français : 978-1-63477-206-8
Première édition française : janvier 2015
v 1.1

Édité aux Etats-Unis d'Amérique.

Ce livre est dédié
À tous les héros du 11 Septembre 2001
qui aidèrent quand il n'y avait plus rien à faire
et gardèrent espoir quand il n'y en avait plus.

Nous n'oublions pas.

I

GRIFF VIT la bagarre arriver avant même le premier coup de poing.

— Pédé ! lança quelqu'un à travers la foule.

Il détestait ce putain de mot.

Ici ? Peu probable.

Griff attrapa sa Guinness et resta près de ses équipiers. Il était au Stone Bone, portant un kilt parce que Dante et les autres gars de la caserne l'avaient traîné avec eux. Lui n'avait pas voulu sortir.

D'habitude, il poussait les portes du Bone le dimanche soir, mais aujourd'hui c'était le 11 septembre, alors il ne travaillait pas. C'était une grosse soirée pour bon nombre de bars à Brooklyn. Chaque année depuis que les tours jumelles s'étaient effondrées, les bistrots du quartier laissaient les pompiers boire à l'œil cette nuit-là. Raison pour laquelle toute l'unité 181 de la section motorisée 333 était de sortie pour mater les nanas.

Le meilleur ami de Griff était assis au bar à chanter au rythme du juke-box, utilisant sa pinte comme un micro. Son sourire en coin brillait sous les néons des étagères à alcools. Dante avait ce type de mâchoire ciselée et la voix profonde de baryton dont les femmes raffolaient. À cet instant, il fredonnait en duo avec Dean Martin.

The world... still is the same... you'll never change it...

C'était de cette façon que Dante s'assurait que ses amis ne se sentent pas seuls ce soir. Il jouait sa carte de play-boy italien, comme si c'était une *Soirée Réservée aux Femmes.* Ce qui était presque le cas.

As sure... as the stars... shine abooove...

Élevé par son père au son des Rat Pack [1], Dante jetait l'hameçon dans les eaux de la soirée et les attirait par la ruse pour ses potes – le meilleur rabatteur à filles.

You're no-body till some-body looooves...

---

1 The Rat Pack est le nom du groupe de Frank Sinatra, Sammy Davis Jr et Dean Martin, les trois crooners par excellence. (NDLT)

Griff lui jeta un rapide coup d'œil et vit, comme il s'y attendait, un troupeau de petites nanas surexcitées se déplacer vers son meilleur ami en se dandinant comme des midinettes.

You're nooo-body till some-body cares…

Une altercation accompagnée d'un nouveau cri de colère retentit au fond du bar près des toilettes.

— Putain de pédé !

Sans blague. Cette fois, Griff se retourna pour regarder par-dessus les têtes.

Deux autres gars de la caserne s'étaient mis à chanter avec Dante. Ils n'avaient pas entendu les embrouilles qui se préparaient, mais si les choses s'envenimaient, le bar perdrait de l'argent. Griff ne voulait pas d'ennuis. Quand il était de repos, tout cela lui passait au-dessus, néanmoins le Bone était un chouette petit tripot – un à l'ancienne dans un Brooklyn où les Starbucks colonisaient tout.

Du haut de son mètre quatre-vingt-dix-huit, Griff dominait d'une tête et demie… eh bien, presque tout le monde. Avec son gabarit, il avait dû faire attention toute sa vie, comme un chat sur une corde. C'était bien commode pour un pompier qui sauvait des vies et pour un videur de bar qui sauvait son patron d'une dépense colossale en réparations et amendes.

Il baissa la main qui tenait sa bière. Ces 'pédés' avaient été criés depuis le fond de la salle, près des flippers, et il fallut dix secondes à Griff pour scanner la foule hurlante et en sueur, et pour localiser la source.

Là.

Un Portoricain plutôt bien foutu avec une coupe de cheveux stylée avait brutalement tiré sa copine derrière lui et fixait d'un regard mauvais un type plus âgé au crâne rasé. Griff plissa les yeux, essayant de lire la scène par-dessus la foule du dimanche soir. La fille était magnifique et métissée et semblait fière de l'attitude hargneuse de son rencard.

Allez, crétin. Pas ce soir.

Griff posa sa pinte sur le bar et jeta un coup d'œil vers l'entrée. Les gars de la sécurité étaient coincés avec des adolescents éméchés. Impossible qu'ils arrivent à temps pour sauver la situation. Le barman servait des bières à l'autre bout du comptoir et la foule enivrée à proximité du conflit avait d'autres chats à fouetter en ce 11 septembre.

Le Stone Bone était plein à craquer d'employés municipaux qui faisaient la fête : urgentistes, flics et pompiers. La commémoration des attaques contre le World Trade Center attirait toujours le FDNY [2] et son cortège de fans, pour le meilleur ou pour le pire. Mais ce soir, cela faisait dix ans que les Tours étaient tombées et les gens n'étaient pas d'humeur aussi sombre que lorsque les blessures étaient encore fraîches.

Griff regarda plus attentivement les deux hommes aussi différents l'un de l'autre que possible. Dealers ? Prêteurs sur gages ? Le mec chauve portait un costume, et pas du genre bon marché. Il semblait aussi estampillé 'Manhattan' – plus vieux, plus grand, mais complètement déplacé dans cette bagarre que le petit *hombre* était en train de provoquer. *Merde.*

Le chauve souriait tandis qu'il parlait calmement au mec plus jeune. Le Latino agrippait sa bière trop fermement, prêt à écraser la bouteille sur la tête de quelqu'un, menaçant du regard tout le monde à proximité. Visiblement, il avait vraiment envie de finir en cellule pour état d'ébriété et trouble à l'ordre public.

Griff s'écarta du bar, carrant ses épaules musclées pour se frayer un passage à travers la foule. Une blonde aux cheveux bouclés le héla vertement. Du coin de l'œil, il vit la tête sombre de Dante se tourner vers lui alors qu'il interrompait sa chanson avec les autres.

— Hé, G ! Où est le feu ? demanda-t-il en riant.

Mais Griff secoua la tête. Il n'avait que quelques secondes pour traverser la salle. Plusieurs personnes l'appelèrent ou lui frappèrent l'épaule au passage, et il hocha la tête en guise de salut sans quitter des yeux la rixe sur le point d'éclater. Il pouvait désormais les entendre. Le mec chauve qui essayait de calmer le gamin avait un accent... polonais ? Non, Russe.

Peut-être que Monsieur Propre était l'ex de la fille ou quelque chose comme ça ? Ou qu'il essayait de la draguer ? Un proxénète ? Mais pourquoi le traiter de 'pédé' de toute façon ? Peut-être avait-il 'malencontreusement fait exprès' de toucher le cul du petit ami ? Son attitude clochait, mais vous ne saviez jamais avec les Russes.

Finalement, le petit Portoricain disjoncta. Monsieur Chauvitch réalisa ce qui allait arriver mais n'avait aucune échappatoire à sa portée ; ils étaient encerclés par la foule de tous les côtés. Griff se déplaça plus vite, poussant les clients hors de son chemin. Le Latino leva sa bouteille et Griff put voir toute sa soirée de repos partir en vrille en deux secondes : le 11 Septembre passé à faire sa déposition aux flics jusqu'à trois heures du matin.

---

2 Fire Department City of New York, le corps des sapeurs-pompiers professionnels de la ville de New York. (NTLT)

Mais avant même que la bouteille entame sa descente, Griff tenait le poignet du gamin dans une de ses énormes mains, le tordant jusqu'à ce que le petit gars tombe à genoux sur le sol en béton. Les yeux de sa copine étaient paniqués sous le lourd maquillage. Les gens autour d'eux s'écartèrent tout en jouant les curieux.

— *Maricon* [3] !

Son bras mince et bronzé se tordit comme un serpent sous la poigne ferme de Griff qui serrait fort.

— Lâche ça.

— Tout va bien. Je suis désolé, intervint le Russe en secouant sa tête rasée et en essayant de tirer le jeune d'affaire, très poliment.

Qu'avait-il fait à ce connard ?

— Je t'ai dit de lâcher la bouteille.

Clink. Griff sentit le jet de mousse sur sa cheville et tordit le bras du petit Portoricain entre ses omoplates, le penchant face contre terre.

— Assez, maintenant !

Ce nerveux petit con se tortillait sur le sol sous le genou nu de Griff et grommelait des obscénités en espagnol.

— Ouais, va te faire foutre aussi.

Griff essaya d'attirer l'attention des videurs à la porte, ou celle du barman, mais la foule était trop dense. Les week-ends d'automne étaient les pires avec tous ces ivrognes. Et cette nuit en particulier était complètement dingue.

Le gamin basané tremblait de rage sous lui.

— Tu portes une putain de jupe ! Une autre pédale qui vient à la rescousse !

Il se débattait avec impuissance, plaqué au sol et humilié devant sa copine. L'amour sous son pire jour.

— C'est un kilt, crétin.

Griff soupira et baissa les yeux sur les plis couvrant ses cuisses épaisses. Il était prêt à tout laisser tomber et à abandonner ces deux abrutis à eux-mêmes.

— C'est une jupe seulement si je porte des sous-vêtements.

— Il ne voulait rien dire de spécial par-là, intervint le type plus âgé.

Il inclina sa tête rasée vers Griff et sourit en guise de remerciements, comme dans le film M. Propre Va à Moscou.

---

3 Pédé en espagnol (NDLT)

— C'est un malentendu, reprit-il.

— Je ne veux pas de ces conneries. Pas ce soir. D'accord ?

Griff pointa le sol puis la petite amie embarrassée.

— Tous les deux, vous pouvez ficher le camp d'ici tout de suite.

Elle hocha la tête.

Tout à coup, le Latino se releva d'un bon et poussa sa nana vers la sortie. Elle trébucha mais était trop mortifiée pour s'arrêter. Alors que son petit copain les dépassait, il saisit durement l'épaule du Russe, lui crocheta la cheville et flanqua son derrière encostumé par terre. S'arrêtant à peine, le gamin força son passage à travers la foule derrière sa petite amie, bousculant les gens et renversant les verres, laissant dans son sillage une flopée de jurons et de grimaces.

Griff ne prit même pas la peine de le suivre. Il tendit la main au pauvre mec pour l'aider à se relever et le salua.

— Griffin Muir.

— Alek. Elle ne me connaissait pas. Ce n'était pas entièrement de sa faute à lui.

Il semblait presque s'excuser, ses grands yeux bleus écarquillés et larmoyants.

— Ça ne l'est jamais. Il y a une dizaine d'années, je me battais souvent dans les bars.

— Merci dans ce cas. En fait, il a travaillé un peu pour moi et a essayé de le lui cacher. Elle…

— … voulait le voir se battre. Ouais. J'ai été marié à une femme comme ça. Il a un goût douteux en ce qui concerne les femmes. Heureusement, vous finissez par le perdre, ce goût.

DEAN MARTIN avait fini de chanter et le chœur des pompiers avait rassemblé une cargaison de groupies.

Durant le temps qu'il fallut à Griff pour revenir à sa bière, Dante l'avait descendue et l'accueillit avec des applaudissements ironiques. Cheveux noirs, yeux noirs, sourire de pirate.

— Mon putain de héros, dit-il en souriant et en vidant le verre.

— Mon putain de verre. C'est bon au moins ?

Griff lui donna une tape affectueuse sur la tête et réclama un tabouret.

— On dirait du steak, déclara Dante.

5

Il se lécha les lèvres. Et recommença. Et rota comme un gosse de huit ans.

— Dégueu ! Beurk.

Apparemment, le noyau d'allumeuses pas loin avait jeté son dévolu sur les petites fesses serrées de Dante et sa crinière noire ondulée. La nouveauté ? Ce lot était un peu plus vêtu que les filles du coin. Comme des étudiantes s'encanaillant. De Manhattan peut-être.

Bizarrement, Dante ignorait ses admiratrices. Il repoussa ses cheveux brillants et emmêlés de son visage.

— Je meurs de faim, G. Tu veux manger un morceau ? Je dois te parler de quelque chose.

— Ça va ?

— Ouais. Non. Ce n'est pas grand-chose. J'ai en quelque sorte besoin de te demander un truc.

— Bien sûr. Je ne pense pas pouvoir m'amuser davantage...

Griff chercha des yeux le reste de l'équipe pour leur dire au revoir. Ce n'était pas comme s'il avait eu envie de sortir ce soir-là. Dîner avec Dante semblait un bien meilleur plan.

Son meilleur ami lui adressa un clin d'œil et se tut lorsqu'une petite main arriva par derrière et peignit les cheveux cuivrés et en bataille de Griff.

— Tu es roux comme ça partout ?

Une Indienne voluptueuse s'était échappée du fan-club de Dante pour s'appuyer contre la hanche de Griff et regarder ses jambes.

— Joli tartan.

Porter un kilt à Cobble Hill revenait toujours à chercher quelque chose. Parfois le 'quelque chose' en question était une bagarre et parfois une fellation. Avec d'autres Écossais, il garantissait une ou deux tournées en l'honneur de quelqu'un qui avait l'air de se sentir l'âme patriotique. Avec les Italiens cela signifiait que quelqu'un vous accusait toujours d'avoir des vues sur leur nana. Les enfants gloussaient et les vieilles dames essayaient toujours de jeter un coup d'œil dessous.

Dante resta muet, attendant que Griff les excuse pour partir.

De quoi a-t-il besoin de parler ?

Pour une fois, Griff regretta d'avoir mis son kilt au lieu d'un jean. Il essaya de capter le regard de Dante et secoua la tête.

— Sacrée marchandise que t'as là dessous.

L'Indienne se pencha, posant la main sur sa cuisse pour la presser. Elle remplissait chaque centimètre de sa petite robe.

— T'es sacrément énorme en plus ? Tu es 100 % Écossais ?

Griff rougit, sentant la chaleur se répandre sur ses joues et dans son cou.

Sa petite main était toujours là.

— Les roux ont les culs les plus rebondis.

Dante lui fit un clin d'œil.

— Ce serait dommage qu'il en soit autrement. Griff pèse dans les cent dix kilos, tout en muscle.

Le sexe de Griff réagit sous la laine plissée lorsque Dante vanta ses attributs comme s'il discutait d'un taureau de prix. Il essaya de déglutir mais sa bouche s'était asséchée.

Seigneur.

Griff ne savait pas gérer ce genre de situation et il n'était pas intéressé. Il était fatigué et encore remonté à bloc à cause de la bagarre qui avait failli avoir lieu. Il voulait attraper son pote et s'en aller à travers la foule – et pas pour les bonnes raisons – mais il savait que ce n'était pas très sympa. Il était supposé vouloir rester. Il était supposé emballer une nana et se la faire. Ce soir les femmes étaient en ville à la recherche de pompiers new-yorkais. Beurk. Le 11 Septembre craignait vraiment.

Choisissez un pompier, n'importe quel pompier.

Griff eut un sourire d'excuse.

— Désolé. Nous allions juste partir manger une pizza.

— Nan. Oublie ça, G.

Dante semblait réservé ; il secoua la tête et son sourire resplendissant des jours de fête revint un peu trop rapidement pour être vrai.

— Non, c'est bon. Restons. Je vais bien. On reste.

— Allez, mec. Je suis rincé.

Griff regarda son meilleur ami qui secouait la tête en insistant. Pendant une folle seconde, il voulut adresser un sourire d'excuse à sa voluptueuse admiratrice qui aurait signifié : 'c'est gentil, mais non merci' et juste passer un bras autour du cou de Dante pour aller manger un morceau. Mais malheureusement ses amies s'étaient rassemblées autour de Dante, se bousculant les unes les autres.

Dix secondes de plus et nous aurions pu nous esquiver.

La petite Indienne regarda entre eux, tapotant toujours le cul rebondi de Griff. *Tape tape.* Comme s'il était un Saint-Bernard sur deux pattes.

— Ton cul est tellement... mm, viril !

Elle agrippa à pleine main la cuisse de Griff par-dessus le kilt, poussant les plis dans le creux de ses fesses en sueur. Elle se lécha la lèvre inférieure. Elle haussa les sourcils.

— *Oh-mon-Dieu*, tu es complètement à poil là-dessous !

À quelques mètres de là, la bière de Dante lui passa par le nez. Les autres filles glapirent, gémirent et s'essuyèrent avec des serviettes en papier.

Griff fronça les sourcils vers le beau visage de Dante. Il fit un nouveau signe de tête vers la porte, une suggestion muette : *Allons-y.*

Au milieu des filles, les yeux souriants de Dante se firent de plus en plus sombres alors qu'il secouait la tête et lui adressait un clin d'œil.

— Nan. Ça va.

Il se tourna pour chuchoter quelque chose à l'oreille d'une petite brune élancée, ce qui la fit rire et rougir.

Merde.

Griff se détourna et essaya de prêter attention à ce que disait la petite Indienne. Quelque chose à propos d'un concert qu'elle avait vu au BAM [4] avec ses copines. Il acquiesça comme s'il l'écoutait. Par-dessus l'épaule de la fille, il regarda Dante étendre les bras sur le comptoir derrière deux de ses amies chics, jouant le mec charmant. Sa main gauche montrait une mauvaise coupure qui balafrait ses quatre jointures.

Il a besoin d'un bandage.

Griff avait toujours un tas de filles après lui, même s'il ne les cherchait habituellement pas. Il avait toujours été large d'épaules et de poitrine. Des bras épais, des jambes comme des troncs d'arbres. Son nez large et cassé avait été une bénédiction pour son visage enfantin. Et malgré toutes les plaisanteries de Dante, le teint pâle de Griff et ses cheveux cannelle se démarquaient dans les bars où la plupart des gens étaient italiens et latino-américains. Quand votre quartier tout entier était bronzé à longueur d'année, une peau laiteuse devenait exotique. Les femmes adoraient marquer sa peau claire, et sa chair grasse et rosée ne diminuait aucunement ses chances. Dante le surnommait Moby-Dick le baiseur.

Cette petite Indienne était déterminée et plutôt bien faite, si seulement l'idée le branchait.

— Tu veux... ?

Non, pas du tout. Mais je devrais. Mais Griff sourit machinalement à son admiratrice tout en courbe. Elle lui rendit son sourire. Ses lèvres

---

4 Brooklyn Academy of Music : l'Académie de Musique de Brooklyn. (NDLT)

étaient colorées d'un rouge brique bien mûr qui aurait dû lui sembler sexy. Son épaisse chevelure était presque du même noir brillant que celle de son meilleur ami.

Dante les regardait à nouveau, se mordillant la lèvre et hochant la tête en signe d'encouragement, ses yeux brillant sombrement.

Le sexe de Griff tressauta et il dut le retenir contre sa cuisse tandis que la fille l'entraînait vers les toilettes.

Rappelle-toi : c'est ce que tu veux.

Si vous étiez un pompier new-yorkais, le 11 Septembre se résumait à une baise sans intérêt et une pinte gratuite. Tirer un coup. Du sexe amical dans un bar. Griff Muir n'avait pas le cœur à lutter contre ça.

LES TOILETTES des employés étaient ouvertes et Griff avait sa clé, mais quand ils eurent fermé la porte derrière eux, tout le plan 'cul au bar' tomba à l'eau.

Elle lui grimpa dessus comme on monte un mur d'escalade et sa bouche était agréable sur lui, mais son cœur n'y était pas. Ses longs cheveux étaient soyeux, mais cela semblait faux sur sa peau. Il était acculé contre l'évier et continuait à penser aux yeux indéchiffrables de Dante.

Qu'est-ce qui le perturbait ?

Peut-être que s'il parvenait à expédier ça en quelques minutes, ils pourraient encore s'échapper et aller manger un morceau. Griff passa le visage sous le rideau de ses cheveux couleur aile de corbeau et titilla sa gorge brune et lisse alors qu'elle fouillait sous son kilt à la recherche de ses attributs. Mais au final, il n'était pas excité.

Non, sans rire.

Elle se rendit compte de sa réticence et arrêta d'essayer, l'embrassa dans le cou avec une bouche qui sentait la menthe. Ses grands yeux exotiques lui posant une question.

Il grimaça et secoua une fois la tête.

— Désolé. C'est une journée difficile pour moi. Tu es belle, mais…

— Tu es un pompier new-yorkais, dit-elle.

Elle hocha la tête en signe de sympathie, un doux sourire sur son visage brun.

Griff acquiesça, se sentant un vrai connard.

— Tu étais là quand les Tours...

Il déglutit en regardant le sol.

— Je comprends. J'ai un petit faible pour les pompiers. Comme un fantasme.

Elle descendit de ses genoux.

— Désolé... Tu me plais bien.

Il voulait être gentil avec elle mais il voulait aussi se tirer d'ici. Sa voix résonna sur le carrelage sale et le plafond moisi.

Elle le serra à travers son kilt.

— Tu bandes si fort. Tu es sûr que tu ne veux pas essayer ?

Griff s'assit sur la cuvette des toilettes, nouant ses doigts épais ensemble.

— Non. Je devrais rentrer chez moi.

— Peut-être un autre soir. Mais tu es si foutrement mignon. Tes cheveux ont la couleur des charbons ardents.

Elle les caressa et fronça légèrement les sourcils.

— Je dois retrouver mes copines.

— Eh bien... mon ami pourrait bien les avoir branchées. Tu veux que je te dépose ?

— Non. J'habite les Heights. Et je suis mariée.

Elle ouvrit un miroir de poche et vérifia son maquillage.

— D'accord.

Griff commençait à se demander quel était l'intérêt du mariage. Il rendait les femmes infidèles et transformait les hommes en brutes. Le décès de sa mère avait détruit son père. Et Dieu savait que Griff avait foiré son propre mariage.

Il la regarda sous la faible lumière des toilettes.

— Comment as-tu su que j'étais pompier ?

Elle gloussa.

— Vous les mecs, je vous repère à des kilomètres. Avec ou sans vos tenues. Je ne... dirais rien.

À propos d'avoir lâché l'affaire, entendait-elle.

— Bon sang, il se peut même que je mente à mes amies en leur disant que nous l'avons fait deux fois.

— Comment j'étais ? demanda-t-il en riant et rougissant jusqu'à ce que ses oreilles en brûlent.

Elle se lécha la lèvre supérieure et ses grands yeux s'illuminèrent.

— Incroyable !

— Merci.

10

Griff réalisa qu'il deviendrait une histoire qu'elle raconterait : Le géant roux en kilt de la soirée du 11 Septembre. C'était de bonne guerre – devenir une anecdote salace ne semblait pas être une si mauvaise chose.

En fait, c'était *presque* vrai. Il pouvait presque l'imaginer racontant l'histoire à ses copines autour d'un café, se vantant et exagérant un peu plus la chose à chaque fois, jusqu'à ce qu'il mesure deux mètres dix et lui envoie des lettres d'amour. Il aurait vraiment souhaité *être* cet étalon qu'elle allait faire de lui au final, pour rendre cette amorce dans les toilettes plus sexy, plus cool, plus aventureuse.

Perdant.

Elle se remit du rouge à lèvres et passa une main dans ses cheveux brillants.

— Je fais juste mon devoir de citoyenne.

Avec un clin d'œil et un mouvement de hanches, elle rajusta sa jupe avant de se faufiler par la porte.

Griff se leva et ouvrit le robinet du lavabo. Il s'aspergea le visage et fixa le miroir de son regard gris fatigué.

Perdant. Idiot. Pauvre mec.

Les gars seraient horrifiés s'ils l'avaient vu rejeter une telle bombe. Ils seraient encore plus horrifiés s'ils avaient su pourquoi. Une érection énorme poussait encore les plis de son kilt mais ce n'était pas pour cette fille. Gros problème. S'il sortait d'ici comme ça, tout le monde le verrait. Il serra son membre gonflé à travers la laine et haleta.

Il ferma la porte et chercha sous les plis. Il fouilla pour mettre la main sur son arme déployée, puis enroula les doigts autour d'elle.

Deux minutes, à tout casser.

Griff se rassit et ferma les yeux, cessant de lutter contre son vrai fantasme.

QUELQUES MINUTES plus tard et Griff avait l'impression d'avoir pris un petit-déjeuner et de s'être douché. Enfin... peut-être d'avoir pris un en-cas et s'être savonné vite fait. Son arme était polie, tout allait bien.

Le temps qu'il émerge des toilettes, ses bourses avaient finalement cessé de lui comprimer l'aine et s'étaient relâchées. Il s'était essuyé avec un bout de papier mais il sentait un peu de sperme séché sur l'intérieur de ses cuisses.

Le Stone Bone s'était rempli davantage. D'autres pompiers étaient arrivés, portant le tee-shirt de leur caserne pour appâter les filles, leurs épouses étaient loin, très loin. Comme un seul homme, tous les mecs au bar levèrent le coude et leur verre pour porter un toast alors que le petit barman cubain passait une serviette grisâtre sur la surface du comptoir pleine de marques gravées : *grosse bite* et *Shasta aime Ronnie* et un jeu de morpion.

— 343 ! 343 !

Au fond du bar, un groupe de pompiers de l'unité motorisée de Brooklyn hurla un toast en trinquant. Les civils applaudirent et levèrent leurs verres autour d'eux. En 2001, 343 membres du FDNY avaient donné leur vie à Ground Zero et la ville de New York en était toujours reconnaissante. C'était bien. Cela semblait juste que la ville se souvienne dix ans plus tard, même après que le trou eut été bouché et que les Tours Jumelles ne soient plus que de petites statues de mauvais goût que les touristes ramenaient chez eux au fin fond de Pétaouchnock.

Griff dirigea son imposante carrure jusqu'au bar. Sa tête et ses épaules dominant la foule, il s'approcha de la plantureuse barmaid et cria par-dessus une chanson des Doors.

— Tu as vu Anastagio ?

La barman haussa les épaules et jeta un œil à la salle bondée. Griff rit et la remercia d'un sourire. Où était passé Dante ? Griff soupira et se sentit soudain réellement affamé. L'idée d'aller manger une pizza était encore plus tentante maintenant. Son estomac grogna, lui montrant son approbation.

Alors comme si la pensée l'avait invoqué, son meilleur ami apparut, ses cheveux noirs emmêlés et en sueur autour du cou, sa main rugueuse sur l'épaule de Griff.

— Voilà mon homme ! Le grand G !

Dante s'écrasa contre le bar, faisant claquer un chewing-gum avec ce sourire de pirate toujours dessiné sur le visage.

— Hé, le nain.

Griff se rapprocha davantage de lui et respira le parfum vif et piquant particulier de Dante : doux, pénétrant et vieilli comme un vestiaire propre. Griff sourit ; il aurait reconnu cette odeur n'importe où.

— Hé ! Un mètre quatre-vingt est une taille normale. C'est toi le mutant.

Dante était en train de décoller l'étiquette de sa quatrième bière, les trois autres étant en miette en face de lui sur le bar. Il ne s'était pas rasé depuis plusieurs jours et l'ombre de sa barbe sur son profil romain ciselé le faisait ressembler à un bandit de dessins animés. Il prit une autre longue gorgée de sa bouteille, faisant travailler les muscles de sa gorge.

— Partons d'ici, d'accord ? dit Griff en indiquant la porte d'un mouvement de tête.

— Tu prends du bon temps. Nous avons tous trouvé de la compagnie, apparemment.

Dante avait l'air un peu ivre. Il balaya la fête du regard où le reste des gars barbotaient au milieu d'un groupe de fans féminines.

— Allez, allons-nous-en. Je meurs de faim. Et tu voulais parler…

Griff chercha les yeux de Dante, essayant de lire en eux ce qui le tracassait. Il demandait rarement quelque chose à quelqu'un.

Dante claqua des doigts comme s'il ne l'avait pas déjà prévu.

— Pizza à emporter. Pourquoi n'irions pas chez moi et tu pourrais dormir là ?

Il l'invitait toujours mais Griff disait toujours non. *Mauvaise idée.*

Griff secoua la tête en signe d'excuses.

— Je dois me lever tôt. Je devrais rentrer à la maison.

— Et mon réveil matin ne fonctionne pas, peut-être ?

Dante fit sa tête d'idiot du village, louchant et tirant la langue sur le côté.

— Je ne tiens dans aucun de tes lits. La pizza, ouais. Nous pouvons parler sur la route, si tu es prêt…

Debout à ses côtés comme un clochard se blottissant autour d'un feu de poubelle, Griff essaya de capter ses yeux charbonneux.

Dante l'observa pendant une seconde puis baissa le regard vers le sol où ses mollets énormes s'élevaient au-dessus de ses chaussettes et ses bottes.

Griff les fléchit involontairement.

— T'es sûr ? hasarda Dante en se balançant d'un pied sur l'autre et en lui jetant un regard en coin avec les yeux plissés.

— Ouais, D.

Il était déjà en train de se tourner vers l'entrée.

— De quoi donc as-tu besoin de parler ?

— Pas ici.

— D'accord. D'accord, dit Griff en riant. J'irais bien chez Lucali. Si ça ne te dérange pas de prendre le métro.

— Hum. Je n'ai pas d'argent du tout.

Une sombre lueur brilla dans les yeux de Dante. Griff n'hésita pas à l'inviter.

— Je vais nous en acheter une entière. Allez, viens.

Est-ce l'argent qui l'inquiétait autant ?

Dante secoua la tête en indiquant la porte. Il vibrait presque.

— En fait, c'est que…

Griff fit un pas en arrière et lui donna un petit coup de coude.

— Anastagio, je te vois venir. Tu as besoin d'un prêt jusqu'à la paye ? Je peux couvrir ce dont tu as besoin.

Il pouvait arranger ça. En plus de servir de gorille dans ce trou, Griff faisait aussi des petits boulots pour un entrepreneur du coin qui était toujours à la recherche de mains capables. Tous les gars avaient un travail à côté. Le département des pompiers de New York était célèbre pour payer des salaires de merde à des idiots complètement timbrés qui se précipitaient dans des immeubles en flammes alors que tous les autres s'en échappaient en courant.

Dante haussa les épaules et poussa gentiment Griff vers la sortie. Le Stone Bone était si bondé maintenant que se déplacer signifiait glisser entre les corps de tout le monde, en un contact total. Dante était pratiquement collé à son dos, ses abdominaux plaqués contre les fesses de Griff. Dieu merci il était plus petit, donc rien, euh, ne s'alignait. Quelqu'un toucha son épaule, et Griff se retourna.

— M. Muir.

Alek leva son verre en signe d'au revoir. Apparemment, le Russe habile s'était également fait une place parmi la foule de pompiers, ayant l'air un peu déplacé dans son costume, gesticulant comme un vendeur de voitures alors qu'il parlait avec deux urgentistes du Queens.

Griff hocha la tête sans s'arrêter d'avancer vers l'entrée. Il voulait juste s'échapper de cette foule et du bruit, et découvrir ce qui n'allait pas. Venir ici ce soir était une mauvaise idée. Trois-cent-quarante-trois pompiers n'étaient-ils pas morts ? Pourquoi les gens voulaient-ils célébrer une tragédie ?

Ils étaient presque à la porte quand Griff sentit Dante s'immobiliser derrière lui.

Quoi maintenant ?

— Merde, murmura Dante.

Griff se retourna pour regarder par-dessus la forêt de têtes bavardes.

— Anastagio ! Essaies-tu de t'enfuir ?

Une brunette insolente debout au bar tapota Dante sur la poitrine. Probablement son plan B de la soirée : jupe moulante, des seins mis en valeur sous sa robe, un arrière-train impressionnant, la bouche souple d'avoir embrassé quelqu'un – probablement lui.

Dante ricana et ferma les yeux un instant comme s'il essayait de se rappeler son nom.

— Euh, non... Voici mon pote, Griff.

Elle ne leva même pas les yeux sur lui.

— Dante, j'essaie de te mettre le grappin dessus depuis deux ans, et nous allions arriver à quelque chose et maintenant tu t'esquives ?

— Non, bébé, répondit Dante d'une voix douce en se penchant vers elle.

Soudain Griff ne se sentait plus si chaud.

Dante se dirigea vers le coin du bar à côté d'elle, une main sur le bois abîmé. L'excuse murmurée se déversa facilement de sa bouche.

— On doit se lever tôt demain matin. Et Griff n'a pas encore mangé aujourd'hui. Je dois le nourrir.

Même dans un bar bondé comme celui de Brooklyn, vous pouviez voir les yeux de braise de cette fille glisser entre eux, agacée de ce retournement de situation qui foutait son plan cul en l'air. Elle grimaça.

— Vous vivez ensemble ?

— Non, dit Griff en se rapprochant du bar, juste pour échapper à la cohue.

— Eh bien, pratiquement. Il est comme mon frère.

Dante repoussa une mèche de son visage.

— Et il doit se lever dans quelques heures.

Dante caressa sa jambe juste au-dessous de sa jupe.

— Nous pouvons remettre ça à plus tard. Allez. Je dois prendre soin de lui.

— Et qu'en est-il de moi ?

Elle connaissait la musique.

Griff remarqua la tête rasée d'Alek pas loin qui suivait discrètement et avec un sourire en coin les stupidités que Dante échangeait avec la fille. Sur le juke-box, les Rolling Stones étaient en train de geindre à propos de bêtes de somme tandis que la foule hurlait comme une casserole à l'unisson et que trois-cent-quarante-trois fantômes regardaient.

La fille poussa un petit cri. À voir l'expression sur son visage et la position de Dante, Griff était presque sûr qu'un doigt ou deux s'étaient glissés entre ses cuisses. Juste là.

Seigneur. Dante avait toujours le don pour amener les nanas à faire des trucs dingues et à peine légaux avec lui, de préférence en public, de préférence devant Griff pour que toute la gamme des rouges y passe. Griff transpirait, bégayait et fixait le sol, et Dante poussait toujours un cran trop loin. Et le plus bizarre était que les femmes le remerciaient généralement après coup, le traquaient et l'inondaient de messages pendant des mois.

Griff grogna et jeta un coup d'œil à son meilleur ami. Dante adorait l'embarrasser, vivait pour le voir rougir. Bon Dieu, Griffin pouvait sentir la rougeur se répandre sur chaque centimètre carré de son corps sous le regard arrogant de son ami. Ses jambes étaient probablement en train de rougir sous le kilt. Il baissa presque les yeux pour vérifier mais réussit à garder son regard sur le bar encombré.

Contre le bois humide du bar, cette coupure en travers des phalanges de Dante semblait profonde et à vif. Il avait probablement besoin de sutures, pas d'un bandage.

— Qu'est-ce que tu t'es fait à la main, D ?

— Ce ne sont pas de tes affaires.

Le sourire de Dante s'élargit mais ses yeux semblaient vides, regardant Griff comme s'il voulait être ailleurs. Les muscles de son avant-bras bronzé fléchirent sous les yeux de Griff. La fille gémit à quelque chose que la main cachée de Dante faisait.

— Non, je parlais de la... Peu importe.

Griff frotta sa barbe naissante, souhaitant qu'ils soient tous les deux ailleurs, voulant une bonne tranche bien chaude de pizza pepperoni, tout sauf se trouver dans un bar bondé de Brooklyn dix ans après les événements du 11 Septembre. Soudain, être l'anecdote classée X d'une femme mariée sembla plus réel qu'il avait l'impression de l'être lui-même. Comme s'il était le 344e fantôme. Quelque chose dans sa large poitrine se répandit, ne lui laissant pas de place pour respirer, l'écrasant de l'intérieur.

— Griffin ? appela Dante doucement alors qu'il s'arrêtait et s'éloignait de la brunette.

Sa main calleuse sur l'avant-bras musclé de Griff le ramena à la réalité.

Griff tressaillit et leva ses yeux gris, parcourant la centaine de kilomètres qui le séparait du regard de Dante, réussissant à peine à le soutenir.

— Je dois y aller.

— Nous devons y aller, dit Dante à la fille, coupant court à sa protestation avec un baiser planté en plein sur sa bouche. Sauf si tu veux venir avec nous, chérie ? Ensemble, je veux dire. Griff est pompier lui aussi...

Quoi ?

La musique battait son plein, les gens s'agglutinaient et Griffin se tenait là, seul dans une bulle suffocante de bruit blanc, regardant en l'air, comptant jusqu'à zéro. Pourquoi se sentait-il comme ça ? Il marmonna et regarda partout autour de lui sauf le visage magnifique et inquiet de son meilleur ami.

Elle regarda les deux hommes – leur musculature, leur corpulence – et fit le calcul : un lit avec deux pompiers le 11 septembre.

Griff pouvait voir les engrenages s'enchaîner tandis qu'elle se mordillait la lèvre, plissant les yeux sur les possibilités géométriques.

Elle adorait l'idée.

Pas lui.

— Je ne crois pas, Dante. Je dois manger et me mettre au lit.

— C'est de ça dont je parle, G. Toi et moi nous n'avons pas fait la fête ensemble depuis longtemps.

Griff savait exactement ce que son meilleur ami suggérait ; il ne se faisait simplement pas assez confiance pour dire oui. Il savait que Dante voulait aider, mais il secoua la tête. Non.

Dante tira Griff en avant pour qu'il se penche, les lèvres lui effleurant presque l'oreille, et murmura :

— Donne-moi...

Griff frissonna et acquiesça avant même que son meilleur ami finisse de parler. Il transpirait et le sperme sur sa cuisse redevenait collant.

— Peux-tu me donner une seconde ? Je te retrouve dehors.

Les paroles de Dante étaient pleines d'excuses.

Griff continua de hocher la tête et se dirigea vers la sortie, se frayant un chemin parmi la foule tapageuse.

Quand il atteignit son but, il ouvrit la porte mais ne sortit pas à l'air frais, s'arrêtant sur le seuil à la place, là où il ne voulait pas être, la fête en ébullition autour de lui. Il ne vit pas la douce main couleur olive de Dante

17

faire ses adieux au petit cul de ce soir-là pour leur permettre de s'échapper. Il ne vit pas le dos imposant de Dante et ses jambes fendre la foule vers lui comme un couteau sombre. Il ne vit pas la façon dont la mâchoire carrée de Dante et ses cheveux noirs brillants attrapèrent la lumière quand il atteignit l'entrée, lui sourit de soulagement et lui adressa un clin d'œil.

En fait, il ne vit presque rien.

II

Ils étaient amis depuis toujours.

Nan, c'était un putain de mensonge.

Griff avait *su* qui était Dante depuis le collège. Mais c'était grâce à Paulie qu'ils étaient devenus amis. Paulie était le frère aîné de Dante et comme Griff, Paulie était un défenseur de première ligne à l'université dans l'équipe de football locale. En fait, Paulie et Griff avaient joué ensemble pendant toute leur première année et un mois en dernière année avant que Dante devienne plus que le stupide petit frère de son copain, ce qui semblait dingue, désormais.

Mais qu'est-ce qui ne semblait pas dingue désormais ?

Paulie Anastagio était l'un des six enfants d'une famille italienne timbrée qui vivait dans une maison démente de type Brownstone à Cobble Hill, achetée avant la Grande Dépression de 1929 par le grand-père de Madame Anastagio. La maison était située à la limite entre la partie délabrée de Brooklyn et le Brooklyn en réhabilitation. Griff vivait avec son père à deux pâtés de maisons de là, du côté délabré.

Griff et Paulie s'étaient rencontrés dans un camp d'été lors d'un stage de base-ball et avaient passé toute l'année suivante ensemble grâce au football. Rien de trop dur : des rencarts à quatre, des joints partagés, des sorties craignos à Jersey dans la voiture d'une petite amie ou une autre.

Le père de Griff pensait que le football était une perte de temps et l'école une occasion de ne rien glander aux frais de la société. Quel était l'intérêt du collège si tu savais que tu allais finir flic ou pompier ? Jusqu'à ce qu'il rencontre Paulie, Griff était plus ou moins d'accord. Il avait largement prouvé cette théorie en somnolant à l'école, au fond de la classe.

Paulie était un de ces mecs qui était exactement ce qu'il paraissait être à tout moment : honnête, simple et droit comme un i. Il était comme ça de nature. Effleurant le mètre quatre-vingt et les cent kilos, Paulie était un train de marchandises sur et hors du terrain.

Durant le premier match de foot, Griff avait entendu tout le clan des Anastagio crier des encouragements à son ami. *Allez Skyhawks !* Cette grande *famiglia* de basanés qui hurlait et applaudissait dans les gradins... les yeux aussi noirs que l'humour. Les frères Anastagio chahutaient et se moquaient les uns les autres jusqu'à ce que Madame Anastagio distribue des tapes sur la tête de chacun d'eux.

Lorsque les Skyhawks gagnèrent, lorsque l'équipe s'échangea des accolades sous les cris du public en délire, Griff se sentit si jaloux de son ami et de sa famille qu'il put à peine regarder Paulie dans les yeux.

Mais cela n'avait pas d'importance. Après s'être douché et changé, Paulie l'avait saisi par le cou et Griff avait fini coincé sur la banquette arrière d'une Lincoln avec Loretta Anastagio sur les genoux, riant durant tout le trajet pour aller acheter des pizzas et du Coca-Cola. Vers la fin de la nuit, toute la famille l'avait en quelque sorte intégré, comme une amibe bruyante et heureuse... et point final.

Très vite, Griff mangea tous les jours chez les Anastagio, aidant Monsieur A. avec les gouttières, partageant la voiture des frères pour aller à la plage ou faire la fête, et dévorant la nourriture qui débordait de ce réfrigérateur plein à ras bord. Au bout du compte, il ne souhaitait plus la famille imaginaire qu'il avait toujours voulue : elle l'avait kidnappé.

Le père de Griff ne semblait pas s'en soucier outre mesure. En tant que Capitaine des pompiers, il sortait enquêter à n'importe quelle heure et laissait plus ou moins Griff s'élever lui-même en se nourrissant de sandwiches de mortadelle et de sachets de Tang. La mère de Griff était morte quand il avait neuf ans, alors les hommes Muir avaient dû se débrouiller comme ils avaient pu.

Les Anastagio lui organisaient des fêtes d'anniversaires. L'été précédent le début du lycée, ils l'emmenèrent au lac George pendant une semaine pour ce qu'ils appelaient le Voyage Annuel de la Non-pêche. Et quand Griff se cassa le bras en jouant au basket-ball une nuit, ce fut Madame Anastagio qui l'emmena à l'hôpital. Lui et Paulie s'occupaient des plus petits et supportaient leurs bêtises. Ce fut Monsieur A. qui apprit à Griff à être un homme, pas son propre père.

Toutes les photos de sa dernière année de lycée montraient Griff souriant – une épaisse touffe de cheveux roux, les épaules de la taille d'une armoire, droit et gigantesque, pâle et timide, entouré d'une fratrie sicilienne semi-adoptée : leurs traits sombres et de grands éclats de rire... Chaque photo évoquait la chanson *Une de ces choses n'est pas comme les autres* de l'émission pour enfant *Rue Sésame*.

Juste avant de recevoir son diplôme, Paulie mit Veronica Núñez enceinte. L'heureux couple – plus le petit passager clandestin – se maria en juin et quand le mois d'août arriva, ils avaient déménagé à Staten Island. Au lieu de passer l'examen de pompier comme il l'avait prévu, Paulie commença à travailler en tant qu'entrepreneur dans le bâtiment.

Comme s'il s'était agi d'un commun accord, le frère suivant grimpa d'un échelon et devint le frère aîné aux côtés de Griff : c'était Dante, le plus fou de tous les Anastagio et fier de l'être. Des problèmes et plus de problèmes, ça c'était Dante. Plus grand, plus mince et plus prétentieux que Paulie.

Au début, Griff l'avait détesté. Pas détesté, *détesté*. Et il lui avait effectivement collé un coup de poing dans la mâchoire un soir où il avait dépassé les bornes avec insolence dans un club de strip-tease où il s'était rendu avec plusieurs potes. Dante n'avait pas arrêté de harceler une des danseuses, une fille qu'ils avaient connue au collège et qu'il ne laissait pas tranquille. Griff l'avait frappé, Dante était tombé par terre, et alors qu'il chancelait avec ce sourire de pirate et du sang sur la lèvre… il avait simplement planté un gros baiser mouillé sur la joue de Griff.

— D'accord, mec. Très bien.

Et *clic*. Ils devinrent meilleurs amis. Comme on allume une lampe.

Ils découvrirent qu'ils avaient tous les deux prévu de passer l'examen pour être pompier, une conclusion presque inévitable. Ils travaillaient ensemble, faisaient la fête ensemble, draguaient les filles ensemble, vomissaient ensemble… comme des frères.

Ils réussirent l'examen, Griff du premier coup et Dante la troisième fois. Ils firent leur classe à Randall Island côte à côte. Après ça, Dante déménagea dans le Queens, affecté à une caserne de pompiers misérable toujours sur le point de fermer pour cause de compressions budgétaires. Griff eut plus de chance, probablement grâce à son père, atterrissant juste là, dans l'unité 181 de la section motorisée 333 à Red Hook. Les gars s'appelaient entre eux les 'Hot Hookers [5]', et bon sang, c'était exactement ce qu'ils étaient.

Jusqu'à ce que Griff se marie, Dante et lui continuèrent de traîner ensemble les fins de semaine : ils buvaient, cuvaient, partageaient même

_____

5 Hot Hookers : littéralement 'Putes Brûlantes'. Jeux de mots avec le nom de la rue Red Hook. (NDLT)

quelques filles. Dante était toujours en train de jongler avec trois ou quatre femmes, voire plus.

Un tas de gars de la caserne le faisaient. Tout le monde savait que les jeunes pompiers ne pouvaient pas la garder dans leur pantalon. C'était lié à la nature du boulot : services de vingt-quatre heures, exercice constant, testostérone, glander à la caserne à cuisiner, se tirailler la bistouquette et laver le camion. Les nanas s'en rendaient compte et étaient toujours disposées à leur montrer leur gratitude. Et les horaires facilitaient les excuses toutes trouvées. *Désolé, bébé, je dois faire un remplacement.* Oui, bien sûr : un remplacement pour un collègue qui se trouve dans le lit d'eau rond d'un hôtel de passe à Jersey. *Je serai à la maison mardi, chérie.*

Tous les pompiers s'amusaient à gauche et à droite, mais l'appétit de Dante était légendaire : manger, baiser, s'amuser… dans n'importe quel ordre, n'importe quelle combinaison. Deux ans dans ce boulot et Dante avait une fiancée qui s'appelait Shelly, une petite amie appelée Maxine, et quelques copines dont il profitait en cas d'urgence érectile. Et d'une certaine façon, il jonglait avec elles avec grand art, les remplaçant quand elles devenaient ennuyeuses. Parfois, il semblait presque que les filles se fichaient de le partager, tant qu'il feignait que chacune d'elle était la seule et unique pendant qu'ils baisaient. Quoi que Dante leur fasse, elles n'en avaient jamais assez de lui.

Depuis toujours, Griff était désigné pour être le témoin de Dante, mais les amours de son ami ne duraient jamais assez longtemps pour, en fait, passer la bague au doigt de quiconque… Shelly laissa la place à Lauren… puis vint Bethany… et plus tard, Krysta. Des fiancées à la pelle, mais jamais de mariage.

Bien que sa fiancée déteste ce… connard arrogant, Dante fut, lui, témoin au mariage de Griff avec Leslie Kiernan, qui eut bien lieu. Puis, le témoin passa la réception à faire un cunni à la demoiselle d'honneur dans le parking, dans la jeep de son petit ami. Les garçons ne seraient jamais que des accessoires.

Dante s'en tirait toujours à bon compte. Et quelque part, toutes les femmes l'aimaient pour ça, même après leur rupture. D'une certaine façon, il réalisait les fantasmes de tous ses potes. Les incendies s'éteignaient et les filles écartaient les cuisses comme par magie pour Dante, comme un mécanisme bien huilé. Il en était ainsi.

Et puis vint le 11 septembre et les Tours tombèrent.

— Un 10-60 a été transmis pour le World Trade Center, 10-60 pour le World Trade Center.

Dès que les impacts des avions eurent lieu, tous les effectifs des casernes de New York accoururent vers les tours jumelles. Les camions déboulaient dans Manhattan Sud, se frayant un passage dans la folie des rues. Il y avait de la fumée partout. Des cendres tombaient. Les gens sautaient des fenêtres. Un carnage. Les rues étouffaient sous les lambeaux de papier, de chair. Des gens erraient hébétés, couverts de poussière, trébuchant à chaque pas dans une épaisse tempête de neige grise. Une armée d'esclaves salariés qui traînaient les pieds essayait de rentrer chez elle, de trouver un téléphone, de sortir de cette foutue île avant qu'elle coule.

Pour pouvoir sortir les huit camions de pompiers et les cinq fourgons requis en cas d'urgence majeure, le déploiement avait réquisitionné les unités de Brooklyn et du Queens. Le camion de Griff avait été l'un des premiers à arriver sur les lieux de la catastrophe parce que sa caserne se trouvait juste de l'autre côté du fleuve. Même après le crash du second avion, les équipes se démenaient pour évacuer les gens en toute sécurité, pour contenir la situation. Vingt-cinq camions de pompiers, seize fourgons, probablement six bataillons. Personne ne s'attendait réellement à ce que les tours *s'écroulent* ; beaucoup de gars s'étaient précipités à l'intérieur pour essayer de sortir les civils de là.

Puis – *putain de merde* – c'est exactement ce que fit la Tour 2, et tout fut pire que tout ce qu'ils avaient pu voir jusqu'à présent.

Griff se trouvait dans la rue, branchant la lance à incendie sur le numéro 90 de Church Street, quand il entendit un *grondement* et un étrange rugissement. Et ensuite, ce nuage noir avait envahi les rues, les poursuivant. Les décombres et les papiers s'agitant autour de lui, il avait essayé de courir pour distancer l'obscurité, mais elle l'avait rattrapé et projeté à travers la vitrine d'un magasin de laquelle il dut se dégager pour rejoindre le camion en rampant en aveugle au milieu du brouillard cuisant. Une visibilité nulle en une matinée ensoleillée.

La Grosse Pomme perdit la tête.

Le commandement était dépassé. Des centaines d'hommes manquaient à l'appel. Griff aidait à chercher et récupérer les gens avec son équipe dans le métro de Cortland Street quand il entendit le nom de Dante à la radio, un appel d'urgence provenant de la Tour Nord avant que celle-ci s'effondre également.

Sans réfléchir, Griff appela les Anastagio, du moins il essaya ; deux heures après les impacts il n'y avait toujours pas de service de téléphonie mobile et les lignes téléphoniques étaient paralysées par les personnes qui voulaient des réponses et des gens qui appelaient leurs familles pour faire leurs adieux depuis l'intérieur des ruines. Toujours aucun décompte de victimes et des blessés et pour quoi faire d'ailleurs ? Il essaya d'appeler sa femme, même affaire. Ils étaient dans une espèce de bulle.

Dante aurait pu être n'importe où. Apparemment, plus près des tours, on entendait encore les victimes coincées sous les décombres qui suppliaient qu'on leur vienne en aide. Les chaînes d'information qualifiaient les événements de Troisième Guerre Mondiale. Personne ne savait encore rien. Le décompte des corps pouvait très bien atteindre les 20 000 personnes ; toute la ville essayait d'obtenir une réponse claire.

Griff mit simplement un pied devant l'autre et essaya de sauver quelques personnes, laissant le collyre nettoyer encore et encore la suie incrustée dans ses yeux pour qu'il puisse poursuivre les recherches. Il entendit que d'autres avions s'étaient écrasés à Washington, mais c'était difficile à dire et les informations étaient minces sur le terrain. Un monstre avait ouvert un trou à New York et l'espoir s'en écoulait jusque dans la rivière. Lui était là, essayant de trouver quelqu'un au milieu de tout ça, se sentant aussi aveugle, hébété et inutile que tout le monde. Un putain de héros.

Griff s'approcha aussi près que possible de l'épicentre pour rester en alerte. Le bâtiment 7 du World Trade Center s'effondra à la tombée de la nuit. Priant pour entendre à nouveau le nom de Dante des lèvres de quelqu'un qui serait là en bas, il travailla avec les équipes toute la nuit comme un zombie, le visage gris sous les cendres. Tout le monde s'étouffait avec les odeurs des torches à acétylène et d'autres choses pires encore. À la recherche de son meilleur ami et venant en aide à quelques âmes perdues au passage. Des milliers de personnes cherchant leurs familles et leurs collègues qui s'étaient littéralement évaporés dans les airs.

Griff extirpa des gens coincés dans leur voiture et en transporta d'autres vers les ambulances. Il sauva un Labrador affamé avec une patte cassée pris au piège dans une épicerie en train de lécher du lait sur le linoléum. Il trouva une assistante juridique enceinte qui traînait pieds nus sur le bitume poussiéreux, ses chaussures perdues, les yeux dans le vague, et lui indiqua le pont pour qu'elle puisse rentrer chez elle et retrouver ses enfants.

Personne n'avait vu Dante depuis cet appel venant de la seconde tour, mais Griff continuait de demander, de chercher et de tendre l'oreille pour entendre ce nom, jour et nuit. Trente-sept heures d'affilée sans dormir et il s'entailla la main quand il essaya de soulever une boîte aux lettres d'un cadavre qui portait un costume à 1 600 dollars. Il ne remarqua même pas qu'il saignait jusqu'à ce que l'un des ambulanciers se mette devant lui et lui crie dessus.

Choc. Il était en état de choc.

Ils le mirent dans une ambulance et l'emmenèrent jusqu'à l'une des tentes d'urgence qui avaient fleuri comme par magie autour de Ground Zero. Les gens gémissaient, pleuraient et étouffaient sous la poussière. Il n'arrivait à rien ressentir. Un médecin résident en blouse blanche – hispanique apparemment – lui recousit la main et lui dit de rentrer chez lui ; au lieu de cela, il continua à chercher Dante dans cet Enfer.

IL LUI fallut cinq heures et presque toute sa santé mentale pour le retrouver.

— Vous êtes de la famille ?

L'infirmière de l'Armée de Réserve observa sa peau pâle et ses cheveux roux. Ses yeux scannèrent rapidement un presse-papiers. Elle tourna une page entièrement griffonnée de notes.

Ils marchaient le long des larges couloirs qui résonnaient de l'hôpital Bellevue et où il semblait que des hectares de patients crasseux sur des chariots se tortillaient doucement comme si quelqu'un avait soulevé un rocher et laissait passer une douloureuse lumière sur un tas d'asticots. Des groupes de familles pleuraient, inconsolables, pensant que la fin du monde pouvait arriver n'importe quand, désespérés de seulement pouvoir dire au revoir et 'je t'aime'.

— Nous sommes frères.

Griff savait qu'il avait l'air d'un fou. Sa main blessée le démangeait.

Elle tapota ses notes.

— Il était coincé dans une cage d'escalier mais il s'est traîné juste à temps avec son partenaire dans une conduite d'aération. Un sacré dur à cuire, on dirait.

— Vous n'avez pas idée.

Ils tournèrent au coin du couloir et soudain tout alla bien.

25

Dante était allongé sur le côté, recroquevillé, ses cheveux noirs poussiéreux et la moitié supérieure de son visage livide, pleine de contusions et de petites coupures. Le personnel médical avait découpé ses vêtements et la blouse d'hôpital était jetée sur sa hanche couverte de suie. Les yeux et les mains de Dante bougeaient nerveusement. Il rêvait. Ses lèvres courbées semblaient trop rouges et trop foncées, comme le tatouage d'une bouche. Il toussa dans son sommeil et d'une certaine façon c'était comme si la voix de *Dante* toussait à travers la pièce.

Griff l'aurait reconnue n'importe où et il pissa presque dans son pantalon tant il était soulagé, retenant son souffle à pleins poumons tandis qu'il approchait de son meilleur ami.

Bip-bip-bip.

Le pager de l'infirmière bipa et elle retourna vers la mer de civières gémissantes dans le vaste couloir ; elle ne regarda même pas Griff et il ne l'aurait pas remarquée si elle l'avait fait. Ses jambes fortes lui manquèrent soudain et il s'écroula sur un genou devant le lit étroit.

Merci, mon Dieu. Merci, mon Dieu.

Il aurait voulu que Dante émette un autre son, n'importe quel son. Il se pencha sur ce visage fatigué rien que pour l'entendre respirer, la musique exacte de la respiration de Dante. Agenouillé si près de lui, il voulut coller son oreille emplie de poussière sur la poitrine de son ami pour entendre le miraculeux *boum-boum* de son cœur lui confirmant qu'il vivait toujours.

Espèce de connard. Il fallait que tu joues les putains de héros...

Les doigts émoussés de Griff tâtonnèrent le poignet de Dante et saisirent sa main rugueuse. Soudain, il sut que New York récupérerait. Ils allaient tous survivre.

Dante bougea légèrement, à peine une pression en retour, et émit un de ces grognements de contentement émanant du fond de la gorge. Comme si quelqu'un avait fait une plaisanterie dans son rêve et qu'il allait se mettre à rire.

Les cheveux de Griff, d'un roux intense, se dressèrent sur sa tête et son cœur fut soudain trop grand et trop chaud pour être contenu dans sa poitrine, battant avec force contre ses côtes.

Plip.

Quelque chose d'humide tomba sur leurs doigts enlacés dissolvant les cendres et la poussière et Griff réalisa qu'il était en train de pleurer – pleurer – pleurer et qu'il ne savait pas comment arrêter. C'était si bon de laisser les larmes glisser librement et drainer... l'acide qui emplissait sa tête pour qu'elle cesse de le brûler davantage. Il était bouche ouverte et en pleurs parce qu'un trou avait été ouvert en lui. Il prenait de grandes goulées d'air propre et son genou droit pulsait en rythme avec ses dernières forces. Il ne pouvait pas se remettre debout.

Il leva son autre main pour lisser les cheveux emmêlés et crasseux de Dante, pour pouvoir le voir et alors, il *s'immobilisa*, car qui savait quel genre de blessure il pouvait y avoir là. Il était incapable de bouger. Sa main pâle et recousue planant au-dessus du front couleur olive de Dante, au-dessus de ses cils d'un noir d'encre qui reposaient doucement contre sa joue.

Griff regarda la façon dont sa main blessée se retira lentement, comme si elle appartenait à un étranger. Le laisseraient-ils rester ? Il était en état de choc, pas vrai ? Il avait le droit d'être à l'hôpital. Si les médecins voulaient qu'il s'en aille, ils pouvaient aller se faire foutre. Il se raidit comme un chien féroce gardant ses petits.

Dante serra à nouveau ses doigts, à peine, comme dans un rêve.

Le soulagement fut si fort qu'il le fit haleter.

Le nez coulant, Griff utilisa sa main libre pour attraper son téléphone et appeler les Anastagio afin qu'ils puissent pleurer, crier et se passer le téléphone les uns aux autres, soulagés ; ce fut alors qu'il se rappela qu'il n'avait pas de signal, qu'il n'y avait qu'eux ici, seuls, mais ensemble, qu'il ne pouvait entrer en contact avec personne, nulle part… alors il parla à Dieu à la place.

LES CAUCHEMARS commencèrent une semaine plus tard.

Griff était loin d'être le seul. Cela arriva à beaucoup d'entre eux après les événements du World Trade. Aux gars qui en avaient réchappé. Aux hommes qui avaient vu leurs amis, leurs familles, brûlés et mutilés à côté d'eux à Ground Zero. Les pompiers de New York restaient un régiment qui se flattait d'être héréditaire, c'était pourquoi des frères étaient morts ensemble, des pères avec leurs gendres, des oncles et des cousins.

Le Trou avait avalé d'un coup des tas de gens. Des casernes entières se voyaient handicapées, des centaines de cœurs brisés dans chaque bloc. La moitié des camions roulait grâce aux antidépresseurs et aux médicaments contre l'anxiété. Il y eut 343 postes vacants en un instant et tous les jours quelqu'un prenait sa retraite. Tous avaient entraperçu les abysses et il semblait normal de regarder en arrière, comme une vitrine de damnation, semblait-il.

La réalité était en train de tuer les pompiers de New York qui avaient survécu à la catastrophe, mais le fantasme du pompier s'était emparé de tout le pays. Ils étaient les héros scintillants du moment. Les stars de cinéma et les rappeurs portaient des objets ou des vêtements en leur honneur. Les épouses de pompiers quittaient leurs maris et qui s'en souciait, parce que soudain, toutes les femmes de la zone des Trois États voulaient les remercier en leur taillant une pipe. Ces séduisants cinglés avaient traversé l'enfer dans un pardessus fait d'essence.

Dante récupéra très vite, sans cicatrice et avec peu de souvenirs vivaces de cette semaine-là et encore moins de ce jour-là. Mais un petit quelque chose avait changé en lui. C'était toujours un électron libre mais il restait loin des foules et s'accrochait de plus en plus à ses amis et sa famille ; cette année-là, il demanda son transfert dans l'unité de Griff à Red Hook en disant que c'était pour être plus près de chez lui. Il économisa et versa un acompte pour une vieille baraque en ruine située à moins d'un kilomètre des siens.

La femme de Griff, Leslie, craqua au bout de sept mois, et qui pouvait le lui reprocher ? Elle n'avait jamais compris son amour pour son travail. Désormais, Griff ne pouvait rester tranquille plus de dix minutes ; ils n'avaient pas couché ensemble depuis les attaques. *La Nuit de noces des morts-vivants*. Il accepta de signer un divorce à l'amiable et elle retourna chez ses parents à Yonkers.

Griff était incapable de ressentir quoi que ce soit, encore moins de la tristesse. Il essaya de la regretter mais il était fier d'elle d'avoir sauvé sa propre vie. Le divorce touchait tellement de gars que c'était quelque chose de pratiquement prévisible. Lui-même se disait que ce n'était pas une si grosse affaire. Il était à nouveau célibataire. Ouais. Sachant que c'était une erreur, il retourna dans sa chambre solitaire au sous-sol de la maison de son père et commença à travailler comme vigile au Stone Bone pour pouvoir payer le loyer.

Comme Dante, Griff avait changé, même s'il n'aurait pas su dire en quoi. Il dormait à peine, même avec des pilules et du bourbon. Et il commença à paniquer à propos de la sécurité des Anastagio, particulièrement celle de Dante. Des allers-retours jusqu'à chez lui en voiture à trois heures du matin devinrent chose régulière, juste pour s'assurer que tout allait bien, dormant parfois dans sa voiture devant la maison et rentrant quand le soleil se levait, vérifiant et revérifiant pour s'assurer qu'ils n'avaient pas disparu. Qu'ils n'avaient pas l'intention de disparaître. Que tout le monde était encore là.

Quand il rendait visite à l'un des Anastagio, il s'excusait pour aller à la salle de bain et en profitait pour vérifier les fenêtres et les serrures, les fusibles et les alarmes anti-incendie. C'était un grain de sable dans les draps, la peur persistante qu'il pourrait manquer un détail et que sa famille d'adoption meure en le laissant enfermé dans le sous-sol de la maison vide de son père.

Griff savait qu'il perdait la tête, mais il ne semblait pas croire qu'il valait la peine de se préoccuper de son état mental.

Pas Dante.

Impétueux, chien fou, prompt à la détente, intuitif et irrationnel, Dante Anastagio devint le roc sur lequel toutes les casernes de pompiers de Brooklyn s'appuyaient. Peut-être était-ce dû aux années durant lesquelles il avait vécu comme un clown, mais rien ne perturbait Dante : le vomi, les larmes, les hallucinations… Rien. Il commença à retaper cette grande maison de ville merdique à Cobble Hill proche de ses amis et, typique chez Dante, décida simplement d'ouvrir ses portes aux gens qui en avaient besoin. Il prêta de l'argent qu'il n'avait pas. Il donna des barbecues, des putes et des pneus à tout le monde qu'il connaissait et à un tas de gens qu'il ne connaissait pas, mais personne ne lui en fut aussi reconnaissant que Griff.

Dante le sauva.

— Hé, Goliath ! Pourquoi tu te morfonds ?

Le visage de Dante jaillissait au-dessus du sien dans un quelconque bar à flics de Staten Island. Griff secouait la tête et le poussait, se rappelant que Dante était là à sentir le whisky sur lui, et qu'il n'avait personne dont faire le deuil. Pour l'instant.

— Bordel, mange quelque chose, espèce de crétin.

Dante faisait des kilos de poulet au parmesan pour toute la caserne de pompiers, posait une assiette pleine devant Griff et ne bougeait pas jusqu'à ce qu'il enfourne une insolente fourchette débordante. Dante racontait des blagues et lui tapotait le dos en cercle tandis que Griff mâchait comme un robot.

— Elle est toute à toi, mec. Elle veut une tranche de Gentil Géant.

Dante réussissait à le faire coucher avec une hôtesse de l'air replète à l'anniversaire de mariage de Paulie quand la seule chose dont Griff avait envie était d'aller aux funérailles, aux cérémonies du souvenir et à la messe de minuit pour pouvoir pleurer en public et ne pas se sentir comme un putain de lâche. Dante se montrait à l'église en portant un costume sans sous-vêtement, donnait à Griff un petit coup dans les côtes et lui pointait les jeunes pousses valant le coup qui sortaient du lot au milieu des cendres de sa vie de merde.

Il alla mieux. Dante continua de le forcer à affronter la vie normale jusqu'à ce qu'elle le soit à nouveau, et il lui en fut reconnaissant à un point qui frisait l'obsession.

Ça avait pris Griff par surprise. Il ne pouvait toujours pas dire exactement quand c'était arrivé, seulement quand il l'avait réalisé. Dante était le meilleur ami qu'il avait eu de toute sa vie. Ils avaient grandi ensemble, ouais. Et ils étaient une famille, bien sûr. Mais Dante était devenu son axe, un organe vital nécessaire à sa survie. Des journées entières pouvaient s'écouler sans qu'ils se voient, mais deux heures avec Dante suffisaient pour qu'il se sente à nouveau un être humain. Le monde était ce déversoir stérile et radioactif dans lequel il devait survivre entre les allées et venues de Dante. Bien qu'ils soient deux mecs, l'idée de le perdre lui semblait aussi terrible qu'une amputation à la fourchette et sans anesthésie.

Griff avait des attaques de panique. Il imaginait des passages à tabac, des accidents et des maladies qui pourraient arriver à Dante, bien que ce ne soit pas réel. Il imaginait des vengeances, des sauvetages et des remèdes qui n'avaient jamais lieu. Il savait que c'était bizarre. Et quelque part, Dante ressentait sa panique et ne disait jamais rien. Il savait tout simplement et il restait à ses côtés. Et Griff lui en était reconnaissant, reconnaissant comme un gamin que l'on viendrait de tirer d'une école en feu.

La fumée et l'odeur s'estompèrent, et la Grosse Pomme remonta sur sa branche, redevenant ce qu'elle était. En guise de remerciement, ce fumier de maire décida de fermer une tripotée de casernes et de mettre des vétérans à la retraite pour équilibrer son budget de merde. Mais peu à peu, les hommes du FDNY se reconstruisirent.

Même Griff. Même s'il savait que Dante avait fait le plus gros du travail pour lui pendant qu'il était un zombie. Même s'il avait tous ces terribles sentiments pour son ami, pour un homme, qu'il ne pouvait pas contrôler. Dans leur monde, deux mecs ensemble étaient impossible.

Deux mecs ? Mauvaise idée.

— Dommage que nous ne soyons pas homos, toi et moi, lâcha Dante une nuit au Stone Bone en plantant un gros baiser sur la joue rousse et mal rasée de Griff et en joignant ensuite leurs fronts.

Griff s'étouffa presque sur sa Guinness extra fraîche.

— Pense à tout le fric qu'on aurait pu économiser en alcool et en roses.

Puis Dante s'en alla avec des jumelles qui se l'attachèrent presque toute cette fin de semaine. Littéralement... Des nœuds français avec leurs bas. Il ignorait qu'il avait laissé Griff empêtré dans ses propres nœuds, à s'inquiéter de la facilité avec laquelle il pouvait bousiller l'amitié qui les unissait, perdre la seule personne à ses côtés. Deux Tours, seules ensemble.

Vraiment dommage.

III

LE LENDEMAIN de la fête, Griff se réveilla au bruit de ronflements de baryton, le visage collé à une peau velue. Il était encore assez tôt pour qu'il fasse noir dehors. Si noir qu'il aurait dû se trouver dans son propre lit. Griff se figea.

Putain de merde.

Avec toute la prudence du monde, Griff leva sa tête rousse ébouriffée et regarda la chambre avec des yeux plissés. La chambre de Dante.

Jésus, Marie, Joseph. Comment avaient-ils fini par s'écrouler ensemble dans le même lit ? Il ne dormait jamais chez Dante parce qu'il ne savait pas s'il pouvait se fier à lui-même tard dans la nuit, avec trop d'alcool dans le corps lui brouillant le jugement. Il n'était pas con. Il se rappelait avoir dansé dans un club. Non. Il se rappelait s'être battu à une fête quelque part. À Staten Island ? Non, au Stone Bone. L'anniversaire du World Trade Center, dix ans. Ah.

S'il vous plaît, Seigneur, s'il vous plaît dites-moi que je n'ai pas fait de conneries.

Il entrouvrit un œil pour mesurer les dégâts. *Euh.* Il était nu ; Dante, lui, semblait porter quelque chose là en bas, mais pas question qu'il se risque à vérifier. Griff sentit sa peau pâle s'échauffer, le rose se répandre sur son corps.

Sa bouche était sèche et amère. Il sentait la sueur de l'alcool dans les draps. Le gros biceps de Dante était accroché à son cou. Les poils noir charbon de son torse faisaient ressortir les mamelons comme de vieilles pièces de monnaie, contrastant eux-mêmes avec sa peau bronzée. Son estomac sculpté gronda une seconde, se soulevant devant ses yeux au rythme de sa respiration tandis que Griff se préparait à bouger.

Quelle andouille. Bon sang qu'est-ce qu'on a fait la nuit dernière ?

Réfléchis… Il se souvenait d'avoir quitté le Stone Bone pour échapper aux idiots du 11 septembre. Il se rappelait comment Dante avait expédié sa brune et le presque-plan à trois. *Merci mon Dieu.* Ils étaient partis manger quelque chose… Pizza ? Mais il y avait eu de la tequila manifestement, et une sacrée quantité en plus. Était-il revenu aider Dante avec quelque chose ?

Non, ce n'était pas ça. Dante ne permettrait pas que Griff l'aide, mais ils avaient partagé le lit. Et comment s'était-il retrouvé à poil ? *Seigneur.* Sa bouche avait la saveur d'un cendrier d'une maison de passe.

C'était le 11 septembre. Il était sorti avec les gars. Et après… ?

Aah ! Il avait l'impression d'avoir la tête pleine de scarabées qui essayaient de creuser un tunnel à travers l'orbite de son œil gauche. La tequila était toujours un mauvais choix et il pria pour ne pas avoir attrapé de vers non plus. Ils avaient dû boire jusqu'à trois heures du matin tout en mangeant. Dante était cinglé ; Griff ne pouvait s'empêcher d'être contaminé par sa folie quand ils étaient ensemble. Il devait exister un vaccin quelque part.

5:17, indiquait l'horloge.

'Lève ton cul', lui disaient ses tripes.

'Reviens au lit', le tentait la peau chaude de Dante.

Est-ce que nous avons vraiment… ? Absolument impossible.

Les sous-vêtements de Dante signifiaient que rien n'était arrivé, pas vrai ? Griff souleva le bras au ralenti, surveillant tout changement sur le visage de Dante.

Lucali ! Ils étaient allés à la pizzeria Lucali et avaient commandé une pizza artichauts, saucisses et poivrons. Mais il n'y avait pas de table disponible parce que tout le monde était de sortie, à faire la fête avec des fantômes. Dante était resté évasif sur ce qui le préoccupait, éludant la question pendant qu'ils attendaient que leur commande sorte du four.

À un moment donné, ils avaient dû emporter la boîte brûlante chez Dante, mais Griff ne pouvait pas se rappeler cette partie. Ils avaient dû manger. Ils avaient dû parler aussi. D'argent ? Il n'arrivait pas à se souvenir ; son cerveau était à deux doigts d'exploser.

Dante devait avoir rencontré une fille au restaurant ; il rencontrait toujours une fille. *Merde !* Avait-il ramené la fille à la maison ? Et s'il y avait quelqu'un de l'autre côté de Dante en ce moment même qui avait vu quelque chose, qui puisse dire quelque chose ? Dante pourrait oublier, mais il n'y avait aucune chance qu'une fille ne se soit pas rendu compte d'une certaine tension homosexuelle. Aucune chance que Griff ait pu garder le couvercle dessus avec elle entre eux ; il devait se tirer d'ici, *rapido.*

Millimètre par millimètre, Griff se retourna pour s'éloigner de la peau brûlante couleur olive de Dante, se déplaçant vers le bord du lit. On était lundi et ils prenaient tous les deux leur service à dix-huit heures cet après-midi-là. S'il pouvait se faufiler hors de la maison sans avoir à en parler – s'il pouvait se sortir la tête du cul – s'il pouvait arriver jusqu'à la salle de bain avant que son pote se réveille, tout irait bien.

Dieu merci, Un tir de missile ne réveillerait pas Dante.

Dante marmonna quelque chose et se déplaça un peu, occupant l'espace froissé que Griff réchauffait encore quatre secondes plus tôt, prenant de profondes inspirations contre son oreiller, inhalant son odeur tandis qu'il rêvait.

Griff était réveillé maintenant, vraiment réveillé. L'autre côté du lit était vide : il n'y avait aucune fille. Au petit matin, Dante s'était déplacé et avait fini par l'étreindre dans son sommeil. Dante était un mec tactile. Ils s'étaient saoulés. Pizzas et shots. Mais Griff ne s'était pas déchargé comme un ado sur son meilleur ami. Crise évitée.

Très, très lentement, il se repoussa du matelas pour se mettre sur ses pieds tremblants ; son estomac se retourna : 'La tequila pour vous tuer', disait toujours Monsieur Anastagio.

Griff essaya de ne pas regarder les muscles sous les draps entortillés, le dos large montant et descendant au rythme de sa respiration. Le gourdin devant lui tressaillit.

Fils de pute. Une goutte de liquide séminal et son prépuce glissa. Qu'est-ce qui n'allait pas chez lui ? Il aperçut son kilt en boule au pied de la table de nuit. Une botte en dépassait. Dante l'avait littéralement déshabillé et mis son gros cul au lit.

Griff déglutit, le visage à nouveau en feu.

Il essaya de se concentrer sur ses pieds pâles, sur les quelques poils couleur rouille de ses orteils. Son quarante-neuf et demie lui semblait à des kilomètres. Il essaya d'ignorer l'énorme pot de Vaseline couvert de traces de doigts qui dépassait de sous le cadre du lit. Il déglutit. Son cœur tambourinait dans ses oreilles, battant à tout rompre alors qu'il essayait de planifier sa fuite. Et il avait une érection matinale aussi dure qu'un roc.

— Qu'est-ce que tu fous, G ? grommela Dante dans son dos d'une voix endormie.

— Bon Dieu !

Griff tressaillit et s'arrêta net.

Dante s'était redressé sur les coudes, ses irrésistibles cheveux noirs ressemblant à un nid d'oiseau ridicule. Son sourire était contagieux mais Griff ne put croiser son regard. Dante inclina la tête d'un air confus.

— Tu as besoin de vêtements ou quoi ?

— Pisser. Désolé. Je ne voulais pas te réveiller.

Griff continua de marcher, gardant son artillerie humide loin des yeux de son ami.

— Tu bandes ?

Dante se lécha les lèvres et Griff réussit à hocher la tête avant de fermer la porte de la salle de bain et de laisser échapper le souffle qu'il avait retenu.

Dix secondes de plus et son érection l'aurait trahi. Il s'accrocha à l'évier et se concentra pour ne pas vomir, suppliant son sexe engorgé de lui laisser un peu de répit. *Peu de chance.* Il le pinça, fortement. *Ouille.* Et enfin il commença à se rétracter.

Ouvrant le robinet, il se pencha et prit une gorgée d'eau pour rincer sa bouche pâteuse avant de la recracher dans l'évier. Il évita le miroir de courtoisie ; tout ce qui pouvait lui renvoyer son image n'était pas quelque chose qu'il voulait voir. Son estomac gronda de façon menaçante. Il se dirigea vers la baignoire pour ouvrir le robinet de la douche, mais avant que l'eau se mette à couler, la porte s'ouvrit en grand.

Dante entra en vacillant, la main dans son caleçon large, et s'arrêta devant les toilettes. Il bâilla et se gratta les bourses – scratch, scratch – avant de sortir son membre pour pisser.

— J'ai essayé de te faire boire de l'eau, mais tu t'es juste écroulé de fatigue.

Arrête de regarder et remets ton pantalon, idiot attardé.

Griff grogna et se glissa hors de la salle de bain, gardant les yeux sur le mur carrelé.

— Je dois rentrer chez moi. On bosse tous les deux ce soir et j'ai des trucs à faire.

Derrière lui, le jet de Dante frappa bruyamment l'eau dans la cuvette. Griff se mit en chasse de ses vêtements éparpillés.

— G, tu te souviens de ce dont on a parlé ?

Dante sembla soudain nerveux et buté. Il se lava les mains dans le lavabo mais ne les sécha pas.

— Ouais. Bien sûr. Pas vraiment, marmonna Griff en balayant le sol des yeux.

Allez, allez.

— Est-ce que je peux te demander une faveur ? demanda son meilleur ami depuis le seuil de la salle de bain, les bras croisés, les yeux un peu baissés.

L'autre botte de Griff était sous la chaise et son tee-shirt introuvable.

35

— Griffin ?

Le corps de Dante était si proche de la nudité, et la douce et parfaite odeur musquée de sa peau était partout.

— Ouais, mec. Tout ce que tu veux.

Griff se pencha pour attraper une chaussette en gardant le dos tourné, hyper conscient de son sexe gonflé, plus visible qu'il n'aurait dû.

— Je n'ai même pas encore demandé.

Griff haussa un sourcil, complètement perplexe.

— Et la réponse est oui, Anastagio.

Mais où était son tee-shirt ? Probablement encore en bas dans le salon. Il avait fait chaud la nuit dernière. Il s'en souvenait. *Merde.* Il avait commencé à se déshabiller en bas. Qu'avait-il donc fait ou dit d'autre ?

— C'est juste…, commença Dante qui semblait aussi embarrassé que Griff l'était, mais définitivement pour des raisons différentes.

— Je suis un peu raide en ce moment et ConEd [6] me prend la tête. J'ai besoin d'un autre job.

— Bien sûr, mec !

Les tétons exposés de Griff étaient incroyablement durs.

— Super.

Sauf qu'à la voix de Dante, ça n'avait pas l'air d'être super.

— Tu ne m'en veux pas, n'est-ce pas ?

—Non ! Je n'ai pas de cash sur moi, mais je peux aller en chercher.

Griff boucla son kilt, gardant le dos tourné à son meilleur ami. Au moins son sexe était couvert. Il fallait qu'il s'habille et qu'il rentre chez lui. Il croisa les bras, ce qui lui donna l'air d'être en colère ou dans une pose bizarre.

— Tu as besoin de combien ?

Dante ne répondit rien à ça ; il le regarda juste zigzaguer dans la chambre encombrée.

Griff tira sur ses chaussettes. Finalement, il leva les yeux et remarqua les cernes sous ceux de son meilleur ami, les bras croisés serrés, les croûtes sur la coupure de ses doigts. Dante semblait sur le point de s'effondrer à tout moment.

— Tu devrais te remettre au lit, D.

Il réalisa que quelque chose n'allait pas avec Dante, vraiment.

---

6 Consolidated Edison Inc., est l'une des plus grandes sociétés du secteur de l'énergie aux États-Unis. (NDLT)

— Tu es sûr que c'est tout ?

Dante passa une main sur sa barbe naissante et s'essuya la bouche.

— Si, euh, tu ne peux pas l'avancer…

— Hé ! Hé ! Sérieusement, mec. Tu peux avoir tout ce dont tu as besoin, D.

Il fourra les pieds dans ses bottes.

— Je vais m'arrêter au distributeur et tirer cinq cents. C'est bon ?

Dante le regarda pendant une seconde, le front plissé comme s'il pouvait entendre toutes les insanités tordues que Griff pensait à son sujet. Comme s'il était complètement flippé par les tétons durs de Griff et son érection matinale.

Griff s'agenouilla pour lacer ses bottes.

Il va dire quelque chose. Il doit avoir remarqué. J'ai fait quelque chose quand j'étais bourré.

— C'est bon.

Dante sourit et hocha la tête. Le sourire n'atteignit pas ses yeux et rien n'était bon.

Griff plissa les yeux. *Qu'est-ce qui se passe ?* Il faudrait qu'il obtienne des réponses quand ils seraient tous les deux habillés.

— Merci, G. Tu les apporteras ce soir à la caserne ?

Griff hocha la tête et se leva pour partir, prenant soin de laisser de l'espace entre lui et Dante.

— Je suis désolé de m'être écroulé comme ça pour baver sur ton oreiller. Je déteste faire ça.

— Les pizzas relevées s'accompagnent d'alcool. C'est comme une loi. Et je ne me fais confiance avec la tequila que lorsque tu es dans le coin. Tu devrais laisser des vêtements de rechange ici de toute façon. C'est impossible que tu fasses tenir… tout ça dans mes slips moulants.

Dante fit un geste de la main en direction du 'tout ça' surdimensionné de Griff.

— J'aime être chez moi.

— Tu *es* chez toi, G. Allez.

Dante déambula jusqu'à la porte, ses yeux assombris.

— En plus les mecs sont tous sortis ensemble au Bone et moi ça ne me disait vraiment rien.

Il fallait que Griff descende au salon.

— Je ne veux pas être dans tes pattes tout le temps.

— Tu rigoles ? Je suis Italien ; je me sens foutrement misérable sans une maison pleine de vagabonds affamés.

Il éclata de rire et étreignit Griff, lui écrasant ses grandes côtes.

— Ne soit pas idiot. J'aime t'avoir ici, mec.

— D'accord.

Le mot échappa à Griff dans un murmure. Il frissonna légèrement, conscient de sa poitrine velue contre le torse nu de Dante, de leur peau humide collant l'une contre l'autre. De la légère barbe égratignant le cou de Griff. Il l'étreignit en retour pendant une seconde, tapotant la nuque chaude de Dante une fois. Son sexe tressaillit à nouveau, se balançant librement sous les plis de son kilt. Ses questions devraient attendre.

— Merci.

Griff s'écarta et s'enfuit pour trouver son tee-shirt avant de faire quelque chose d'encore plus stupide que ce qu'il avait déjà fait.

MAIS DANTE ne vint jamais chercher l'argent. Et bien qu'il soit sur le planning de la garde de nuit, il ne se montra pas du tout à la caserne.

Qu'est-ce que ça voulait dire ? Griff n'était pas inquiet et présuma qu'il avait trouvé les cinq cents dollars ailleurs, sauf que Dante ne le rappelait pas. Au début, il se dit que son meilleur ami avait perdu son portable ou eu une intoxication alimentaire ou était dehors en train de se faire polir l'artillerie par une fille. *Non*. Griff sentait dans ses tripes qu'il se passait quelque chose, mais sa gueule de bois l'empêchait vraiment de penser clairement.

Cette nuit-là s'avéra être une nuit de merde.

Griff était arrivé à la caserne vers dix-huit heures en ayant toujours l'impression que sa tête était un réservoir à piranhas. Le camion était sorti et quand il monta dans la salle de repos, il y avait de la garniture à ziti partout sur les comptoirs et sur la longue table de la cuisine. Briggs et Watson se disputaient autour d'une casserole de sauce tomate, tellement remontés l'un contre l'autre qu'ils n'aperçurent même pas son geste de salut.

Watson remuait la sauce, la goûtant avec précaution, le dos tourné à Briggs qui serrait si fort une lourde plaque à pâtisserie en métal qu'il l'avait mutilée. Ils partageaient leur tour de garde et se battaient tout le temps à cause de ce genre de conneries ; le chef disait que c'était simplement leur manière de canaliser leur agressivité.

Non merci. Le cerveau douloureux et déshydraté de Griff se retourna et protesta.

Au lieu de se diriger vers le frigo pour prendre une eau gazeuse, il se dirigea vers la fontaine et se versa lui-même une tasse de café épais et nauséabond, l'estomac contracté à l'idée de verser ce gâchis toxique à l'intérieur de son corps.

— Tu ne veux pas faire ça, Muir.

Siluski venait d'entrer juste derrière lui, séchant ses cheveux rasés blond cendré avec une serviette décolorée à la javel. Il la jeta sur son épaule. Il était en maillot de corps et pantalon réglementaire. Le plus vieux lieutenant de l'unité. Il jeta un regard de dégoût aux cuistots querelleurs.

— Cette cafetière est de ce matin. Plus de mouture qu'autre chose.

Griff regarda sa tasse, vit les sédiments et la vida dans l'évier. La forte puanteur lui souleva à nouveau l'estomac.

— Merci, mec.

— C'est totalement égoïste, gamin. Nous avons reçu un appel, je ne veux pas que tu gerbes dans mes bottes.

Siluski le laissa là et s'avança entre Briggs et Watson pour remplir un vieux gobelet en plastique de chez Big Gulp au robinet. Il revint et le tendit à Griff. Un logo éraflé des New York Rangers était imprimé autour du gobelet.

— Bois de l'eau. L'eau est le remède.

Griffant prit une gorgée. Il méritait une médaille d'être resté debout.

— Pédé !

Ce putain de mot.

Griff sursauta et se tourna pour voir qui l'avait dit. Dans la cuisine, Briggs flanquait des choses dans le réfrigérateur, essayant de provoquer Watson.

— J'ai passé un super jeudi. Putain, Anastagio a les meilleures histoires à raconter.

Siluski était allé chez Dante regarder le début de la saison de la Ligue Nationale de Football avec environ quinze autres gars des casernes de la zone, au moins jusqu'à la mi-temps. Il mettait toujours les voiles tôt parce que sa baby-sitter devait rentrer chez elle. Son gamin le plus âgé avait huit ans et sa femme travaillait comme serveuse de nuit la semaine, raison pour laquelle il en avait fini depuis longtemps avec les sorties tardives et les gueules de bois.

— Un sacré emmerdeur, hein ?

Griff hocha la tête vers Siluski et le sang afflua à sa gorge et son visage. Il se demanda ce que le lieutenant ferait s'il savait que pendant que la bande regardait le match, Griff avait bandé en sentant le parfum de son meilleur ami – et pas qu'un peu. Et si Siluski l'avait vu blotti contre Dante ce matin-là ou l'érection monstre qu'il avait eue à force de reluquer de façon perverse son corps inconscient ? Son aîné l'allongerait d'un crochet à la mâchoire pour lui pisser dessus une fois à terre. Griff sentit ses joues chauffer et il prit une autre infâme gorgée d'eau métallique et chaude pour les couvrir.

— J'ai aperçu ton père sur un sinistre cet après-midi. Il semblait aller bien.

Siluski se montrait sympa.

Traduction : ton père m'a dit bonjour d'un hochement de tête.

En tant que capitaine des pompiers travaillant pour le Bureau d'Enquête sur les Incendies, le père de Griff était plus ou moins un pompier, mais avec une plaque. Officiellement, cela voulait dire qu'il enquêtait sur les incendies graves et criminels, et les fraudes. Officieusement, cela signifiait qu'il portait une arme et pouvait arrêter des gens sans avoir à traiter avec les politiciens du département de la police de New York : il avait un permis pour jouer les durs. C'était un vieux croûton sévère, mais il s'était occupé de son fils quand il avait dû le faire. Et quand Dante, à dix-neuf ans, fut pris la main dans le sac en train de fumer de l'herbe sur la promenade de Coney Island, Griff avait appelé son père et le vieux avait réussi à le faire relâcher en quarante-cinq minutes. *Abracadabra.* Bien sûr, depuis ce moment il ne pouvait plus voir Dante en peinture et il ignorait l'autre famille de son fils.

Griff ferma les yeux.

— Attends. Tu as déjà fait une garde aujourd'hui ?

Siluski jeta le marc de café du filtre et fouilla dans les armoires.

— Je viens juste de finir celle de neuf à six, mais Anastagio m'a appelé pour couvrir son tour. Connard.

Mais il sourit et commença à préparer un nouveau pot de caféine pour que l'équipe puisse fonctionner pour la nuit.

Merde et double merde. Griff avait été impatient d'aller traîner dehors pendant son service. Il prit une autre repoussante gorgée d'eau.

— Alors fais-le *toi-même*, enculé.

De l'autre côté de la pièce, Briggs jeta un regard noir au plat en aluminium froissé entre ses mains et le jeta sur le comptoir. Watson avait apparemment gagné la guerre des ziti et était en train de goûter sa sauce.

Briggs alla s'écraser sur le canapé et prétendit regarder un documentaire sur les méduses à la télé.

La compagnie de Griff était toujours comme ça : des équipiers immatures, des horaires pourris et encore plus de conneries. Même ainsi, c'était une maison tranquille : ils avaient des pornos et des visites scolaires ; bien plus détendu que la maison de fous ou le Bronx ! Ou n'importe quel autre trou du même acabit dans un quartier qui craignait. Griff préférait ça parce qu'il faisait équipe avec Dante. Il pouvait le plus souvent partager le même emploi du temps. Sinon, ils ne se verraient jamais.

Griff réalisa que Siluski lui parlait.

Le lieutenant lui demandait quelque chose, s'inquiétant des rougeurs qui lui brûlaient le visage. Ses sourcils blond cendré se haussèrent. Qui savait de quoi il parlait, mais Griff se sentait coupable de l'ignorer.

— Foutue tequila, se couvrit-il.

Il essaya de remplir son gobelet dans l'évier métallique, mais ça allait au ralenti. Il avait l'impression que ses mains étaient aussi grosses que des gants de base-ball, ses doigts comme des saucisses.

— Sais-tu pourquoi Dante n'est pas venu ce soir ? Il est malade ?

— Aucune idée, grogna Siluski avant de mettre du café tiré d'un sac de chez D'Amico dans un nouveau filtre. Une patrouille sous les jupes d'une fille, peut-être.

— Oh.

Griff savait que ce n'était pas ça. Son estomac grogna un avertissement, mais se retint.

— Va t'allonger tant que tu le peux.

Le lieutenant tenait la carafe sale.

— Du poison frais attendra quand tu reviendras à la vie.

Griff trouva la route de sa couchette, au toucher principalement. Le bâtiment était vieux et n'était pas vraiment équipé pour accueillir beaucoup de gars. Même après les événements du World Trade Center et tous les beaux discours des politiciens, la ville semblait ne jamais trouver le budget pour améliorer leurs installations. Pourtant, d'une certaine manière, Griff était heureux. Dès le début, il avait gagné un pari avec un vétéran qui quittait la ville pour prendre sa retraite et il avait hérité d'une minuscule alcôve dans le dortoir de la taille d'un placard. Cela voulait dire qu'il avait un peu d'intimité et qu'il pouvait rester à l'écart des drames de collégiens qui semblaient tracasser ces gars.

41

Après son divorce, il avait en fait dormi ici plus que n'importe où ailleurs, bien que seul son capitaine le sache. C'était à l'époque où Dante venait d'acheter sa maison en ruine et qu'il y avait toujours des trous dans les plafonds, ouverts sur le ciel. Finalement, Griff avait rendu l'appartement qu'il avait partagé avec Leslie et déménagé dans le sous-sol des Muir, enterré vivant dans la chambre de son enfance. Mais à chaque fois qu'il s'enfonçait dans son petit coin, son esprit voyageait vers les mois horribles où tout n'était que fines coupures de papiers frottées à l'alcool et c'était un endroit sûr pour se cacher.

Griff se débarrassa de ses bottes et les déposa là où pendait sa veste, prête. Il se laissa tomber sur le petit lit et lutta pour trouver un sommeil nauséeux.

CETTE NUIT-LÀ, ils n'eurent que deux alarmes : un feu de cuisine à Red Hook et un accident sur l'autoroute de Gowanus.

Le feu à Red Hook était pratiquement éteint quand les pompiers arrivèrent, jouant des coudes pour dépasser les familles fatiguées aux yeux écarquillés et donner un grand coup de balai sur la chaussée. Quel endroit merdique pour grandir. Les appartements bondés et encombrés lui rappelaient combien il était chanceux d'avoir un endroit où vivre, même si c'était avec son père. Alors qu'il regardait la foule vague, debout sur l'asphalte, Griff se sentit coupable de tout ce qu'il possédait. La fixation de Dante sur sa maison de dingue à retaper eut soudain plus de sens.

Les gens ont besoin d'espace ; les familles ont besoin d'air ; l'amour a besoin de lumière. Comme Madame Anastagio disait toujours : 'Il faut assez de pièces chez soi pour aimer quelqu'un correctement'.

L'accident de Gowanus était bien pire. À environ trois heures du matin, une camionnette de livraison de meubles avait percuté à 100 km/h une voiture à hayon – deux étudiants retournaient sur le campus de Hofstra après une fête. Ils avaient manqué de peu passer par-dessus le rail de sécurité et se retrouver sur la rue en contrebas.

Lors de l'impact, la petite voiture s'était froissée contre la barrière en béton, épinglant douloureusement le jeune chauffeur derrière le volant tandis que sa petite amie paniquait sur le siège passager. Le livreur allait bien, quelques égratignures et beaucoup de discussions agitées en chinois. La camionnette s'était déversée sur la chaussée, il y avait donc des chaises en bois brisées et dispersées sur l'ensemble des trois voies. Première

42

chose, Watson et le bizut pulvérisèrent le dessous exposé de la voiture, même s'il n'y avait aucune flamme visible ni fumée. Tommy et le reste des ambulanciers firent avec Siluski le point sur leurs options.

La jeune fille était calme, même avec une blessure à la tête, mais son copain était hystérique et criait.

Dante aurait pu désamorcer la situation en dix secondes avec un clin d'œil et une blague salace, mais il était ailleurs, ce connard.

Concentre-toi, Griffin.

Sans son meilleur ami présent pour apaiser tout le monde grâce à son charme, Griff passa plus d'une heure sur l'autoroute à désosser l'épave avec la grande scie pour en extraire les étudiants paniqués.

Les ambulanciers s'étaient tout de suite mis au travail, mais il fallut dix minutes à Tommy pour calmer le gamin et le faire sortir sur une civière afin que Griff puisse atteindre la jeune fille en toute sécurité. Tommy était un petit connard brouillon qui avait grandi à quelques rues des Anastagio, faisant du bénévolat avec les ambulanciers juste après le lycée, se formant d'abord aux bases des techniques médicales d'urgence et ensuite au paramédical. Accro à l'adrénaline, mais bon dans les situations délicates. Il connaissait vraiment bien son affaire, pataugeait en plein dedans, et Griff lui en était reconnaissant. Pendant que Griff et Siluski extirpaient la jeune fille, le reste de l'équipe rassemblait les chaises démembrées sur la route et installait des cônes de signalisation pour rediriger le trafic. Parfois, balayer faisait partie du boulot.

Ce type d'accident était toujours triplement perdant : paperasserie, points de suture et cauchemars. Les trois civils étaient allés à l'hôpital en ambulance, relativement indemnes mais furieux contre le monde entier. Les flics s'étaient pointés pour prendre les déclarations et rédiger des rapports. Griff, Siluski et les autres gars s'assirent dans un coin, papotant un moment. Le plus jeune frère de Dante, Flip, était flic et un de ces types connaissait son nom. Ce genre de lien familial rendait toujours tout le monde plus amical quand il s'agissait de noircir la paperasse.

Griff aimait les flics. À vrai dire, vous sauviez bien plus de gens, faisiez bien plus… de bien en étant flic plutôt que pompier. Les ratios d'héroïsme penchaient largement en leur faveur. Il y avait très peu d'incendie et d'accidents graves, mais dans un monde merdique, les connards fleurissaient comme des champignons.

Les attaques du 11 septembre avaient fait entrer les pompiers dans le nouveau millénaire, mais en réalité, un paquet des heures de travail des pompiers de New York consistait à rester assis avec les collègues à manger des trucs gras et à parler de filles – l'unité 181 de la section motorisée 333 en particulier. Alors Griff était sympa avec les flics et se souvenait toujours des soixante-douze officiers des Tours Jumelles qui avaient donné leur vie avec bien moins de fanfares de la part du reste du monde.

Sur les lieux de l'accident, l'équipe se démenait pour finir avant l'heure de pointe. Les camions de remorquage arrivèrent pour emporter les carcasses métalliques. Avant que le ciel s'éclaircisse, ils avaient même réussi à dégager deux voies entières avant de rentrer à la caserne.

Faisant faire marche arrière au camion, Griff sentit un poids qui pesait sur ses genoux et réalisa qu'il avait toujours le rouleau de cinq cents dollars en billets de vingt, comme un proxénète ; le liquide non réclamé de Dante le faisait transpirer entre les jambes comme une autre paire de bourses.

Pourquoi ne s'était-il pas montré ? Dans quel genre d'ennuis était-il ?

IV

QUATRE JOURS plus tard, Griff réalisa que Dante essayait en fait – sciemment – de l'éviter et il n'avait aucune idée du pourquoi.

En fait, Griff ne s'en était pas rendu compte avant le petit-déjeuner du troisième jour, après l'accident sur Gowanus, alors qu'il mangeait ses céréales dans la cuisine de son père en regardant le rouleau de cinq cents dollars posé sur la table à côté du sirop d'érable.

Bon sang. La moitié de la semaine s'était écoulée avec lui gardant une liasse de billets. Dante avait disparu de la surface de la Terre sans aucune explication.

Griff se sentait con à transporter autant d'argent, mais il ne voulait pas le redéposer à la banque. Il savait que Dante en avait besoin, mais toujours pas comment le lui remettre. Il conduisit jusque chez lui mais sa maison n'était pas éclairée. Bizarre. Il appela les Anastagio, mais ils étaient inquiets eux aussi parce qu'ils n'avaient pas eu de nouvelles de leur fils. Dante n'était dans aucun des bars qu'il fréquentait habituellement et ne répondait pas à son portable.

Il n'avait personne d'autre à contacter. Griff essaya de rester logique. Dante s'éternisait peut-être avec une de ses conquêtes ? Et s'il réagissait de façon trop excessive ? Était-il simplement jaloux ou possessif ? La dernière chose qu'il voulait était d'impliquer quelqu'un d'autre dans ses sentiments ridicules à lui. La panique s'épanouit et s'enracina profondément dans sa poitrine.

Onze heures plus tard, Griff était malade d'inquiétude, s'imaginant les pires scénarios : Dante était malade et n'avait pas accès au téléphone ; Dante était inconscient dans un fossé ; Dante avait quitté le pays ; Dante avait été abattu par un mari jaloux ; Dante avait été pris dans une explosion avec des vêtements empruntés et ne pouvait être identifié.

Atroce.

Pour une fois, Griff comprit au plus profond de lui ce que ressentaient les femmes de pompiers quand ils n'appelaient pas régulièrement pour les rassurer. À dix heures ce matin-là, Griff commença à contacter les autres casernes des environs de Brooklyn. Tout le monde pensait avoir vu

Anastagio, mais à la réflexion *non-je-ne-crois-pas-non-désolé*. Pas depuis le match lundi dernier. *As-tu essayé chez lui ?*

Griff passa plus d'appels et retraça les rumeurs. Utilisant le nom de son père et son grade, il appela le central et obtint une pièce du puzzle de la part d'un régulateur de surveillance. Il appela Bed-Stuy et une recrue de l'unité 111 qui ne savait pas qu'il n'était pas censé parler de l'endroit où était allé Dante lui donna une piste. Le surnom de l'unité 111 section motorisée 214 était… 'La Maison de Fous'. Et c'était bien pour une raison.

Leur secteur couvrait des quartiers inqualifiables, complètement déments : ils intervenaient sur des feux dans des maisons où la drogue avait élu domicile et sur d'énormes incendies criminels qui étaient souvent des arnaques à l'assurance. Ces hommes côtoyaient la folie, d'un niveau de destruction comparable à celui des jeux vidéo, sur une base quotidienne.

Le petit nouveau renvoya Griff vers un capitaine de Staten Island de retour d'un week-end passé au casino à Jersey. Il parla aussi au contremaître d'un nouvel immeuble de bureaux qui se construisait sur la zone des quais. Il essaya au Ferdinando au cas où Dante se serait arrêté pour manger un morceau au déjeuner à un moment donné. Enfin, Griff appela sa propre caserne et demanda à ce que l'un des lieutenants vérifie le registre de service.

Ding – ding – ding.

Deux nuits plus tôt, Dante était arrivé avec une demi-heure de retard mais avait pris la garde de quelqu'un d'autre. Il avait aidé une femme à accoucher dans le métro et éteint une pizzeria en flammes sur King Street avant de mettre les voiles. Oh, et Tommy se rappelait avoir vu sa voiture garée non loin du pâté de maisons.

C'était quoi ce bordel ? Pourquoi ne répondait-il pas au téléphone ?

Petit à petit, il reconstitua l'emploi du temps des derniers jours de Dante. Ce que Griff pouvait dire, c'était que son meilleur ami avait passé la moitié de la semaine à Atlantic City, manquant tous ses services. Il était rentré tard et avait pris un long quart de travail non programmé, puis enchaîné six heures sur un chantier de construction sur Columbia Street, et enfin s'était esquivé en douce pour couvrir une nuit digne d'un film d'action infernal pour un dingue de la 111 pendant ce qui aurait dû être son jour de repos. Et maintenant, avec à peu près trois heures de sommeil à son actif, il se traînait jusque chez lui pour en remettre une couche.

Il avait travaillé quarante-huit heures d'affilée et seul Griff n'en avait aucune idée.

Au diable la façon dont il veut mourir. Je vais le tuer.

Dans son camion, alors qu'il conduisait, Griff serra si fort le volant que ses jointures en blanchirent. Le rouleau de billets brûlait contre sa jambe. Il savait que quelque chose avait sérieusement foiré, mais Dante le tenait à l'écart. Il devait pourtant savoir que Griff ferait n'importe quoi pour l'aider. Qu'y avait-il de si terrible qu'il ne puisse lui en parler ?

Dante était trop fier pour demander de l'aide, d'accord. Mais ça, c'était dingue. Ils n'étaient pas censés travailler autant de tours d'affilée. C'était complètement et clairement suicidaire. Dante brisait toutes sortes de règlements et se figurait que personne ne le remarquerait ?

Juste après les événements du World Trade Center, tout le monde avait travaillé en quatre tours de vingt-quatre heures. Quand ils n'étaient pas de garde, les hommes prenaient un tour avec un autre groupe sur un autre camion. Personne ne rentrait à la maison et les familles comprenaient. Bon sang, les familles se portaient même volontaires à Ground Zero ou dans les hôpitaux. Chaque pompier prenait un service avec son unité puis se dirigeait vers Manhattan pour donner un coup de main à une équipe sur le terrain, descendant dans l'épicentre et enfin, passait son jour de repos à se rendre aux funérailles. Le quatrième jour, il recommençait au point de départ, à sa caserne. Une douche rapide et c'était reparti. Mais cela avait été une urgence nationale.

Ici, Dante se mettait lui-même et tous ceux qui l'entouraient en danger pour une raison stupide. Griff pensait à ce qui aurait pu arriver à son meilleur ami et cela lui donnait envie de vomir.

Les gars appelaient ça le syndrome du guichet automatique. Quand tu commençais à avoir tellement besoin de fric pour faire face aux factures et que tu te retrouvais forcé de multiplier des boulots à peine légaux pour amasser de l'argent rapidement. Tu traitais les urgences comme un distributeur automatique sans limites : tu composais le code et le retapais jusqu'à ce qu'au final, il te rende ta carte et tu finissais comme de la viande froide dans un sac zippé à la morgue de la ville.

Distrait, Griff fit brusquement tourner sa camionnette. Un taxi jaune klaxonna quand il tourna dans Court Street. Il roulait trop vite, mais il devait arriver avant que Dante reparte sur une mission.

Pourquoi Atlantic City ? Et l'argent ?

Griff se creusait la cervelle tandis qu'il filait à travers les embouteillages vers la caserne. Quelles étaient les possibilités ? Le jeu, la drogue, les putes, le chantage. Aucune ne ressemblait à Dante. Dante était un fêtard mais la majeure partie de son argent allait là où elle était supposée aller : la nourriture et l'hypothèque, la bière et le câble. Était-il possible que quelqu'un l'ait entraîné dans une arnaque ?

Le cœur de Griff battait d'un mélange toxique d'anxiété et de colère alors qu'il roulait à toute vitesse dans les rues étroites, essayant de ne rien renverser de vivant. Quand il tourna au coin du bon pâté de maisons, il ne prit même pas la peine de chercher une place pour se garer. Il laissa le camion sur un espace devant une bouche d'incendie, les pneus heurtant le trottoir à un angle tordu. Il coupa le moteur et mit le frein à main. Il descendit et claqua la porte si vite que la ceinture de sécurité se prit dedans.

Ils pouvaient lui coller une putain d'amende s'ils en avaient envie.

À mi-chemin de la caserne, il réalisa qu'il avait laissé ses clés à l'intérieur. Il n'y retourna pas ni ne ralentit le pas.

DANS LA caserne, Griff dépassa au pas de course le hall d'accueil pour se diriger droit vers l'escalier. En arrivant dans le dortoir, il trouva cet arrogant fils de pute en train de faire son putain de lit.

— Je sais. Je sais. J'ai merdé.

Dante marcha vers lui entre les lits étroits, les mains levées comme un drapeau blanc... coupable, l'épuisement se lisant sur son visage mal rasé. Ses vêtements étaient toujours poussiéreux de son intervention à la Maison de Fous. Crétin.

Griff traversa la pièce en quatre enjambées.

— Après avoir travaillé une double garde ? Et à la Maison de Fous ? Tu es complètement dingue ?

Il balança son poing qui se connecta solidement à la mâchoire carrée de Dante.

Bam !

Dante s'effondra sur le sol comme une pile de linge sale. Il resta là, un bras levé pour se protéger.

— Bon Dieu.

— Tu es stupide ? Tu aurais pu te faire tuer, Anastagio.

Griff secoua la main, se sentant à la fois coupable et dans son droit.

— Tu joues les héros. Ou tu aimes tellement le son de la cornemuse que tu veux que j'en joue à tes funérailles ? Y as-tu pensé ? Ta famille, bordel ? Les gens...

Il essaya de reprendre sa respiration.

— Les gens tiennent à toi, connard !

Le bruit avait attiré un public qui avait déboulé de l'escalier d'un pas lourd. Trois jeunes gars se montrèrent sur le seuil, pas sûrs de savoir s'ils devaient s'en mêler et ne voulant pas vraiment essayer de se frotter au géant roux. Ils jetèrent un œil à ses poings et ses épaules massives d'un air méfiant.

À côté de son lit à moitié fait, Dante leva une main vers eux et leur fit savoir de rester en dehors de ça.

Bonne décision.

Griff siffla entre ses dents serrées.

— Pour de l'argent. De l'argent ! Le service des pompiers de New York n'est pas une putain de tirelire que tu peux casser à chaque fois que tu en as besoin, D.

Une recrue un peu nerveuse fit un pas courageux dans la salle de repos.

— Ça va, Anastagio ? demanda-t-il, ses yeux volants vers Griff, les mains levées en signe de paix.

Par terre, Dante cracha et hocha la tête. Il renvoya tout le monde à leurs affaires d'un geste de la main. Les membres de l'équipe s'éloignèrent par la porte en marmonnant, puis ils furent à nouveau seuls.

La bouche de Dante saignait et Griff se sentit immédiatement comme le dernier des enfoirés. Bon, à première vue, il *était* un enfoiré.

— C'est une histoire de drogue ? De jeu ? Bon sang, qu'est-ce que tu as fait ? J'ai dû mentir à tes parents.

Griff baissa le ton par la force de sa volonté. Il garda les poings le long de son corps.

— S'il te plaît. Quoi que ce soit, je peux arranger ça. Je peux aider. Mais tu dois me parler. Allez.

Là, par terre, Dante haussa les épaules, secouant la tête.

— Je suis désolé.

Griff voulait lui tendre la main mais savait qu'il avait encore l'air trop effrayant. Il avait peur d'étreindre son ami de soulagement alors il resta comme hypnotisé avec les mains immobiles : *tu as sommeiiiil.*

Griff se sentit minable d'amener les histoires de famille sur le tapis à la caserne. *Merde.* Tout le monde détestait ça quand les femmes… passaient à l'improviste pour surprendre l'un des gars avec un mélodrame. C'était assez dingue ici sans que le reste du monde fasse irruption. Et plus, les pompiers propageaient des ragots bien pires que des religieuses en vacances.

— J'ai essayé de me faire un peu d'argent au casino. Atlantic City. C'était stupide et j'ai perdu.

Dante frotta sa mâchoire et lécha le sang sur sa lèvre.

— J'avais besoin d'un miracle et il ne s'est pas produit.

— Alors demande-moi ! Quoi que ce soit. Demande-moi, mec. Je vais te *faire* un miracle. Mais tu dois me dire ce qu'il y a… juste me le dire.

Griff scruta le visage fatigué de son meilleur ami, le suppliant pour une explication.

— J'ai paniqué. Je ne savais pas quoi penser, ajouta-t-il.

Vrai.

— Pardon, murmura Dante en hochant la tête.

Les cernes sous ses yeux étaient presque violets.

— Je sais. S'il te plaît… Je suis désolé, Griffin.

Bon dieu, il ressemble à l'enfer en boîte.

Griffin fourra les mains dans ses poches, faisant tinter la monnaie.

— Nous pensions que tu étais blessé. Ta famille est dans tous ses états.

C'était un mensonge, plus ou moins.

— C'est pour ça que je n'ai rien dit à personne. Je…

Dante se tut. Il passa un genou sous lui et essaya de se redresser. Il resta au sol.

— Aïe.

— Parle-moi, D.

Griff respirait doucement dans la pièce aux lits étroits, attendant que Dante trouve les mots pour lui raconter ce qu'il avait à dire.

— Ils vont prendre ma maison. La banque.

La maison de Dante était une Brownstone délabrée de quatre étages dans le quartier le plus difficile de Cobble Hill, juste à la limite de Red Hook. Il l'avait rachetée suite à une saisie et cela se voyait. Quand il avait contracté l'hypothèque, il y avait des murs et des planchers et même des plafonds manquants dans certaines pièces. Les escaliers n'atteignaient pas les deux étages supérieurs. Le jardin à l'arrière était un tas de cendres et dans le sous-sol humide s'empilaient deux décennies de catalogues et de magazines automobiles. Travaillant pendant ses jours de repos, Dante avait fait trois ans de rénovation avant même de pouvoir emménager au rez-de-chaussée. Tous ses potes lui avaient donné un coup de main ; son frère Paulie lui avait fourni du surplus de matériel et la liste avait été assez longue pour retapisser le salon. Une fois retapée, il prévoyait de louer un étage comme garçonnière, mais il faudrait encore quelques années pour en arriver là. En fait, depuis le 11 septembre, Dante avait vécu pour cette maison et Griff aurait fait n'importe quoi pour l'aider à la garder.

Assis par terre, Dante se mit sur un genou, le contemplant comme un chevalier débraillé essayant de faire une demande en mariage.

— Deuxième avis, mec. Je ne peux pas continuer à payer en retard.

— Depuis quand ? demanda Griff en secouant la tête.

Il se pencha vers lui, se sentant un vrai connard.

Dante attrapa la main de Griff pour se remettre sur pied. Il grimaça et vacilla, serrant son bras.

— Plusieurs mois. Bon, cinq en fait. Je sais que cette maison est un trou, mais c'est mon trou. Je ne suis tout simplement pas prêt à admettre l'échec et être un putain de raté, G. Tu comprends ?

Griff comprenait. Il pensa à la chambre dans laquelle il dormait dans le sous-sol moisi de la maison de son père. Il pensa à tous les mecs qui avaient squatté chez Dante sans jamais proposer d'argent pour le repas ou même de la bière, tous les mariages bancals que Dante avait aidés à remettre d'aplomb à sa façon stupide, incroyable et généreuse.

— Je suis désolé de t'avoir frappé, murmura Griff.

— T'as intérêt. Je ne suis pas stupide. Bon, peut-être, mais je ne suis pas stupide là maintenant, d'accord ? Merde ! Tu es trop fort pour me frapper.

— Je m'inquiète pour toi, dit Griff en regardant les rangées de lits étroits, les affiches collées aux murs, avant de reporter les yeux sur lui.

Dante sourit légèrement.

— Je m'inquiète pour moi aussi ! Je suis le beau gosse. Qu'allez-vous faire, bande d'enfoirés, pour récupérer mes conquêtes si tu me bousilles le portrait ?

Il se frotta la mâchoire, ouvrant la bouche pour tester la douleur. Les cernes sous ses yeux lui donnaient l'air de ne pas avoir dormi depuis une semaine. Peut-être était-ce le cas.

— Tu m'as foutu la trouille.

— As-tu déjà… As-tu déjà tenu à quelque chose à un tel point que tu te perdes complètement pour elle ?

Les yeux de Dante plongèrent dans les siens comme un jugement, même s'il ne réalisa pas la portée de ses paroles.

N'était-ce pas le cas ?

Ils étaient face à face, les yeux dans les yeux, et Griff pouvait à peine le supporter.

— Tu as le cœur plus grand que n'importe qui, Griff.

La main rude de Dante l'attrapa par la nuque et le retint pour qu'il ne puisse détourner les yeux.

Griff n'essaya pas. Il déglutit et déplaça son poids inconfortablement, mais il soutint ce regard perçant sans ciller et sut qu'il ferait tout, littéralement, pour aider Dante. Il savait tout à propos de se perdre pour quelque chose qui comptait.

— Alors quoi, tu vas vendre un rein ? Braquer une banque ?

— Non. J'ai trouvé quelque chose. Un mec m'a proposé un genre de boulot.

Un sourire s'épanouit sur sa lèvre fendue, et soudain Dante était aussi heureux qu'un gamin à Noël.

— L'autre soir au Bone. Tu l'as rencontré : le mec chauve en costume.

Griff essaya de se remémorer le visage de l'homme qu'il avait vu à la fête du 11 septembre. Il se rappelait un chauve, un costume.

Oh ouais, l'altercation avec le Portoricain.

— Le Russe ?

— Ouais. Alek quelque chose. J'ai sa carte. Apparemment, il gère une espèce de site web.

— Alek, répéta Griff en sentant un nœud froid d'anxiété lui contracter l'estomac. Quel genre de site ?

— Tu sais… osé.

Dante agita ses sourcils.

Ne craque pas, reste calme Griffin.

— Tu veux dire… porno ?

— Hé, qu'est-ce que tu crois ?

Dante s'assit sur le lit et fixa Griff sombrement.

— Ce n'est pas un cours de cuisine.

— Je ne pense pas que ce soit une si bonne idée, Anastagio.

Griff s'assit sur la couchette opposée. Il se tritura les méninges pour essayer de penser à un argument qui permettrait à son pote de garder son pantalon et ses fesses loin d'Internet.

— En fait ça pourrait être la pire idée que tu aies jamais eue de ta vie. Ce qui en dit long vu ton histoire mouvementée.

— Haha, fit-il avec sarcasme. Je veux dire, ce n'est pas dégueu ou quoi que ce soit. Comme des animaux, des gâteaux ou dans ce genre-là. Et c'est bien plus d'argent qu'on s'en fait en bouffant de la fumée.

Dante hocha calmement la tête devant la raison évidente et logique de l'idée.

— Totalement professionnel. Il filme dans un studio sur la 10ème Avenue, à Sheepshead Bay.

Des pics se formèrent du morceau de glace niché au creux de l'estomac de Griff, et la rougeur de colère grimpa le long de sa gorge jusqu'à sur son visage.

— Tu, euh… attends. C'est comme un site de mecs à poil ? Alek dirige un site web avec des mecs exposant leur camelote et il te veut dessus ?

— Eh bien, je n'avais pas de vagin la dernière fois que j'ai vérifié, G.

Dante leva les yeux au ciel et son visage se plissa d'un froncement de sourcils exaspéré.

— Donc, ouais, ce sont des mecs.

Griff le pressa de questions.

— Tu es allé sur ce site ? Tu as vérifié ?

— Je vais le faire. Je veux dire, je n'ai pas encore Internet chez moi et je ne peux pas exactement…

Il baissa la voix jusqu'à ce qu'elle devienne un murmure et son regard vola vers la porte.

— … surfer sur 'les ânes qui bandent, c'est nous' pendant que je travaille.

— Tu rigoles. C'est comme ça que ça s'appelle ?

Aussitôt que les mots sortirent de sa bouche, Griff souhaita ne pas avoir demandé.

— Non. C'est tige brûlée quelque chose. Non, attends. Ce n'est pas ça.

Il tira une carte de son portefeuille.

— Tetebrulee.com. Tête brûlée. Tu piges ?

Merde.

— J'ai pigé.

TêteBrûlée. Maintenant, il ne serait *jamais* capable de l'oublier, et le savoir allait le rendre fou. Dante remit la diabolique petite carte dans son portefeuille.

— Il va me payer presque mille dollars pour me déshabiller devant la caméra. Ça va prendre environ deux heures. Rien de difficile.

53

— Mmh mmh.

— Et, tu sais, se branler aussi… je suppose.

Le regard de Dante vola à nouveau vers la porte comme s'il craignait que le reste de l'équipe entre en trombe à la recherche d'un peu d'excitation.

— Juste s'astiquer le manche. Pour du fric ! Comme si je ne le faisais pas déjà quatre fois par jour.

Une autre chose que je n'aurais jamais dû savoir.

Ce n'était pas comme ça que Griff avait imaginé sa journée, ou même cette conversation. Pour une fois, il souhaita que son meilleur ami ait un minimum de pudeur. L'idée de Dante en train de se branler était assez moche, mais pour un public ? Un public masculin ? Un public masculin représentant des millions de gens ? La glace dans son estomac se transforma en sueur froide.

Seigneur Jésus, Marie, Joseph.

À cet instant précis, Griff comprit pourquoi les deux hommes s'étaient battus cette nuit-là au bar, pourquoi le gamin avait eu une saute d'humeur, pourquoi Alek avait été si évasif. *Sans déconner.* Il avait trouvé un mec avec de superbes abdos et des factures qu'il ne pouvait pas payer. Bingo. Il avait tourné un film porno avec ce petit Latino et sa copine l'avait découvert. *Merde de merde.* Il était fort probable qu'il soit venu à cette fête du 11 septembre pour recruter des talents : une classe ouvrière de mecs musclés connaissant quelques difficultés financières. Dans l'économie actuelle, il y avait du surplus.

Désormais Griff avait l'impression d'être un parfait trou du cul ; il s'était interposé pour défendre ce sac à merde russe et pervers contre un pauvre mec dopé dont il avait tiré avantage. Il ne le savait pas ; il ne le savait pas ! Il aurait voulu pouvoir remonter le temps et aider le petit Portoricain à rendre la monnaie de sa pièce à Alek avant qu'il ait une chance de faire son offre mielleuse à d'autres gars désespérés.

Comme mon meilleur ami.

La dernière chose dont il avait sacrément bien besoin : avoir Dante nu et excité à un clic de souris.

Griff se leva pour se rasseoir sur le petit lit à côté de Dante.

— Tu sais, ce n'est pas de l'argent gratuit. Et ce n'est certainement pas amusant ou quoi que tu en penses, sinon ce connard ne paierait pas les gens pour le faire.

— Il m'a offert près de mille dollars. Bon, six cents plus bonus. Je n'ai aucun complexe. Si je fais ça une fois ou deux, je serai capable de sortir la tête de l'eau.

Dante compta les avantages du porno sur ses doigts parfaits.

— Payer mes factures. Me faire prendre de l'avance. En plus, ce sera super pour mon ego.

— Tout à fait ce dont tu as besoin, ironisa Griff en levant les yeux au ciel et reniflant.

— Tu sais, tu pourrais venir avec…

— Non.

Griff le remballa rapidement, ses narines se dilatant alors qu'il inspirait une bouffée d'air jusque dans ses poumons.

— Alek me demandait si tu serais…

— Bordel, non ! Et à mon avis tu ne t'approcheras pas de ce proxénète une fois que tu y auras réfléchi. Est-ce que tu as un problème au cerveau ? Et si tes proches le découvrent ? Ou le département, putain ? Tes voisins ? Les gens qui t'aiment ! Imagine si ta mère te voyait en train de t'astiquer la queue. Allez, mec.

— Conneries. Ma ne sait même pas comment on allume un ordinateur. En plus, il y a des milliers de ces sites diffusant du porno, ce sera donc mon aiguille dans une botte de foin.

Dante secoua la tête et passa une main dans ses cheveux ondulés.

— Qui a à le savoir ? Je ne comprends pas pourquoi ça te met tellement en colère.

Griff se tourna vers Dante, s'adressant directement à lui comme s'il était un patient avec une blessure à la tête dans un service psychiatrique.

— Le porno c'est pour toujours, Dante. Quand tu réalises que tu as fait une énorme erreur et que tu veux tout arrêter, les vidéos de toi éjaculant sont déjà partout, et cette confiture ne va pas retourner dans son pot.

— Et alors ?

Dante retroussa les lèvres et prétendit ne pas entendre ce que Griff disait.

— Ça va peut-être m'ouvrir un nouveau champ de possibilités pour la drague.

— Ouais, ouais. Tu plaisantes avec ça, mais tu ne voudras pas que ton attirail se retrouve là où tous les pervers au monde pourront y accéder. Rien ne vaut ça.

— Ooh !

L'engrenage se mettait en route dans la tête de Dante. Le porno était quelque chose dont tout le monde plaisantait, et il ne voulait pas être un sujet de plaisanterie.

Réfléchis. Réfléchis, crétin. Griff croisa mentalement les doigts et offrit une petite prière, regardant Dante envisager les différentes possibilités. Il essaya de penser aux pires choses qu'il pouvait prédire pour instiller un peu de bon sens à son meilleur ami, mais il resta tranquille de peur de lui donner des idées plus stupides encore.

Le visage de Dante s'allongea.

— Je vois ce que tu veux dire.

— Dis-lui non.

— C'est beaucoup d'argent cependant. Sérieusement.

— Je t'aurai l'argent, asséna Griff en l'épinglant sous son regard gris acier. Regarde-moi ; je te le promets. Je jure devant Dieu et les anges sur la tombe de ma mère. Quoi qu'il m'en coûte, Anastagio. Je ferai en sorte que tu ne perdes pas ta maison. Je prendrai soin de toi quoiqu'il arrive. D'accord ?

Dante sourit et hocha légèrement la tête en signe de triste gratitude.

— Je sais, G. Je sais que tu le feras. J'essayais juste de prendre soin de moi-même.

V

Dante ne reparla pas de l'histoire du site porno et Griff se convainquit qu'il avait abandonné l'idée. Il continua juste de glisser de l'argent dans le portefeuille de Dante et d'acheter la bière et le dîner.

Septembre touchait presque à sa fin. Dante ne mentionnait ni l'argent ni les factures, passant simplement ses jours de repos à travailler sur les chantiers. Griff supposait qu'il avait tiré un trait sur le problème du prêt. Dante avait repris son quotidien et Griff lui avait évité de vendre sa chair fraîche sur cette saloperie de TêteBrûlée. Pendant six jours, il trouva facilement le repos, sachant qu'il avait gardé Dante en sécurité.

Une soupe de poisson lui prouva le contraire.

Une semaine après la fameuse discussion financière, Griff avait accepté un remplacement vraiment pourri, un samedi, pour un collègue qui faisait baptiser ses jumeaux. Sur environ six heures, trois casernes avaient été appelées pour éteindre un mauvais feu d'entrepôt aggravé par la sécheresse estivale et de vieux tonneaux de paraffine que quelqu'un avait stocké au deuxième étage.

Le temps qu'il soit relevé de sa garde, ses cheveux et sa peau étaient toujours enfumés même après deux douches. Tout ce qu'il voulait faire, c'était rentrer chez lui et fourrer sa tête dans l'oreiller jusqu'au prochain lever de soleil. Mais Dante avait laissé un message indiquant qu'il faisait des cioppino pour le dîner, le plat favori de Griff entre tous, et il savait que cela prenait un jour à préparer et cuisiner. Dante serait allé en voiture jusqu'au marché de poissons et serait revenu avant le lever du soleil.

Tu veux venir, G ?

Griff l'aurait tué.

C'était un calumet de la paix si évident que cela ne pouvait signifier qu'une chose : Dante avait traîné son stupide cul sexy jusqu'à Sheepshead Bay et s'était foutu à poil devant la caméra pour se défoncer pour cette ordure sordide de Russe négociant en porno. Le plan de salut absurde classé X de Dante avait commencé.

Peut-être que personne ne le verrait ; peut-être qu'il exagérait ; peut-être que ça n'avait pas d'importance.

Conneries.

Griff marcha jusque chez Dante depuis la caserne de Red Hook et essaya de se calmer alors que le soleil plongeait derrière les bâtiments dans la rivière cachée. Il savait pourquoi Dante l'avait fait : pour prouver qu'il le pouvait, pour se la jouer, pour le choquer ainsi que tous ceux qui le découvriraient. Stupide connard.

Il ne put décider ce qui était pire : la culpabilité ou la tentation. Il n'avait pas été capable d'empêcher son meilleur ami de faire une erreur ridicule ; *et* le mec même de ses rêves avait fait une vidéo carrément chaude qu'il pouvait facilement regarder autant qu'il le voulait.

À l'aide.

Griff tourna au coin de la rue ; il réalisa qu'il avait oublié d'amener de la bière ou du vin ou un baril de lubrifiant. *Ouais, bien sûr.* Le temps d'avoir cette pensée, il grimpait déjà les marches jusqu'à la porte d'entrée vitrée. La maison de Dante était toujours éclairée quand il était chez lui.

Dante commença les hostilités à la minute où il ouvrit la porte, défiant Griff là, sur le perron, avant qu'il ait pu dire un mot. *Vlan !*

— Ouais, ouais. Ne commence pas. Je me suis branlé ! Et alors ? En plus, le Russe m'a filé *huit cents* billets, et je me suis juste assis dans ce fauteuil en cuir fantaisie pour faire cracher le vers.

Dante avait le visage aussi rouge et heureux que le gagnant d'une loterie quand il retourna à l'intérieur de la maison.

Griff le suivit jusqu'à la cuisine carrelée. Lorsqu'il entra, il sentit la soupe de poisson : la saumure, l'ail et d'autres arômes, du vert, mélangés à la recette. Dante savait qu'il avait merdé ; le cioppino était censé le leur faire oublier, à tous les deux.

— Internet, ça ne s'efface pas.

Griff ne put garder son commentaire pour lui.

Dante se lava les mains et les sécha sommairement.

— La belle affaire. Et il a dit que j'avais été vraiment bon, ce mec, Alek. Et je peux le refaire. La prochaine fois peut-être qu'il me paiera pour me taper une gonzesse. Deux gonzesses. Vingt nanas me chatouillant avec un caniche. Je m'en fous. Ça colle à mon emploi du temps. Dingue, hein ?

Dante leva la main pour la taper dans celle de Griff, qui l'ignora. Griff resta immobile. Ses yeux gris restèrent verrouillés sur ceux de Dante.

— C'est cool, hein ? Je suis fier de mon corps. Pas toi ? Bon sang, on trime assez pour rester en forme.

Griff ouvrit la bouche et la referma. L'ouvrit à nouveau, puis la ferma avec un froncement de sourcils.

Dante commença à couper les tomates écarlates avec un vieux couteau sur le comptoir marqué, prétendant être raisonnable et rationnel.

— Écoute, j'ai juste besoin d'un peu d'argent pour me maintenir à flot, G. Pour les factures de la maison. Je dois le faire. Ce n'est rien d'autre. Je ne suis pas accro. Je n'attraperai pas de maladie en me touchant moi-même.

Pfft... Les dés de tomates glissèrent dans un bol. Dante se lécha les doigts.

— Pour te masturber.

Griff prit de profondes inspirations et essaya de *ne pas* imaginer son meilleur ami en train d'ouvrir son pantalon et de se mettre au boulot.

Le poing de Dante fit mine de s'activer sur un salami imaginaire.

— Ouais, comme si je ne faisais pas ça mécaniquement de toute façon.

Il fouilla dans les armoires et en sortit un pot qui contenait des brindilles d'herbes aromatiques.

— Et c'est tout.

Dante mâchonna une des brindilles et hocha la tête, rassurant Griff comme si c'était lui le mec bizarre, comme si c'était *lui* qui ignorait l'évidence.

— Je me suis pointé. J'ai taquiné le cornichon dans mon uniforme. Et voilà !

De pire en pire.

— Ton uniforme ?

Dante hacha quelques brindilles et une forte odeur de réglisse se répandit dans la pièce.

— Tout le truc du site web repose sur des mecs canons hétéros en uniforme. Soldats, flics, ambulanciers. Je ne sais pas moi, postiers.

Dante haussa un sourcil.

— Quelqu'un baise-t-il vraiment les postiers ? Bon, ouais, d'où viendrait le fantasme, sinon ?

Les herbes coupées se retrouvèrent dans de l'huile dans une poêle.

L'estomac de Griff gronda. Il passait un moment difficile à essayer d'oublier le nom du site web TêteBrûlée ; à essayer d'oublier combien il serait facile d'avoir les yeux doux de Dante qui le regarderaient depuis l'écran de son ordinateur pendant qu'il se pomperait la queue. Même à travers les vêtements de Dante, Griff pouvait imaginer à quoi son corps ressemblait. Il essaya de garder son air dégoûté et s'éloigna.

— Et si tu te fais prendre ? Tu pourrais te faire virer pour avoir utilisé l'uniforme… d'une manière indigne, et bla-bla-bla.

— Ah, tu vois ! J'ai pensé à ça. C'est vrai !

Dante fit craquer son cou, arpentant la pièce, crépitant d'une énergie joyeuse.

— Donc j'ai masqué mon matricule. Personne ne le saura. Bon, quelqu'un pourrait, mais si des gens me voient ce n'est pas comme s'ils allaient claironner qu'ils sont membres d'un site porno amateur.

Tenant dans son poing des gousses d'ail pelées, Dante s'arrêta devant Griff pour lever les yeux à la simple mention de cette idée.

Griff plissa les yeux en réponse.

— Qui regarde ça, à ton avis ?

Griff devait poser la question ; il savait que Dante ne demandait rien à personne. C'était comme débattre avec un martien, un martien avec une blessure à la tête et le plus sexy des sourires en coin.

— Qui ne regarderait pas ? Bon sang, je vais regarder la prochaine fois que je ramène une fille. Je lui baiserai le cul *et* les yeux. Je suis une star du porno.

Dante serra la bosse sous sa boucle de ceinture si fort que Griff put en distinguer le contour arrondi à travers le denim.

Griff se passa une main sur les yeux.

Il doit savoir ce qu'il fait quand il fait ça.

— Des mecs vont sur ces sites, D. Réfléchis ! Je me fous de ce qu'on t'a dit. Ce ne sont pas des femmes au foyer en chaleur, mec. Des hommes vont tirer le carlin en te regardant. Des homos dans l'intimité de leur maison vont jouir sur toi en train de… faire tes, euh, trucs.

Griff leva les mains comme s'il cherchait à se protéger d'une collision.

— Grand bien leur fasse. Qu'est-ce que j'en ai à faire ? Mon… truc est quelque chose de beau. Et être aussi bandant est une terrible responsabilité.

Dante fléchit un bras parfait jusqu'à ce que son biceps couleur olive gonfle contre la manche de son tee-shirt comme un pamplemousse. Il le lécha.

Griff le gifla presque.

Dante lui fit un clin d'œil, fier de lui.

Griff le gifla.

— Bordel, mais qui es-tu, mon grand-père ? Ne t'avise pas de me juger. Certains d'entre nous n'ont pas de complexe.

Le visage de Dante se fit dur, presque méfiant. Il garda une main en l'air comme s'il se tenait prêt à bloquer un coup.

— Écoute, Griff, j'ai trouvé une solution par moi-même. Une avec laquelle je peux vivre pour garder ma maison.

Il reporta toute son attention sur le couteau et l'ail qu'il hachait finement sur le papier avec un soin exagéré, le visage déconcerté et triste.

— J'espère que ta famille et le FDNY peuvent vivre avec ça aussi, D. Des mecs se font virer à cause de cette merde.

Il veut que je sois content pour lui. Si je ne le désirais pas autant, je le serais.

Griff marcha jusqu'au salon pour se tenir devant la baie vitrée et regarder la rue sombre en contrebas. La pièce était meublée de pièces de récupération et de bric-à-brac. Il compta jusqu'à dix et respira un grand coup. Il puait toujours la fumée de l'entrepôt en flammes.

J'agis comme un con parce que je lui mens, et ce n'est pas de sa faute.

En haut du pâté de maisons, un Latino trapu dans la cinquantaine promenait un pit-bull. En fait, le chien promenait l'homme, tirant sur sa laisse suffisamment fort pour lui arracher le bras. Un livreur coréen pédalait dans le mauvais sens de circulation. Un adolescent grincheux sortait les poubelles pour les mettre dans les containers en face de chez lui. Le ciel nocturne était nuageux au-dessus des autres Brownstones, pas de lune et pas d'étoiles.

Rien à faire. Rien à faire.

Il entendit Dante entrer discrètement dans le salon.

Griff eut la soudaine envie de se retourner et de tout confesser à son meilleur ami, là tout de suite : son désir, sa panique, son chagrin, son espoir… Il pouvait sentir la confusion tranquille de Dante émaner derrière lui par vagues… comme s'il lui demandait : *G, c'est quoi le problème ?*

Va lui expliquer ça, petit génie.

Se rapprochant de lui, Dante parla avec prudence.

— Il n'a même pas l'air d'être, tu sais, homo. Je pense qu'il est là-dedans seulement pour l'argent, lui aussi. Sérieusement. Ce business c'est comme, *tout* bénéfice.

Griff garda les yeux sur la rue, la voix ferme, les bras croisés si fermement que ses avant-bras bombaient contre sa poitrine.

— Anastagio, il est homo. Crois-moi sur parole.

61

— Et alors ? Quoi ? Tu as quelque chose contre les homos ?

— Non !

Encore une fois, Griff eut la folle impulsion de tout confesser, qu'il réprima.

— Non. Mais il ne dirige pas un site porno gay et ne regarde pas des mecs hétéros se pomper le moignon parce qu'il aime la pension que ça lui rapporte. Il veut baiser ton cul osseux et poilu. Pendant que tu es assis là, en ce moment même, à jubiler sur quelques centaines de dollars, il se branle sévère avec dix millions d'autres gars en train de te regarder faire pareil.

Si j'avais des couilles, je te regarderais aussi.

— Va te faire foutre. Mon cul n'est pas poilu.

Dante réussit à avoir l'air sincèrement insulté alors qu'il s'asseyait sur le canapé usé qui faisait face à la fenêtre.

— Bon sang.

Griff se gratta fortement la tête à deux mains. *Scratch – scratch – scratch.* Pourquoi ne pouvait-il pas s'expliquer correctement ? Il quitta la fenêtre et s'assit par terre, pas contre la jambe de Dante, mais tout près.

— Je ne sais pas à propos de son cul à lui. Il est russe, donc peut-être, mais je n'aurais jamais à le savoir. Et c'était huit cents dollars.

Griff pouvait sentir son cerveau bouillir, cherchant une solution à quelque chose que son meilleur ami ne voyait pas comme un problème.

— J'essaye de prendre soin de toi, là, tu comprends ?

Dante glissa du canapé sur le sol à côté de lui et cogna leurs épaules ensemble. Il sentait le jus de citron et le poivre. Son bras était si chaud contre celui de Griff.

— Merci. Vraiment, G. Merci. Mais je vais bien. C'est bon. Ce mec dirige une affaire propre. Fais-moi confiance.

Griff n'en démordrait pas.

— D'accord. Mais pas question que je fasse confiance à cette ordure de proxénète au crâne rasé. Tu peux lui dire de ma part que s'il te fait des emmerdes, s'il lève un seul de ses poings russes sur toi, ton pote viendra s'occuper de lui et quelqu'un aura besoin d'une épuisette pour ramasser les morceaux.

Il pouvait sentir des ondes meurtrières s'échapper de lui comme des vagues de chaleur qui s'élèveraient de l'asphalte sur une autoroute.

Jésus, Marie, Joseph. Il avait besoin d'un verre et de réfléchir avant de craquer.

— D'accord, Griffin. D'accord. Je te le promets.

Dante tapota son épaule avec précaution comme s'il faisait face à chien enragé, essayant d'apaiser une psychose pour revenir à une situation normale. Il passa une main dans ses boucles noires comme la nuit et laissa échapper un soupir épuisé.

Griff savait qu'il avait l'air parano quand il parlait comme ça. D'être complètement cinglé, mais il devait le dire et il ne put s'en empêcher.

— Tu es mon frère, mec. Nous savons tous les deux qu'il y a des minables sans couilles qui profitent de toi parce que tu es dans la merde. Je déteste ça, bordel. Si j'avais de l'argent…

— Tu n'en as pas. C'est bon. Ne t'inquiète pas autant. Sérieusement, tu vas avoir une attaque. Et ensuite, moi aussi j'aurais une attaque.

Dante se remit debout et offrit une main à Griff pour l'aider à faire pareil.

Griff se leva, lui tournant le dos, déterminé à ne pas s'excuser parce qu'il s'en faisait pour lui.

— Ta vie a besoin d'un airbag. Je te jure, Anastagio, tu aurais dû naître équipé d'un de ces gadgets.

Juste à cet instant, Dante se pencha contre lui, son front posé entre ses omoplates pendant un court moment, si hésitant que Griff retint son souffle. Sa voix était presque embarrassée.

— Nan. Tout le monde sait que je suis né défectueux. Ils ne t'ont installé que bien plus tard.

Griff se retourna et le regarda avec surprise, son visage s'empourprant, pas très sûr de ce qu'il devait dire, ce qui semblait sans importance. Le moment s'étira de manière gênante comme s'ils attendaient tous les deux que l'autre dise quelque chose, fasse quelque chose.

Il doit savoir, non ? Sois fort, Muir.

Dante sourit.

Griff rougit.

La sonnette retentit.

POIGNARDÉ PAR le gong !

Griff eut l'impression qu'il allait mourir à force de rougir. Comme si tout le sang avait été drainé de sa tête jusqu'à ce qu'il tombe dans les pommes d'embarras ou d'une érection hyperactive.

63

Dante ouvrit la porte et trouva une Loretta en larmes montant les quelques marches, serrant dans ses bras sa fille de quatre ans, peut-être cinq. Nicole tapotait les boucles brunes de sa mère, essayant de la calmer.

Joins-toi à la fête.

— Tout va bien, chérie. Je vais bien, mentit Loretta, la voix rauque.

Griff se demandait pourquoi elle était si bouleversée et pourquoi elle débarquait chez son frère sans vraiment prévenir. Mais surtout, il se demandait s'il serait capable de parler en adulte normal après ce qui était presque arrivé.

Qu'est-ce qui était presque arrivé ?

— Salut, dit Loretta avec un sourire qui n'atteignit pas ses yeux bruns. Contrairement à celui de Dante.

— Salut. Viens, entre.

Loretta avait-elle entendu quoi que ce soit sur le perron ? Avait-il dit quelque chose… qu'il ne fallait pas ? Elle avait les yeux gonflés et les mains tremblantes.

— Je ne voulais pas vous détourner de votre projet de soirée entre mecs.

Griff s'étouffa. L'endroit où le visage de Dante avait reposé lui sembla avoir brûlé.

— Euh.

Dante géra la reprise en douceur.

— Nous parlions affaires. J'ai, euh, encaissé un investissement et Griff pensait que c'était une action stupide.

Loretta n'écoutait pas son frère lui raconter quelque chose qui s'approchait dangereusement de la vérité. Elle se dirigea vers les odeurs de cuisson, et les gars la suivirent. Nicole se tortillait dans ses bras, trop âgée pour être encore transportée partout comme ça.

Loretta et son mari Frankie avaient probablement eu une autre querelle au téléphone. Il était sous contrat civil à Bagdad, et Loretta détestait qu'il soit loin si souvent, mais ses revenus étaient importants et son engagement était presque terminé. Ils avaient l'intention d'acheter une maison avec assez de chambres pour leur famille grandissante s'il ne se faisait pas mettre en purée dans une explosion entre temps. Elle avait un tas de raison d'être en colère.

Dans le couloir sombre qui longeait la salle à manger inachevée, Nicole se retrouva finalement par terre et attrapa la main de Dante. Ils suivirent tous Loretta dans la cuisine emplie de vapeur de cuisson.

— Vous êtes bêtes ou quoi, de manger des têtes de poisson ?
Dégoûtant !

L'horreur sur le visage de Loretta était lyrique : ses boucles sauvages
en tire-bouchon autour d'un masque tragique taché de mascara.

Tout était démesuré et fou avec Loretta, toutes ses réactions. Elle
utilisait ses accès de colère comme un sédatif. Griff trouvait ça attachant
d'une certaine manière, mais il savait que ses crises d'hystérie lessivaient
complètement sa famille. Pendant deux secondes, Griff crut qu'elle allait
vraiment ouvrir la bouche et chanter une folle aria à propos de têtes de
poisson tout en agitant un hachoir autour de la cuisine en acier inoxydable
de son frère. Il étouffa le sourire qu'il sentait poindre sur son visage.

— Quoi ? demanda Loretta en se retournant, les yeux écarquillés,
pour lui jeter un regard noir, encore plus dérangé maintenant, encore plus
comme si elle était sur scène au Met, un casque à cornes sur sa crinière
brune pendant qu'un palais en tête de poisson brûlerait autour d'elle.

Griff ne put s'empêcher d'éclater de rire.

— Rien, rien. Non. Nous ne mangeons pas les têtes. Ton frère fait du
bouillon pour le ragoût.

Dante agita le contenu de la casserole avec une cuillère en bois, puis
ajouta une poignée de poivre noir.

— Cioppino. Ou cacciucco, selon le village. Méli-mélo de soupe de
poisson. *Nonna* avait l'habitude de la faire.

Griff hocha la tête dans sa direction, les joues encore brûlantes.

— Pas cher et savoureux. Un de mes plats préférés. Chaque fois
que ton frère prépare du cioppino, il me laisse venir et tester le poison.
Largement.

Il essaya de sourire pour que la plaisanterie boiteuse morde et qu'il
recommence à se sentir normal.

— Ça à l'air totalement chiant. Qui cuisinerait pendant aussi
longtemps ?

Loretta posa finalement son énorme sac à dos sur une chaise et se
pencha au-dessus de la casserole et du sauté dans la poêle pour prendre une
profonde inspiration du fumet savoureux : citron et poivre. Nicole s'agita et
parut glisser devant elle, atterrissant par terre sur ses petites jambes robustes.

— Le cioppino, ce sont les fruits de mer du pauvre. Pas vraiment les
meilleurs morceaux du poisson. Et du crabe. De l'huile d'olive. Fenouil.
De la tomate. De l'ail. Quelques autres petites choses qui sont seee-crètes.

La bouche de Dante travaillait aussi vite que ses mains jonglaient avec les ingrédients, ce qui voulait dire quelque chose. Les poêles frémirent sur le feu quand il déversa les oignons émincés dans le mélange.

— Putain, qu'est-ce que tu es irritant.

Loretta croisa les bras sur sa poitrine, s'étreignant elle-même.

— De nous tous, tu es le seul qui sache cuisiner et le plus sexy, alors que tu es un mec.

Griff savait que c'était un point sensible chez elle.

— C'est la caserne. Dante cuisine tout le temps, donc il a de l'entraînement.

Après s'être essuyé les mains sur le torchon posé sur son épaule, Dante souleva Nicole jusqu'à l'évier, lavant ses mains potelées avec la facilité de l'habitude. Il avait aidé beaucoup de petits Anastagio à faire la même chose en grandissant.

— Ça ne prend pas longtemps. Les courses sont la partie la plus longue. Et il y en a plus qu'assez pour tout le monde. Enfin, aussi longtemps que nous tenons Griffin tranquille ou que nous l'enchaînions dans le jardin.

— Hé ! Je ne suis pas si gourmand.

Mais Griff sourit à la taquinerie.

Dante lui sourit en retour, avec un clin d'œil.

— Tu es pire que ça, mon grand.

Après avoir séché les mains de Nicole, Dante la tint contre lui et embrassa le haut de sa tête alors qu'elle tirait sur ses cheveux un peu longs.

— Non, non, non. Pas de cheveux dans la soupe.

Il agita le contenu de la casserole et goûta la cuillère en bois, tendant la petite à son ami.

— Embête donc oncle Griffin.

Griff se sentait maladroit à porter une si petite personne et il en avait l'air aussi, la soulevant pour la tenir légèrement éloignée de son corps comme un sac contenant du verre brisé. Il ne se souvenait pas de quelqu'un le soulevant comme ça quand il était gosse. Il ne lui serait jamais venu à l'esprit qu'on veuille être tenue de cette façon. Il semblait trop facile de la lâcher, de la blesser. Le danger ne semblait inquiéter aucun des Anastagio présents, alors Griff regarda l'enfant pour comprendre ce qu'il était censé faire.

— Jus ? babilla la fillette.

La petite Nicole regarda Griff patiemment, comme si elle savait qu'elle parlait à un géant simple d'esprit.

Loretta fouilla dans son sac bien rempli sans même regarder dedans, toujours sur pilote automatique ; un biberon rempli de jus de fruit apparut. Nicole en réclama immédiatement la possession et but avec une bruyante avidité.

Bang – Bang. Dante était accroupi devant le réfrigérateur en train de chercher dans l'un des tiroirs, le bas de son dos exposé là où le vieux pull marin remontait. Il se redressa, tenant des oignons jaunes et une autre tomate dans ses doigts calleux.

Griff essaya de ne pas regarder ces belles mains. Ou de penser à de parfaits inconnus qui le reluquaient en train de les utiliser sur lui-même sur Internet. Il pouvait sentir le parfum de la peau et des cheveux de Dante planer là, sous les odeurs de cuisson. Mettant le comptoir entre eux, Griffin flanqua Nicole sur un tabouret haut et se tint à côté d'elle pour s'assurer qu'elle ne fasse pas une chute mortelle ou prenne feu ou quoi qu'il puisse lui arriver. Il n'avait jamais côtoyé de jeunes enfants, même quand il était gosse, alors qu'en savait-il ? Peut-être était-ce normal.

Nicole semblait hypnotisée par les légumes tombants en morceaux sous le couteau étincelant de Dante.

Griff l'était aussi, mais pour des raisons plus embarrassantes ; il toussa, se demandant si sa famille avait déjà fait ça : préparer simplement le repas dans la cuisine tandis qu'il regardait comme un petit garçon. Il ne s'en rappelait pas, mais il y avait bien longtemps de ça, donc c'était possible. Il l'espérait, pour son bien. Peut-être quand sa mère était vivante. Peut-être n'était-il pas un total gosse de foire, élevé par des loups.

— Dante, elle ne mangera pas de fruits de mer. Là tout de suite, Nicole ne mangera rien d'autre que du beurre de cacahuète et banane sur du pain de seigle et un yaourt au chocolat.

Loretta tira un sandwich emballé de son sac et un petit pot de crème au chocolat pour les mettre au frigo.

— Conner… mais si, elle en mangera. Tu veux parier ?

Dante tendit à Nicole un calamar cru pour jouer avec, ce qu'elle fit avec joie.

— Waouh – waouh !

Nicole tirait sur la petite créature comme si elle était en caoutchouc, fascinée par les tentacules, tapotant la peau.

— Super, pépia-t-elle.

— Ha ! C'est comme un petit monstre. Hein, Nicole ? Tu as vu les ventouses ? lui demanda Dante.

Son sourire de pirate s'élargit alors qu'il se tournait vers sa sœur.

— Tu vois ? Les enfants mangeraient une botte si tu les rends curieux. Fais-moi confiance.

Un sourire survola le visage de Griff ; quand il voyait Dante comme ça, son cœur faisait de la voltige.

Pendant un moment, Griff s'imagina que c'était *leur* cuisine, que Loretta était venue chez eux. Il retint l'envie pressante de se pencher pour embrasser son meilleur ami sur la joue.

Loretta prit le petit calamar pour le jeter avant qu'il se retrouve dans la bouche de sa fille.

— Je plains la femme qui t'épousera, Dante Anastagio.

— Eh bien, si tu *me* laisses cuisiner cette botte, ma femme la mangera elle aussi.

Dante enleva les arêtes du vivaneau et du cabillaud, qui rejoignirent le sauté dans la poêle pour être dorés. Le fumet qui s'échappait de la cuisine ressemblait à un paradis de bord de mer au goût de beurre.

Loretta allait se servir un verre de vin de la bouteille que Dante utilisait pour le ragoût, mais il secoua la tête.

— Nan. C'est trop doux comme boisson. G, tu veux bien… ?

L'estomac de Griff gronda.

— Je vais aller chercher une bouteille, et tu veux quelques bières du frigo ?

Dante hocha la tête en signe de remerciement et commença à demander à Loretta ce qui se passait.

Griff les laissa parler à voix basse.

GRIFF DESCENDIT lourdement les marches raides menant à la cave où Dante gardait son congélateur de stockage et un autre réfrigérateur rempli de boissons pour ses fêtes. Il faisait toujours plus frais ici en bas, et un peu humide. Il savait exactement quel Chianti Dante voudrait et il attrapa également un pack de douze Guinness, mais avant de remonter l'escalier, il s'arrêta.

Il se dit qu'il devrait tuer le temps pour que le frère et la sœur aient le temps de parler. Il posa le vin et la bière sur les marches et s'assit sur une malle où était écrit : 'MERDIER' pour compter jusqu'à mille.

Dante était-il sérieux à propos de recommencer ce truc de porno ? Ça semblait trop dingue pour être réel, mais là encore Dante *était* trop dingue parfois. Il ne laisserait quand même pas ce mec, Alek, le toucher, n'est-ce pas ? Dante n'aurait pas vraiment les couilles de...

Si, il les avait. Seigneur. Bien sûr qu'il les avait. Dante avait *beaucoup* de couilles.

Griff était un lâche, mais Dante était sans peur et sans honte. Bon sang, il avait exhibé sa petite bistouquette à sa prof d'anglais au lycée juste pour l'entendre crier. Rien à foutre d'être collé. Et tout le monde savait qu'il traînait toujours cul nu chez lui ; il était pareil quand il était ado. Monsieur et Madame Anastagio s'étaient démenés pour s'assurer qu'il porte son pantalon quand ils avaient de la visite. Dante savait à quel point il était carrément canon… Ces muscles lisses et soyeux, cette peau tannée, ces boucles couleur aile de corbeau, et ces yeux scintillants plus noirs que l'océan la nuit.

Griff avait une nouvelle érection. *Super*. Il se pinça sous le gland pour la faire redescendre.

Jaloux. Excité. Honteux. Faible. E) Toutes les réponses précédentes à la fois.

Il devait y avoir une embrouille dans cette affaire de TêteBrûlée. Ce site web n'allait certainement pas se contenter de débourser des milliers de dollars pour que Dante se branle encore et encore, toujours de la même façon. Et si cet Alek le poussait à plus ? Et si Dante était d'accord ? Dante s'y collant pour un Russe était une chose, mais qu'en était-il des mecs qui le regardaient de partout, des membres de tetebrulee.com qui se connecteraient pour lui écrire des saloperies, l'encourageraient et le défieraient d'aller plus loin ?

Et Dante le ferait. Griff n'en doutait pas une seconde. Le défi était trop tentant, autant qu'un immeuble en flamme. Il se contenterait de foncer sans y penser. Dante dirait oui et céderait à ces sacs à merde d'internautes pour leur prouver qu'il avait des couilles.

Griff fut soudain si jaloux qu'il ne put plus respirer, ne put plus rester en place. Il se leva et s'essuya les mains sur son pantalon à poches, ne se souciant pas d'y laisser des traces de poussière. Il voulait frapper quelque chose, peut-être quelque chose de russe.

Connard.

Pas très sûr de savoir s'il parlait d'Alek ou de lui-même, il ramassa le vin et les bières et remonta lourdement au rez-de-chaussée, s'assurant de faire assez de bruit pour que personne ne soit surpris et que Loretta ait le temps de finir tous ses aigus.

DANS LA cuisine, Loretta coupait en petits morceaux une feuille aromatique et avait presque arrêté de paniquer. C'était bon signe. Peut-être était-elle seulement seule et s'ennuyait ce soir, piégée chez elle avec son homme de l'autre côté de la planète, faisant de son mieux pour ne pas mourir dans le désert. Griff pouvait comprendre.

Nicole était assise sur le plan de travail, tirant avec soin les feuilles de persil et saupoudrant la majeure partie dans la casserole de ses petits doigts.

Crac.

Dante fendit un crabe en morceaux parfaits, libérant la chair blanche de sa carapace irisée pour la jeter dans la casserole frémissante.

— C'est un cioppino de fainéant. Maintenant que c'est cuit, on se débarrasse des coquilles pour que le petit monstre ne s'étouffe pas. Pas besoin de couverts.

Crac.

Dante fit un clin d'œil à Griff et hocha la tête pour lui indiquer que tout allait bien.

— C'est un mélange. Et le poisson est frais – plus que frais, il sort du bateau, tout frais échoué. Ce qui veut dire local. Je suis allé au marché de poissons de Fulton. Ils l'ont déplacé en ville, mais cet endroit du Bronx est bien plus propre que le port de South Street. On peut même acheter des barracudas sur quelques étals. Barracuda ! *Ggrrrr-rrr.*

Il découvrit ses dents inférieures pour Nicole, qui rigola à ses grognements.

Crac.

Griff fut frappé par l'idée que son meilleur ami ferait un père incroyable s'il voulait bien lui-même grandir assez pour avoir un enfant. Il jeta un coup d'œil à Loretta, appuyée contre la porte du cellier, et sut qu'elle pensait la même chose alors qu'elle observait son frère cuisiner, un sourire en coin.

Crac.

Dante était beau et heureux sous la lumière embuée, comme s'il pouvait vivre là, dans la cuisine à faire des cioppino pour le reste de sa vie.

Griff dut déglutir puis il repensa à ce foutu site web. Il ouvrit violemment le frigo et se servit une bière avant de se mettre en colère. *Tetebrulee.com, mon cul.* Où pouvait-il gagner plusieurs milliers de dollars aussi vite ? Peut-être pouvait-il obtenir un prêt au bar ?

70

Il se laissa tomber sur un des tabourets hauts, ce qui lui laissa le loisir de regarder la cuisine et de garder son anatomie traîtresse hors de vue.

Se déplaçant dans la pièce avec une grâce efficace, Dante continuait de couper et grogner, couper et grogner jusqu'à ce qu'il obtienne finalement une grimace de sa nièce qui lui montra ses minuscules dents de bébé et qu'elle grogne sur lui en retour.

— Ba-rra-cu-da !

Dante exulta de triomphe et poussa de la coriandre hachée dans la casserole avec son couteau.

— *Rrrr*. Bacuda.

Nicole était en train de grogner au travers de ses petites dents et de se mettre à genoux sur le comptoir en bois marqué pour essayer de voir à quelle bizarrerie fascinante son oncle Dante s'affairait dans la cuisine.

Loretta ramassa sa petite chérie grognante et fit les gros yeux à son frère.

— Arrête tes bêtises, crétin. Je lui donne déjà suffisamment de mauvaises habitudes.

Elle regarda Griff pour obtenir son soutien.

Griff secoua la tête en signe de sympathie.

— Considère-toi chanceuse. Au moins il ne lui apprend pas à jurer ou à s'enfiler des shots de tequila.

Mais un bébé barracuda était né. Nicole et Dante continuèrent de grogner l'un sur l'autre alors qu'il hachait et la nourrissait d'ail et de gorgées de bouillon d'une cuillère en bois.

— Mmm-grrr. *Grrr-rrrr*.

Le petit visage de Nicole était gonflé de plaisir face à son oncle si drôle.

— Je t'avais dit qu'elle mangerait du poisson.

Dante pointa Loretta avec sa cuillère.

— *Grrarrr*, fit-il à nouveau avant de se retourner pour filtrer la casserole de têtes de poisson et de carapace de crabe, versant le bouillon aromatique dans le cioppino.

— *Grrarrr*, lui renvoya Nicole en riant, puis grogna encore pour faire bonne mesure contre les autres adultes ennuyeux qui n'étaient pas son oncle.

Loretta ignora son frère et ses taquineries, mais pour une fois il n'y avait pas d'opéra dans ses yeux.

— Griffin, tu dois cuisiner aussi maintenant ?

Curieusement, elle avait toujours détesté Leslie.

Griff secoua la tête avec une grimace.

— Nan. Enfin, je peux faire des pancakes et des macaronis, mais la plupart du temps, je décongèle. Les gars sont toujours déçus quand c'est mon tour à la caserne.

Griff vit bien qu'elle avait vaincu sa panique et sourit.

— Je suis un *champion* pour la vaisselle.

— Et le chili, déclara Dante en apparaissant derrière eux avec une cuillère pour faire goûter Loretta.

— Ouais, je fais plutôt bien le chili. Viande. Sachet. Oignons. Bien sûr, c'est une recette pour un bâtiment avec quinze mecs pétant toute la nuit. Oh ! Désolé.

Griff jeta un œil à Nicole avec une excuse pour sa mère, mais tout le monde sembla imperturbable. *Je suppose que c'est normal ça aussi.*

Dante remua la casserole fermement. Sans tourner la tête pour regarder sa sœur, il parla tranquillement.

— Si vous avez besoin de squatter ce soir, j'ai plein de chambres. Avec des plafonds et même des murs !

Loretta rit et secoua la tête.

— Je vais bien. Je ne fais que gêner.

Griff espéra qu'il n'était pas la raison de son refus.

— Tu devrais rester, Loretta. Et je vais y aller après le dîner.

— G ! Il n'est même pas dix-neuf heures. Qu'est-ce qui te prend ?

Dante sembla offensé à l'idée que Griff puisse se sentir importun.

Griff haussa les épaules vers le cioppino et son estomac gronda à nouveau.

— Ou je resterai.

— Bien. C'est une bonne chose que quelqu'un ait faim.

Dante remua le contenu de la casserole une dernière fois et hocha la tête.

— À la soupe ! Rahhh !

Sur le comptoir, Nicole tendit les bras vers Griff et il la souleva pour la poser par terre. Elle marcha en chancelant au niveau de leurs genoux, grognant sur Dante et s'arrêtant de temps en temps pour avoir une conversation avec ses mains, comme si c'était des marionnettes.

Les gosses. Bizarre.

Griff ouvrit les placards et en sortit les grands bols de ragoût que Dante gardait en hauteur sur la quatrième étagère. Ils avaient l'air assez profonds pour que Nicole s'y noie. Il attrapa un bol à dessert, plus petit, pour elle.

— Merci.

Loretta prit les quatre bols et attrapa des couverts dans le tiroir. Ses mains avaient perdu de leur nervosité, et elle tenait le coup.

— Je m'occupe de la table.

Dante se pencha pour donner à Nicole des serviettes en papier et du poivre pour la table, la remerciant d'un petit salut militaire. Elle leva ses yeux de petite fille au ciel, mais en toute innocence à l'inverse de sa mère, et se dirigea vers la salle à manger pour superviser la maman en question. De toute évidence, elle n'était pas bête.

Dès qu'ils furent seuls dans la cuisine, Dante s'approcha de Griff pour lui murmurer une explication.

— Une dispute au téléphone avec Franck de sortie dans ce foutu désert et il lui a raccroché au nez. Elle s'en remettra. Je pense qu'il avait raison et elle le sait. Elle veut juste être en colère un moment.

Son souffle était chaud dans le cou de Griff qui hocha la tête et recula. Il essaya de voir s'il restait quelque chose qu'il puisse porter. Il ne restait plus rien hormis le cioppino.

Dante fit passer le tablier par-dessus sa tête et l'accrocha à l'intérieur de la porte du cellier, levant ensuite ses mains vides.

— Je n'ai rien pour vous, Monsieur.

Il laissa tomber un bras sur l'énorme épaule de Griff et la serra.

— Allons te chercher quelque chose à manger.

— Qui est-elle ?

Le dîner était fini et Loretta Anastagio ne perdit pas une seconde. Dante avait emmené l'enfant dans la cuisine pour une petite douceur. À la minute où sa sœur eut Griff seul dans la salle à manger, elle le passa au grill comme un os bien épais.

Griff ne dit rien ; il garda un visage impassible comme s'il ne l'avait pas entendu lui demander ce qu'il savait qu'elle allait lui demander parce qu'elle le connaissait trop bien. Elle l'avait connu toute sa vie et s'était suffisamment calmée pour remarquer son silence.

La pause dura assez longtemps pour être gênante. Griff se tortilla et fit semblant d'être attentif à ce que Dante faisait dans la cuisine dans l'espoir de la bluffer en détournant son attention.

— Qui ?

Loretta frappa l'arrière de son crâne en souriant.

— Tu me prends pour quoi, une idiote ? La fille ! Tu t'es trouvé un beau morceau et tu ne peux pas arrêter de rêvasser.

— Tu es folle.

— Et tu es stupide, mais tu es si beau que nous ne pouvons tous que te pardonner.

Ses ongles chatouillèrent son avant-bras musclé.

— Je connais ce regard, Griffin. Pendant toutes mes années de lycée, j'ai espéré que tu m'adresses ce regard-là, c'est pour ça que je sais toujours que tu deviens maladroit quand tu as quelqu'un en vue.

Griff remua sur sa chaise, ne sachant trop quoi dire. *Ouais, seulement cette fois, c'est ton frère.*

— Je ne suis pas maladroit.

— Tout écorché et plein d'espoir. Merde.

Loretta leva les yeux au ciel, attrapa son gros sac, puis le jeta dans le petit salon comme si un scorpion l'avait piquée.

— J'ai tellement envie d'une cigarette que mes poumons me font mal. Mais Dante me tuerait.

— À cause de Nicole ?

— Nan ! À cause de ses parquets. Cela lui a pris quoi, un mois ? Du cerisier brésilien.

Griff se souvenait de ça. Cela avait pris tellement longtemps parce qu'ils l'avaient posé pièce par pièce. Les autres gars de la caserne étaient venus quand ils n'étaient pas avec leurs familles ou leurs petites amies, passant après leur garde pour aider Dante.

Griff avait passé chaque jour à aider où il pouvait, et cela l'avait presque achevé : Dante en short lui offrant une bouteille de limonade ; Dante à quatre pattes avec un maillet en train d'assembler les planches ; Dante, couvert de salissures et de colle, se déshabillant dans l'entrée pour aller prendre une douche et tenant son attirail à deux mains d'un geste protecteur. Le troisième jour, Griff se masturbait dans la salle de bain du bas juste pour ne pas perdre l'esprit.

— Là !

Loretta fut soudain juste devant lui avec sa crinière sauvage et bouclée.

— Tu le fais encore. Tes yeux gris deviennent vagues et vitreux quand tu penses à elle. Bon sang ! Il n'y a pas de fumée sans feu.

74

Griff s'enfuit au salon, souhaitant qu'il y ait plus de vaisselle à laver pour s'échapper à la cuisine, loin des investigations affectueuses de Loretta. Mais elle se mit simplement à marcher derrière lui, le nez frétillant sous l'intuition d'une histoire intéressante. C'était une façon de faire craquer les criminels : les asseoir à table avec un cioppino frais et leur parler gentiment jusqu'à ce qu'ils demandent grâce.

Il regarda par la fenêtre.

— Je devrais rentrer à la maison. Mon père m'attend probablement.

— Conneries. Ton père ? Allez, Griffin, sois franc [7].

Ahhh.

Griff pouvait à peine bouger, même s'il savait ce qu'elle avait voulu dire. Il s'assit avant de répondre quelque chose de stupide.

Les yeux de Loretta se firent aussi doux qu'une sucrerie quand elle le regarda.

— Je veux être heureuse pour toi. Tu as été si seul depuis que Leslie est partie. Avant qu'elle parte, même.

— Tu ne l'as jamais aimée.

— Elle ne t'a jamais aimé. Alors, qui est cette fille ? Elle t'aime, hmm.

Loretta hocha la tête d'un air entendu.

Griff se leva, voulant échapper à la tendre inquisition. Loretta le suivit dans le salon et sur le canapé et le regarda fixement jusqu'à ce qu'il crache le morceau.

— Pas comme ça. Je ne pense pas que ce soit quelque chose. Du moins, si ça l'est, je suis dingue et ça ne pourra jamais arriver.

— Elle est mariée ?

Loretta se pencha pour ramasser quelque chose sous la table basse, un clou tordu. Elle fit tourner le clou, ses yeux verrouillés sur les siens.

— C'est une allumeuse ?

— Non !

Griff étendit ses mains robustes, dissipant l'air entre eux.

— Écoute, il n'y a pas de fille. Je te le promets. Je suis juste heureux en ce moment.

— Tu n'as pas l'air heureux. Enfin, si, mais misérablement heureux. Comme le héros d'un opéra qui se tuerait pour une catin malade.

---

7 Be straight : sois franc. Straight signifie aussi hétéro ou droit, d'où le jeu de mot. (NDLT)

Cela le fit rire assez fort pour qu'elle ait l'air confus. Il n'essaya même pas d'expliquer ce à quoi il avait pensé quand elle était arrivée en ressemblant à une Valkyrie de Staten Island. Il rit juste parce que cela lui faisait du bien, puis elle se joignit à lui, même si elle ne savait pas ce qui était si drôle.

Famille.

Alors qu'ils retrouvaient leur calme sur le canapé, les yeux de Loretta scrutèrent son visage si attentivement que pendant une seconde il eut peur qu'elle soit capable de lire la vérité, là, sous sa peau. Comme si son désir pour son frère était gravé en relief sur ses os et dans sa chair.

— Loretta ?

Griff regarda au-delà de la salle à manger vers la cuisine. Il pouvait entendre les bruits du robinet qui coulait et Dante parler de n'importe quoi avec le bébé. Il sourit à Loretta et son cœur se réchauffa sous son sternum.

Elle s'amusait à le piquer avec le clou tordu.

— Nous nous inquiétons pour toi. Mon frère en particulier.

Elle pencha la tête vers Dante en train de chantonner.

— Nous voulons tous que tu sois heureux. Si tu ne peux pas être égoïste pour toi, alors sois-le pour nous.

— J'aimerais pouvoir l'être.

Griff se trouvait plus mal de lui dire ces presque vérités que de carrément lui mentir, si une telle chose était possible.

Arghh.

Loretta n'était pas dupe, pas totalement. Elle le connaissait et il le savait.

— Qui qu'elle soit, elle ne te mérite pas. Si je n'avais pas été une telle conne, j'aurais bâti une tanière de tigre au lycée et je t'aurais revendiqué.

Griff se raidit, soudain conscient de leur proximité sur le canapé – exactement ce dont il n'avait pas besoin.

— Ah, tu es comme ma petite sœur.

— Je ne suis pas ta sœur, Griff.

— D'accord…

— Stop. Je ne veux pas dire ça comme ça. Mais crois-moi, je n'avais pas de pensées fraternelles à ton sujet quand tu portais ce pantalon de football. Waouh.

Elle brossa des poussières imaginaires du tee-shirt de Griff, perdue dans ses souvenirs. Loretta avait été rebelle au lycée, de deux années plus jeune que lui.

— Ces cheveux roux. On avait l'habitude de t'appeler Pain d'épices. Douce épice.

Elle rit de ce surnom, et d'elle-même quinze ans plus tôt.

— Que des conneries.

Griff se sentait comme le mec dupe d'un dessin animé qu'on avait frappé sur la tête avec une enclume.

Sérieusement ?

— Les filles gardaient des photos de toi. Sérieux.

— Je ne savais pas.

Il ne pouvait imaginer quiconque ayant le béguin pour lui à l'époque ; il était alors une épave calme et imposante. Sur chaque photo, on l'avait collé au fond, surplombant les autres avec ses cheveux flamboyants, priant silencieusement d'être invisible.

— Tu ne voulais pas savoir. Tu ne fais pas toujours attention aux bonnes choses, Griffin Muir. Raison pour laquelle tu étais le béguin parfait : tu étais sur le banc de touche pour aucune bonne raison et magnifique par-dessus le marché. Tu l'es toujours, hein ?

— Je ne suis pas sur le banc de touche. Je suis heureux, Loretta.

— Pfft ! Le temps ne s'arrête pour personne. Et maintenant, je suis heureusement mariée à un coup de téléphone et en train de manger chez mon frère parce que je suis terrifiée d'être seule chaque nuit.

Loretta se leva et traqua son sac à main près de la baie vitrée. Quand elle revint, ses yeux caramel continuèrent de creuser dans les siens à la recherche de la vérité.

— Je veux dire, peut-être que cette nana attend que tu fasses un geste.

Dante et le bébé rirent dans la cuisine ; le son flotta entre eux dans l'air, haut et fort. La silhouette de Loretta se refléta dans la fenêtre. Une voiture passa à l'extérieur ; ses feux balayèrent le plafond pendant une seconde comme quelqu'un photocopiant le pâté de maisons entier.

Griff la regarda fouiller dans son sac à la recherche de quelque chose.

— Je ne pense pas, Loretta. Je pense que celle-ci attend que je m'en remette et passe à autre chose, et que je cesse d'être un crétin.

— Je te dis juste de ne pas perdre ton temps, Griffin.

Elle dénicha un paquet de cigarettes et en tira une pour la glisser entre ses lèvres. Debout là, elle ressemblait à une affiche de film noir dans une robe moulante avec ses cheveux ondulés, sauf que le mystère qui avait besoin d'être résolu battait dans sa poitrine.

Où est Humphrey Bogart quand tu as besoin de lui ? Griff hocha la tête et sourit même un peu.

— Écoute-moi.

Elle pointa deux doigts vers lui comme une accusation sexy.

— N'*attends* pas que ton bateau arrive. Nage vers lui.

Elle se glissa hors du salon jusqu'à la porte d'entrée, s'arrêtant au niveau du portemanteau pour se tourner vers lui.

Il ne pouvait voir qu'une partie de son visage, dans l'ombre, par la porte, alors qu'une promesse passait entre eux.

Elle pointa la cigarette éteinte à sa bouche.

— N'en parle à personne. Pour l'amour du ciel, n'en parle pas à Dante. C'est promis ? Il me tuerait.

Et elle disparut.

Il me tuerait.

— Pareil pour moi, murmura-t-il à la pièce vide.

Griff écouta Dante murmurer des mots dénués de sens dans la cuisine. Il sentait la fumée de la journée sur sa peau et le doux parfum musqué de Dante dans les coussins. Et à travers l'immense fenêtre, il pouvait voir le point orange vif de la cigarette alors que sa presque sœur inhalait et inhalait encore, là dehors, comme si elle portait un casque à cornes et se préparait à chanter sa propre mort.

VI

À BIEN y regarder, les bars gays ressemblaient à n'importe quel autre bar au monde.

Griff n'était pas sûr de savoir à quoi il s'était attendu quand il s'était dirigé vers Manhattan. Il se sentait comme un idiot. Il ne savait même pas s'il était habillé comme il fallait. Il avait mis un jean noir et un tee-shirt noir neuf en espérant que cela le ferait se fondre un peu dans la masse. Le tee-shirt était un polo à manches courtes que son ex-femme lui avait acheté et, à l'encolure, les poils rouille sur sa poitrine étaient juste visibles ; le vêtement moulait ses triceps épais et ses pectoraux. Il trouvait qu'il avait l'air plutôt bien.

Le lendemain on serait en octobre, et ce soir-là, c'était la nuit où la séquence de TêteBrûlée que Dante avait tournée pour Alek apparaîtrait sur le site Internet du même nom, comme le… Coup de Minuit. Dante s'était vanté, il l'avait taquiné toute la semaine. Il était la seule personne à savoir et il était aussi la seule personne tentée d'aller voir. Dante ne le savait pas, ça, mais quand même…

Pour son propre bien, Griff avait besoin d'être aussi loin d'Internet et de son ordinateur que possible avant de perdre l'esprit et de faire quelque chose qu'il ne pourrait effacer, ou de voir quelque chose qu'il ne pourrait oublier. Cette excursion à Manhattan ressemblait à une parfaite solution deux-en-un pour un catholique non pratiquant : *Tenté de foutre votre vie en l'air ? Courez !*

Il était temps d'obtenir des réponses. Temps d'affronter la réalité à un moment où il avait besoin d'être loin, très loin de son ordinateur et de la tentation de… juste de vérifier tetebrulee.com. Il pouvait survivre en se payant une bière dans un bar gay pour garder une main sur ce que faisait sa queue. En plus, les pubs n'avaient pas le Wifi, pas vrai ? De toute façon, il n'irait pas demander.

Peut-être qu'il était juste gay. Peut-être que quelque chose chez lui avait simplement changé depuis le divorce. Peut-être qu'il y avait toute une part de lui qui avait attendu pour se révéler. Peut-être qu'il avait viré sa cuti sans le réaliser. Cela arrivait parfois, non ?

Alors que Griff se dirigeait vers la porte, il se jeta un coup d'œil dans le miroir de l'entrée. *Plutôt bien.* Il avait épluché les pages 'vie nocturne' du magazine *Time Out* à la recherche de quelque chose ressemblant à un bar gay et avait trouvé un endroit appelé le Pipe Room. Un bar semblait un lieu sûr : de la bière et des mecs en dehors de Brooklyn. Sauf que dans cet endroit ce serait 'mecs exclusivement', et ils seraient ouvertement lourds avec lui, et tant qu'il y était, il était supposé faire pareil avec eux.

Punaise.

Pourtant, tout valait mieux que se connecter sur ce foutu site pour espionner Dante – que trahir leur amitié, se trahir lui-même.

Il y avait un ou deux bars gay à Brooklyn, près de chez lui, mais du diable s'il allait s'y risquer. Mieux valait traverser le pont pour se retrouver dans East Village et payer sa bière quelques dollars de plus que risquer d'être vu dans un bar gay par quelqu'un qu'il connaissait. Ou pire, que son père en entende parler. *Arghh !* La pensée lui donna la nausée.

La station de métro de Carroll était déserte pour un soir de semaine, et il se laissa tomber sur un siège en plastique pour paniquer en paix. Il devait découvrir si ce quoi-que-ce-soit-bon-sang avec Dante était une phase ou non, et il n'était pas un putain de lâche. Il courait dans des bâtiments en flamme, *pour l'amour de Dieu !*

Griff prit le train F de Cobble Hill jusqu'à Second Avenue. Ces temps-ci, l'East Village était plus à la mode et animé que dans ses souvenirs. Il passa dix minutes à marcher autour des pâtés de maisons avant de trouver le courage de gravir les trois marches menant au bar sombre.

Détends-toi, espèce de paranoïaque.

Le temps qu'il y parvienne, il était déjà onze heures. Foulant les marches, il sentit la panique monter en lui, ses mains transpirant tandis qu'il plongeait vers la porte. Alors qu'il entrait, il heurta presque un homme potelé avec une barbe blanche qui s'apprêtait à sortir. *Le Père Noël se tape les bars.* Le type plus âgé s'arrêta net, puis sourit et hocha la tête vers lui avant de s'en aller.

Griff prit une seconde pour se repérer. Il s'était à moitié attendu à ce que toutes les têtes de ce boui-boui pivotent et le foudroient du regard tel un imposteur, mais une fois à l'intérieur, c'était juste… un bar. Pas si différent du Stone Bone, en fait. Les fenêtres étaient teintées, les murs de briques usés, et le décor plutôt démodé, mais confortable. Il avait entendu Green Day jouer depuis le trottoir, donc rien d'étrange ici ; maintenant il pouvait voir que la musique provenait d'un juke-box digne de ce nom. Les clients portaient un mélange de jean, de costume et de tee-shirt comme si chacun était venu de son boulot ou de chez lui pour retrouver ses potes. Ces gars-là étaient gays ?

À l'exception du quartier plus huppé, cela aurait pu être un de ces vieux bars à flics familiaux de Bayridge ou Staten Island. Un tas de mecs traînant ensemble, commandant des bières. Sauf qu'il n'y avait pas de femmes à l'intérieur, genre *aucune*. Pourtant, s'il n'y avait pas prêté attention, il aurait pu ne pas le remarquer pendant un moment. En fait, il pouvait *presque* imaginer que les petites amies de chacun s'étaient juste levées pour aller aux toilettes en même temps.

Presque.

Ça ressemblait tellement à son terrain de jeu habituel qu'il se raconta presque à lui-même qu'il attendait son équipe dans un de leurs repères. Pas de quoi en faire un plat. La ville de New York avait banni la cigarette dans les lieux publics depuis un certain temps, donc même si cet endroit ressemblait à une plongée en eau crade, l'air était propre, la foule était professionnelle, et le vieux bar semblait en avoir vu de toutes les couleurs depuis une cinquantaine d'années, au moins. Cet endroit avait-il été un pub gay, cinquante ans plus tôt ?

Cependant, il avait toujours le sentiment d'être un intrus : ce n'était pas son quartier, ce n'était pas ses coéquipiers, et la seule chose qu'il avait en commun avec eux, c'était qu'il voulait se frotter à quelqu'un qui avait le même équipement que lui. Cela faisait-il d'eux des amis instantanés ? Était-il automatiquement membre du club ? Il avait l'impression d'être un idiot qui n'était pas du tout à sa place.

Griff se frotta les mains sur son jean et se dirigea vers le bar ; tout était plus facile avec une bière à la main, non ?

Au milieu du bar, des mecs bien bâtis étaient accoudés à des tables hautes en groupes amicaux, plaisantant et discutant. Contre l'un des murs, un grand Asiatique perché sur le bras d'un canapé défoncé dit quelque chose à ses amis qui hochèrent la tête en signe d'appréciation alors qu'ils regardaient Griff naviguer dans le dédale humain.

Il savait que sa carrure robuste et ses cheveux roux attiraient toujours l'attention. Et ici, il réalisa que le tee-shirt noir semblait un peu habillé et le faisait davantage se démarquer dans la foule. *Sans blague*. Il aurait pu se contenter de porter un tee-shirt et un survêtement, mais ils le dévoraient apparemment des yeux. Dieu merci, il n'avait pas choisi le kilt !

Griff se sentit flatté. Certains des mecs qui le mataient étaient bien plus beaux que lui… d'un point de vue purement objectif. Mais d'autres étaient juste de simples mecs sordides et rondouillards. Encore une fois, les gens mataient les pompiers tout le temps, alors ça ne semblait pas étrange non plus. Il pouvait totalement y arriver. Et à bien y penser, il avait remarqué plusieurs mecs mignons sur son chemin, donc son problème n'était peut-être pas Dante.

À travers une ouverture dans la foule, Griff croisa le regard d'un barman voulant savoir s'il désirait boire quelque chose. Griff fit un signe de tête affirmatif en se frayant un passage pour s'approcher du comptoir. Pressé contre le bois, il réalisa que le barman était torse nu et aussi mince qu'un mannequin pour sous-vêtements. Au-dessus d'un téton percé, un badge autocollant sur son torse lisse disait : Mon nom est… STICKY [8].

Waouh.

Sticky lui adressa un sourire chaleureux, les mains dans ses poches arrière. Sa peau était couleur albâtre, ses cheveux blond pâle et il arborait un tatouage celtique élaboré sur le biceps qui remontait en spirale sur un bras noueux, d'un saisissant contraste bleu noir. Et le sourire était un peu plus accueillant qu'il ne l'aurait été à Brooklyn, comme s'il savait qu'il était beau et voulait s'assurer que Griff le sache aussi. Sticky se mouilla les lèvres, il avait un piercing à la langue.

Griff ne flirta pas en retour.

— Euh. Salut. Ouais. Je peux… ? Bière. Euh, pression si vous avez. Vous pouvez choisir pour moi.

Était-ce une erreur ? Pourquoi regardait-il Griff si intensément ? *Oh. Ouais. Il est d'entre eux. De nous. Peu importe.*

— Oui, Monsieur.

Sticky lui fit un clin d'œil et alla lui servir un verre, les entrelacs du tatouage fléchissant sur son avant-bras. Griff s'appuya contre le bar, faisant comme si tout cela était normal.

Quatre mecs trapus en maillot de rugby et shorts entrèrent, en sueur et boueux, s'appuyant les uns contre les autres pour rejoindre un rassemblement tapageur d'autres joueurs agglutinés autour de plusieurs pichets de bière sur une table haute. Alors que le plus petit des coéquipiers passait, il remarqua l'examen approfondi de Griff et lui retourna la faveur avec un sourire

---

8 Collant (NDLT)

effronté. Avec ses cheveux tondus, son tatouage de l'USMC [9] et son visage aussi mignon que celui d'une poupée troll, ce petit gars taillé comme une bouche d'incendie reluqua Griff des pieds à la tête, s'arrêtant pile sur son entrejambe, puis lui fit un *clin d'œil*.

Seigneur.

Griff fit semblant de tousser et se retourna pour regarder à nouveau vers le fond du bar où une table de billard était installée. Un groupe d'étudiants bourrés était en train de jouer et de se défier au bras de fer ; l'Université de New York était dans le coin, c'était donc probablement un repaire pour eux. Des étudiants gays. Ils s'accrochaient les uns aux autres plus qu'ils l'auraient fait à Red Hook, mais pas plus qu'un tas de minets supers sexy s'émancipant des côtes de Jersey. Cela ne semblait pas bizarre ; c'était mignon. Le problème était qu'aucun des hommes présents n'excitait Griff. Aucun de ces mecs n'avait fait ne serait-ce que tressaillir son sexe. *Pas gay ?* Peut-être n'était-il attiré que par les Italiens ? Il parcourut la foule des yeux, cherchant quelqu'un qui soit suffisamment typé italien pour lui remonter sa manivelle. Mais s'il se laissait aller à imaginer Dante en train de s'affairer sur ce site Internet en ce moment même, sa queue serait assez dure pour enfoncer des clous. *Arrête ça.* Apparemment, il avait un genre de dysfonctionnement érectile localisé.

— Tu n'es pas du coin ?

Une voix rauque près de son oreille le fit sursauter. Il se tourna pour constater que Sticky était de retour et penché vers lui par-dessus le comptoir marqué.

Le barman à la silhouette mince lui glissait une pinte sombre et mousseuse par-derrière. Son bras tatoué frôla celui de Griff, plus gros ; leurs poils fins s'effleurant suffisamment doucement pour donner la chair de poule – or pâle sur rouille.

Griff prit le verre, mais Sticky laissa son bras où il était, effleurant simplement, jusqu'à ce qu'il frissonne. Griff se tourna pour briser le contact.

— Nan. Brooklyn. Né et élevé là-bas.

À parler avec ce superbe gamin, Griff sentit le bout de ses oreilles chauffer. Il devait avoir l'air d'un tel naze : mauvaises fringues, mauvaise boisson, mauvais antécédents. Et son sexe ne réagissait définitivement pas aux beaux mecs autour de lui. Il était encore plus confus qu'il ne l'avait été une heure plus tôt.

---

9 United States Marine Corps : le corps des marines des États-Unis. (NDLT)

— Sérieusement ? Je te croyais de la campagne. Quelque part où on fait pousser des pommes et où on élève des chèvres... ou dans le même genre.

Sticky détaillait le corps de Griff de derrière la sécurité du comptoir, une lente appréciation de la tête aux pieds avec des détours pittoresques. Il riait, mais n'était pas moqueur, juste sexy et sympathique.

— Et je me demandais si tu faisais beaucoup de petites siestes dans la grange avec des partenaires dans ton genre. Ils sont bâtis comme toi ?

— Ouais. Non. Je veux dire. Ça a l'air sympa dit comme ça, mais je suis un pur rat des villes.

Griff soupira et avala une gorgée de bière avec précaution.

Pourquoi n'était-il pas excité ? Griff voyait que ce mec branché à l'allure de mannequin pour sous-vêtements était intéressé, mais apparemment son intérêt à lui était coincé quelque part ailleurs. *Comme de l'autre côté du pont de Brooklyn.*

Ces derniers jours, il ne pouvait pas s'asseoir à côté de Dante sans avoir une érection, et il ne pouvait vérifier ses e-mails sans que l'envie d'aller voir ce foutu site porno le démange.

Bon sang, Sticky était probablement membre de TêteBrûlée et téléchargerait la vidéo de Dante plus tard pour son usage personnel. Griff essaya de ne pas se sentir en colère ou possessif, mais la panique jaillit de nouveau en lui.

— Tu serais super canon en salopette, mon pote. Avec ces cheveux flamboyants, ces épaules massives et rien d'autre. Crois-moi. J'en ai une.

Sticky lui adressa un clin d'œil. Même ces cils, encadrant ses yeux noisette, étaient blond platine.

— Merci.

Griff lui rendit son clin d'œil et hocha la tête parce que cela semblait la chose polie à faire, mais il ne voulait pas faire marcher le barman. Était-ce ce qu'il faisait ? Ça semblait si bizarre que d'autres mecs le draguent comme ça. Si Dante voyait ça, il en pisserait de rire.

Avec un petit pli de déception sur le front, Sticky frappa de ses doigts noueux sur le bar entre eux comme s'il mettait fin au flirt.

— Tu as soif à nouveau, tu viens me trouver, mon petit garçon de ferme.

Puis il prit une autre commande de trois mecs en costume trimbalant des porte-documents, leur versant des shots de sambuca.

Sentant qu'il avait dû être impoli d'une quelconque façon, Griff poussa à travers la foule et trouva un coin d'où il pouvait regarder discrètement les autres clients du Pipe Room qui surgissaient autour de lui avec leurs bières à huit dollars et leurs chaussures à la mode.

Griff entendit le cassage d'ouverture d'une partie de billard alors que les étudiants de l'université de New York entamaient un nouveau jeu. Sur le canapé, le grand Asiatique racontait une longue histoire à ses amis, et l'équipe de rugby regardait le Marine dragueur à l'allure de bouche d'incendie ouvrir un cadeau. Sticky ramassait quelques pourboires pliés et les fourrait dans un pot tout en parlant à un videur noir costaud venu jusqu'au bar pour une bouteille d'eau, exactement comme Griff le faisait au Stone Bone les nuits calmes. *Ça pourrait être moi.*

Juste des mecs.

Rien qui le rende mal à l'aise du tout, mais également rien qui lui fasse ressentir la faim frénétique que Dante éveillait en lui. Ce n'était pas son monde ou sa vie. Il se sentait comme un espion. Il eut à nouveau la pensée que s'il n'avait pas su que c'était un bar gay, que ces gens étaient homos, une heure aurait pu s'écouler avant qu'il s'en rende compte.

Crétin.

Comment pouvait-il savoir s'*il* en était, s'il ne pouvait même pas dire si *eux* l'étaient ? Griff se sentait si soulagé et si confus à la fois. Il allait se calmer et finir sa bière puis retournerait chez lui.

Il ne savait toujours pas quelle était la bonne question à poser, mais il savait que sa réponse l'attendait de l'autre côté de la rivière.

GRIFF DESCENDIT une autre bière avant de partir, pensant qu'il devrait donner une chance à son sexe de se manifester si jamais il avait été intéressé. Pas de chance. Il laissa un généreux pourboire à Sticky en guise de remerciements et d'excuses. Il se faufila dehors par la porte latérale qui débouchait sur une courte allée où se trouvait une benne à ordures et des fûts de bière vides.

Il ne vit pas les deux hommes en train de baiser jusqu'à ce qu'il soit presque sur eux.

Il s'était glissé à l'extérieur discrètement, ne voulant pas attirer l'attention sur lui dans le bar. Il n'attira pas l'attention dehors non plus, apparemment. Il tourna vers la lumière des lampadaires de l'East 7th quand, de l'ombre dans l'allée derrière lui, il entendit quelqu'un japper de douleur.

Instantanément en alerte, Griff revint sur ses pas pour vérifier que tout allait bien, restant caché dans l'ombre.

Si c'était une agression, il fallait qu'il les surprenne. Si quelqu'un était blessé, il ne voulait pas l'effrayer.

Quand il atteignit la benne, il les vit : deux hommes dans la trentaine debout en appui contre le mur de briques, en train de baiser durement dans une flaque lumineuse projetée par la lumière de sécurité au-dessus de leurs têtes.

Ils étaient tournés dans la même direction, en grande partie habillés et plutôt bien bâtis, leurs pantalons juste assez ouverts pour aligner queue et cul. Leurs fesses musculeuses étaient encadrées par l'ourlet de leurs tee-shirts et leurs jeans baissés.

L'homme qui baisait l'autre semblait originaire du Moyen-Orient et était couvert d'une fourrure dense ; ses fesses dures et poilues se contractaient fermement à chaque fois qu'il empalait son bruyant partenaire.

Le mec qui se faisait prendre était plus petit et geignait un peu, mais son membre était une barre de fer humide sous lui et il se masturbait brutalement. Il glapissait presque à chaque fois qu'il cambrait le dos et prenait le sexe entier en lui – comme si c'était douloureux, mais étrangement douloureux, et bon. C'était le son le plus pitoyable que Griff avait entendu jusqu'à maintenant.

Il hésita, tapi dans l'ombre de la benne à ordures, les regardant avec une calme fascination. Il n'avait jamais vu deux mecs en train de baiser, de sorte qu'on aurait dit une recherche sournoise.

Les deux types étaient costauds et n'étaient pas tendres l'un envers l'autre. Ça ne ressemblait en rien au fait d'être avec une femme. Était-ce excitant ou flippant ou les deux ? Ça avait l'air si réel, si rapide et presque furieux. Ce n'était pas romantique, juste des mecs qui baisaient. Griff se rapprocha prudemment, pas vraiment excité par la brutalité, mais en quelque sorte par le fait de les espionner.

Le gars plus petit qui se faisait prendre sous la lumière de service ne semblait pas avoir de problèmes avec le fait d'être durement pilonné. Il haleta et s'affaissa complètement à genoux. Le type poilu dut suivre son mouvement pour rester en lui. Alors que le plus petit glissait, le mec derrière cracha littéralement sur lui, vers la langue qui s'arquait de sa bouche ouverte, et il grogna comme s'il était reconnaissant et se lécha les lèvres.

Bizarrement, Griff sentit son cul devenir tout chose dans son pantalon, à l'intérieur de son boxer, comme s'il imaginait à quel point cela devait faire mal de se prendre quelque chose d'aussi énorme. Il n'avait jamais pensé à son cul de façon sexuelle, mais quelque chose dans les actions sans ménagement de ces hommes semblait réel. Il pouvait en quelque sorte comprendre ce qu'ils voulaient l'un de l'autre.

À côté des fûts de bière cabossés, ils baisaient vite et comme des chiens en rut sur le béton irrégulier, s'approchant de la délivrance. On voyait des égratignures sur les genoux et les mains du mec qui se faisait prendre. Le bras qu'il utilisait pour se tenir en position accroupie était éraflé. Le type basané qui le labourait giflait puissamment ses fesses et poussait un doigt à l'intérieur en même temps que son membre dur, étirant davantage le trou et faisant crier son partenaire.

La vue excita Griff, et c'était une nouvelle information pour lui. Et si c'était Dante ? Il n'était pas poilu comme ce type, mais il avait la peau foncée, et Griff était pâle. Il pouvait presque l'imaginer.

Si Dante le désirait comme ça, le forçait, il s'y plierait avec plaisir. Si Dante l'attrapait dans une ruelle et le montait comme un chien… Si son meilleur ami le baisait durement, lui à genoux avec son cul rond relevé, et l'ouvrait bien grand pour le remplir comme ça, Griff savait qu'il éjaculerait à la seconde ou la queue de Dante toucherait le fond de son cul. À cette simple pensée, Griff commença à avoir une érection et ses bourses réagirent, mais avant qu'il puisse envelopper un poing coupable autour d'elle, le final démarrait sous la lampe de sécurité.

Le mec poilu contracta les fesses et s'enterra à fond à l'intérieur de l'autre. Comme il se déchargeait et tirait violemment son partenaire sur toute la longueur de son érection, son visage se tendit dans un cri muet.

Le gars sous lui serrait son sexe si fort qu'il en devint violet, le gland enflé alors qu'il tirait dessus, ses jointures saignant de s'être égratigner sur le béton.

Sans avertissement, son partenaire poussa son visage face contre terre, maintenant ses hanches pour garder son cul en l'air, et il le martela à plusieurs reprises ; le passif grogna et gicla deux fois – *tthhit-tthhit* – sur le sol, glissant en avant et se libérant de l'érection protégée par le préservatif lubrifié derrière lui.

Griff retenait son souffle, à moitié excité à moitié honteux.

Le gars en dessous roula et son pote arabe lui offrit une main pour le remettre debout à la lumière. À un certain moment dans le feu de l'action, son visage avait été éraflé contre les briques, un rectangle rose se dessinait sur une pommette.

87

C'était… *bon sang de bois*. Griff reconnut le mec qui s'était fait marteler : Tommy. Tommy Dobsky. Tommy, avec le visage éraflé, les genoux ensanglantés et le bras meurtri et égratigné, le cul baisé dans les grandes largeurs et le sourire aussi réjoui qu'un matin de Noël.

Tommy était du quartier. Tommy était marié et avait des enfants. Tommy était ambulancier, nom de Dieu ! Ils travaillaient ensemble. Tommy était un vrai canon qui avait la cote sur les plages de Jersey et un penchant pour les nanas hispaniques. Pas ici, apparemment.

Ici, Tommy aimait se faire à moitié violer, à genoux, et contraindre au sol à baver et gémir. Ici, Tommy rebouclait sa ceinture et frottait ses mains à vif sur son pantalon taché de Dieu savait quoi, hochant la tête à quelque chose que l'Arabe disait en rigolant. Tommy filait en douce à Manhattan pour faire ça. Griff s'était faufilé en douce ici pour regarder. Ce qui inquiétait Griff, c'était qu'il avait aimé regarder un peu, aussi longtemps qu'il avait imaginé Dante dans l'équation.

Et si Griff avait été vu ? Et si Tommy disait qu'il s'était trouvé dans ce bar ? Et si Tommy savait ce qu'il avait vu dans cette ruelle ? Il avait juste regardé Tommy Dobsky se faire baiser sur ses genoux écorchés par un Arabe poilu comme un singe et aimé ça. Tommy avait supplié et avalé le crachat du type. Tommy le tuerait s'il savait.

Ils étaient habillés maintenant et leurs voix étaient des murmures dans le fond de l'allée. Dans une seconde, ils le verraient. Griff remercia le ciel de porter du noir. Si Tommy le voyait, il serait dans la merde jusqu'au cou, et pas pour avoir joué les voyeurs. Il devait foutre le camp d'ici avant…

Ils arrivaient près de la benne !

Griff recula dans l'ombre contre le mur, se fondant dans l'obscurité jusqu'à ce qu'il mette une distance sécuritaire entre eux. Avant que Tommy puisse faire deux pas dans sa direction, Griff fila hors de l'allée et remonta la rue en courant à toutes jambes jusqu'à mi-chemin de la station de train de la 2e Avenue, avant de faire une pause pour vomir dans une poubelle à cause du soulagement et de l'angoisse accumulés. *Beurk*. Dégoûtant. Dans le métro, le train F mit une éternité à arriver parce qu'il était près de minuit maintenant.

Tommy aime les mecs. Et je pense que peut-être j'aime les mecs. Assurément un mec, au moins. Griff pria pour ne pas craquer. Il n'arrêtait pas de penser aux sons qu'avait faits Tommy quand il s'était fait mettre et à la façon dont il avait souri à son pote de baise après. Son cerveau lui semblait brouillé.

Il regardait sa montre si souvent qu'il finit par l'enlever et la ranger dans sa poche. Au moment exact où la vidéo de Dante fut mise en ligne sur le site de TêteBrûlée, Griff était sous terre au niveau d'East Broadway à taper du pied et à lire les publicités au-dessus de sa tête pour se distraire de son autre main qui frottait en cercle la trace du petit cadran sur son poignet. Au moins, il savait que son père serait en train de regarder la télévision quand il rentrerait à la maison. Cela l'empêcherait d'aller se connecter à Internet et de laisser son esprit vagabonder.

Pour une fois, il avait besoin que son père soit strict et détaché. Pour une fois, Griff était bizarrement soulagé de rentrer dans la bonne vieille maison où 'la loi et l'ordre' régnaient et dans laquelle il avait grandi… une zone absolument sans porno, des plus sures et des plus saines pour ça.

En prenant le métro aussi tard, Griff ne rentra pas chez son père avant presque une heure du matin. Marchant dans les rues sombres, il avait pris le chemin le plus long depuis la station de Carroll Street et s'était arrêté à l'épicerie coréenne pour acheter une glace et du papier toilette dont il n'avait pas besoin. Pour tuer quelques secondes supplémentaires, il eut une conversation de dix minutes avec un sans-abri à propos du réchauffement climatique. Il alla même au distributeur automatique pour vérifier si son salaire avait bien été viré. C'était le cas.

Durant le temps qu'il lui fallut pour traverser Carroll Gardens, Griff ne cessa de se répéter qu'il était épuisé et avait besoin de s'écrouler dans son lit parce qu'il travaillait tout le week-end et qu'en plus c'était la pleine lune et que ça voulait toujours dire plein d'emmerdes en tout genre pour la caserne. C'était à ça que devait ressembler une cure de désintox : se battre seul dans le noir contre quelque chose que vous aviez besoin de cacher. Il avait vu des mecs se débarrasser d'habitudes destructives. Mais ça avait un coût.

Alors qu'il marchait le long des Brownstones endormies, il passa un marché avec lui-même. Il ne promettrait pas de ne jamais regarder la vidéo. Il allait juste essayer de ne pas céder à l'envie ce soir. Il pouvait le faire, traverser l'obscurité en un seul morceau.

Une nuit à la fois.

Son corps ne l'écoutait pas, son corps pensait des choses vraiment déplacées à propos de Dante qui l'obligèrent à porter ses sacs de courses devant sa braguette. Il pensait aux mecs qui avaient déjà vu Dante depuis minuit et se demandait combien ils étaient, où ils vivaient. Il voulait les

89

punir pour quelque chose qui n'était pas leur faute. Ça l'énerva tellement qu'il arrêta d'y penser.

Même en marchant aussi lentement que possible, Griff finit par arriver chez lui. Les fenêtres étaient plongées dans l'obscurité et la voiture de son père n'était toujours pas là. *Merde.* Il allait entrer dans une maison vide.

Il pensa à aller à la caserne pour dormir dans son petit lit d'appoint juste pour être entouré par la vie normale et aucune intimité. Il songea à inviter quelqu'un à venir, mais la seule personne à laquelle il pouvait penser était exactement celle qui ne devait pas être assise à côté de lui. Bon sang, Dante s'inscrirait probablement sur le site de TêteBrûlée et lui *ferait* regarder ses débuts pornographiques. Il envisagea même presque de retourner discuter avec Sticky à Manhattan, juste pour descendre une ou deux bières et attendre quelques heures pour être assez fatigué pour dormir.

La clé de Griff tourna dans la serrure avec un bruit annonçant sa décision finale.

— Papa ?

Espérant sans y croire, Griff appela à travers les pièces obscures, priant que son père se soit écroulé quelque part ou qu'il ait eu un problème de voiture et se soit fait déposer à la maison. Le salon était calme. La cuisine aussi. Seul le tic-tac de l'horloge de sa mère dans l'entrée alors qu'il montait les escaliers, le fantôme d'un tintement alors que les engrenages se décalaient et faisaient trembler les carillons sans les faire résonner. Tic-tic-tic alors qu'il faisait craquer l'escalier vers l'obscurité au-dessus de lui.

— Hé. Je suis rentré.

Pas de réponse. La porte de la chambre de son père était ouverte, le lit spartiate fait. Un costume pendait sur la porte du placard comme un homme sans tête ni main.

Griff redescendit d'un pas lourd dans l'obscurité de la cuisine. Sans allumer, il ouvrit le frigo qui contenait seulement un demi-citron dans de la cellophane, un saladier de pêches en conserve au sirop, et un contenant de bouffe grecque à emporter qu'il sentit et jeta. Il pensa se faire des toasts, mais il savait que tout aurait un goût de cendres ce soir. Il ferma le garde-manger.

Une heure huit du matin.

Combien de mecs ont vu Dante maintenant sur le web ? Combien de membres de TêteBrûlée l'ont regardé en train de décharger son sperme sur

90

lui-même pendant que je suis assis là comme un lâche à essayer de manger de la nourriture périmée dans une maison vide ?

Griff n'arrêtait pas de penser à tous ces types ce soir qui connaissaient maintenant Dante de cette façon. Qui le voyaient prendre son pied et croyaient posséder une part de lui parce qu'ils avaient été témoins de quelque chose de privé, quelque chose qui devrait lui appartenir à lui seul. Combien de gens auraient un morceau de Dante la semaine prochaine, ou le mois prochain ? Cela semblait logique. Si Griff abandonnait et s'enregistrait maintenant, il pourrait au moins partager Dante avec eux, plutôt que les laisser simplement lui voler une part de lui.

Non. En s'étirant, il attrapa une bouteille de whisky et se servit quatre doigts dans un verre ébréché, porta un toast à rien et le vida avant de recommencer.

Son téléphone vibra sur sa hanche. Quelqu'un avait dû laisser un message pour lui pendant qu'il était dans le métro. Il leva l'écran pour regarder.

Dante.

Griff se versa un autre whisky bien serré et, incapable de s'en empêcher, il récupéra le téléphone pour écouter le message sur haut-parleur alors qu'il descendait dans sa chambre au sous-sol. Le message résonna dans la maison vide.

— C'ment va, G !

Dante l'appelait d'un endroit bruyant, un bar probablement, la musique disco tonitruante. Des verres tintaient et une foule tapageuse criait en fond. Dante avait l'air heureux lui aussi.

— Hé, mec, je me demandais si tu voulais venir samedi pour aider avec le toit encore une fois. Je n'ai pas envie de demander, mais j'ai une fuite au grenier. J'ai promis à Tino que je cuisinerai un gratin d'aubergines et des toasts à l'ail, donc tu mangeras bien. Hé, regarde… !

Le message fut étouffé pendant quelques secondes alors que Dante était bousculé et que le téléphone tombait par terre avec fracas. Il y eut un bruissement alors qu'il le ramassait.

— Je te jure que je te le revaudrai, Griff. Tu sais, j'ai eu ce chèque de ce… truc russe et je ne veux pas que les dégâts du toit empirent.

Griff poussa la porte de sa chambre, lâchant le téléphone sur la table de chevet pour allumer la petite lampe. Il sentait les effets du whisky. Bien. Peut-être qu'il serait capable de dormir. Il se débarrassa de ses chaussures et déboutonna son jean serré pour gratter son ventre sculpté. Son lit n'avait toujours pas de tête. C'était juste un sommier et un matelas posé au sol. Sa petite télévision et son poste radiocassette dataient du lycée. Seigneur. Là tout de suite, il essaya de ne pas se sentir comme un parfait looser et échoua.

Sur le haut-parleur de son portable, Dante riait à quelque chose par-dessus le tumulte du bar. Une voix de femme, proche mais basse, disait quelque chose d'inaudible.

— Ouais ! Ouais. Oh, et Griffin, mon père t'a envoyé un e-mail à propos du dîner de dimanche et tu viens. Ne fais pas de manière, dit seulement oui maintenant comme ça ma mère arrêtera de me rebattre les oreilles. Je dois y al...

Et le message s'interrompit.

Une heure seize.

Comme un robot, Griff ramassa son ordinateur portable sur le bureau et l'ouvrit sur le lit. Il retira son tee-shirt noir et le jeta vers le placard alors que le système démarrait.

Effectivement, il y avait un message de Monsieur Anastagio. Il l'ouvrit et tapa une réponse avec deux doigts : *oui, je viens dîner dimanche. Merci, Monsieur A. ; que puis-je apporter ?*

Il ferma l'invitation, supprima une publicité sur la perte de poids, des spams sur l'élargissement du pénis, et prit note de deux changements de planning de la part de son capitaine, puis il le vit.

ÊTES-VOUS UNE TÊTE BRÛLÉE ?

Dante lui avait fait suivre le putain de lien du site. À lui. Intentionnellement. Haha.

Griff referma violemment son ordinateur et le posa sur la table de chevet. Le cœur battant, il éteignit la lampe et posa plusieurs livres sur son portable, comme s'il piégeait un serpent à l'intérieur. Ses mains tremblaient.

Si seulement si seulement si seulement si seulement...

Il roula de l'autre côté du lit et resta allongé dans le noir à regarder le plafond. Il pensa à la plaisanterie que Dante croyait que c'était. Dante et lui s'étaient déjà trouvés nus ensemble avant. Bon sang, ils avaient baisé des filles ensemble quand ils étaient encore des ados stupides.

Mais Dante ne savait pas que quelque chose avait changé en lui. Il pensait probablement que c'était hilarant, et rien d'autre.

Griff se concentra pour prendre des inspirations profondes parce qu'il voyait des petits points devant ses yeux dans la chambre sombre. Il comprenait, mais pas Dante. C'était le problème.

Qu'il aille se faire foutre. Qu'il aille se faire foutre. Comment peut-il ne pas savoir ?

Griff tint trente-sept minutes avant de craquer.

VII

Sur le coup de deux heures du matin, Griff roula hors du lit en laissant les lumières éteintes et se déplaça dans sa chambre au sous-sol comme un voleur, ses pieds pâles s'accrochant au tapis. Sans même y penser, il ferma la porte de sa chambre à clé et tira les stores avant de retourner vers la couette verte sur le lit. Il savait qu'il était seul dans la maison, mais son cœur tambourinait dans sa poitrine, ses mains étaient raides et l'idée que quelqu'un entre et voit quoi que ce soit lui donnait envie de vomir.

Le whisky avait rendu sa bouche humide et ses membres lâches. Il garda son jean noir déboutonné quand il grimpa sur sa couette et ouvrit son ordinateur avec des doigts gourds. L'e-mail était toujours en premier plan :
ÊTES-VOUS UNE TÊTE BRÛLÉE ?

Si seulement.

Griff roula sur le côté pour pouvoir s'étirer sur le lit. Les mains tremblantes et en sueur, il cliqua sur le lien qui s'ouvrit sur une page l'avertissant de passer son chemin s'il n'avait pas dix-huit ans. Puis, quand il eut dépassé cette étape, il se trouva en train de regarder un fond d'écran de briques rouges parsemé d'un langage typique porno à propos de mecs bien chauds et biens durs, mais il ne le remarqua même pas.

Ce qu'il vit fut Dante : les yeux noirs corbeau, le nez romain, la bouche rouge comme du bon vin. Tout ce qu'il voulait. Ils avaient posté une image digitale de lui en train de sourire à quelque chose en dehors de l'écran, torse nu sous les bretelles rouges de son pantalon de service, son visage ciselé incliné comme s'il connaissait un secret.

NOUVEAU : FULL MONTE ! titrait la légende.

Monte ? Qui avait choisi ça ?

Le COUP DE MINUIT de ce soir !

Il ne le saura jamais.

Seigneur. Il prit une grande inspiration et la retint pendant un moment alors qu'il cliquait sur son meilleur ami. Ce faisant, il fut renvoyé sur une autre page illustrée d'un Hispanique renfrogné portant une veste de la Police de New York – genre, *rien que* la veste sur son torse tatoué, à côté d'un formulaire d'inscription demandant des infos pour que Griff puisse devenir membre pour une semaine, un mois ou un an.

Une semaine semblait complètement dingue. Griff saisit son vrai numéro de carte bancaire et un faux nom et accepta la transaction. Terminé. Une barre animée l'informa de ce que le site offrait :

EXCITATION EN STREAMING.

Dante était à lui à la demande.

C'est donc à ça que ressemble la damnation.

La vidéo démarra dès qu'une partie fut téléchargée. D'abord toutes les conneries d'avertissements et de décharges de responsabilité et ensuite le logo orange de TêteBrûlée reçut un traitement 3D qui le fit s'enflammer. L'écran devint noir et une voix à l'accent slave gronda : 'Bienvenue sur tetebrulee.com' avant que l'image s'évanouisse.

Griff reconnut la voix d'Alek. Il en était quasiment sûr, c'était le Russe chauve qu'il avait sauvé au Stone Bone quelques semaines plus tôt. Alors qu'il regardait, des lumières éclairèrent un siège très design.

Dante était assis là, souriant depuis un fauteuil en cuir noir et large devant un mur gris vert. Un tableau pendait au-dessus de sa tête : des éclats de pourpre et rouge jetés ici et là sur une toile. 'Du semblant d'art' comme Madame Anastagio appelait ça. La pièce avait l'air faussement chère, impersonnelle, et très propre – comme un hôtel de passe.

Au début, Dante regardait le sol et se frottait les mains sur le cuir lisse des bras du fauteuil, impatient. Il portait son uniforme de pompier, sa veste ouverte, un tee-shirt blanc à manches longues sous les bretelles.

— Tu es prêt ?

La voix hors champ d'Alek parla de derrière la caméra alors qu'il s'approchait plus près de Dante.

Dante regarda droit dans l'objectif avec ces yeux de jais.

— Je suis sur le point d'exploser, mec.

Il se frotta le ventre et il ne mentait pas. Sous le lourd tissu, les contours de son érection massive étaient visibles, pressés contre l'intérieur de sa cuisse.

— Je peux me toucher maintenant ?

— Impatient.

Invisible, Alek rigola, et quelque part même son rire avait un accent.

— J'ai quelques questions avant. Juste quelques trucs pour te présenter aux membres. J'ai le sentiment que tu vas être populaire.

— Peut-être que vos membres aimeront mon membre, hein ?

Dante s'adossa au fauteuil, inclina la tête, et plissa les yeux droits devant la caméra. Sa barbe de quelques jours accentuait ses fossettes et le creux sur son menton.

— Super, mec. Vas-y.

Dans sa chambre sombre, Griff se sentit sourire comme un idiot sans raison, comme s'il ouvrait un cadeau. Il avait des papillons dans l'estomac. Il balaya affectueusement des yeux les traits magnifiques de son ami, charmé par son effronterie, même là.

C'était hypnotique en quelque sorte, de regarder son ami alors qu'il se cachait derrière son ordinateur. Il augmenta le volume du portable jusqu'à ce qu'il puisse entendre Dante respirer, les sons que fit sa langue quand il se lécha les lèvres.

Griff n'avait jamais pensé que leurs uniformes puissent être autre chose que quelque chose de pratique, mais pour une raison quelconque, Dante le portait différemment. Les bandes réfléchissantes soulignaient son teint, et les bottes usées semblaient seulement sales et sexy au lieu d'inconfortables. Abracadabra ; un uniforme crasseux transformé par la magie de la pornographie.

— Donc tu t'appelles… ?

Alek se pencha plus près de lui avec la caméra pour entendre la réponse.

— Monte. Oui, bien sûr. Salut.

Dante était un terrible menteur comme d'habitude, mais Griff était prêt à parier que tous les autres pervers qui regardaient s'en foutaient complètement.

— Donne-nous quelques informations génériques aussi. Âge, taille, poids ?

Alex zooma davantage sur le visage et les épaules de Dante.

— Trente, répondit Griff dans sa chambre sombre à personne.

— Vingt-quatre, dit Dante sur son luxueux trône en cuir. Un mètre quatre-vingt-trois.

Plutôt un mètre quatre-vingt, mais Griff trouva le mensonge presque touchant. Il le fit se sentir puissant dans un sens, comme si Dante plaisantait, mais que lui seul comprenait.

— Poids ?

— Environ quatre-vingt-cinq.

Dante était nerveux.

— Et bien sûr avec ce charmant accent, tu es new-yorkais. Tu fais souvent de la musculation ? Ou bien tu pratiques un sport quelconque ?

Dante secoua la tête.

— Pfff. Jamais de la vie. Je jouais au base-ball. Mais je suis trop paresseux. Tout est naturel. De bons gènes.

Alek sembla impressionné.

— Waouh. Quel veinard !

Griff renifla, pensant aux heures interminables que Dante passait dans le gymnase à la caserne. Qui croirait pouvoir conserver ses tablettes en restant assis à ne rien faire ? Il réalisa qu'Alek avait dû coacher Dante sur ses réponses et lui donner ce stupide nom de scène pornographique, tant qu'à faire. Ce n'était pas réel ; c'était un ramassis de conneries pour de tristes pervers qui se branlaient dans leurs sous-sols sombres. *Comme moi.* Oh, bon sang, c'était vrai.

Dante balança la jambe.

— Mon père a presque soixante ans et il a le même corps.

Loin de là, pensa Griff. Monsieur Anastagio mesurait à peu près un mètre soixante-dix et était charpenté comme un tonneau. Non, Dante tenait des frères de sa mère : grand et mince avec des yeux de gitan.

Alek fit quelques pas en arrière pour que Dante soit visible dans le fauteuil de la tête à ses bottes éraflées.

— Eh bien, nous sommes heureux que tu sois venu partager ça avec nous ici sur TêteBrûlée. Je parie que ta petite amie apprécie.

Dante hocha la tête et mordit à l'hameçon.

— Toutes mes petites amies apprécient. Mais un mec a des besoins, pas vrai ? C'est trop pour certaines filles. Et je ne veux pas toujours jouer le gentil petit gars.

Griff tenta de déglutir le nœud formé dans sa gorge et repoussa sa fermeture du pouce, juste pour laisser ses bourses respirer. Il savait que Dante en rajoutait pour la caméra, mais son sexe ne faisait pas la différence. Il pensa à l'acte qu'il avait espionné dans l'allée plus tôt, à sa brutalité.

C'était la raison pour laquelle il avait craqué. Il recevait une éducation dans sa propre chair.

Personne n'aura jamais à le savoir.

Sur l'écran du portable, Dante continuait avec l'idée des multiples petites amies, léchant sa lèvre inférieure. Ses yeux charbonneux plongeaient directement dans l'objectif, à travers Alek, droit dans ceux de Griff.

— Difficile de n'en choisir qu'une. Je n'ai jamais rencontré une femme qui pourrait me donner envie de m'installer.

— Peut-être qu'une femme n'est pas ce dont tu as besoin.

La voix d'Alek le taquinait avec son léger accent et son rire de gorge.

Dante plissa les yeux et sourit à demi à la réflexion, mais il ne dit rien. Il envoya un clin d'œil à Alek par-dessus la caméra.

Griff déglutit, sachant que Dante ne faisait que plaisanter comme il le faisait avec tout le monde, flirtant par habitude.

— Peut-être devrais-je les laisser regarder ça, hmm ? Comme un avant-goût.

Alek demanda :

— As-tu déjà fait quelque chose comme ça avant ?

— Comme de la pornographie ? Nan ! Je veux dire, je me suis enregistré moi-même une ou deux fois en train de baiser des filles. Mais seulement pour moi. Pour déconner, tu vois ? Mais rien de professionnel.

Dante passa une main dans ses cheveux et leva les yeux vers la caméra, plus provocateur que jamais.

— Tu es mon premier, mec.

Seigneur ! Griff se tourna sur le côté pour repousser son jean noir, sa toison roux dorée était exposée à la lueur argentée de l'écran du portable. L'odeur musquée de ses bourses le fit saliver encore plus qu'il le faisait déjà. Incliné comme il l'était, son attirail reposait dodu et rose contre sa jambe ; il pouvait le sentir s'étendre lentement, le prépuce tirant légèrement vers l'arrière tandis qu'il grandissait. Devant lui, Dante était déployé sur son ordinateur comme un repas.

— Que fais-tu pour t'amuser ?

Alek dirigea la caméra vers le pantalon épais de Dante, parcourant lentement la toile de son uniforme.

— Tu sais. La fête. Les nanas. Les amis. Les matchs. Les emmerdes.

La main de Dante malaxait le monticule piégé contre sa cuisse gauche, mais la caméra continuait de grimper, dépassant son entrejambe compressé, les boutons de sa veste ouverte, remontant les bretelles tendues sur toute la longueur de son torse. Ses tétons étaient durs sous le tee-shirt blanc.

Lorsque l'image sur son portable atteignit la gorge couverte de chaume, Griff était aussi impatient que Dante.

Dante écarta plus largement les jambes, inclinant son entrejambe vers la caméra alors qu'il se passait une main dans les cheveux.

— Parfois je suis si excité que je dois me branler trois ou quatre fois dans la journée, tu sais ? Même quand je baise des filles régulièrement, j'ai besoin de frapper la batte juste pour me calmer, histoire de ne pas gicler dans mon pantalon quand je monte dans le camion.

La bosse sous son uniforme était plus dure maintenant, se soulevant de sa cuisse. Il passa une main sur la longueur courbe.

Alek gémit. Même cachée à la vue des internautes, sa respiration s'altéra et son excitation était palpable. Il laissa la caméra s'attarder et voyager plus doucement, savourant le corps en uniforme de Dante allongé là sur ce cuir luxueux.

— Alors… euh… Monte, tu es pompier ?

— 'Trouve-les brûlants, laisse-les mouillés'. Le boulot le plus fabuleux sur terre. Je sauve les gens de bâtiments en flamme. Je me bats et je gagne. Et je me fais des parties de jambes en l'air dans n'importe quel bar de New York.

Parce qu'il exagérait l'accent, on entendit *Noo Yawk*.

— Eh bien, cela fait de toi un héros, non ? Mais qu'est-ce qui fait de toi une TêteBrûlée, à ton avis ?

Alek s'accroupit, s'approchant plus près des cuisses écartées de Dante, faisant la prise de vue d'en haut ce qui fit apparaître Dante presque menaçant à l'écran.

Soudain, Dante se leva juste devant la caméra, la forçant à s'incliner vers l'arrière.

— Parce que je suis un fils de pute complètement dingue avec un corps de malade.

Son paquet envahit de pleine face le centre de l'écran, mais seul la moitié inférieure de son visage était visible sous cet angle. Sa fossette au menton, sa mâchoire carrée.

— Parce qu'à Action ou Vérité, je choisis toujours Action.

Se dressant au-dessus d'Alek, il se débarrassa de sa lourde veste d'un coup d'épaule, révélant doucement le tee-shirt à manches longues, en appuyant sur ses mots.

— Parce que je ne m'amuse pas, je *suis* l'amusement. Pour quoi d'autre serais-je ici, sinon ?

Plunk.

Sa veste d'uniforme tomba sur le tapis hors caméra. Alek recula vivement avec la caméra afin que Dante soit parfaitement cadré, de ses bottes épaisses à ses cheveux ébouriffés, surplombant tous ceux qui le regardaient. S'il n'y avait qu'une chose à dire, c'est qu'il était un allumeur né.

Le pouls de Griff battait comme le tonnerre à ses oreilles, sa respiration profonde et irrégulière. Il s'essuya la bouche, gardant ses yeux gris scotchés à ceux de son meilleur ami.

— Quand le feu brûle, mon bras se lève.

Dante passa les pouces sous les bretelles rouges, les faisant glisser de ses épaules pour les laisser pendre contre ses jambes.

— Je peux en enlever davantage ?

Il n'attendit pas la réponse. Il arqua le dos et retira le tee-shirt blanc de sa peau couleur olive, le jetant sur la veste par terre. Ses mamelons bronze étaient minuscules et durs, mais il les pinça quand même et sourit à l'objectif. Il fit courir une main d'un téton en travers du T de poils noirs et bouclés sur sa poitrine jusqu'à l'endroit où il s'étrécissait en une soyeuse piste au trésor menant directement sous sa ceinture. Sa main calleuse continua sa progression sous son pantalon de service, dans son slip, et gratta, suffisamment fort pour que cela soit audible à la caméra : *scratch-scratch-scratch*. Dans sa chambre au sous-sol, la rigidité de Griff frappa son ventre, pulsant au rythme de son cœur. Regardez-moi ça. Il n'avait pas réalisé à quel point il était devenu dur. Il gémit. *Magnifique.*

Alek approuva, à l'évidence.

— C'est magnifique.

Dante défit le bouton de son pantalon et tira sur la fermeture éclair.

— Peux-tu tourner sur toi-même d'abord ?

Dante eut l'air confus pendant une seconde.

— Tu veux que je me… oh !

Il se tourna lentement pour faire face au fauteuil.

— Que veux-tu que je fasse ?

— Maintenant, contracte tes muscles.

Dante leva les bras à l'horizontale puis contracta ses biceps comme s'il tenait une arme à deux mains, canon en l'air en signe de sommation, et les muscles fins tressautèrent sous sa peau. Il avait une longue brûlure rose et brillante sur une épaule, ce qui donnait à sa peau olive un aspect des plus exotiques. Après quelques secondes, Dante se relâcha et laissa tomber ses mains à l'arrière de son pantalon, le poussant juste un peu pour laisser apparaître la naissance de sa raie.

Griff soupira. Contre la toison rouille de son ventre, le fan-club de son sexe avait laissé filer une traînée de liquide transparent. Il porta la main sous ses bourses pour les faire rouler en douceur et les soulever de ses cuisses épaisses. Une autre perle de fluide apparut sur le gland. Il passa le pouce par-dessus et la porta à la bouche. *Doux*. Il inclina l'écran du portable pour descendre plus bas.

— As-tu quelque chose à nous montrer, Monte ?

Alek baissa la caméra pour faire un focus sur les fesses de Dante alors que ce dernier repoussait lentement son pantalon pour révéler la rondeur parfaite du bas de son dos.

À l'aide.

— Tu plaisantes ? J'ai tellement de choses à montrer, mec.

Dante regardait par-dessus son épaule, de profil, et balança un peu ses hanches, baisant l'air et abaissant davantage son pantalon

Griff se rendit compte qu'il retenait son souffle.

— Nous voulons tout ce que tu nous donneras, répondit Alek.

La caméra tangua quand Alek se pencha pour faire quelque chose… comme ajuster son érection, apparemment.

L'objectif d'Alek recula alors que le pantalon qui descendait révélait davantage la moitié inférieure de Dante, jusqu'à ce que celui-ci soit entortillé autour de ses bottes, limitant ses mouvements. Ses jambes étaient partiellement couvertes de poils – doux, noirs comme de la suie et le parsemant jusqu'à mi-cuisse – et son cul et le haut de ses cuisses étaient lisses et bien taillés ; aucun duvet ne recouvrait les lignes de muscles. Presque comme s'il portait un slip permanent qui resterait moulé à son corps.

Griff n'avait jamais remarqué ça avant. Mais bien sûr, il ne s'autorisait pas à traîner autour d'un Dante cul nu ces temps-ci. Pas depuis qu'il avait commencé à avoir ces sentiments. Bien trop risqué. Mais bon sang, il était reconnaissant à Alek de l'éduquer. Il ne serait plus jamais en mesure de voir Dante sans penser à ces poils légers démarrant à mi-chemin jusqu'en bas.

— Mets-toi à l'aise.

Alek semblait être aussi excité que Griff.

Derrière sa caméra, Alek avait dû lui faire un signe, parce que Dante se retourna avec son membre rebondissant devant lui. Puis il réalisa qu'il était face à l'objectif en train d'enregistrer et il pinça durement son sexe, faisant gonfler les veines là où il s'étirait au-delà de son poing. Le gland était exactement du même rose sombre que ses lèvres : assez peu commun. Son membre était long et recourbé et tirait vers la gauche d'une manière

101

désinvolte qui semblait promettre des plaisirs coquins à tous ceux avec qui il jouerait.

Le sexe de Griff était une canette de bière blonde ; celui de Dante était... parfait.

La caméra plongea sur l'aine de Dante. Alek s'accroupit ou s'agenouilla, suivant ce sentier au trésor et faisant en sorte que l'écran soit envahi des poils pubiens souples, les testicules bruns pendant lâchement dans leur enveloppe plissée et le sexe courbé et d'une délicieuse dureté entre eux fermement comprimé dans le poing de Dante.

La caméra descendit plus bas, jusqu'à ce qu'il soit clair qu'Alek soit presque sur le dos par terre pour pouvoir cadrer parfaitement. Les pieds de Dante étaient toujours pris dans son pantalon et ses bottes, raison pour laquelle il devait légèrement plier les genoux pour laisser pendre ses bourses. Ses jambes étaient légèrement écartées, révélant la crête ferme entre ses bourses et son anus, on apercevait à peine la courbe dodue de ses fesses derrière. Dante malaxait ses testicules, durement, les étirant sous la peau.

— À la dure, hein ?

Alek zooma directement de dessous, une vue du sol de l'entrejambe de Dante. Il se redressa jusqu'à ce que l'objectif soit rempli des orbes volumineux pressés sous son poing.

Dante passa l'autre main le long de la face interne de sa cuisse, puis dessous pour caresser le léger duvet qui s'insinuait dans sa fente.

— Mes couilles ? Ouais. J'aime quand elles me font un peu mal. Quand elles sont un peu écrasées. Mmm.

Il les pressa fortement de sa main calleuse, faisant briller le renflement sous les lumières. Sa rigidité s'arqua au-dessus.

Pour la première fois depuis que Griff avait commencé à regarder sur son lit, il enveloppa sa main autour de sa propre colonne de chair. Il ne tira pas dessus, la serrant juste doucement et lentement. Sinon, il savait qu'il finirait trop vite et commencerait à se détester avant d'avoir la chance de tout voir. *Ça*, c'était ce qu'il avait voulu trouver dans ce bar un peu plus tôt. Seulement c'était là sur son ordinateur et vécu sous le toit de son père.

Alek recula et laissa la caméra faire un panoramique de Dante depuis le sol pour montrer l'intégralité de son corps rosi. Il commençait à transpirer.

— C'est bizarre de tirer sur ma manivelle dans ma tenue de pompier, hein ?

Dante regarda son pantalon enroulé autour de ses bottes, les bandes rigides réfléchissantes emmêlées. Il tira d'un air absent sur son érection, comme s'il avait oublié ce qu'il faisait.

Alek rigola.

— Tu as déjà sûrement fait ça avant, à la caserne.

Il s'approcha doucement pour avoir une vue de côté de Dante et son organe.

— Les pompiers sont, après tout, des hommes.

— Nan. Je veux dire, j'ai baisé des filles dans mon uniforme, parce qu'elles kiffaient ça. Des coups rapides. Mais si je me branle à la caserne, je suis dans les toilettes ou tout seul dans la douche.

Dante répondait inconsciemment, tirant légèrement sur son sexe circoncis.

Griff dut s'interrompre alors qu'il imaginait Dante en train de relâcher la pression à la caserne. Comment allait-il pouvoir encore dormir après ça ?

— Oh. J'imagine que tu as déjà vu un coéquipier se branler et que tu t'es joint à lui dans la douche ou que vous avez regardé un porno ensemble.

Alek s'approcha du fauteuil à nouveau et fit un pas vers Dante.

— Pourquoi ne t'assieds-tu pas ?

Dante recula, heurtant le fauteuil. Il posa les fesses sur le cuir noir, souriant d'un air coupable.

— Euh. Peut-être. Je veux dire. Une fois ou deux. C'est juste des mecs et nous sommes tous potes. Nous avons eu des strip-teaseuses aux enterrements de vie de garçons et d'autres trucs dans le genre et, tu sais... bien sûr. J'ai fait quelques petites choses.

Les mots donnèrent la chair de poule à Griff et il faillit s'étouffer. Était-ce la vérité ou juste des conneries pornos ?

— J'imagine que nos membres paieraient une fortune pour être des mouches sur ces murs. Des pompiers s'aidant l'un l'autre avec les lances à incendie et les mâts de la caserne.

Griff expira. Des conneries pornos. Toutes ces balivernes étaient... Monte parlant à ses nouveaux fans. Dante ne se masturbait avec personne dans l'unité 181. C'était prendre ses désirs pour la réalité. À l'instant, Griff n'était pas différent de tous ces types qui fantasmaient à propos de partouzes de pompiers sur TêteBrûlée, sauf que lui n'avait besoin que de ce mec en particulier. Eux pouvaient avoir tous les faux pompiers du site.

Désormais Dante était nu sur le fauteuil en cuir noir, et son membre rouge était humide à la pointe. Il enleva ses bottes lourdes du pied et se libéra de son pantalon.

— Voilà ! J'aurais dû être nudiste.

Alek gloussa.

— Il n'est jamais trop tard pour changer de carrière.

Dante passa une jambe par-dessus le bras du fauteuil et commença à se masturber réellement. Ses grosses bourses rebondissaient sous son sexe. Le membre de Dante était assez dur pour briller et que les veines se démarquent.

— Tu as un truc pour faire glisser ? De la lotion ou autre chose ?

— Bien sûr.

Alek se rapprocha et sa main entra dans le champ pour offrir à Dante une bouteille argentée. Son pouce ouvrit le bouchon avec un petit *pop*.

— Veux-tu que j'en verse un peu pour toi ?

Griff grogna et hocha la tête. Dante hocha la tête et grogna.

— Beaucoup s'il te plaît. Ouais. Ma queue est coupée, alors j'aime ça vraiment mouillé. Pour la faire glisser facilement.

Griff se lécha la main dans sa chambre.

D'en haut, la main d'Alek secoua la bouteille pour faire jaillir un jet de lubrifiant transparent sur le sexe de Dante, le ruban gras le recouvrant et s'étalant aussitôt qu'il toucha son gland chaud, brillant comme une prune.

— J'ai longtemps souhaité ne pas être coupé. En grandissant, beaucoup de gars ne l'étaient pas et je me sentais à part.

Sur son lit, Griff essaya de penser à quelqu'un que Dante connaissait et qui n'était pas circoncis autre que, eh bien, lui.

Dante est jaloux de ma queue ?

— C'est ça. C'est ça. Un peu plus. Ouais.

La main de Dante malaxa amoureusement son membre.

Alek pressa un autre ruban clair de fluide et recula à nouveau, hésitant un petit peu lorsqu'il réalisa que Dante n'en avait pas fini avec sa pensée précédente.

— Quand tu n'es pas coupé, tu peux glisser dans la peau…

Comment sait-il ça ?

— Mais je suis coupé plutôt court. Je pense que c'est pour ça qu'il est courbé.

Dante pressa sa douloureuse érection, lissant toujours le lubrifiant le long de son sexe d'une couleur si particulière, un peu s'échappant dans sa

104

toison et sous ses bourses. Il baissa les yeux du côté de l'entrejambe d'Alek hors écran.

— Hé ! T'as la gaule toi aussi.

— Bien sûr, murmura Alek.

Son sourire était audible.

— Tu es super canon.

Alek va essayer quelque chose !

Même dans la chambre sombre, le poing rempli de sa propre chair, Griff pouvait dire à quel point Alek était près de franchir la ligne. Il savait tout de ce genre de désir impossible. Même avec le Russe hors champ, n'importe qui pouvait dire combien il désirait toucher Dante, au point d'envoyer promener le tournage. D'une seconde à l'autre maintenant, Alek allait lâcher la caméra et engloutir la magnifique queue courbée de Dante jusqu'à ce que ses bourses chargées se soient vidées en lui.

Pire, Griff pouvait dire que Dante le savait aussi, et qu'il titillait exprès le Russe, jouant pour attirer l'attention et espérant un bonus. Il ne faisait rien pour calmer cette concupiscence, et d'une façon étrange et jalouse, Griff se trouva à espérer qu'Alek le ferait parce qu'il était si proche et que c'était possible et qu'ils voulaient tous les deux Dante au point d'en avoir mal.

Le sexe de Dante glissait dans son poing graissé à l'excès avec un son craquant alors qu'il se pompait avec une affection patiente. Une veine épaisse s'étirait sur le côté puis se ramifiait à mi-chemin. La tête devenait plus sombre à chaque friction, ses contours se définissant en relief marqué. Tous les quelques coups de poignet, Dante la prenait en coupe et la polissait, d'une certaine façon.

Griff essaya d'imiter la caresse et glapit presque à la sensation, tirant son prépuce au-dessus de façon protectrice pendant un moment. Son propre gland était extrêmement sensible. Peut-être parce qu'il n'était pas coupé, une friction directe telle que celle-ci était presque douloureuse. Toute sa vie il avait souhaité être circoncis, mais il n'avait jamais pensé aux différences pratiques.

En regardant la parfaite érection coupée de Dante, il se rendit compte de toutes les différentes façons dont Dante pouvait utiliser son membre. Combien cela pouvait être rude. Combien il pouvait baiser plus à fond et plus longtemps. Avec précaution, Griff recommença ses caresses, attentif à laisser son sexe glisser dans sa peau. Son érection se dressait devant l'écran de son ordinateur et le visage de Dante.

Si étrange.

De l'autre côté du membre de Griff, Dante plaisantait face à la caméra.

— Je peux peut-être amener un pote de temps en temps. Qu'est-ce que tu en penses ?

La main de Griff s'immobilisa. *Bordel, qu'est-ce qu'il vient de dire ?* Pendant une seconde, il eut l'impression que Dante parlait à son pénis. C'était ce à quoi cela ressemblait pour lui de toute façon. Son sexe oscillait et fuyait d'un côté du sourire de pirate de Dante.

Sur l'ordinateur, Dante plongea en avant.

— J'ai un pote à la caserne. Bon Dieu, il est bien plus sexy que moi.

La main de Dante s'enroulait autour de son membre courbe de façon hypnotique.

— Vraiment.

Quel putain de pote ? Ou était-ce encore du baratin pour alimenter le site ?

Alek émit un son appréciateur du fond de sa gorge.

— Un pote sexy ? Un autre pompier ?

Dante continua à mentir.

— Mmm. Et il a une bien plus grosse queue. En plus nous sommes un peu de la même famille. Ce serait dingue, hein, pour tes membres ? Deux TêteBrûlée à la fois.

Griff déglutit. *Est-ce qu'il parle de moi ?*

— Frères ?

Alek bondit sur l'idée, amenant la caméra vers l'un des bras du fauteuil pour une vue latérale surélevée qui fit ressembler Dante à un repas fumant.

— Pas exactement. Mais en quelque sorte. Si ça valait le coup, il pourrait.

Derrière la caméra, Alek enchaîna avec la suggestion.

— Ce serait fantastique. Et je sais que les membres seraient très reconnaissants. Peut-être que nous en discuterons, après.

Attends. Ce n'est pas en direct !

Griff avait oublié. Cette scène avait été enregistrée avant la nuit des cioppino, plus d'une semaine auparavant. Tout ceci était déjà arrivé *avant* la nuit où Dante lui avait demandé de venir avec lui.

Il veut dire nous. Il est en train de parler de mon horrible grosse bite pendant qu'il se branle.

Griff savait que ça n'arriverait jamais, mais pendant un moment, il céda au fantasme d'être avec son meilleur ami comme ça : leur uniforme autour de leurs chevilles, des tonnes de lubrifiant, partageant son prépuce entre eux. Prenant son temps et montrant à Dante à quoi servait réellement cette peau, laissant Dante le décalotter pour qu'ils puissent frotter leurs glands engorgés jusqu'à ce qu'ils giclent dans leur préservatif humide. Griff grogna, ravalant sa foutue salive, et essaya de ralentir.

— Bien sûr.

Dante continua de se caresser d'une main, fermement et lentement. L'autre glissa pour prendre ses bourses en coupe un moment, puis plus bas, sous elles, pour presser la crête dure et velue, menant à sa fente.

Que fait-il là-dessous ?

Griff commençait à pomper son large manche, assez fortement pour brûler, le liquide séminal éclaboussant ses abdos cuivrés.

Alek zooma sur le fauteuil brillant de Dante à un angle serré qui souligna ses coups de poignet et le rebond de ses lourds testicules.

S'appuyant au fond de l'ample fauteuil, Dante inclina son bassin et révéla tout ce qu'il y avait à voir tandis qu'il se masturbait ; il frottait durement son trou. Ne pénétrant pas, mais sa main gauche massait le nœud anal serré en rythme, ses trois doigts du milieu caressant le petit muscle sans jamais glisser complètement à l'intérieur. Le lubrifiant était partout alors qu'il frottait et poussait, frottait et poussait, lissant et tirant sur les quelques poils clairsemés qui encadraient son sillon.

— Euh. Monte.

L'accent doux d'Alek était un murmure alors qu'il zoomait sur la fente luisante de Dante.

— Tu veux un petit jouet ?

— Nan. Je ne pense pas. Mais mon cul devient vraiment sensible. J'adore me le faire lécher, tu sais ? Quand je peux trouver quelqu'un d'assez chaud pour ça.

Une mèche de cheveux tomba devant l'un des yeux de Dante. Il cligna de l'œil, mordillant sa lèvre rosée de concentration.

— Mmmm, mmm. Euh. Il se peut que je ne tarde pas.

— C'est quand tu veux.

L'accent d'Alek débordait de désir.

— Ok. Mmmm. Donne-moi…

À présent, la verge de Dante s'était assombrie, prenant une teinte violette, tandis que ses doigts caressaient la tête ronde, brillante, sombre et

107

grasse comme une prune. L'angle de la caméra faisait que son membre avait l'air si long et si proche de son visage qu'on aurait presque dit qu'il pouvait juste se pencher pour se sucer lui-même jusqu'à l'orgasme. Qu'il jouirait dans sa propre bouche !

Cette image le fit basculer. Le sexe de Griff ne connut plus ni peur ni conscience. Il attrapa un petit tube de lubrifiant à côté de son lit et s'agenouilla sur le matelas par-dessus son ordinateur, regardant le torse lisse de son meilleur ami briller à l'écran. Ses bourses étaient remontées contre la base de son érection comme un poing serré ; sa main balaya son prépuce, décalottant la tête urgemment, le casque rosé étincelant.

— Ah. Ahh. Mmmm. Putain.

Les yeux de Dante étaient réduits à des fentes et son souffle laborieux. Les jointures d'un doigt poussèrent en lui pendant un moment et ses yeux se révulsèrent.

— Bon sang !

Griff commença à se masturber sérieusement, voulant qu'ils jouissent ensemble, même s'ils n'étaient pas ensemble. C'était juste eux, juste eux. Tout ce qu'il voyait, c'était Dante : son sourire, son sexe, son cul magnifique dans cette chambre où ils avaient leur place.

— Ahhh, ouais.

Sur l'écran, Dante avait remonté ses deux pieds sur le fauteuil, poussant les doigts contre son trou et masturbant toute la longueur de son membre veiné. Sa respiration s'accéléra, sifflant par son nez, ses yeux verrouillés sur le sommet de son érection, presque assez près pour la goûter. Sa bouche était ouverte et les sons se déversaient de lui tandis qu'il luttait vers son orgasme.

— Argh. Mmm. Argh. Ahhh !

Griff respirait lourdement, la sueur faisant luire sa peau pâle dans la faible lueur de l'ordinateur. L'odeur de son désir et de son prépuce humide était dans ses narines. Il aimait ça, et il savait qu'il aimait ça.

Il repensa à Tommy dans l'allée un peu plus tôt, malmené par son pote. Il imagina Dante à la place tenant Griff à sa merci et le pilonnant jusqu'à ce qu'il rugisse.

Ou lui, tenant Dante contre le mur des douches de la caserne et le baisant avec ces longues jambes enroulées autour de son dos. Dante avec lui au lit se réveillant après le Football du Lundi Soir, l'embrassant sur la nuque et lui murmurant à l'oreille en italien.

Un nœud alléchant se forma à la base de la colonne vertébrale de Griff, une boule d'électricité se rassemblant à cet endroit qui lui fit contracter les muscles.

Ses yeux restèrent rivés sur Dante.

Il ne le saura jamais.

Dante se tendit vers l'avant, et pendant un instant le bout de sa langue traça son propre sexe et cela le fit basculer.

— Ahh. Ah, merde. Mmm. Maintenant. Maintenant !

Avec un cri, Dante arqua le dos puis se courba, et son sexe couleur prune explosa entre ses doigts. *Ploc-ploc-ploc.* Le long jet salé frappa sa bouche ouverte sur un cri et glissa le long de ses joues et son menton. Un autre frappa son front et coula dans ses cheveux ébouriffés.

Il gémit et marmonna alors qu'il chevauchait son orgasme jusqu'à ce qu'il revienne sur Terre, extrayant chaque once de plaisir et semence hors de lui. Quand il finit et tandis qu'il haletait, de petites flaques glissantes en travers du torse, tout son corps fut secoué d'un frisson et il sourit et soupira : ses yeux doux se fermèrent. Il murmura dans un plaisir sans force.

— Ahh, G…

G ? A-t-il dit G ou voulait-il dire génial ?

Et ce petit G fit son œuvre. Griff passa de l'autre côté. Il tira soudain à nouveau sur son prépuce ; la douleur aiguë déclencha sa jouissance. Les yeux fermés, il dirigea son sexe vers le couvre-lit et regarda son petit casque rose cracher ce qui ressemblait à une pinte de sperme alors qu'il tremblait et se masturbait à genoux.

Un petit rire provenant de l'ordinateur lui fit tourner la tête pour vérifier ce qui arrivait dans les studios de TêteBrûlée.

— Bravo. *Ancora* [10] !

Alek approcha la caméra de la peau de Dante, faisant un panorama sur son torse trempé.

La poitrine de Dante couverte de sueur luisante montait et descendait rapidement, souillée d'une épaisse semence. Davantage coulait dans les sillons de ses muscles abdominaux. Sa 'gouttière à sperme', l'appelait Dante.

Maintenant Griff savait pourquoi. Il se lécha les lèvres à cette pensée. Tout le studio devait sentir le sperme chaud et musqué.

Je pense que je suis gay. Et il ne doit jamais le savoir.

---

10 Encore en italien. (NDLT)

Alek semblait sidéré.

— C'était époustouflant !

— Ah ouais, vraiment ?

Dante passa ses doigts sur ses abdominaux, son cou, le côté de son visage… collectant son sperme. Il suça son plaisir sur sa lèvre inférieure.

— Je me suis fait un putain de collier.

— À quand remonte la dernière fois que tu t'es soulagé ?

Les doigts de Dante jouèrent dans la flaque chaude sur son sternum. Sa verge débanda un peu plus et roula contre sa cuisse, la couleur s'estompant à nouveau de prune à lie de vin.

— Quelque chose comme seize heures peut-être. Allez.

— Il y en a tellement.

— Des putains de grosses couilles siciliennes, c'est pour ça. Je te l'ai dit. Je peux me faire trois filles par jour et toujours avoir besoin de me soulager sous la douche à la caserne et une autre fois dans les toilettes au bar.

Dante attrapa une serviette de gym qu'Alek lui jeta, s'essuyant avec précaution. Quand il frotta son gland ramolli, il frissonna.

— Argh ! Sensible !

Cela fit sourire Griff, qui calotta son gland avec une sensation de gêne compatissante. *Maintenant tu sais ce que je ressens quand je suis décalotté, petit con.*

— Je pense que nos membres ne sauront pas ce qui leur arrive. As-tu aimé ça ?

La voix d'Alek était faiblarde, comme s'il allait s'excuser d'une minute à l'autre pour aller aux toilettes pour aller flageller son matériel en reniflant le chiffon plein de sperme de Dante.

— Absolument.

Dante jeta la serviette hors caméra.

Avec une pensée totalement irrationnelle, Griff souhaita attraper cette serviette, la faire disparaître du web et la garder pour lui. Alek la garderait-il ? Ou la vendrait-il à un quelconque fils de pute chanceux qui s'avérerait être membre de TêteBrûlée ? Ce fut à ce moment-là qu'il réalisa exactement à quel point il serait prêt à payer pour un vulgaire rectangle de tissu éponge.

Sur l'écran de l'ordinateur, Dante se redressa brusquement pour ramasser ses vêtements éparpillés. Son sexe humide se balançait au rythme de ses mouvements, et il ne voulait pas regarder la caméra. Comme si quelqu'un avait appuyé sur un interrupteur et éteint la lumière en lui. *Clic.*

N'importe qui le connaissant aurait pu voir qu'il en avait fini et se sentait comme une merde. Il était clair qu'il voulait être habillé et loin des questions d'Alek.

Le cœur de Griff se serra. *Je suis tellement désolé.*

Mais Alek n'en était pas conscient. Il ne sembla pas remarquer qu'ils en avaient terminé. Il continuait à suivre son nouveau modèle dans la pièce d'un petit peu trop près.

— Crois-tu que l'on puisse te convaincre de revenir ? Peut-être d'amener ce pote à toi ?

Alek continuait ses panoramiques sur les jambes fléchies de Dante, sur son dos luisant et les stries enduites de sperme séchant sur son torse, ne voulant pas le lâcher.

Dante regarda brusquement vers la caméra.

— Peut-être. Nous verrons.

Il parcourut le sol des yeux à la recherche de ses affaires et sortit du champ, forçant Alek à le poursuivre.

— Souhaiterais-tu te rincer, peut-être ?

— Nan.

Dante était tout à ses affaires. Il ramassa sa veste d'uniforme, passant une main sur le ruban adhésif qui couvrait le matricule de son unité… sa seule protection.

C'est pour ça qu'il a fait ce cioppino. Il avait besoin que je lui donne mon consentement.

Griff s'assit sur les talons et son genou poussa la décharge gluante sur la couette. Il se sentait comme un con, agenouillé dans le noir dans une flaque de semence qui refroidissait, avec son meilleur ami sur son écran de portable, à deux heures du matin. *Seigneur.* Merde, mais qu'avait-il fait ?

À l'écran, Alek suivit Dante alors qu'il récupérait son uniforme de pompier : pantalon, tee-shirt, bottes.

— Eh bien, Monte. Je tiens à te remercier de t'être délesté d'un peu de pression avec nous ici sur TêteBrûlée.

Dante ne répondit pas. Il fixa la caméra, tenant son engin en cherchant à se couvrir maladroitement, voulant de toute évidence s'habiller et foutre le camp de cet endroit. Il baissa les yeux sur son corps collant et prit sa décision, remettant ses vêtements exactement là où il se trouvait.

Griff savait combien de fois Dante se douchait, à quel point il aimait être propre. Une autre pointe de pitié le traversa. Partir comme ça signifiait que Dante était sur le point de péter les plombs, caméra ou non.

Alek fit semblant de ne pas remarquer, reculant pour que le corps brillant et moite de Dante soit visible de la tête aux pieds.

— Monte ? Dis au revoir à tes fans.

L'instruction surprit Dante au moment où il remettait son pantalon d'uniforme. Il se redressa, passant une de ses bretelles sur son épaule couleur olive. Il avait le regard d'un homme pris au piège mais il feignit un sourire et leva une main qu'il agita.

— Salut, les gars.

Salut, mon pote. On se voit chez tes parents.

L'écran devint noir. Le sous-sol de la chambre tomba dans l'obscurité. Dehors, une benne à ordures collectait les poubelles des voisins.

Griff ferma son ordinateur et resta exactement là où il était, à genoux sur la zone humide qu'il avait faite.

VIII

GRIFF GRAVIT les marches du perron des Anastagio vers la porte d'entrée comme un prisonnier avancerait vers l'échafaud. L'air s'était rafraîchi et les arbres épars du pâté de maisons perdaient leur feuillage.

Dans la semaine durant laquelle... Full Monte avait été diffusé sur le site de TêteBrûlée, Griff l'avait regardé au moins quinze, peut être vingt fois. Il avait finalement craqué et souscrit à une autre semaine d'adhésion.

Il n'essayait même plus de ne plus regarder. Maintenant il essayait juste de ne plus y penser en dehors de sa chambre verrouillée au sous-sol. Il n'évitait pas Dante, mais pour sa propre santé mentale, il essayait de faire en sorte qu'ils ne soient pas seuls ensemble trop longtemps.

La dernière chose dont il avait besoin...

Griff sonna. Il entendit le carillon résonner quelque part dans la maison alors qu'il ouvrait la porte et entrait. Coincé sous son bras gauche, il tenait une bouteille de vermouth comme une offrande de paix. Il avait été absent ces deux derniers dimanches à cause du travail et il savait qu'il allait en entendre parler.

Le dîner du dimanche chez les Anastagio ne requérait pas d'invitation pour Griff. Tout au contraire, cela impliquait une excuse s'il le sautait pour une quelconque raison. Ils l'attendaient là à dix-sept heures avec le reste des enfants et étaient déçus quand il ne venait pas.

Monsieur Anastagio aimait avoir les... troupes dans les parages quand il cuisinait, et Madame Anastagio ne semblait jamais avoir l'air d'être au courant de ce qui se passait avec sa couvée à moins que les commérages ne sortent de leur propre bouche. Cette femme l'avait materné depuis qu'il était au lycée, avait lavé ses shorts, l'avait conduit chez le docteur et parlé avec ses professeurs. Madame Anastagio prenait congé les dimanches et laissait son mari et ses enfants cuisiner pendant qu'elle... recevait au salon. C'était une façon polie de dire 'mener l'interrogatoire', et bien sûr, à la minute où Griff pénétra dans la maison, il entendit l'appeler de là.

— Bonjour ?

À cause de l'étrangeté de la situation avec Dante, Griff était resté absent trop longtemps, et il le savait. Et il savait qu'elle savait, même si elle n'en connaissait pas la raison.

Dans l'entrée, Griff suspendit son écharpe et sa veste sur une patère. *Premier arrêt : le salon.* Il y avait des voix dans la cuisine, mais il savait qu'il devait s'excuser auprès de Madame A. d'abord.

Les dimanches étaient les jours où elle s'habillait pour les visiteurs, et aujourd'hui ne faisait pas exception. Elle était assise près de la fenêtre dans son tailleur-pantalon vert clair qui montrait ses rondeurs, l'attendant avec un doux sourire et un froncement de sourcils sévère.

— J'ai cru que nous aurions à demander à Flip de remplir un formulaire de personne disparue à son commissariat.

Elle le prit dans ses bras ; elle était plus petite que Griff d'environ cinquante centimètres et il dut se pencher vers elle. Alors qu'il se redressait, elle l'examina et tapota sa poitrine musclée.

— Tu es bien trop maigrichon, Griffin.

— Maigrichon !

Il fit la grimace.

— Bon sang, mais que t'arrive-t-il donc, Griffin ?

Maintenant, c'était la partie difficile. *Comment répondre à ça ?* Griff s'agita à la réprimande affectueuse et poussa la bouteille de vermouth au capuchon rouge dans ses mains… du Carpano Antica, c'était son préféré et il n'était pas vraiment bon marché.

Elle émit un petit bruit approbateur, mais son visage qui ne souriait pas resta ferme.

— Merci. Mais n'allez pas croire que vous pouvez m'acheter avec une bouteille d'alcool, Monsieur.

Elle hocha la tête en voyant l'étiquette beige et posa la bouteille sur la table basse.

Des cris étouffés leur parvinrent de la cuisine. Monsieur A. semblait s'être brûlé ou avoir fait brûler une partie du dîner. Puis ils entendirent Loretta essayant de ne pas perdre patience alors qu'elle tentait de le calmer, suivi par des bruits de pas dans le couloir.

— Cerelia !

Le mari de Madame A. venait vers eux.

Quelque part dans son esprit d'adulte, Griff savait que son nom était Cerelia, mais il ne l'appelait jamais autrement que Madame Anastagio ou Madame A.

114

Monsieur Anastagio pointa son crâne dégarni dans le salon, s'essuyant les mains sur une serviette jetée sur son épaule. Il était plus grand que sa femme mais pas de beaucoup et était bâti comme un tonneau poilu. Il leva une main en guise de salutations.

— Salut, Griffin.

— Monsieur A.

Griff pria que le dîner soit prêt et qu'il puisse éviter la brûlure au troisième degré, et qu'il puisse aussi marquer des points en mangeant une ou deux portions supplémentaires. Monsieur A. détestait qu'il y ait des restes presque autant que Madame A. les aimait. Les dîners étaient toujours un bras de fer entre les exigences que tout le monde mange le plus possible et leur devoir de ramener à la maison d'énormes sacs de provisions remplis de suffisamment de nourriture pour une semaine.

— Nous avons du veau en plat principal. Et Loretta fait de la panna cotta pour le dessert. Noisette !

Il se pencha en avant comme un agent double transmettant des secrets.

— *Lequel* sera coulant si vous voulez mon avis.

— Non, ce n'est pas vrai ! Seigneur, P'pa !

La voix de Loretta ressembla à un aboiement provenant du couloir derrière son père. Des bruits de pas venant vers le salon.

Monsieur Anastagio murmura à leur attention et lissa sa moustache touffue.

— Comme la soupe. Je sors encore les grandes cuillères. Et les bavoirs, peut-être.

— P'pa ! Ça suffit !

Loretta arriva à grand bruit derrière lui portant un tablier taché sur une robe du dimanche sexy.

— Tes asperges sont en train de ramollir.

Les yeux écarquillés, Monsieur A. se retourna et fila dans le couloir, ronchonnant avec bonhomie à l'attention de sa fille et de la gazinière.

Pendant une seconde, Griff crut qu'il pouvait s'en tirer en les suivant dans le couloir et en se réfugiant dans la cuisine pour échapper à l'œil scrutateur de Madame A.

Loretta lui opposa son veto alors qu'elle partait à la suite de son père.

— Salut, Griff. Au revoir, Griff.

Loretta pointa la cuillère en bois vers lui, sévèrement.

— Reste là jusqu'à ce qu'on t'appelle.

Madame Anastagio le ramena vers le canapé, le faisant asseoir à côté d'elle. Elle leva une main à ses cheveux noirs, lissant une mèche imaginaire comme pour la remettre en place. Ses yeux scrutaient son visage comme si elle pouvait y lire quelque chose. Elle avait l'air si petite et déterminée dans son pantalon vert.

Griff se sentait comme un grand singe à côté d'un canari.

— Est-ce que Paulie vient aussi ?

— Non. Le petit dernier a un match de football et Paulie joue encore les entraîneurs.

Elle se pencha en avant et prit une olive farcie dans un petit bol sur la table à leurs genoux. La glissant dans sa bouche, elle inclina la tête comme si elle attendait de lui qu'il confesse quelque chose.

— Loretta dit que tu te languis d'une fille.

Ses yeux noisette cherchèrent les siens.

— Elle est jolie ?

Griff déglutit, la regardant mâcher.

— Tu aurais pu l'amener, tu sais. J'adorerais la rencontrer.

Qu'était-il supposé répondre ?

Euh. Non. Je pense que je pourrais être gay, et je suis probablement amoureux de ton fils hétérosexuel, qui s'est tapé la moitié de Brooklyn, et, oh ouais, il fait du porno sur Internet maintenant et il veut que je me joigne à lui pour la prochaine fête de la branlette mondiale sur le réseau.

Il sentit le rouge monter au-dessus du col de son tee-shirt. Ses joues et ses oreilles brûlaient d'embarras.

Madame Anastagio lut beaucoup de choses là-dedans, naturellement. Elle attrapa une autre olive pour la glisser dans sa bouche et plissa les yeux vers lui, d'un air entendu.

— Quoi ? Elle est mariée ? Enceinte ? Qu'as-tu fait, Griffin ?

— Je n'ai rien fait. Je le jure. Et je ne veux pas, si je peux l'éviter.

Madame Anastagio secoua la tête à son attention et tendit à nouveau la main vers le bol.

— C'est bien dommage. Après… tout ce que tu as vécu, quelques petites bêtises t'auraient fait du bien.

Hop. Une autre olive. Elle mâcha, plissant les yeux, essayant de *forcer* la confession avec son regard perçant de tzigane semblable à celui de Dante.

À cet instant précis, la porte d'entrée s'ouvrit et plus d'Anastagio déboulèrent dans la maison. Flip et sa femme, Carol, criaient à leurs enfants dehors dans la rue de se dépêcher et de faire attention en sortant les plats de la voiture.

Flip s'arrêta à peine à la porte du salon alors qu'ils portaient des plats dans la salle à manger.

— Hé, Ma. Salut, Griff. Je dois…

Puis son corps dégingandé disparut, entraîné par sa femme élancée et leurs deux petits monstres aussi fins que des asperges. On pouvait entendre sa voix étouffée depuis la cuisine.

— Pa, on a apporté des feuilles de vigne.

Le nom complet de Flip était Filippo, mais il s'était battu avec suffisamment de gamins sur les aires de jeux pour qu'ils lui laissent choisir son propre surnom. Un an plus jeune que Loretta, il s'était marié dès sa sortie de l'école, et une paire de gosses tout fins avaient rapidement suivi.

— Donc… il y a moi, Loretta et sa fille, et Flip et Carol et leurs deux mômes. Plus toi et Monsieur A.

Griff levait un doigt épais à chaque énumération.

— Neuf.

— Et les jumeaux reviennent à la maison pour nous rendre visite.

Par la fenêtre, Griff pouvait voir Mikey et Mona ; plus jeunes de quelques années, les jumeaux étaient les bébés de la famille et tous les deux allaient à l'université de Rutgers à Jersey. Ils discutaient avec quelqu'un sur le trottoir. Griff se leva et alla jeter un œil dehors, sachant exactement qui il s'attendait à trouver.

Madame Anastagio parla derrière lui.

— Et Dante aussi. Il est en retard.

— Oh. Douze alors.

Sans surprise, il était là : cheveux noirs, yeux noirs, et ce corps dur et noueux comme une corde sous ses vêtements boutonnés jusqu'en bas. Dante avait un pied sur le perron. Il fouilla dans la poche de son pantalon en velours côtelés et sortit de l'argent, le fourrant dans la poche de Mona, tandis que Mikey secouait la tête.

Griff ferma les yeux et chassa d'un mouvement de tête ce qu'il était en train d'imaginer.

Madame Anastagio se leva elle aussi et se dirigea vers le couloir qui menait à la salle à manger. À la porte, elle s'arrêta.

— Griffin. Écoute-moi maintenant. Tu es trop souvent seul. Tu as pris cette habitude de ce père qui est le tien. Mais je ne veux pas que tu te caches quand tu as des mauvais jours. Promis ?

117

— Bien sûr.

Griff hocha la tête, et quand elle ne sembla pas convaincue, il acquiesça à nouveau plus fermement, levant les mains à la manière d'un vendeur en assurances.

— Oui, M'dame.

— C'est la règle. Les jours où ça ne va pas, tu dois les passer avec quelqu'un. Que ce soit avec une fille ou nous ou à la caserne ou avec Dante. Qui que ce soit.

Ses yeux percèrent les siens alors qu'elle traversait le tapis vers lui.

— Quelqu'un qui s'en soucie, Monsieur. Je sais dans quel état tu te mets quand tu commences à ruminer tout seul. Assez ! D'accord ?

Griff se détourna de la fenêtre, se sentant comme un tas de merde. *Que dirait-elle si elle savait ?* Dans la rue, derrière lui, il pouvait entendre Dante plaisanter à propos de quelque chose, racontant une histoire à Mikey pour le faire rire et faire en sorte que Mona se sente moins mal à l'aise de prendre l'argent que Dante ne pouvait pas se permettre de donner.

— Tu es un homme bien, Griffin Muir.

Elle tapota son avant-bras. Ses petites mains étaient plus fortes qu'elles en avaient l'air.

— Personne ne mérite d'être puni d'aimer de tout son cœur.

De tout son cœur. Ouais, bien sûr. Griff ferma les yeux comme s'il avait mal à la tête.

Un des enfants de Flip trotta jusqu'à la porte d'entrée dès que la sonnette retentit. *Ding dong.* Il ouvrit la porte pour son oncle.

— Je meuuuurs de faim ! rugit Dante.

Sa voix raisonna dans toute la maison comme un lion de dessin animé. Le fils de Flip toucha son estomac et courut à toute vitesse vers la cuisine en riant.

— C'est toi le loup !

Dante salua sa mère et Griff depuis l'entrée du salon avant de se mettre en chasse après son neveu.

Madame Anastagio se redressa et Griff fit de même. Comme toujours, il se sentait comme un géant escortant une princesse de conte de fées… une duchesse en tailleur-pantalon. Il tapota sa main et elle serra son biceps.

Elle lui prit le bras.

— Allons-y avant qu'ils mettent le feu à toute ma cuisine.

LE DÎNER fut dingue, comme d'habitude, mais sympathiquement dingue, affectueusement dingue. Un dîner classique chez les Anastagio de l'apéritif au café qui le termina. Et la panna cotta à la noisette était bonne et ferme en dépit des sombres prédictions de Monsieur A.

Griff avait déboutonné son pantalon et passé une main confortable dans sa ceinture. Il avait oublié combien il aimait être ici avec toute la famille. Leur nourriture, leur chaleur, leur folie le régénérait toujours, comblant les fissures dans son armure pour qu'il puisse sortir combattre les dragons.

C'était comme ça que le dîner était supposé être. À la fin du repas, Dante préparait toujours un plat pour lui afin qu'il le ramène à la maison pour son père, qui oubliait souvent de manger et vivait des distributeurs automatiques quand il s'en souvenait ; secrètement, Griff espérait toujours qu'une petite étincelle de la maison des Anastagio voyagerait avec la nourriture sous cellophane et que la chaleur se fraierait un chemin jusqu'à son père. Il ne retenait pas son souffle, mais il prenait toujours le plat.

Leur salle à manger faisait presque la largeur de la maison, elle était à moitié lambrissée sous un plafond en étain d'origine et peinte en un rose saumon terne ; la famille s'y rassemblait depuis plus de trois générations. Le buffet avait fait tout le chemin depuis la Sicile, un siècle plus tôt. Les chaises dépareillées et la table ronde massive avaient été achetées en solde après un incendie dans le Bronx dans les années soixante quand les parents de Madame A. s'étaient mariés. Il y avait des chaises pour tout le monde y compris les invités supplémentaires. À chaque fête et anniversaire, Monsieur A. faisait grand bruit à propos d'acheter une nouvelle salle à manger assortie pour sa femme, mais les enfants avaient tous grandi avec ce fatras, c'est pourquoi ils l'en dissuadaient invariablement.

Désormais, le dessert touchait à sa fin. Tout le monde commençait à repousser son assiette, les serviettes se posaient sur la table, les ventres étaient pleins. Le soleil s'était finalement couché et Loretta et Flip auraient bientôt besoin d'aller coucher leurs enfants. Mona écrivait un texto et Madame Anastagio parlait avec Mikey d'un groupe qu'il avait vu à l'université.

Griff s'assit au fond de sa chaise, repu et heureux ; il avait plus eu besoin de ça qu'il l'avait cru. Il sourit à son meilleur ami et vit le trouble qui l'agitait, vit les rouages d'une bêtise à venir en train de tourner. Dante

119

aimait foutre la merde quand tout le monde était trop à l'aise... et là, il mijotait quelque chose.

Dante inclina la tête.

— P'pa, dis à Griff qu'il doit venir bosser avec moi la semaine prochaine.

De. Quoi. Parle-t-il. Bordel ?

Griff fixa Dante avec une expression horrifiée. Allait-il vraiment parler de sa nouvelle carrière dans le porno durant le traditionnel repas du dimanche soir ?

Loretta leva les yeux.

— Griff n'a pas besoin d'un nouveau boulot. Et il n'a certainement pas besoin de couvrir ton cul paresseux.

— Surveille ta langue !

Flip avait toujours été très à cheval sur ce genre de choses, même en étant gosse, et maintenant qu'il avait des enfants, il était vraiment intransigeant en ce qui concerne la vulgarité. Peu importait qu'ils soient tous adultes et que ses enfants soient en train de jouer avec leur mère et Nicole depuis dix minutes dans le salon. Flip et Loretta ne s'étaient jamais entendus depuis le jour où il était rentré de la maternité.

À mi-chemin d'avaler une gorgée de vin, Madame A. leur lança un regard d'avertissement. Les dîners du dimanche étaient un terrain neutre.

Monsieur Anastagio se tourna vers Griff.

— Il fait quelque chose de malhonnête ?

Dante poussa sa chance en répondant à sa place.

— Nan. C'est juste l'histoire d'une journée, un truc super facile et qui paye bien, mais ce looser se sent coupable.

— Coupable de quoi ? D'être payé ?

Mona était en pleine phase cynique universitaire ; sa frustration envers le monde lui fit plisser le front au-dessus de ses lunettes.

La voix de Griff était basse et contrôlée ; son visage semblait avoir brûlé.

— Je ne me sens pas coupable. Ça suffit ! Laisse tomber.

— Pourquoi tu rougis ? Pourquoi est-ce qu'il rougit ? demanda Flip totalement déconcerté.

Madame Anastagio regarda entre eux, sa cuillère de panna cotta dans les airs.

— Quel est le problème, Griffin ? Dante, essayes-tu de profiter... ?

— Il s'agit juste de déplacer du matériel sur la 10e Avenue. Du lourd.

Dante jeta à Griff un regard étincelant et se lécha les lèvres comme si elles étaient sèches, ce qu'elles n'étaient pas. Dante continua.

— G pense que je suis une tête brûlée.

Loretta tapota le bras de son frère avec une inquiétude moqueuse.

— Tu es une tête brûlée.

— Seigneur, Dante.

Griff lâcha sa fourchette avec fracas. Il avait envie de commettre un meurtre.

Instantanément ennuyée, Mona attrapa son téléphone et se leva.

— Je dois appeler ma coloc.

Elle était au téléphone en train de lever les yeux au ciel avant d'avoir quitté la pièce.

Dante ne laissait pas tomber.

— C'est un boulot qui fait transpirer, mais c'est un espace étroit donc j'ai besoin de quelqu'un sur qui je peux compter pour surveiller mes arrières. Le client est un mec russe qui aime surveiller chaque étape, mais c'est de l'argent facile.

— Il n'y a rien de tel, intervint Loretta en plissant les yeux vers son frère avec suspicion, lissant la nappe sous ses mains.

Madame A., quant à elle, regarda l'air entre Griff et Dante. Elle savait que quelque chose d'autre se passait, mais elle préféra préserver la paix.

Mikey semblait irrité.

— Peut-être que je pourrais t'aider, mec. Hein ? J'ai besoin d'argent pour l'université. Je ne suis pas un gamin…

Argh ! Griff s'étouffa et toussa, devenant écarlate. Il attrapa son verre d'eau pour s'éclaircir la gorge. Flip lui frappa le dos, l'air confus.

Dante fut rapide.

— Nan, minus. J'ai besoin d'un géant sur ce coup. Et Griff est le seul géant dans la famille. J'ai besoin de lui là-bas ou il n'y a pas d'accord. Allez, P'pa. Dis-lui que c'est bon.

M. Anastagio s'appuya contre le dossier de sa chaise, les mains sur son ventre plein.

— C'est à vous deux de voir. Griff a plus de bon sens que toi, donc s'il s'y oppose, je parie que c'est pour une bonne raison.

Il se tourna vers Griff et demanda de but en blanc :

— Tu n'aimes pas ce Russe ?

Griff ne pouvait pas faire une scène, mais il savait que plus la famille discutaillerait autour de ce déménagement bidon, plus Dante prendrait de risques à en parler. Parfois, Dante semblait flirter avec l'envie de se faire prendre. Peut-être aimait-il l'opéra hystérique comme Loretta, sauf que lui, il aimait aussi le regarder.

— La 10e Avenue, c'est une longue route à parcourir pour transporter des cartons pour quelques dollars.

Loretta était déterminée à prendre le parti de Griff.

— C'est vrai. Et je n'aime pas travailler pour des étrangers.

Les sourcils cuivrés de Griff se froncèrent au-dessus de l'arête de son nez.

Mikey entra à nouveau dans la discussion.

— Je pourrais vraiment faire bon usage de cet argent, frangin.

— Est-ce que ces gens sont malhonnêtes ? demanda Madame A. en pliant sa serviette, essayant de lire l'expression de Griff.

Dante leva un sourcil espiègle.

— Eh bien, non, Ma. Je veux dire... Je suppose qu'il n'est pas exactement quelqu'un que je qualifierai de *droit* [11], mais...

— Excusez-nous !

Griff se leva de table, renversant presque sa chaise. Il se foutait de faire une scène. Il saisit Dante par le bras, le tirant vers la porte de derrière.

— Nous revenons tout de suite.

GRIFF NE lâcha pas le bras de son meilleur jusqu'à ce qu'ils aient franchi la porte de derrière et qu'elle soit bien refermée derrière eux. La dernière chose dont il avait besoin était que l'un des Anastagio entende ce qui se passait dans leur jardin.

Dante n'eut même pas la décence d'avoir l'air honteux.

— Bon Dieu, Anastagio ! As-tu toujours besoin d'être un tel connard ?

Dante haussa les épaules, imperturbable.

— Je n'en suis pas un. Je t'emmerde. J'ai trouvé une sorte de solution pour une mauvaise situation. Et tu disais que tu m'aiderais.

Il semblait presque perturbé par la réaction de Griff qui faisait les cent pas sur le petit porche de briques qui surmontait le jardin fermé. Autour d'eux, les arbres des voisins étaient visibles par-dessus la clôture.

---

11 Cf. noté précédente sur la signification de 'straight' (NDLT)

Qui savait combien de gens les écoutaient avoir cette conversation ? Ils avaient besoin de parler de ça ailleurs, dans un État différent, la nuit, dans une chambre forte souterraine scellée.

— Devant ta famille !

Les mains de Griff le démangeaient de frapper quelque chose. Il devait se rappeler encore et encore où il était pour ne pas mettre un poing dans la figure de Dante ou pour le jeter à travers la clôture. Ce n'était pas sa maison, même s'il l'oubliait parfois ; ce n'était pas sa famille. Seigneur Jésus, Marie, Joseph.

— Une sorte de solution ! Ton petit frère veut donner un coup de main, putain de merde.

— Ouais. Bien sûr. Comme si ça allait arriver. C'est un gamin.

Dante leva les yeux, exaspéré.

— Je devais trouver un moyen de t'en faire parler.

— Et c'est *ça* ta brillante idée ? Le dîner familial !

Griff savait qu'il parlait trop fort aussi près de la famille. Il prit quelques inspirations, étouffant sa colère et son incrédulité.

— Tu aurais évité le sujet à tout jamais si je ne t'avais pas piégé. Je voulais juste une réponse.

Dante tenait son bras, obligeant Griff à le regarder

— Écoute, G, tu peux m'aider si tu veux, ou tu peux t'en aller et me laisser gérer ça. Tu n'as pas à faire quoi que ce soit. Je ne tiens pas un flingue sur ta putain de tempe.

— Lâche-moi. D'accord ? Lâche-moi, bordel !

Griff descendit bruyamment les marches qui menaient au petit jardin de Madame Anastagio, puis un peu plus loin, avant de faire demi-tour pour jeter un regard noir à son meilleur ami

— Chut. Mets-la en sourdine, veux-tu ? Loretta a probablement l'oreille collée à cette fichue porte.

— *Maintenant*, tu veux faire profil bas.

Griff s'assit sur les marches, Dante dans son dos.

— Connard, maugréa-t-il.

Il se détestait de vouloir aider Dante, mais également de vouloir s'en aller.

Quelle prise de tête.

— Tu m'as évité toute la semaine.

Griff pouvait difficilement dire le contraire ; c'était la vérité. Il savait que Dante avait essayé de le joindre.

123

Dante s'assit à côté de lui et lui donna un petit coup d'épaule.

— C'était une blague, mec. Allez. C'était plutôt marrant.

Griff se tourna vers lui pour le fusiller du regard, mais Dante ne sembla pas s'en vouloir le moins du monde. Ses yeux noirs brillaient, bon sang *brillaient* en réponse. Au lieu de les affronter et de penser à ce qu'ils lui faisaient ressentir, Griff s'accouda sur ses genoux et regarda ses doigts pâles là où ils s'emmêlaient ensemble.

— Es-tu allé sur le site ?

Dante était sérieux. Comme s'il voulait son avis.

— Quoi ?

Oui, Bon Dieu, tous les jours.

— Non ! Merde.

Le mensonge avait un goût de suie dans sa bouche, mais Griff n'avait pas à feindre le choc.

— Ça rend vraiment bien. Même moi je le pense. Bien sûr, je ne suis pas objectif. Je pensais juste que tu aurais peut-être…

Griff secoua la tête et regarda le jardin.

— Ouais, eh bien je n'ai pas besoin de te regarder… comme ça.

Enfin, pas plus de trois ou quatre fois par jour.

— Il m'offre une petite fortune pour que je revienne. Encore plus si j'amène un ami.

Dante se tourna vers lui.

— Écoute, tu n'as pas besoin de faire ça pour moi. Je peux retourner là-bas tout seul, mais c'est vraiment un sacré paquet de fric si tu es de la partie. En liquide.

Il passa un bras autour des épaules de Griff et le serra contre lui, comme s'il lui demandait juste un marteau à emprunter.

— Ce mec, Alek, nous paiera tous les deux bien plus que le tarif normal. Si nous…

Il baissa la voix.

— … euh, travaillons ensemble, tu vois ?

— Putain de pervers, murmura Griff en grimaçant.

— En fait, c'est vraiment un type décent, considérant le boulot.

Que Dante le défende ne faisait qu'empirer les choses.

— Combien ce suceur de queues est-il prêt à cracher ?

Griff ne pouvait pas croire qu'il posait même la question. Il déglutit pour faire passer la boule dans sa gorge.

— Comme deux pour le prix d'un ?

— Plus comme deux pour le prix de dix, G.

Dante regarda par-dessus son épaule pour voir s'ils avaient un public. Sa voix baissa jusqu'à devenir un murmure.

— Si et seulement si c'est nous deux. Il a dit que toi et moi ensemble nous serions spéciaux parce que nous sommes, tu sais, si proches.

Griff rumina cette pensée. *Proche.* Il se demanda quelle gymnastique mentale Dante avait pratiquée pour adhérer à ce plan merdique. Parce que manifestement c'était le cas, et il ne comprenait pas pourquoi Griff n'était pas chaud.

— Je me sentirais bizarre.

L'euphémisme de l'année. Son cerveau ressemblait à de la marmelade. Dante secoua la tête.

— Nous sommes potes. On se connaît sur le bout des doigts. Pour le meilleur et pour le pire. Tu m'as vu de toutes les façons possibles. Et vice-versa. On a déjà été à poil ensemble. On a baisé des filles dans la même chambre. Ce n'est pas un problème. Ce sera juste comme se branler avec des potes au lycée.

Quoi ? Comment tout ça est-il devenu aussi stupide ?

— Je ne me suis jamais branlé avec mes amis au lycée.

— Conneries. Tout le monde l'a fait. Les hormones. Je le faisais toutes les quatre-vingt-dix minutes comme une foutue horloge.

— Euh. Non. Tu as dû aller au lycée Saint Porno, parce que je me rappelle très bien m'engueuler avec mon père et faire mes devoirs.

Le visage de Griff était tendu. Il passa les mains dans sa tignasse rousse et il la sentait hérissée à la façon d'un savant fou : *vivant, VIVANT !*

La porte arrière de la maison des Anastagio se dressait comme une menace derrière eux, mais les rideaux de la fenêtre ne bougeaient pas. Tous devaient encore être à table ou en train de regarder le match.

Le regard de Dante était joyeux posé sur le sien, comme s'il lui racontait une blague salace à l'église.

— Allez. Nous l'avons tous fait. Tu dois bien t'être branlé avec Paulie quelques fois. Il se lâchait dans cette chaussette genre six fois par jour, et vous les mecs vous traîniez ensemble tout le temps. Vos conneries athlétiques et tout ça.

— Quelle chaussette ? Attends…

Griff haleta et se couvrit les yeux.

— Peu importe. J'ai saisi.

Dante s'était-il masturbé avec ses coéquipiers dans les douches ? Dans le bus ? *Une autre image dont je n'ai vraiment pas besoin.* Griff déglutit. Il put s'entendre avaler. Les sons humides de sa gorge en mouvement résonnant comme une stéréo en Dolby THX à l'intérieur de sa propre tête.

— Nous l'avons tous charrié à propos de cette chaussette. Ce truc dégueu qui craquait. On l'appelait Darna.

Dante lui fit un clin d'œil, s'écartant comme si Griff était un dogue effrayant.

— C'est bon. Ça va. Je n'ai pas besoin de le savoir. Mais je te jure que Paulie et moi n'avons jamais…

— Oh.

Le visage de Dante se ferma comme un coffre-fort.

Soudain Griff ressentit le besoin de s'excuser, mais il ne put se figurer pourquoi il voulait le faire : s'être branlé seul ? Ne pas avoir de chaussette pour ça ? Ne pas avoir vécu avec les Anastagio, ce qui avait apparemment été le festival italien de la branlette ?

Ne pense pas à cette dernière chose trop longtemps.

— La chaussette de Paulie…

Dante haussa une épaule, sa bouche tordue en une moue confuse.

— Bon sang, moi je l'ai juste avalé.

Je sais, je t'ai vu.

Flash-back sur TêteBrûlée : Griff eut soudain une vision claire comme du cristal de Dante éjaculant dans sa bouche ouverte. Il l'avait regardé une douzaine de fois. Il en connaissait chaque seconde.

Dante agissait comme si c'était la plus normale des conversations à avoir sur le porche de la maison de ses parents.

— Avaler est bien plus facile, reprit-il. C'est bon pour toi.

Un homme à terre ! Un homme à terre !

Si Griff avait été debout, ses genoux l'auraient lâché ; il espéra ne pas avoir fait un bruit bizarre, mais il ne put en être sûr. Tel qu'il était, un frisson se propagea sur toute la longueur de son corps comme un cheval essayant de chasser une mouche, et sa verge traîtresse gonfla contre sa cuisse.

Dante faisait tout paraître si raisonnable. *Se branler ensemble ; quel est le problème ?* Mais cette offre n'était pas… juste rien du tout, et il le savait tous les deux. Cela impliquait de franchir toutes sortes de lignes. Il y avait une raison pour laquelle Alek était prêt à offrir autant d'argent pour une scène les impliquant tous les deux. Et Dante ne savait même pas de combien de lignes ils parlaient, parce qu'il ne ressentait pas les choses folles que Griff ressentait.

Ils restèrent assis en silence pendant quelques minutes. Une brise de fin d'octobre remuait les feuilles brunes sur les dalles que Monsieur A. avait posées en parallèle du petit jardin à l'époque où ils étaient au lycée. Tous les garçons avaient aidé, y compris Griff ; Madame Anastagio avait pleuré quand elle l'avait vu.

Tout à coup, Griff se sentit plus vieux que ses trente et un ans. Comment autant de temps avait-il pu passer ? Il ferait bientôt froid et il vivait toujours dans le sous-sol chez son père. Les feuilles voltigeaient autour des pieds de la petite table en fer forgé.

Mais pour l'instant, ils étaient assis tous les deux dans cette petite bulle de tranquillité, ensemble… la famille à l'intérieur, les voisins de l'autre côté des clôtures, Brooklyn au-delà, et cette proposition impossible, étrange, planant comme une énormité dans l'air entre eux : Dante lui proposant de vivre son fantasme secret.

Proche. Parce que nous sommes très proches.

Griff réalisa que Dante respirait calmement à côté de lui, attendant une sorte de décision de la part de son meilleur ami qui allait changer leurs vies, d'une façon ou d'une autre. Dante avait probablement aussi peur que lui, mais pour des raisons différentes.

Griff essaya d'imaginer ce que ça faisait à un mec hétéro de demander à un bon ami de faire quelque chose d'aussi extrême, sans tourner autour du pot, gay. Il savait combien Dante aimait cette maison. Il savait combien Dante lui faisait confiance et à quel point les choses devaient être au plus mal pour le forcer à lui demander de l'aide. Il savait ce que demander avait dû coûter, ce qu'il donnerait pour partager ce genre d'intimité. Et là, il sut, tout simplement, il sut exactement ce que sa réponse devait être.

Griff vérifia les fenêtres et les murs à nouveau cherchant toute trace d'évidentes oreilles indiscrètes avant de briser le silence.

— As-tu une sorte de plan ?

— Je sais comment me branler, G.

Dante leva les yeux au ciel et prit une tête d'idiot.

— Si tu ne sais pas, je peux te donner des indications.

— Crétin !

Griff frappa l'arrière de son crâne.

Dante glapit et leva les mains en riant, en signe de reddition.

— Non, déclara Griff en le foudroyant du regard. Je voulais dire, sais-tu combien tu as besoin pour que la banque te lâche et que tu rattrapes tes arriérés ?

Dante hocha la tête et fixa les arbustes le long de la clôture.

— Quatre mille c'est le chiffre urgent, mais si je pouvais économiser, disons, neuf ou dix milles, j'aurais de quoi respirer jusqu'à après les fêtes de fin d'année. Ensuite, il y aura du travail sur les chantiers au printemps.

Griff sentit sa résistance faillir un moment avant de demander :

— Et ça te sortirait du trou ?

Dante ressemblait à un petit garçon priant pour une bicyclette.

— Je l'espère.

— L'espoir n'est pas une stratégie.

Griff se sentait froncer les sourcils.

— Eh bien. Alors, je pense...

Dante haussa les épaules.

Griff plissa le front, secouant la tête, essayant d'arrêter ce train fou.

— Que diras-tu à ton père quand il te posera des questions au sujet de l'argent ?

Ils savaient tous les deux que les Anastagio s'interrogeraient sur la provenance de cet argent apparaissant de nulle part en voyant les factures payées d'une maison que tout le monde savait que Dante ne pouvait pas se permettre.

— Oh. Merde.

Dante entendit ça sans aucun problème. Les rouages de son cerveau tournaient dans sa tête.

— Les chantiers peut-être. Je peux dire que tu as trouvé un boulot à Bayridge dans la démolition. Et qu'ils payent cash. Des dessous de table. Et peut-être, disons, qu'Alek peut te payer pour nous deux, et que tu peux me faire un prêt.

Dante regarda la porte de la maison de ses parents derrière lui.

— Merde, ils savent tous que de nous deux, c'est toi la personne responsable.

Griff chercha les yeux de son ami, essayant de résister à ce charme et au réel désespoir nageant dans ces profondeurs d'un noir d'encre.

— Dante, tu dois savoir exactement ce dont tu as besoin. Pas ce dont tu as envie, mais sérieusement ce dont tu as Besoin, avec un B majuscule.

— Je sais.

Dante hocha la tête et cogna leurs épaules ensemble.

— Personne n'a à le savoir. Il a même dit qu'il pouvait cacher ton visage si tu le voulais. Mais nous aurons plus si tu le laisses le montrer.

— Il paie combien ?

Griff chuchotait littéralement maintenant en regardant les briques entre ses vieilles baskets. Sa pointure cinquante semblait énorme là en bas.

— Deux milles pour nous deux… peut-être un peu plus si on pousse certaines limites.

Griff ferma les yeux et essaya de trouver la volonté de s'arrêter. Il pensa à la maison vide de son père, et aux nuits passées sur la toile comme une araignée excitée espionnant… Monte, et Dante ayant besoin de lui, et tous ses sentiments dingues. Son espoir impossible. Il savait ce qu'il était en train de faire, savait que c'était de la folie, mais à la vérité, il ne pouvait s'empêcher de dire oui, d'aider Dante. Et il ne pouvait résister à la tentation, à la chance de voir son meilleur ami comme ça, en chair et en os. À le connaître de cette façon. Être avec lui, juste une fois, même sous de faux prétextes. Un sacrifice complètement égoïste caché en pleine vue. *Personne ne doit savoir.*

— Griff ?

Dante le regardait toujours quand il ouvrit les yeux.

Parce qu'ils étaient si proches.

La porte-écran grinça derrière eux. Griff se raidit et se retourna sur les marches pour regarder.

— Oncle Dante ?

L'un des garçons de Flip était là, semblant ennuyé et un peu collet monté dans son tee-shirt à rayures : une version miniature de son père. Il tenait une grande cuillère en guise de sceptre.

— Grand-pa dit qu'il y a plus de dessert 'si vous voulez bien ramener votre cul à l'intérieur'.

Vlan. Et il était parti.

Dante rit, mais resta sur les marches en brique, attendant que Griff dise quelque chose.

Clac. Comme un métro dérouté, Griff sentit toute sa vie changer légèrement de direction pour prendre une route dangereuse sans aucune idée de la destination, prêt à prendre le pari pour une fois parce que Dante avait besoin de lui à son tour. Il se mit sur pieds, brossa son pantalon, et regarda Dante en lui souriant.

Si proche.

— Ouais, D. Ok.

IX

CETTE SEMAINE-LÀ, Dante les conduisit jusqu'au bureau de TêteBrûlée dans le tas de ferraille qui lui servait de jeep. S'y rendre le treize du mois, c'était comme forcer sa chance et s'attendre à ce qu'un truc merdique arrive. Leur tenue de pompier se trouvait dans des sacs de protection à l'arrière. Le trafic était minime et le quartier, quand ils l'atteignirent, semblait délabré et constitué d'entrepôts… une ville fantôme d'usines abandonnées et d'unités de stockage. Les bureaux se trouvaient dans un ancien bâtiment industriel sur la 10e Avenue. L'Avenue X. Oui, plutôt l'Avenue XXX : *Boom-chicka-boom* [12.]

Sur la route, Dante avait essayé de remercier Griff d'être venu, d'avoir accepté, mais Griff avait été tellement mal à l'aise qu'il avait abandonné.

Après qu'ils se furent garés, Alek vint à leur rencontre dans la rue. Il portait un jean et un sweat-shirt et frottait sa tête chauve. D'un geste du bras, il leur indiqua un quai de chargement crasseux.

Dante allongea le pas pour aller lui serrer la main ; pas Griff. S'il avait été seul, il aurait eu peur de se faire agresser.

Alek se dirigea vers une longue rampe qui longeait le mur vers un vieil ascenseur.

— Mon assistant a démissionné ce week-end. Il est étudiant à Hunter. Donc je dois porter plusieurs casquettes pour l'instant.

Ils montèrent dans une cage de métal grinçante qui les emmena cinq étages plus hauts et qui s'ouvrit sur un fatras de caisses et de boîtes poussiéreuses. Un peu de lumière filtrait à travers les fenêtres sales, mais le labyrinthe de boîtes gardait leur chemin dans l'ombre. Alek ouvrit la voie avec Dante juste un pas derrière lui. Griff resta en retrait. Il pensait à combien tout ceci semblait louche. À qui appartenaient ces caisses ? Il s'était attendu à quelque chose d'un peu plus sophistiqué. Était-ce tout ce que représentait cette filière ? Le porno n'amassait-il donc pas d'argent ? Alek ne s'habillait certainement pas comme un clochard.

---

12 Titre d'une chanson de Johnny Cash. (NDLT)

Finalement, ils atteignirent une lourde porte en métal qui s'ouvrait sur un open space de Placoplatre couvrant un coin du bâtiment d'environ six mètres sur huit. Le… studio du site Internet était bien plus petit et bien moins élégant que Griff se l'était imaginé.

Alek leur tint la porte ouverte et les fit pénétrer à l'intérieur, verrouillant derrière eux et appuyant sur un interrupteur qui enclencha les ventilateurs. Les murs étaient insonorisés avec de la mousse épaisse ressemblant à des boîtes à œufs et des rideaux bleus délavés. Une extrémité de la pièce était brillamment éclairée, et Griff reconnut une partie de l'appartement branché où Dante s'était masturbé.

C'était vraiment un décor de film. Amusant comme cela avait semblé réel sur le site et combien cela paraissait faux maintenant devant lui. Un logo incandescent 'tetebrulee.com' était monté dans l'air au-dessus de la zone de tournage, puis, en petits caractères courants sous le logo, 'parce que les vrais hommes ne peuvent pas se contrôler'.

Sans déconner.

Derrière Griff, le doux accent d'Alek lui rappelait ce qu'il s'apprêtait à faire.

— Vous m'accordez un moment ?

Dante se déplaça dans la pièce comme s'il vivait là. Il se dirigea droit vers les spots de l'endroit du tournage.

Alek leur donna à tous les deux des planchettes à pince, des contrats qui avaient besoin d'initiales et de signatures. Deux petites étiquettes colorées étaient collées sur le côté, attirant l'attention de Griff utilement. Le langage semblait très impersonnel et réfléchi, garantissant leurs paiements et décrivant ce qu'ils allaient faire pour tetebrulee.com en euphémismes plutôt vagues.

Ils recevraient mille deux cents dollars chacun pour leurs services. Dante avait dû le négocier. De plus, il aurait un bonus de cent cinquante dollars s'ils fournissaient leurs propres uniformes. Ils acceptaient que leurs visages et leurs corps soient visibles à la caméra, et renonçaient à tous leurs droits sur les séquences et les images. Puis, il y avait quelques lignes à propos de bonus s'ils s'engageaient dans certaines… activités étendues, quoi que cela signifiât. Oh, c'était écrit là : ils auraient plus de cash s'ils jouissaient plus d'une fois où se pénétraient avec un… jouet en latex fournit par la direction ou laissaient le Russe les assister avec ses propres mains/bouche/anus.

Ouais, merci. Non merci.

131

Griff parcourut l'intégralité de son contrat avec une grande prudence, mais Dante avait déjà paraphé aux endroits indiqués, était passé rapidement à la dernière page, et était déjà en train de signer sur la ligne en pointillés, debout dans le faux salon, une jambe battant la mesure. Il voulait juste prendre l'argent et sauver sa maison, et il voulait que ça se termine vite. Griff soupira et arrêta de lutter avec sa conscience. Dante avait besoin de lui ; c'était suffisant.

Alek était dans un coin de la pièce en train de jongler avec une caméra vidéo de professionnel sur un pied haut qui avait une vue sur toute la zone de tournage. Près de la porte, un large alignement d'ordinateurs fredonnait comme une ruche. Un économiseur d'écran TêteBrûlée flambé sur le moniteur à écran plat sous un tableau de liège recouvert de Polaroïd : principalement des mecs bien bâtis en train de poser à poil. Merde. Apparemment beaucoup de mecs voulaient se branler pour TêteBrûlée.

J'échange ma place, pensa Griff.

Dante se laissa tomber dans ce large fauteuil en cuir que Griff avait regardé si souvent au cours des dernières semaines.

À l'heure qu'il était, Griff comprit qu'il devait y avoir un branchement direct entre son ordinateur et… la page de Monte sur le site de TêteBrûlée. Il connaissait chaque centimètre de cette fausse installation… l'art fabriqué en usine au-dessus du gros fauteuil noir, les murs coquille d'œuf gris vert, même le tapis rêche couleur flocons d'avoine. Être debout ici à regarder ce décor en trois dimensions lui donnait l'impression d'avoir traversé l'écran de son ordinateur jusque dans le site web, comme un personnage de jeux vidéo. *Pornoman !* Le seul mobilier inconnu se trouvait contre le mur latéral : une causeuse assortie en cuir noir avec de gros accoudoirs.

Ha. Causeuse. Tu m'en diras tant. Elle est bonne celle-là.

Griff opta pour ça, essayant de ne pas prendre trop de place. Il laissa tomber la lecture et signa simplement son contrat sur les lignes pointillées. Quelle importance ? Il savait ce qu'il allait faire, ce qu'ils allaient faire. Et il était hors de question que des activités étendues aient lieu. Il se rendit compte qu'Alek déplaçait les caméras afin qu'elles soient dirigées droit vers la causeuse. Il réalisa que Dante devrait s'asseoir juste à côté de lui, ce qui était à l'évidence l'idée d'avoir un canapé si petit. Épaule contre épaule, leurs jambes seraient pressées ensemble. Ils sentiraient le bras de l'autre se contracter quand ils se masturberaient jusqu'au final.

Super.

Dante sur son trône de cuir, Griff sur la causeuse, ils attendaient dans un silence gênant qu'Alek finisse de manœuvrer avec les caméras pour les recentrer.

— Ces lumières vont te tuer les yeux, donc tu devrais les garder sur l'objectif.

Dante s'était tourné vers lui pour lui offrir ce conseil utile. Il fit un mouvement de tête vers les lumières sur leur support. Griff grogna pour lui faire savoir qu'il avait entendu et relâcha le souffle qu'il retenait.

— Okay.

— Ça va ?

Dante se pencha en avant d'un air conspirateur, les coudes posés sur ses genoux. Sa voix était un murmure, comme s'il ne voulait pas qu'Alek l'entende à deux mètres de distance, comme s'il voulait parler à Griff en privé ici dans cette fausse pièce, sur ses faux meubles.

Alek était occupé à essayer de démêler un long câble près de la porte, sa tête rasée brillant sous la lumière des plafonniers. Il ne leur prêtait aucune attention, maintenant une sorte de distance polie que Griff appréciait.

— Nerveux, je crois.

La voix de Griff semblait étouffée à ses propres oreilles. Il essaya de détendre ses épaules.

— Je vais bien.

Dante lui adressa un clin d'œil.

— Eh bien, *ça c'est* la putain de vérité. Allez, G. Tu seras super.

Griff ne rit pas, même s'il savait que c'était ce que Dante voulait. Au lieu de cela il se tourna vers Alek de l'autre côté de la pièce.

— Vous avez besoin d'aide avec ça ?

Alek se leva, essuyant ses mains poussiéreuses sur son jean.

— Non. Ce n'est rien. Je suis désolé de vous faire attendre tous les deux. Le désordre m'angoisse.

Vu les circonstances, il semblait déterminé à être respectueux, ce qui causa un soulagement étrange à Griff. Il ne semblait pas du tout pervers.

Dante traversa la pièce vers le sac en toile contre le mur opposé.

Alek gardait une bouteille de whisky merdique et des verres.

— L'un d'entre vous voudrait-il un verre. Pour le trac ?

Il leur parlait à nouveau avec des manières exagérées, comme s'il était un valet et que cet endroit était un club privé de gentlemen.

133

Griff attrapa la bouteille sans même y penser. Se versant lui-même une double dose puis une autre, aussi vite qu'il pouvait les descendre. Et une autre.

— Waouh, mon pote !

Dante haussa ses sourcils noirs.

— Je ne suis pas si moche.

Griff ne répondit pas mais se versa un quatrième shot de whisky. Sa gorge et ses intestins le brûlèrent, mais un brouillard bienvenu s'insinua dans son cerveau alors que le tord-boyaux pompait dans son système. Il se frotta la poitrine.

— Il y a un endroit où on peut se changer ?

La modestie semblait plutôt ridicule à cet instant.

Alek hocha la tête, le visage calme et rassurant.

— Vos superbes uniformes, oui. Allez-y.

Il se changerait sur place, réalisa Griff. Dante était déjà en train d'enlever ses baskets et d'ouvrir son pantalon, le tee-shirt au sol. Griff se tourna vers le mur et fit passer son propre tee-shirt par-dessus sa tête. À côté de lui, Dante s'accroupit devant le sac et l'ouvrit. Derrière lui, Alek siffla d'admiration.

— Vous êtes si pâle ! Magnifique.

L'accent d'Alek avait l'air plus épais de l'autre côté de la pièce, mais Griff garda ses yeux sur le mur et inspira l'odeur de la peau fraîchement douchée de Dante. Son cœur tambourinait dans sa poitrine musculeuse, entre ses deux tétons trop roses. Il pouvait presque le voir battre, accomplissant un travail de démolition de l'intérieur.

Par terre, Dante tira leurs deux pantalons d'uniforme et leur veste, passant une pile pliée à Griff. Il avait masqué leur matricule avec du ruban adhésif.

— Habille-toi, le bleu.

Griff hocha la tête et se tourna vers lui juste à temps pour apercevoir son sourire nerveux. Il se sentait maladroit dans ses sous-vêtements dans cet entrepôt à moitié vide de la 10e Avenue. La vie était tellement bizarre parfois. Il remarqua que Dante portait un jockstrap bombé puis baissa les yeux sur son uniforme plié, souhaitant ne pas avoir regardé.

Alek était en train de déplacer une des caméras à côté de la causeuse, dirigeant l'objectif vers le bas pour avoir une vue plongeante sur quiconque s'assiérait là. Son crâne rasé brillait sous les lumières comme s'il était poli. *Mr. Propre Fait Un Porno.*

Dante et Griff enfilèrent le pantalon matelassé côte à côte en silence. L'impression de déjà-vu traversa Griff, mais peut-être se souvenait-il seulement d'eux en train de s'habiller à Randall Island quand ils étaient stagiaires avant que Dante soit transféré.

Dante passa une bretelle sur une épaule bronzée et se pencha pour attraper sa veste.

— Hé, Alek. Tu veux des tee-shirts en dessous de ça ?

— Pas besoin, je pense. Je ne vois pas l'intérêt de plus couvrir la peau magnifique de Monsieur Muir qu'elle ne l'est.

— Ouais, je vois ce que tu veux dire.

Dante poussa Griff du doigt.

— Il me donne un complexe. Cent dix kilos de muscles solides. Tu ne peux pas t'imaginer à quel point les nanas se régalent. Pfff.

Griff sentit qu'il commençait à rougir et se couvrit avec sa veste. Il garda les yeux au sol autant qu'il put alors qu'il se dirigeait vers le fauteuil.

Dante enfila sa propre veste et rattrapa Griff pour lui presser doucement l'épaule.

— Foutu rouquin. Griffin a la couleur du marbre, partout.

— Du marbre rose pour le moment.

Le sourire d'Alek rendit le compliment aguicheur.

— Et cette toison sauvage qui dépasse juste un peu sous les bras. Fabuleux.

Griff grogna sur le petit sofa et remua sous les yeux scrutateurs d'Alek. Son cœur battait fort. Et s'il n'arrivait pas à avoir une érection ? Et s'il avait une érection trop vite ? Laquelle de ces deux options serait la pire ? Il avait mal à la tête.

— Où as-tu mis ce whisky ?

Il le trouva sous la table basse et en dévissa le bouchon pour se verser un autre shot de courage.

— Doucement, mec.

Dante se tenait debout devant lui, tendant la main pour récupérer la bouteille.

— Ouais. Ça va.

Aussi longtemps que Griff garderait les yeux sur son meilleur ami, il pourrait y arriver. Plutôt facile. Il pouvait sentir l'alcool commencer à brouiller son anxiété.

— Nous allons vous appeler Duff.

Alek regardait Griff comme s'il lui demandait la permission. Il semblait demander s'il avait d'autres suggestions.

— Ouais. Parfait. Bien sûr.

Griff gardait les yeux baissés. Dante avait eu raison à propos de ces projecteurs. L'air dans cette partie de la pièce était vingt-cinq degrés plus chaud. Ils allaient éliminer leurs bières avant la fin de l'après-midi. Dante assis en sueur près de lui, des chevilles aux coudes. Il gémit.

Dante hocha la tête avec un grognement, mais il y avait d'autres choses sur lesquelles il était d'accord.

— Buff, Duff. J'aime ça. C'est mieux que ce foutu nom, Monte. Horrible !

Il leva les yeux au ciel et se laissa tomber sur le cuir à côté de Griff.

— On dirait un nom de plombier.

— Non, répondit Alek en secouant sa tête rasée et en leur souriant. Ça sonne comme le nom d'un mec hétéro de classe moyenne. Mais quelqu'un d'assez excité pour… tenter de nouvelles expériences. C'est là tout le fantasme.

— Si tu le dis.

Dante prit une gorgée de whisky et reposa la bouteille sur la table basse à côté d'un catalogue IKEA qui était là pour rendre cette pièce moins fausse. *'Parce que TêteBrûlée préfère monter de la merde en kit. Ajoutez seulement les outils'*. Encore plus de conneries.

Tout était complètement fou, sauf ce que Griff ressentait à propos de l'homme à côté de lui. Son rire fut un sombre aboiement de résignation.

Dante rit lui aussi, bien qu'il ne sache pas ce qui était drôle. Il essayait d'aider Griff à se détendre ; comme si c'était eux deux en train de faire quelque chose de con, se faufiler hors de la maison ou se faire une fille ensemble sur le camion. Pas une grosse affaire.

Griff s'adossa au canapé, ses cuisses épaisses larges dans son uniforme, les bandes réfléchissantes brillantes sous l'œil des projecteurs. Il était là, assis dans son fantasme, à côté de son fantasme, sur le point de vivre son fantasme et tout ce qu'il voulait faire était de fuir. Une troisième bouteille de whisky bon marché bouillonna dans son estomac et parcourut ses veines.

Alors qu'il s'asseyait sous les chaudes lumières, dans cette fausse pièce qu'il avait visitée pendant des semaines, il pouvait sentir ses muscles s'engourdir, sa bouche pâteuse se remplir de salive et ses narines du parfum musqué de Dante. Il pouvait le faire. Il agrippa son sexe à travers son pantalon.

— Maintenant messieurs… quelques petites choses.

Alek était en train d'énumérer ses instructions sur ses doigts. À l'évidence, c'était quelque chose qu'il répétait souvent.

— Le lubrifiant est par terre à côté de vous. Sentez-vous libre d'en utiliser autant que vous le souhaitez. Plus c'est humide mieux c'est. Touchez davantage que simplement votre pénis. Testicules, tétons, fesses, anus. Tout est bon, mais seulement si vous êtes à l'aise. Même vous toucher l'un l'autre si vous en sentez l'envie.

Griff se raidit, et il sentit Dante se raidir à côté de lui.

Il a flippé à propos de me toucher. Super.

— Ou ne le faites pas ! reprit Alek en balayant leur anxiété d'un geste de la main comme s'il effaçait la suggestion dans l'air. Je m'en remets à vous deux.

Alek finit d'ajuster l'objectif et s'assit sur la table basse pour parler avec eux.

— Regardez la caméra. Souriez. Faites du bruit. Utilisez vos bouches. Nos membres adorent ça quand vous êtes bavards. En particulier le langage grossier. Quoi qu'il arrive, vous devez avoir l'air d'en profiter. C'est le fantasme.

— Bien sûr, déclara Griff.

Il essaya d'imaginer ce qu'il était supposé dire. Il essaya d'imaginer le dire avec Dante assis à côté de lui. Ils étaient vraiment serrés ensemble dans leur tenue, sur toute la longueur de leurs corps. Une fois qu'ils s'en déferaient et commenceraient à transpirer, ils seraient glissants sur le cuir et l'un sur l'autre. *Gloups.* Son sexe gonfla dans son boxer.

Alek regarda entre eux.

— La chose principale est que vous me fassiez savoir si vous êtes sur le point d'éjaculer d'accord ? C'est capital. Je dois prendre le bouquet final en vidéo depuis au moins deux angles.

— Pour le fric, ouais.

Dante acquiesça de compréhension et poussa Griff du coude, voulant que le spectacle commence.

Griff hocha la tête. Heureusement qu'il y avait l'alcool fort et l'extrême déni. S'il se déconnectait, deux heures passeraient sans aucun désastre, et Dante aurait près de trois mille dollars pour sa maison. Son meilleur ami était chaud contre lui, et son cœur se gonfla.

Je t'aime, Dante Inigo Anastagio. Tu ne sauras jamais à quel point.
Alek hocha la tête, comme s'il avait entendu la pensée.
— Pouvons-nous commencer ?
Ainsi firent-ils.

OH MERDE.

Griff ouvrit un œil vague et essaya de deviner l'heure qu'il était. Son lit défait, sa chambre encombrée au sous-sol dans la maison morte de son père. L'obscurité ne lui disait rien qui vaille la peine de savoir. À cause de son emploi du temps bizarre, sa chambre possédait des rideaux occultants.

Quelque chose s'était mal passé.

Il avait l'impression que quelqu'un avait loué sa bouche pour l'utiliser comme une litière pour un troupeau de chats galeux. Sa tête tambourinait et sa langue avait autant servi qu'une vieille serviette. Quand il se redressa, son estomac se retourna et il tituba rapidement vers les toilettes en priant de les atteindre avant…

Clic. Griff alluma et la sensation lui passa dès qu'il sentit le carrelage froid sous ses pieds. S'accrochant au bord de lavabo, il fit l'inventaire de son visage dans le miroir. Sa peau était crayeuse et grasse sous sa barbe rousse naissante, ses yeux tellement injectés de sang que le gris semblait presque vert jade. Sa bouche lui semblait putride et un goût métallique persistait.

Tournant le robinet, il essaya de cracher dans lavabo, regardant l'eau s'évacuer en spirale dans le drain. Son estomac se retourna une nouvelle fois avec un gargouillis. Brusquement, il s'assit sur le couvercle des toilettes et fixa le sol jusqu'à ce que la vague de nausées lui passe. Il fouilla sa tête pesante et embourbée pour essayer de se rappeler pourquoi il se sentait comme ça.

Quelque chose d'affreux l'avait poussé à prendre une satanée cuite au Stone Bone durant une nuit de repos.

Peu à peu, Griff enregistra qu'il était complètement nu et mort de froid. Son sexe et ses testicules s'étaient rétractés aussi loin qu'ils le pouvaient sans réellement disparaître dans son bassin. Ses mains tremblaient et une fine couche de sueur froide le recouvrait. Ce genre de vertige indiquait que beaucoup, vraiment beaucoup de shots d'alcool étaient impliqués. Il pensa à se faire vomir juste pour se débarrasser de ce qu'il restait dans son estomac, mais il ne put s'y résoudre. *Douche chaude.*

Griff se hissa sur ses articulations douloureuses pour ouvrir le robinet de la douche à une température aussi chaude qu'il pouvait le supporter.

Son père avait construit cette minuscule salle de bain pour lui quand Griff avait neuf ans. Juste après que sa mère fut morte, quand il avait voulu quitter sa petite chambre au sous-sol pour dormir au rez-de-chaussée sur le canapé et se rapprocher de son père. Cette salle de bain s'était présentée comme un moyen de le garder en bas dans sa chambre où son père voulait qu'il soit.

Il n'y avait pas de place pour une baignoire, et les toilettes étaient coincées entre le petit lavabo et une étroite cabine de douche préfabriquée un peu surélevée pour laisser la place à la plomberie à laquelle on avait pensé après coup et qui allait devoir passer sous le drain. L'ensemble ressemblait aux toilettes d'un camping-car, et était seulement devenu de plus en plus petit alors qu'il grandissait.

Maintenant qu'il avait grandi, pour tenir sous le jet d'eau tiède, Griff devait plier les genoux, et quand il se tournait, ses coudes heurtaient les trois parois lisses et la porte. Ce matin-là, il avait l'impression de se rincer à l'intérieur d'un cercueil en fibre de verre placé à la verticale.

Quelque chose de terrible lui avait fait essayer de se noyer dans une bouteille de whisky bon marché.

Une nouvelle vague de nausées le traversa. La salle de bain de son enfance était si petite qu'il pouvait atteindre le robinet de l'intérieur de la douche pour le fermer, ce qu'il fit. Le jet au-dessus de sa tête fut immédiatement plus chaud.

Accroupi, Griff se fit la promesse qu'il déménagerait de ce sous-sol avant les vacances. Vivre avec son père ces quelques dernières années avait été super pour ses économies, mais terrible pour lui-même. Il savait que son père l'aimait, mais quelquefois c'était bien trop facile de l'oublier. Griff tenait de la famille de sa mère, et cela n'avait pas arrangé les choses.

Cet endroit n'avait jamais ressemblé à un chez lui et ne l'avait jamais été depuis que les Anastasio l'avaient adopté.

Pourquoi suis-je ici déjà ?

Il secoua la tête et essaya de retracer son chemin depuis que les Tours Jumelles étaient tombées jusqu'à aujourd'hui alors qu'il se tenait debout, seul, dans cette douche.

Quelque chose de terrible le rendait en fait heureux d'être de retour dans son horrible chambre dans cette maison froide. Puis Griff se souvint : il avait fait des trucs avec Dante devant la caméra… des trucs sexuels. Il avait adoré pouvoir toucher Dante, pouvoir l'aimer comme ça, mais tout le reste lui semblait une trahison. Plaisanter pour la caméra, jouer la routine de mecs-hétéros-en-train-de-faire-des-trucs-sexy-ensemble, même en hurlant son plaisir interdit à la fin et en répandant sa jouissance sur le torse de son meilleur ami, en s'agenouillant au-dessus de lui et en la frottant sur sa peau plus que parfaite alors que Dante se tortillait, glapissait et riait. Il avait aimé ça et se détestait tant. Ce souvenir était comme un sac de clous dans sa poitrine.

Griff connaissait beaucoup de mecs au FDNY qui avaient perdu un bras ou une jambe. La plupart d'entre eux avaient fini coincés dans des box merdiques à travailler derrière un bureau. Peu importait quelle partie de leurs corps avait été coupée, cela les laissait incapables de faire ce qu'ils aimaient.

Ces gars-là, charcutés, disaient toujours qu'ils pouvaient sentir leur membre manquant à cet endroit, après l'amputation, que leur membre fantôme pouvait les démanger et les faire souffrir des années après qu'ils avaient été coupés et emportés.

Si ton cœur est brisé, as-tu un cœur fantôme ?

Dans l'espace derrière ses côtes, Griff se souvint avoir été assis, pressé contre son meilleur ami, le léger effleurement de leurs jambes frottant l'une contre l'autre, les lumières chaudes sur leur peau, leurs verges bien droites dressées fièrement côte à côte, et le sourire de pirate de Dante.

Il avait eu du fric pour rembourser la banque ; c'était bien, n'est-ce pas ? Alek avait été ravi parce qu'ils avaient été… prêts à faire des expériences.

Vivant ! VIVANT ! La folie des sciences pour les nuls.

Pourquoi devait-il se sentir si mal ? Pourquoi avait-il l'impression d'être un menteur, un imposteur et un idiot ? Contre son meilleur jugement, il avait fait ce que tout le monde voulait. Sauf que Dante s'était amusé, mais Griff n'avait trompé personne sauf lui-même.

Ses genoux lâchèrent, ses tripes se nouèrent, et il se plia en haletant dans cet espace étroit et glissant. Sans le réaliser, il laissa ses mains glisser le long des murs jusqu'à ce qu'il finisse agenouillé sur le sol en fibre de verre bon marché, avec des haut-le-cœur directement dans le drain.

L'eau tombait sur son large dos de très haut, lavant les larmes brûlantes et tout le reste, tout ce qu'il avait en lui jusqu'à ce qu'elle soit complètement glacée pour disparaître dans les égouts sous la ville.

GRIFF SE sécha, enfila des vêtements propres et entra dans la cuisine de son père à onze heures. Il voulait manger un bol de céréales, mettre quelque chose dans son estomac avant d'aller travailler au Stone Bone ce soir-là. On était vendredi et il ne devait pas retourner à la caserne avant le lendemain matin ; il avait besoin de se ressaisir avant de se montrer là-bas et de faire face à Dante.

La cuisine était lumineuse, à la limite du supportable. À l'époque, sa mère avait aimé les cuisines claires parce que cela leur donnait un air de propreté. Le père de Griff avait fait installer une cuisine blanche et peint les murs d'un bleu glacial.

Quand Griff était gamin, c'était une pièce joyeuse et chaleureuse, mais elle n'avait pas été vraiment nettoyée à fond depuis que sa mère était morte.

Donc, après vingt ans, les murs étaient toujours pâles et les armoires toujours blanches, mais la pièce avait une sorte d'éclat terne. La paroi de protection derrière la gazinière était tachée de projections grasses. La peinture s'écaillait au plafond. Une boîte de céréales et des restes de nourriture chinoise ainsi qu'un demi-oignon, enveloppé dans de la cellophane se trouvaient à côté d'un réfrigérateur trop vieux pour rester froid. Personne ne venait plus ici très souvent.

Plissant les yeux pour se protéger de la lumière éblouissante du jour, Griff remplit une bouilloire avec de l'eau et la posa sur le feu. L'air à l'extérieur semblait glacial. Griff ouvrit un placard pour prendre un des bols rayés de sa mère et le remplir de deux sachets de flocons d'avoine instantanés.

Il ressentit un sentiment de déjà-vu à se tenir debout là à se faire le petit-déjeuner ; soudain, il eut à nouveau onze ans et sa mère venait juste de mourir et il se préparait le petit-déjeuner avant de prendre le bus pour l'école. Tout à coup, ses mains lui semblèrent étrangement grandes alors qu'il s'essuyait la bouche.

Griff regarda le jardin et vit le corps debout au milieu des plantes mortes.

Mais, ce n'était pas un homme mort là-bas, juste son père. Pas si loin. Durant les derniers mois, il avait presque oublié qu'il ne vivait pas seul dans cette maison.

Son père venait certainement de rentrer à la maison, ou alors il se préparait à partir sur un sinistre, parce qu'il portait ses vêtements de travail : un pantalon en toile bleu, une chemise et une cravate sous un coupe-vent. Les incendiaires n'avaient pas d'horaires fixes, et son père avait tendance à travailler quand il ne dormait pas ou n'était pas en train de boire jusqu'à ce qu'il y arrive.

Griff ouvrit la porte de derrière pour le saluer. Dans l'air froid, ses jambes étaient plus flageolantes qu'il l'avait pensé, il s'appuya donc sur la rampe du porche. Ils ne s'étaient pas vus depuis plus d'une semaine, même en passant. Son père parla sans se retourner, le surprenant.

— Je pensais que tu étais à la caserne.

Griff tressaillit et, sans aucune raison, son cœur tambourina dans sa poitrine. *Reprends-toi.* Son père avait cette façon étrange de toujours le faire se sentir constamment surveillé. Entre ça et sa gueule de bois carabinée, il se déplaçait toujours un peu lentement, donc il ne s'attarda pas à bavasser.

Debout dans l'un des parterres de fleurs gris et sec, les pieds jusqu'aux chevilles dans les feuilles de chêne mortes, le père de Griff regarda par-dessus son épaule et hocha la tête vers lui en guise de bonjour. Il souleva un petit sac lourd de bulbes de tulipes qu'il soupesa dans sa main. Les fleurs d'un orange soutenu sur l'étiquette étaient la seule couleur de tout ce jardin stérile, sauf peut-être la crinière de feu sur la propre tête de Griff.

Les yeux de Griff allèrent droit sur la petite tâche de pétales orange.

— Tu plantes des bulbes ? Ceux-là seront sympas.

Il descendit les quelques marches d'un pas lourd.

— Eh bien, ça ressemble toujours à l'antre de Satan ici. Il est presque trop tard pour planter ceux-ci, mais je pensais qu'une fois le printemps venu, un peu de couleur serait bien.

— Ils seront magnifiques.

Il hocha la tête et tapota le dos dur et étriqué de son père à travers son coupe-vent.

Griff faisait environ quinze centimètres de plus que son père et vingt kilos supplémentaires, et la différence le prenait toujours par surprise. Sa corpulence robuste et son teint clair lui venaient du côté de sa mère. Il se sentit vaguement coupable d'être plus grand parce qu'il savait que cela agaçait son père au plus haut point. Quand il avait huit ans, son père le surplombait.

Il faisait froid dehors. Il souhaita avoir pris un pull mais il semblait que son vieux soit d'humeur bavarde, et ces moments étaient trop rares pour être gaspillés.

— Ta mère disait toujours qu'attendre la floraison faisait venir le printemps plus vite. Je ne supporte plus ce fichu froid.

Monsieur Muir poussa ses mains dans les poches de son pantalon d'uniforme pour jouer avec ses clés. Le badge à sa ceinture brilla dans la lumière grise.

— Je devrais prendre ma retraite et déménager à Tampa avant d'être cloué dans un fauteuil roulant.

Griff balança la tête pour signifier son accord, mais savait que son père disait ça dans le vent. Les enquêtes pour le FDNY étaient bien la seule raison pour laquelle son père se levait et mettait un pied devant l'autre. Tout son temps, tous ses amis, toutes ses relations sociales étaient liés au fait d'être capitaine des pompiers.

Son père ouvrit le sac de tulipes et déroula le papier pour atteindre l'intérieur avant de reprendre :

— Nan. En Floride il n'y a que des juifs et des pédés de nos jours. Dégoûtant.

Va te faire foutre.

Mais Griff garda sa bouche fermée. Il savait que son père avait un côté intolérant. Comme beaucoup de gens de sa génération. De nulle part, Monsieur Anastagio jaillit dans sa tête, petit, bruyant et rieur. *Tu es parfait, gamin.* Griff décida de croire cet autre père.

Monsieur Muir fouilla dans le paquet étiqueté tulipe orange et en tira un bulbe noueux. Il le tint avec autant de précautions qu'un œuf pour le regarder.

— Tu devrais emmener Leslie quelque part où il fait chaud. En croisière peut-être.

— Papa, nous sommes divorcés.

Griff parla doucement et s'avança vers les petites marches qui menaient à la porte de derrière.

— Leslie et moi nous sommes séparés il y a presque dix ans. Elle est retournée chez ses parents.

— C'est vrai. C'est vrai. J'avais oublié. Après les Tours. Tu as raison.

Il lâcha le bulbe dans le sac, se frotta les mains et regarda Griff de côté. Il avait l'air si ratatiné debout dans les feuilles.

— Je savais que tu avais complètement foiré sur ce coup-là. C'était une femme vraiment bien, Leslie.

Mais, bon sang ? Griff dévisagea son père, sachant combien tout ceci était fou, sachant que cette maison l'étouffait doucement. Pire, il réalisa que ce sentiment était familier.

Pendant leurs classes, ils étaient tous allés en formation sur le Rocher, dans une maison qu'on enfumait pour s'entraîner en condition réelle, et avaient appris comment ne pas étouffer dans un mauvais feu sans oxygène : vous vous laissiez tomber et rampiez comme un bébé. Peu importe à quel point votre gorge brûlait et votre poitrine se comprimait, vous vous traîniez là où il y avait de l'air avant de laisser vos poumons se remplir de fumée. Vous deviez en sortir sans rien laisser entrer.

Griff regarda son père observer les parterres morts, gardant une respiration régulière.

Je dois quitter cet endroit avant de devenir comme lui.

Pendant un moment irrationnel, Griff voulut lui dire à propos de TêteBrûlée, à propos de lui en train de se masturber, et pire, pour des millions d'homosexuels excités et bien gaulés avec son meilleur ami qu'il aimait, *ouais-de-cette-façon-là parce que je suis un pédé-pédé-pédé, espèce d'amer sac à merde.*

Il voulait voir le choc sur le visage gris et flétri de son père ; le faire se sentir mal à l'aise et petit ; voir une réaction de vie s'échapper de cette coléreuse coquille vide qui n'aimait rien d'autre que les cendres et la fumée. Le blâme était ce pour quoi vivait son père.

Il tenta de déglutir, mais sa bouche était sèche. Le mal de crâne dû à sa gueule de bois était comme un pic à glace derrière son œil droit.

Le vieil homme poussa les feuilles mortes du pied, nettoyant le parterre de fleurs dur. Il n'avait même pas réalisé ce qu'il venait de dire à propos du mariage de son fils.

Griff était assez fragile pour enregistrer la douleur alors qu'il regardait son père s'activer dans un jardin qui ne fleurirait jamais. Comme si sa colère et son chagrin étaient trop sauvages pour être gardés emprisonnés, il sentit sa terrible confession se rassembler sur le bout de sa langue sèche.

Monsieur Muir tenait le sac de bulbes ouvert et scrutait l'intérieur pour en pêcher un comme s'il pouvait trouver un cadeau-surprise à l'intérieur.

Dire quelque chose à propos du porno était la pire chose que Griff pouvait faire, et Seigneur, il en avait envie. Bon sang, son père aurait fichu une raclée à quiconque aurait simplement prononcé le mot… masturbation sous son toit. Que son bon-à-rien de fils ait fait l'indicible avec ce connard de Dante n'aurait fait qu'empirer les choses.

Griff savait combien son père en voulait aux Anastagio, leur énergie débordante, leur chaleur et leurs éclats de rire. C'était une haine irrationnelle que Monsieur Muir ne pouvait pas admettre, même s'il avait été heureux d'abandonner son fils adolescent à leurs soins. Ils étaient simplement tout ce qu'il n'était pas.

Griff essaya d'imaginer la colère et le soulagement que son père ressentirait à pouvoir enfin être capable de renier son unique enfant et hanter seul cette maison.

Tchiiiiiii. Dans la cuisine, la bouilloire siffla sur le feu. Griff réussit à ravaler sa colère sur le chemin qui le ramenait à l'intérieur.

— Le gruau est prêt, dit Griff à son père alors qu'il était déjà à mi-chemin de la porte. Tu devrais manger. Est-ce que je peux te préparer un bol, P'pa ?

Son père secoua sa tête grisonnante.

— Nan. Ta mère me préparera quelque chose avant que je parte.

Griff cligna des yeux, les laissant rapidement se détourner. *Pfff.* Toute envie de confession homosexuelle ou sur TêteBrûlée s'évapora instantanément.

Quoi qu'il se passe dans la tête de son père, c'était pire que n'importe quelle punition que Griff pouvait lui infliger. Il ouvrit la porte et se précipita à l'intérieur avant qu'il continue de divaguer davantage à propos de sa mère ou de son mariage ou de n'importe quel autre sujet morbide.

Il pensa à ce que Dante dirait s'il avait été témoin de cela dans le petit jardin. *Il est temps d'y aller, génie.*

Il pouvait presque imaginer le profil net de Dante, regardant avec une horreur comique depuis la fenêtre, ouvrant ensuite la porte en grand pour lui dire de laisser ces fichus flocons d'avoine et de courir vers la sortie.

Griff achèterait le journal aujourd'hui et commencerait à chercher un appartement dans les environs. Ça ou se mettre la tête dans four. N'avoir aucune famille et vivre comme un moine serait mieux que ça.

Laisse au moins soixante mètres.

Griff éteignit la gazinière mais laissa l'eau refroidir d'elle-même. Il se dirigea vers la porte d'entrée pour prendre sa veste. Il souhaita pouvoir aller traîner chez Dante, mais après la journée d'hier cela semblait douteux, même dangereux. Il n'avait pas besoin d'être au Stone Bone avant dix-huit heures. Il décida de marcher jusqu'au Fernandino's pour y déjeuner tôt. S'ils n'étaient pas ouverts, il attendrait sur le banc dehors. Il pouvait acheter le journal sur la route pour vérifier les petites annonces sous le titre… évasions de dernière minute.

X

DANS LA matinée, quand Griff arriva à la caserne et alla se doucher, Tommy était là en train de s'habiller. Griff était bizarrement heureux que l'ambulancier ait déjà enfilé son pantalon, même s'il n'était pas boutonné et bâillait en Y, montrant la toison sur son ventre. Avec trente centimètres de moins, il devait littéralement lever les yeux pour avoir une conversation.

— Salut, Griff.

Tommy hocha la tête vers lui et posa un pied sur le banc pour pouvoir lacer sa chaussure de course.

— Dobsky, répondit Griff en s'assurant de sourire en retour et de garder un visage neutre. Tu te tires ?

— À peine.

Tommy rit et changea de pieds.

Griff se rendit compte de ce qu'il avait dit. *Merde.*

— Pour la journée, je veux dire.

— Bien sûr.

Tommy entrait juste dans le jeu comme toujours. Les blagues salaces étaient monnaie courante. Il grogna et en finit avec ses chaussures. Ses pieds étaient aussi courts et carrés que le reste de sa personne. Il s'accroupit devant son casier. À la base de son dos, un petit fragment de duvet sablé dépassait de sa ceinture.

On dirait un ourson. Griff se rendit compte qu'il regardait le corps de Tommy et leva les yeux rapidement. *Seigneur ! Reprends-toi, connard !* Il ne ressentait aucune attirance pour l'ambulancier trapu, mais à cause de ce qu'il avait vu, il avait pour lui une sorte de sympathie protectrice ; il combattait le même dragon.

Au moins Tommy ne sembla pas remarquer l'attention.

Oh mon Dieu.

Peut-être que Tommy avait remarqué ; et s'il pensait que Griff lui jetait le coup d'œil, vous savez, *ce* coup d'œil. Tommy cherchait-il des mecs ici à la caserne ? Avait-il déjà regardé Dante comme ça ? Difficile de ne pas le faire, s'imaginait Griff. Tout ceci était tellement dangereux. *Dis quelque chose de normal !*

147

Le silence se prolongea. Griff ne pouvait dire s'il était gênant ou pas.

Tommy se redressa pour boutonner sa chemise de bowling sur sa poitrine ferme et velue. Sa peau avait rougi de son passage sous la douche. Il était vraiment petit, mais il était certainement solide, des bras forts comme un docker.

— Une matinée ennuyeuse. Une grosse nana a fait un infarctus dans le métro et on a passé presque tout notre temps à la station Caroll. T'as fait quelque chose cette semaine ?

Comment répondre à ça ? *Euh ouais, Anastagio et moi on a juste éjaculé l'un sur l'autre en ligne pour un Russe à Sheepshead Bay. Et toi ? Tu t'es fait défoncer le cul dans une ruelle ?* Il ne put contrôler l'expression amusée de son visage.

Tommy inclina la tête, le regardant étrangement.

— Griff ?

— Ouais. Je suis allé chez les Anastagio pour dîner.

Griff s'assit sur le banc et fit passer son pull à capuche par-dessus sa tête puis il lissa ses cheveux brillants en arrière.

Il remarqua alors l'égratignure en voie de guérison sur l'avant-bras noueux de Tommy et la légère brûlure de la brique sur son visage abîmé. Griff déglutit et rougit, les yeux braqués sur son casier comme un rayon laser.

Combien de fois Tommy était-il arrivé avec ce genre de brûlures et contusions que tout le monde pensait qu'il avait obtenu en bossant ? Combien de fois Tommy avait-il menti à sa femme, en utilisant son job comme couverture ?

Pendant une folle seconde, Griff voulut se confier à lui. Il ne voulait pas tout lui raconter à propos de Dante et de ce truc de vidéo porno, mais juste demander à Tommy quoi faire au sujet de ces sentiments dingues qu'il ressentait envers un autre gars. Parler à quelqu'un qui cachait la même chose, qui savait ce avec quoi il vivait ici à la caserne et dehors dans le quartier. Il voulait savoir comment il était supposé se cacher et survivre. Tommy comprendrait ça, le comprendrait lui, non ?

Tommy alla se regarder dans le miroir au-dessus de lavabo pour peigner ses cheveux humides couleur sable.

Griff pensa au sexe sauvage dans la ruelle dont il avait été témoin plusieurs semaines auparavant. Il pouvait presque revoir le rayonnement calme et heureux que Tommy avait emporté avec lui. Il se demanda si Tommy avait un petit ami, si ce mec arabe signifiait quelque chose pour lui

148

ou si cela n'avait été pour lui qu'un coup d'un soir. Peut-être que Tommy ne voulait pas avoir de sentiments pour ce type. Peut-être qu'il ne connaissait même pas son nom. Il était marié et avait des enfants. Seigneur. Peut-être que Tommy ne comprendrait pas du tout.

— On se voit plus tard.

Tommy lui tapa l'épaule et disparut par la porte, pour rentrer chez lui. L'empreinte de sa main resta chaude pendant quelques secondes.

Griff grogna et fut heureux d'avoir tenu sa langue. Cela aurait pu être un vrai désastre. Si Griff disait quoi que ce soit, il ne pourrait rien reprendre. Une fois qu'il se serait laissé aller, cette merde ne retournerait plus dans la bouteille. Un sacré risque à prendre. Pouvait-il faire confiance à Tommy à ce point ? Pouvait-il faire confiance à quiconque à ce point ? Eh bien, ouais.

Dante.

Eh bien, peut-être était-ce la vraie solution ; si Griff n'avouait pas ses sentiments pour son meilleur ami *à* son meilleur ami, peut-être qu'il pouvait juste laisser filtrer l'idée qu'il puisse apprécier les mecs, ouais, comme dans 'aimer'. Mais, et si cela changeait les choses entre eux ? Et si Dante riait, s'il faisait un clin d'œil et lui offrait d'obtenir un rabais sur un abonnement à TêteBrûlée ? Et si Dante se comportait bizarrement avec lui après ça ?

Il se sentait pris au piège.

Bon. La chose à faire était d'essayer d'oublier Dante. Il avait besoin de trouver un autre mec et de s'habituer à toute cette histoire d'être homo et d'avancer. Les contes de fées, c'était des conneries. Les fins heureuses c'était pour les naïfs. Les gens ne s'aimaient pas pour toujours.

Peut-être que ce dont il avait besoin, c'était un bon coup dans une ruelle pour qu'il arrête sa fixette. Ouais. Ce n'était pas de l'amour ; c'était de la luxure, pure et simple. Ce n'était pas Dante qui lui faisait ressentir ces choses ; Dante était juste séduisant et ils étaient ensemble tout le temps.

Il y avait d'autres Italiens dans le monde. Bordel, ils mûrissaient sur pied comme du raisin sauvage juste ici dans son quartier. Il avait besoin de dépasser cette amourette démente et de trouver quelqu'un d'autre qui ressemblait assez à Dante pour que peut-être son cœur, sa tête, et son sexe ne le remarquent pas.

Hum mm. Elle est bonne celle-là.

Griff se débarrassa de son jean, le fourra dans son casier et enfila des tongs. Il se doucha mécaniquement, ne se touchant pas en dessous la ceinture plus que nécessaire.

Depuis qu'il avait commencé à regarder la vidéo de Monte sur TêteBrûlée, sa verge traîtresse avait développé un déclenchement au quart de tour quand il était à la caserne… totalement embarrassant. La 'pornformance' de Dante avait transformé l'uniforme de pompier en un fantasme impossible pour Griff : les bottes, les bretelles, même son propre pantalon. Ses deux dernières semaines, en revenant chez lui noir de suie après un incendie, il avait éjaculé dans son boxer rien qu'en portant les vêtements au contact de sa peau, se souvenant des paroles salaces de Dante à l'attention des membres de TêteBrûlée. Il en connaissait chaque seconde par cœur à ce point.

Deux cabines plus loin, une autre douche se mit à couler avec un sifflement. Un autre des gars se lavait avant de prendre sa tournée.

Juste pour être sûr, Griff se rinça à l'eau glacée. *Bon Dieu, c'est froid.* Il resta sous le jet jusqu'à ce que ses bourses se rident pour atteindre la taille d'un haricot de Lima et que sa verge ne soit plus qu'un bout de rien du tout.

Il sortit de la stalle à la recherche de sa serviette élimée. Il la frotta vigoureusement sur la chair de poule de sa peau et ses cheveux, puis la noua serrée autour de ses hanches. Quand il revint à son casier, il en sortit un boxer propre et un tee-shirt thermique. L'eau glacée avait fait ressortir ses tétons en de pâles petites billes érigées. Il défit la serviette et la passa à nouveau dans sa tignasse de feu et sous ses aisselles. Il posa un large pied sur le banc puis l'autre, se penchant pour frotter ses jambes jusqu'en bas.

Boom.

La porte du vestiaire s'ouvrit. Griff tressaillit involontairement. Derrière lui, quelqu'un émit un sifflement admiratif.

— Quel cul !

La voix familière était rauque et joueuse.

— Euh, salut.

Griff se tourna et tint la serviette devant lui.

Dante se tenait là, rigolant de sa modestie.

— C'est bon, G. Si j'avais un corps comme le tien, je ne m'habillerais jamais.

Griff leva les yeux au ciel.

— Tu es à peine habillé en ce moment.

Dante s'assit sur le banc à côté des sous-vêtements de Griff. Sa douce odeur musquée remplit la pièce crasse.

— Tu vas soulever des poids aujourd'hui ? Je dois rester en forme pour Alek si…

150

Griff secoua la tête et grimaça pour faire taire Dante. *Pas ici.* Il fit un mouvement de tête vers la voûte carrelée. Dans l'autre pièce, la douche s'éteignit avec un claquement.

Dante hocha la tête. Griff s'empressa d'enfiler son caleçon et de sauter dans son pantalon avant qu'ils aient un public.

— Quoi de neuf, les gars ?

Briggs sortit des douches en séchant sa bedaine avec une serviette délavée.

— Vous allez soulever des poids plus tard ? Ma femme me casse les couilles.

Argh. Briggs.

Si jamais Griff avait besoin d'une preuve qu'il ne trouvait pas tous les mecs attirants… Il enfonça ses pieds dans ses bottes.

Dante regarda Griffin pour qu'il réponde pour eux deux.

Griff jeta un coup d'œil à la porte ; il ne voulait pas regarder Dante déshabillé de trop près, là tout de suite.

— Ouais. Non. Je dois…

Foutre le camp loin de mon meilleur ami.

— … y aller mollo avec mon épaule. J'ai mal dormi.

— Haha. Tu t'es mal branlé, oui. Stress à répétition.

Dante adressa un clin d'œil à Briggs et ouvrit son propre casier.

Seigneur. Si l'un d'entre eux connaissait toute l'histoire.

Briggs renifla et leur offrit tout un spectacle en se séchant les couilles. *Crétin.* Il attrapa un rasoir dans son casier et le secoua vers eux.

— Tu sais, Anastagio, tu devrais essayer le base-ball à nouveau au printemps. Nous pourrions vraiment avoir besoin de toi.

Après le 11 septembre, Dante avait joué dans l'équipe de base-ball des pompiers de New York pendant trois ans, jusqu'à ce que les travaux de rénovation de sa maison commencent, lui prenant tout son temps et toute son attention. Dante se donnait à fond, souriant timidement avec ses grands yeux de chien et repoussant ses cheveux derrière son oreille avec un 'ah, zut ! ' sexy qui faisait mouiller ses fans dans leur string. Il jouait comme il faisait tout le reste, comme si sa vie en dépendait : plongeant pour des rattrapages impossibles, lançant comme l'éclair, envoyant les balles dans les gradins pour pouvoir tranquillement rejoindre la base. Sa vitesse, son agilité et sa grâce étaient à couper le souffle.

En temps normal, Griff détestait le base-ball ; cela lui faisait penser aux maths et à rester assis sans rien faire. Beurk. Il était bâti pour jouer au hockey et au football, où sa masse pouvait faire le plus de dégâts. Il ne voulait pas passer un jeu entier à rester assis à regarder d'autres gars rester assis. Quel était le but ?

En revanche, vous le mettiez sur la glace avec un palet et une crosse ou sur le gazon avec un ensemble de plots et un ballon de foot, et il jouerait jusqu'à ce que ses oreilles saignent et que ses sourcils gèlent. C'était logique de frapper d'autres mecs, de se battre pour quelque chose, de pousser vers un but. Non. Le base-ball était le jeu de Dante ; sa carrure mince et allongée était parfaite pour ça ; il avait un bras de tueur. 'À force de me branler si souvent', disait-il toujours.

Pourtant, autant Griff détestait ce jeu, autant il ne manquait jamais une occasion de voir Dante dans cet uniforme, pour rien au monde. Bordel, les mecs les plus hétéros de la caserne taquinaient Anastagio sur son cul bien moulé dans ce pantalon. Les filles – et quelques types courageux – s'alignaient pour le remercier et demander des photos. Ces temps-ci, Dante essayait toujours d'aller à un match ou deux par an.

Dante secoua la tête.

— Nan. Je ne sais pas. Avec les rénovations et tout ça… Je n'ai pas vraiment le temps, Briggs.

Avant qu'il ait fini de parler, Briggs avait jeté sa serviette par-dessus son épaule et vagabondait jusqu'aux lavabos, affichant un trèfle irlandais vert clair tatoué sur une fesse.

D'un vulgaire.

Puis Dante souleva son tee-shirt pour passer une nouvelle couche de déodorant sous ses aisselles. Ses abdos se contractèrent et le mince sentier au trésor menant sous eux brilla.

Griff ne se lécha pas vraiment les lèvres, mais il le voulut.

— Hé, euh… commença-t-il.

Il attrapa dans son sac une enveloppe avec mille quatre cents dollars en billets de cinquante, la fourrant dans la main chaude et calleuse de Dante.

À travers la pièce, Briggs était en train de siffler au-dessus du lavabo.

— Qu'est-ce que c'est ? demanda Dante en regardant l'argent d'un air confus.

— L'argent de… ce truc. Tu sais. J'ai oublié avant et je ne voulais pas que tu aies à demander.

Griff hocha la tête, comme si c'était normal.

— Écoute, je dois aller parler au chef, maintenant.

Dante secoua la tête et lui tendit l'enveloppe.

— C'est à toi, G.

Mais avant que Dante ait pu la lui remettre, Griff se dirigea vers la porte, enfilant son tee-shirt, essayant de penser à un endroit dans la caserne pour se cacher de son meilleur ami pendant les douze prochaines heures.

LE HURLEMENT de l'alarme réveilla Griff du coin de la salle de pause où il s'était caché.

— Section motorisée… Unité…

La voix automatique résonnait à travers la caserne.

— Section motorisée… Unité…

Griff pouvait entendre le bruit des bottes dans les escaliers alors que les gars filaient vers les plates-formes, grognant à cause de l'heure tardive. Griff se secoua et se dirigea vers la porte.

Durant la moitié de la nuit, il avait réussi à éviter de passer du temps seul avec Dante. La salle de pause était le seul endroit où Dante ne pouvait jamais le voir seul. Le public constant signifiait que toutes les conversations devaient rester strictement liées aux filles – ou au jeu. En groupe, c'était parfait, mais quand ils étaient tous les deux, Dante avait cette façon de venir se coller alors que Griff tentait lentement d'échapper à ses approches. Il savait que Dante l'avait remarqué, mais il ne pouvait s'en empêcher.

Les Anastagio avaient toujours été tactiles et affectueux, mais avec tous les événements récents, le contact était trop pour que Griff puisse le gérer. Dante le tapotant et le poussant et lui serrant l'épaule, il avait l'impression qu'il allait exploser. Quelques semaines de plus à regarder… Monte et à venir travailler, et ils allaient devoir nettoyer ses restes sur le plafond et les murs.

— Section motorisée… Unité…

Au rez-de-chaussée, les gars grimpaient sur le camion. Dante était déjà à l'intérieur ; il tapota le siège à côté du sien.

— Allez viens, gorille. On s'inquiétait que tu ne te réveilles pas.

Griff secoua la tête, fermant sa veste tout en s'asseyant. Il pouvait sentir le parfum de Dante, et le plaisir lui mit les nerfs à vif.

— Ouais. J'ai super mal dormi la nuit dernière.

Le reste de l'équipe s'entassa dans le camion. Briggs et Watson, râlant pour rien. Tarlton était le chauffeur. Siluski prit la place du mort, criant par-dessus son épaule alors que le camion déboulait dans la rue, sirènes hurlantes et gyrophares colorant de rouge les murs du quartier.

Le camion tangua et fonça dans les rues, freinant et s'inclinant fortement quand ils devaient naviguer entre les voitures garées, les conducteurs ivres et les taxis arrêtés sur le bas-côté. Tarlton pouvait faire passer l'échelle dans ces petites rues les yeux fermés.

Ils s'arrêtèrent devant un grand magasin… d'électroménager, semblait-il. Les grandes vitres donnant sur le trottoir étaient brisées ; des pillards avaient fait main basse sur de la marchandise. *Joli.* Déjà plusieurs vautours tournaient autour de l'odeur d'une tragédie juteuse.

Alors que les hommes mettaient le pied sur l'asphalte, la fumée âcre leur piqua les yeux. Même d'ici, il était difficile de respirer. Les poumons de Griff brûlaient.

— Plastique, déclara Siluski en reniflant l'air alors qu'il ajustait son casque sur sa tête. Il y en a un paquet qui brûle. Seigneur. Je reconnaîtrais cette odeur n'importe où.

— C'est complètement cancérigène, bordel !

Les yeux de Watson étaient à vif et pleuraient déjà. Ils remontèrent la rue, fixant la colonne de fumée grasse au-dessus d'eux. Le chef était déjà en train de travailler sur un plan d'action. Les premiers camions étaient déjà en train de se raccorder sur la bouche d'incendie, une recrue avait commencé à dérouler la lance. Le feu était visible aux fenêtres du deuxième étage. La situation était devenue horriblement brûlante horriblement vite.

Griff put presque entendre la voix de son père : 'Probable incendie criminel'.

Il fallait qu'ils entrent là-dedans avec prudence. Ils pouvaient s'attendre à n'importe quoi.

L'ambulance s'arrêta et Tommy en jaillit, transportant son énorme kit de secours derrière lui.

— Je connais ce bâtiment. Une succursale de Slick Willie occupe le rez-de-chaussée. Des salles d'expo et des bureaux. Un service d'expédition aussi.

— Une chaîne d'électronique, grogna Briggs.

— Parfait. Je cherchais justement un nouvel écran plat pour le Super Bowl, plaisanta Dante avec un grand sourire en fermant sa veste sur sa poitrine musclée.

Watson s'était approché du camion, les gyrophares flashant sur ses traits.

La chaleur provenant des fenêtres en verre poli cuisait le visage de Griff et le faisait pleurer.

— Et les étages supérieurs ?

Briggs lança son matériel sur son épaule.

— Je pense qu'ils les louent pour du stockage. Je suis passé à travers le plancher une fois. Je me suis cassé le tibia et la clavicule. Rien n'est aux normes.

— Fantastique, grommela Siluski. Ça va être le marché aux puces là-dedans.

— Soldes brûlantes ! rigola Dante. Peut-être que je peux ramener des haut-parleurs pour aller avec la télé.

— À vos masques, Mesdames.

Siluski ne plaisantait pas.

— C'est chaud à partir de maintenant.

— Je prends le quai de chargement avec la recrue, dit Briggs avec un geste. Il y a une allée sur le côté du bâtiment, assez large pour le camion.

Il attrapa le plus jeune membre de l'équipe et se dépêcha pour aller évaluer la situation sans attendre de réponse.

Le chef grommela et se tourna vers le reste de ses hommes.

— Muir ! Toi et Siluski vous prenez le rez-de-chaussée jusqu'au deuxième. J'ai un mauvais pressentiment sur celui-là.

Griff et Siluski attachèrent leur hache, masque et casque.

— Anastagio ! cria leur chef en tendant un doigt vers Dante. Tu prends Watson et tu balayes le troisième et le quatrième. Le mec de la supérette qui nous a appelés a dit qu'il y avait peut-être des squatters là-haut.

Watson courut jusqu'à la porte et l'ouvrit en grand ; Dante suivit. La lumière accrocha leurs noms inscrits en lettres réfléchissantes en travers de leurs vestes ignifugées.

— J'espère que personne ne faisait d'heures supplémentaires.

Siluski claqua une gifle dans le dos de Griff alors qu'ils marchaient d'un pas lourd vers l'entrée. Griff regardait les lettres ANASTAGIO encore brillantes s'enfoncer dans la fumée puante devant eux.

Droit devant, Dante souriait et faisait craquer son cou comme un boxeur.

— C'est parti, allons mettre le bordel.

SILUSKI ET Griff travaillèrent rapidement dans la salle d'exposition. Le rez-de-chaussée semblait enfumé, mais intact. De l'eau sale coulait des têtes d'incendie au plafond. Leurs bottes clapotaient dans les quelques centimètres d'eau qui inondaient le sol inégal.

— Qu'est-ce qui cloche avec le système anti incendie ?

Griff parcourait les allées l'une après l'autre, balayant les rayons de chaînes hi-fi merdiques et de télévisions en démonstration. Pas de civils, pas de feu.

Siluski fit son rapport au chef sur le talkie-walkie.

— Rez-de-chaussée okay, j'ai de la fumée, mais pas de saloperie de feu. On monte.

Griff entendait le feu au-dessus d'eux, mais le système d'arrosage était HS dans le vaste magasin.

— Qu'est-ce qui cloche avec le système anti incendie ?

Ils passèrent les portes de secours, se retrouvant dans la cage d'escalier.

— Première recherche négative au quatrième.

La voix de Dante résonna deux étages plus hauts, aboyant dans son talkie-walkie, puis on entendit sa voix grondante dirigée vers Watson alors qu'il descendait d'un pas lourd vers le troisième étage.

Siluski fronçait les sourcils alors qu'il grimpait.

— C'est peut-être quelqu'un qui nous fait une blague ? On dirait un appel bidon vu toute cette eau en bas.

Au deuxième, il faisait chaud et il y avait plus de fumée ; même s'il ne l'avait pas encore trouvé, quelque chose était toujours en train de brûler. Tout le couloir était rempli de cartons empilés non utilisés, des milliers de grandes boîtes en carton ondulé entassées à plat. Entravant tout mouvement et complètement en opposition aux règles de sécurité. À une extrémité du couloir sans air, ils trouvèrent une porte verrouillée, chaude au toucher. Griff poussa Siluski du coude et regarda les dalles au plafond.

— Briggs disait qu'ils utilisaient les étages supérieurs pour faire quoi déjà ?

— Aucune idée. Il y a des emballages vides partout ici, alors je suppose que c'est pour du stockage principalement. Ou de l'expédition. Je dois faire sauter ça.

Siluski coinça sa hache dans le cadre et le fit craquer. La chaleur se déploya, et cette fumée horriblement huileuse de... plastique grillé.

Ils entrèrent dans un grand espace rempli de hautes étagères, de longues tables et d'un voile épais de noirceur impénétrable. Sur le mur opposé, des fenêtres donnaient sur la rue. Les gyrophares flashaient hors de vue en dessous.

— Euh, Siluski…

Griff s'agenouilla et pointa le plafond. Au-dessus d'eux, les tuyaux étaient fendus, les gicleurs montraient des bosses et des coups de marteau. Aucune chance que ce soit un accident. Au-dessus du système mutilé, le feu rampait le long du plafond, lentement et doré comme une piscine d'huile.

Siluski avait déjà sorti sa radio.

— Chef, j'ai de la chaleur de trois côtés. C'est dans les murs du deuxième. Nous allons avoir besoin d'une ligne ici, *pronto*. Quelqu'un a bousillé le système anti incendie.

— Reçu.

Du bruit leur parvint d'au-dessus. Un *pop-pop-pop* alors que plusieurs fenêtres explosaient à l'étage sous l'effet de la chaleur.

— 10-45 ! J'en ai un.

Watson hurlait d'en dessous ; on aurait dit que ce crétin ne portait pas son masque.

Il y eut un long craquement au-dessus d'eux. Quelques dalles du plafond tombèrent dans une gerbe d'étincelles.

— Qu'est-ce qui se passe là-haut, bordel ?

La voix de Siluski était étouffée à l'intérieur de son masque.

— Baisse-toi.

Le jet d'eau intermittent contre les fenêtres faiblit. Le rugissement guttural du feu avait changé de terrain et le plafond était plus chaud, le feu plus bleu. Des bruits de pas se firent entendre au-dessus de leurs têtes et Dante cria des instructions au loin.

Quelque chose de lourd s'écrasa avec un bruit sourd derrière eux et traversa le plancher jusqu'à l'étage du dessous. Un large trou dans le plafond entre deux gicleurs créa un appel d'air, agitant la fumée et alimentant le feu en oxygène. À travers la cheminée imprévue, il pouvait entendre Dante crier des instructions depuis le troisième étage, haut et fort. *Pas de masque non plus, l'idiot.*

— C'était quoi ça ? cria leur chef.

Sa confusion était palpable.

Les flammes léchaient les murs sur le côté ouest du couloir du deuxième étage. Des décombres en plastique explosaient et grillaient autour d'eux, fondant en une rivière puante qui leur collait aux bottes.

La voix de leur chef craqua à la radio.

157

— Les gars, vous évacuez ! C'est trop chaud et nous avons un système défaillant. Sortez de là.

— Lieutenant ? interrogea Griff dont les tripes picotaient de certitude. Hé, Siluski ?

— Compris. On est en route.

Siluski hocha la tête et pointa le chemin qu'ils avaient pris pour venir derrière eux. Ils s'accroupirent et se précipitèrent vers la porte ouverte.

Dehors, le couloir était un fouillis de papiers et de plaques de plâtre. L'air était cuisant. Des sons filtraient jusqu'à eux de la cage d'escalier inaccessible. Des bruits de verre brisé au-dessus de leurs têtes et quelqu'un criant à Dante et Watson.

Siluski fit un geste du menton vers Griff pour qu'il recule.

Progresser dans le couloir enfumé était comme nager dans de la boue brûlante. La respiration de Griff sifflait derrière son masque à oxygène même avec leurs lampes sur leurs poitrines et les flammes grimpant le mûr ouest, il avançait à l'aveuglette. Siluski essaya de tirer une armoire murale tombée en travers de leur route avec son piolet ; elle tomba avec un bruit sourd et envoya une pluie d'étincelles. Les tiroirs se vidèrent de dossiers contre le mur en feu. Aucune chance qu'ils puissent sortir par là où ils étaient arrivés.

— L'escalier B, dit Griff en faisant un geste de la main.

Ils firent demi-tour et se dirigèrent vers la porte de l'autre côté, pliés en deux, donnant des coups de pieds dans les cartons et dans les plaques de plâtre carbonisées. Griff utilisa sa masse pour passer au travers de débris vers la sortie de derrière. Là, ils prirent les escaliers trois par trois jusqu'en bas. Cette saloperie de feu les poursuivait et prenait de la vitesse.

LE CHEF parlait à Siluski très calmement.

— ... un genre d'accélérateur. Ils veulent faire cramer les télés pour toucher l'assurance, je ne vais pas perdre des hommes biens pour cette connerie.

Sans assez d'eau à déverser pour contenir l'incendie, le camion était paralysé. Briggs et la recrue se tenaient debout à l'arrière. La grande échelle était déployée pour une lance ballante, à sec. La puanteur de plastique brûlé obstruait le nez de tout le monde.

Où diable était Dante ?

Siluski cracha par terre. C'était noir.

158

— Chef, il n'y a personne là-dedans ! C'est chaud et nous sommes supposés aller là-bas avec une équipe limitée pour sauver des boîtes en carton vides ? Rien à foutre. C'est juste des conneries de stocks invendus et tu peux croire qu'ils sont assurés.

Se sentant mal à l'aise et impuissant, Griff retira son propre masque et commença à faire les cent pas. La sueur coulait sur son visage et sa gorge alors qu'il levait les yeux pour fixer les hautes fenêtres. Dante et Watson étaient toujours en train de chercher à sortir, prenant tout leur putain de temps.

Puis un cri, et Siluski fila vers la porte. Briggs suivit et le chef se retourna pourvoir ce qui arrivait.

Dans l'entrée fumante du magasin, Watson traînait quelqu'un, supportant le poids sur sa hanche. Son cri était étouffé jusqu'à ce qu'il arrache son oxygène.

— Je peux avoir un coup de main ?

Un clochard touché pendait en poids mort contre lui, sa barbe à moitié brûlée.

Soulagé que ce ne soit pas Dante, Griff se mit à marcher vers lui, voulant crier sur quelqu'un. Dante n'était toujours pas visible.

Le chef avait déjà réclamé un 10-45 avant que Watson soit complètement sorti : une blessure causée par le feu.

Les ambulanciers avaient déjà sorti leurs kits de secours ; Tommy courait vers Watson pour prendre le relais.

Le sans-abri avait vomi sur lui-même et sur un côté de Watson.

— J'ai perdu Anastagio ! déclara Watson immédiatement, les yeux injectés de sang sous la suie. En essayant de descendre *ce génie* dans la cage d'escalier.

Le cœur de Griff se serra.

— Que veux-tu dire, perdu ?

Watson se pencha, s'appuyant contre le camion. Les hommes se rassemblèrent en grappe autour de lui.

— Il était derrière moi. Bon Dieu, c'était si chaud. Je lui parlais tout le temps. Puis plus rien. Il a peut-être ramassé quelqu'un ?

— Sans son masque, répliqua Griff d'une voix qui lui sembla étouffée à ses propres oreilles.

— Dante, position ? demanda Siluski dans son talkie-walkie sans recevoir de réponse.

— Watson, troisième étage ?

159

— Échelle ! Troisième étage, hurla le chef en regardant vers les fenêtres enfumées. Ça flambe encore là-bas ?

Les autres gars autour du camion se trouvaient seulement à quelques mètres de Griff, mais on aurait dit qu'ils étaient sur Mars. Les gyrophares flashaient sur les visages couverts de suie, *rouge-bleu-rouge-bleu*. Siluski avait l'air si énervé qu'il ne pouvait qu'être terrifié.

— Anastagio ! cria Siluski à nouveau dans sa radio. T'as fini de te branler là-haut !

Griff sentit un creux étrange lui tordre l'estomac. Quelque chose mordait profondément en lui, laissant un espace déchiqueté. Un requin, semblait-il, peut-être ; le monde entier était sous l'eau.

Son masque ôté, Watson secouait la tête et crachait. Pas de réponse dans le talkie-walkie. Le temps ralentit jusqu'à ce que Griff entende les battements de son cœur en deux sons complètement séparés.

Boum... poum...

L'équipe fixait son chef. Durant ce qui leur sembla une heure, ils attendirent un ordre de sa part.

Boum... poum...

Pas Griff. Il ne savait pas ce qui arrivait, vraiment. Il ne pensait même pas ; il voyait juste tout ça arriver parce qu'il était quelque part ailleurs en train de regarder. Soudain, les jambes sous lui bougèrent, vite, mais c'était les jambes de quelqu'un d'autre. Avec le détachement d'un faucon, il regarda un inconnu grand et pâle dans son uniforme en train de courir à travers cette porte en feu, se dirigeant vers l'escalier B qu'il venait juste de quitter.

Boum... poum...

La respiration de quelqu'un d'autre souffla dans des oreilles qui ne semblaient pas être les siennes. Il sentit les jambes subtilisées sous la combinaison ignifugée alors qu'il les poussait vers son meilleur ami en train de suffoquer à l'étage, ou pire. Comme si l'air n'était pas une soupe chaude d'un gris orangé. Comme si la fumée rance ne voletait pas devant le masque

Boum... poum...

Ce ne fut que lorsque Griff fut seul qu'il s'obligea à revenir dans son propre corps, dans les flammes. Tout, autour de lui, bougeait lentement. Réfléchis, *idiot*. Ils étaient au troisième étage quand Watson avait fait sa prise. Il grimpa les marches directement dans l'enfer. Des cendres flottaient dans l'air autour de lui. À l'étage, il resta baissé et avança dans le couloir enfumé.

S'il vous plaît.

— Dante ?

Sous le murmure du feu, il chercha à entendre la radio de Dante.

— Allez, espèce d'idiot.

Il y avait seulement le bourdonnement du feu qui crépitait sur les cartons et le plastique, le mobilier préfabriqué éclatant et flambant, le verre se brisant. Les poutres métalliques se dilatant au-dessus de sa tête. Dante n'était nulle part.

La panique de Griff monta en lui, le paralysant alors qu'il tournait sur place, cherchant un signe, un son, un indice dans l'obscurité rugissante.

Boom... poum...

Finalement, à l'extrémité nord du bâtiment, il entendit un cri provenant d'un appareil électronique de l'autre côté du mur. Il posa sa main contre la plaque de plâtre chaude, se concentrant pour écouter.

La voix de Siluski était faible et statique, mais proche.

— Anastagio !

Griff n'hésita pas. Il souleva sa hache et commença à ouvrir un trou de la taille d'un homme dans les entretoises. L'air chaud le frappait en plein visage, brûlant ses sourcils. Il planta son piolet violemment dans le mur pour se frayer un passage, l'enfonçant avec ses épaules. *Le football de l'enfer.* La chaleur se déploya, brûlant l'air dans ses poumons. Partant à la recherche de Dante comme ça, il revivait à nouveau le 11 septembre.

Masque. Il se sentait stupide de ne pas l'avoir mis, mais il n'allait pas commencer à perdre du temps maintenant. Dante ne portait pas le sien non plus, ce qui était pire. Dans la pièce, une table était renversée. Le casque de Dante avait roulé au sol, et il le ramassa. Il était en train de marcher sur du plastique brisé et des cartons carbonisés. Il entendait Siluski prononcer le nom de Dante à la radio encore et encore alors qu'il jetait la table derrière lui.

Là ! Contre le mur, une bande réfléchissante attrapa la lumière venant de sa poitrine et la lui renvoya – STAGIO – il n'avait jamais été si heureux de voir le bout fluorescent de cette veste.

Le père de Dante lui avait dit une fois que leur nom de famille, Anastagio, signifié 'divin' ou 'qui renaît'. Dans cette pièce surchauffée, à voir les lettres réfléchissantes sur la veste froissée qui protégeait son ami, cela semblait parfaitement juste.

Mieux que le 11 septembre ; au moins nous sommes ici ensemble.

Griff laissa tomber le casque et traversa la pièce en feu. *Je préfère mourir avec lui. Il ne sera pas tout seul cette fois.*

Contre le mur, Dante était recroquevillé à moitié enfoui sous la maçonnerie et une partie du plafond, coincé contre une pile d'énormes cartons ondulés. Une poutre l'avait touché légèrement et étourdi assez longtemps pour remplir ses poumons de fumée suffocante. Son cuir chevelu saignait plutôt méchamment, mais il ne semblait pas brûlé ou avoir de membre cassé. Son nez était craquelé d'une couche de cendre et de suie, sa respiration était stable, mais superficielle. *Vivant.*

Dante gémit et remua ; ses mains se contractèrent. Sa colonne vertébrale n'était pas touchée, *Dieu merci.*

— Dante ?

Griff s'accroupit sous la fumée et fit rouler le corps, retirant un gant pour inspecter rapidement son corps. Pas de coupures, un pouls fort. Une blessure sérieuse à la tête, mais pas le temps pour un collier cervical ou une civière. Ils devaient foutre le camp d'ici, s'éloigner de cette chaleur qui cuisait la pièce autour d'eux avant de suffoquer.

Des bouts de papier brûlés flottaient dans l'air et tombaient sur eux comme des papillons en colère. Griff tâtonna à la recherche de son masque à oxygène et tint l'air doux et métallique sur le nez et la bouche de Dante pendant un moment. Griff restait le plus près possible du sol à côté de lui, leur visage à quelques centimètres l'un de l'autre. Il vit les yeux de Dante bouger sous la délicate paupière.

À travers la pièce, Griff entendit une fenêtre exploser sous la chaleur. Ses propres poumons étaient à vif. Dans la rue, des sirènes et des gens criaient. Il prit une autre bouffée d'oxygène en bouteille puis accrocha son masque sur le visage ensanglanté de son ami. C'était du déjà-vu, voir Dante si près de la mort ; il avait déjà fait ça.

Il est temps d'y aller.

Griffin secoua la tête.

— Tiens bon, mon pote.

Sur pilote automatique, il se pencha, abaissa une épaule, et chargea Dante, contractant ses jambes puissantes pour supporter son poids.

Pas un poids mort. Pas un poids mort.

Avec un cri, Griff souleva Dante dans une forte étreinte et se dirigea vers le trou qu'il avait fait dans le mur, donnant des coups de pieds et des coups d'épaule pour dégager sa route.

Boum...

162

Il se tourna vers la porte coupe-feu et essaya de ne pas inhaler.

Poum…

Sa poitrine était comprimée et ses bras brûlaient sous le poids de Dante. *S'il vous plaît, s'il vous plaît, s'il vous plaît, Seigneur. Je ferais n'importe quoi.*

Les choses furent plus faciles dans la cage d'escalier ; avec la gravité de son côté, il put s'appuyer contre le mur plusieurs fois alors qu'il trébuchait sur le chemin qui le ramènerait dans la rue. Le feu commençait à s'infiltrer le long des murs.

Boum…

Alors que Griff reprenait son chemin dans les escaliers, essayant de ne pas lâcher son précieux fardeau, un souvenir refit surface : tous les deux en train de prendre une cuite avec des shots de Jägermeister l'été précédent leur entrée à l'école de pompier sur Randall Island. Ils avaient… gardé la maison des Anastagio pendant les vacances, et Dante s'était perdu avec trois filles avec lesquelles il avait passé quelques heures à baiser pendant que Griff cuvait sur le canapé.

Pour des raisons que Dante ne pourrait jamais expliquer, il avait laissé le trio griffonner sur tout son corps avec des feutres de couleur avant de tomber dans les vapes. Quand il s'était réveillé, l'encre avait séché, un gribouillis de bleu et de rouge sur chaque centimètre carré de son corps qui ne voulait pas partir si on ne frottait pas sérieusement.

Au matin, sans y penser à deux fois, Griff s'était déshabillé, avait traîné Dante pour grimper avec lui dans la douche avec une brosse dure et littéralement récuré son meilleur ami de la tête aux pieds, tous les deux piquant un fou rire, pour qu'ils puissent se rendre à l'église au baptême d'un de ses cousins. C'était la seule autre fois dans leurs vies où il avait porté Dante.

Poum…

Je ne pourrai jamais faire ça maintenant. Le porter nu. Mais là encore, Dante ne ferait jamais plus ça, désormais. N'est-ce pas ?

Griff pouvait voir le bas de l'escalier, goûter la première bouffée d'air frais. Ses cils étaient en train de brûler. Avec les dernières forces qu'il avait, il pressa Dante contre sa poitrine et enfonça la porte.

Puis ils furent dans la rue et il put respirer. Tout le monde hurlait après lui. Il était presque aveugle à cause de la fumée, et le monde entier était un brouillard piquant. Son nez était recouvert de cendres et ses sourcils roussis.

— À terre ! Pose-le par terre !

Les urgentistes lui firent lâcher sa prise et soulevèrent Dante pour le poser sur une civière. Tommy se pencha au-dessus de lui, vérifiant son pouls et donnant des instructions à voix basse aux autres ambulanciers. Une femme noire plutôt costaud était en train de purger ses voies respiratoires en murmurant.

Dante haleta bruyamment. Il renaissait. Et Griff connut la musique exacte de son souffle. *Merci, Seigneur.*

Griff essaya de le voir mais tomba à genoux, toussant et pris de nausées. Le crachat noirci remonta dans sa bouche en longs rubans toxiques pour finir sur le trottoir.

Maintenant je sais quel goût ont des téléviseurs brûlés.

D'autres fenêtres explosèrent bien au-dessus d'eux et d'énormes morceaux de plafond cédèrent dans les étages supérieurs, projetant des milliards de cendres dans les airs. Un *whoomp* colossal de flammes lécha le ciel.

Ça aurait pu être lui.

— Qu'est-ce qui t'a pris, bon sang, Muir ?

Quelqu'un était à côté de lui, lui criant dessus. Briggs.

— Tu as presque failli faire griller ton gros cul !

Va te faire foutre. Griff cracha à nouveau. Il ne pouvait se débarrasser du goût dans sa gorge, ou de l'image de Dante recroquevillé contre le mur, sous les débris. Mais qu'est-ce qu'il foutait là-bas ?

Hum, son job ? C'est un pompier après tout.

Dante toussa et cracha alors que Tommy installait un mince tuyau d'oxygène sous son nez et le faisait respirer, vérifiant les dégâts avec des mains douces.

Merci, Tommy.

Un ambulancier bardé de taches de rousseur souleva sa paupière et passa un stylo lumineux sur sa pupille, murmurant quelque chose aux autres. Tommy acquiesça et regarda Griff… pour hocher la tête à nouveau. Tout irait bien.

La prochaine tournée au Pipe Room est pour moi.

Briggs était énervé.

— Imbécile, nous avions une échelle en route. Tu ne pouvais pas attendre trois foutues minutes pour ta putain de petite copine ?

Et comme ça, Griff fut sur pied, le poing levé prêt à frapper le visage de Briggs et le mettre en charpie, juste là, dans la rue, quand Siluski lui saisit le bras et le tira en arrière comme un Rottweiler.

— Laisse tomber, Briggs ! C'est son frère, intervint le chef, une main en l'air.

— Si tu le dis… répliqua-t-il.

Mais Briggs fit un autre pas et Watson posa une main sur sa poitrine.

— Je viens de le faire. C'est pour ça que je porte un tee-shirt blanc, crétin, répliqua le chef en faisant un pas en avant. C'est pour ça que j'ai des galons d'officier sur ma poitrine. Du calme.

Griff savait qu'il respirait trop vite. Il essaya de ralentir sa respiration haletante pour ne pas hyper ventiler et tomber dans les pommes. Alors que les toubibs découpaient la combinaison de son ami, Griff put voir en lettres majuscules sur le tee-shirt bleu marine de Dante : GARDEZ VOS DISTANCES.

Essaye de m'y obliger.

Siluski posa une main sur son bras, le ramenant à la réalité, sur le trottoir devant le bâtiment fumant.

— Allez, gamin. Ils s'occupent de lui.

Griff regarda la main sur sa manche, ayant l'impression que son bras massif ne lui appartenait pas. Ses muscles tremblaient toujours et il avait des crampes.

— Oui, capitaine.

Griff se laissa conduire par une ambulancière volontaire du côté d'un véhicule pour lui administrer des premiers soins inutiles dans son cas, juste pour qu'il ne tue ni ne mutile Briggs dans un lieu public.

Après qu'ils eurent fini de jouer au docteur, Griff marcha comme un automate vers le camion. Il fallait qu'il appelle les parents de Dante. Au-dessus d'eux, le bâtiment se consumait sous le jet de la seule lance qui fonctionnait.

Putain de ville. Putain de Républicains. Putain de compressions budgétaires.

Le chef lui tendit le casque de Dante.

— Gidwitz a trouvé ça.

— Merci, murmura Griff en le pressant contre sa poitrine comme un enfant.

— Mais à quoi tu pensais ?

— Ce n'était pas vraiment moi. Je veux dire, je n'ai pas réfléchi.

Griff toussa. Seigneur, ça puait.

— Je n'ai pas…

Il se sentait impuissant, en colère sans raison. Il voulait fracasser le squelette de Briggs d'avoir appelé Dante sa petite copine, d'avoir choisi ce moment pour être un connard, pour essayer de le rendre honteux.

— Non. Tu as bien fait. Il aurait pu mourir là-haut, acquiesça le chef. Je vais quand même devoir faire un rapport, mais officieusement ? C'était une bonne chose.

Griff berça le casque et respira profondément. Cligner des yeux semblait bizarre ; il réalisa que ses cils avaient légèrement brûlé et qu'ils étaient plus courts et effilés.

L'ambulance transportant Dante fila à vive allure et Griff sentit son cœur partir avec elle, se dévidant comme une bobine de sa poitrine, comme un long fil qui ne se briserait pas.

L'INCENDIE DE Slick Willie s'acheva près de trois heures plus tard. Finalement, l'unité motorisée 361 arriva d'une autre caserne de Red Hook, Dieu merci, et ils s'acharnèrent sur cette saloperie de feu jusqu'à ce qu'il rende l'âme. Ils se branchèrent sur une autre borne qui n'avait pas été vandalisée et les renforts purent retourner à l'intérieur. Le camion arrosa la façade puis ils balancèrent un autre tuyau à l'intérieur pour attaquer les points chauds.

Après avoir eu si chaud aux fesses, Griff était resté sur la touche, assis dans la rue à essayer de faire passer de l'air frais dans ses poumons échaudés. Tout le monde pouvait aller se faire foutre. Il n'y avait pas une seule chose qu'il aurait faite différemment. Les toubibs lui dirent que s'il avait été un fumeur, il aurait probablement étouffé. Pour la millionième fois, il fut heureux que Dante déteste le tabac.

Quand le feu mourut, les renforts remontèrent faire une inspection étage par étage dans une soupe de cendres, d'appareils carbonisés et de cartons fumants. Une fois qu'ils donnèrent leur accord, tout le monde fut plus que prêt à foutre le camp de ce dépotoir.

En fin de compte, il n'y eut pas de brûlés du tout ; personne n'était mort dans le bâtiment. Les enquêteurs feraient un passage dans la matinée à cause de multiples points d'origine qui constituaient un signe assez évident qu'il s'agissait d'une fraude à l'assurance. Bande d'idiots malveillants.

Dante finit par être la seule conséquence médicale sérieuse et c'était de sa faute. Tommy était presque sûr qu'il avait une blessure à la tête, mais il était réceptif, donc Griff n'avait aucune bonne excuse pour les accompagner à l'hôpital.

Dans le camion, les gars étaient silencieux. Ils avaient été chanceux et Griff avait été stupide. Fin de la discussion. Personne n'allait lui reprocher d'avoir sauvé une vie, en particulier une des leurs.

Secoué par la route en piteux état et les marches arrière, Griff jeta un coup d'œil au visage de ses coéquipiers. L'un d'entre eux le regardait-il bizarrement ? Avaient-ils prêté attention aux conneries de Briggs ? Non. Tout le monde savait qu'il était un Anastagio à titre honoraire. Ils le laissaient paniquer en paix.

Où était Dante maintenant ?

— Je suis trop vieux pour ces conneries, murmura-t-il.

Griff essaya de déglutir. Ses mains tremblaient. Il transpirait sous son uniforme. Il n'était toujours pas certain de ne pas avoir pissé dans son froc quand il avait trouvé Dante inconscient en train de brûler.

Siluski secoua la tête et se frotta la bouche.

— Nan. Il me semble à moi que tu es juste assez vieux, gamin.

Griff ferma les yeux et se reposa au rythme du camion qui bringuebalait, ignorant tous les autres. Ne pas être assis face à la route – ne pas être capable de voir où il allait – le mettait toujours un peu mal à l'aise. Ses yeux brûlaient et il pleura un peu de soulagement, mais qui aurait pu le dire, sous la crasse. Il voulait une douche, un verre, et une sieste. Il avait besoin de s'asseoir et de parler de tout et de rien avec la seule personne qui le chamboulait sans même essayer.

Et juste comme ça, il sut avec une certitude terrible qu'il ne pourrait pas se cacher éternellement.

Même si cela devait l'anéantir, rien n'était plus effrayant que de perdre la chance de dire à l'homme qu'il aimait la vérité.

XI

Griff était au Stone Bone presque une semaine plus tard quand il revit Tommy, ressemblant davantage à un patient cette fois.

Il était venu directement au bar depuis l'hôpital, après avoir aidé Dante avec les formalités de sortie. Dante avait passé trois jours en observation pour une commotion cérébrale et des points de suture ; il s'était réveillé cette première nuit, mais ils avaient voulu le garder à cause de la bosse. Griff lui avait rendu visite régulièrement avec des magazines et des trucs à grignoter, plus pour lui que pour Dante. Comme il ne trouvait rien à dire qui n'aurait pas semblé fou, il gardait le silence.

Dante semblait apprécier le silence et sa compagnie. Aujourd'hui, il était rentré chez lui. Ce soir, Griff jouait les videurs au Bone jusqu'à deux heures du matin, et ensuite il avait de la lessive à faire. Il voulait s'arrêter à la supérette pour acheter quelques trucs à mettre dans le frigo de Dante. Il priait pour un jeudi soir calme et pour finir tôt afin de se lever à temps pour…

— Muir, c'moi.

Tommy était déjà sacrément éméché quand il se montra à la porte tout seul et Griff dut le regarder à deux fois pour deviner de qui il s'agissait. Alors, son estomac fit un soubresaut.

Thomas Dobsky Jr. était dans un état lamentable. Ses yeux enflammés n'arrivaient pas à se fixer et ses vêtements étaient complètement froissés. Il avait une coupure au-dessus du sourcil gauche, plus profonde qu'une égratignure et un peu collante, comme si elle avait été rouverte dans une bagarre répétée. Un des boutons de la braguette de son jean était ouvert. Bon sang. Venait-il juste de se faire prendre dans une ruelle proche de chez lui ?

Un ourson maltraité, pensa Griff.

Griff chassa cette pensée et se pencha au-dessus du petit ambulancier.

— Tommy, tu n'as pas l'air en forme.

Tommy s'appuya contre le chambranle de la porte, la chaleur de son corps envahissant l'espace de Griff. Son souffle était chaud et détrempé de whisky.

— Je dois être à la maison dans une demi-heure. M'femme a dit.

Il remua un doigt ivre et son genou poussa Griff, par accident ou pas. Griff recula.

— C'est ce que tu devrais faire. Prends du repos avant ton service.

— Va. Te. Faire. Foutre.

Tommy le dépassa et avança droit dans la foule, se dirigeant vers le bar.

Super.

Les jeudis soirs, le Bone avait un rythme lent et un flux régulier. Une foule précoce de jeunes cadres en costume qui venaient boire un verre avant de rentrer chez eux à Cobble Hill ou Carroll Gardens. Plusieurs autres employés de la ville venaient d'entrer : trois policiers hors service et Watson de leur caserne. Tommy était le seul cas qui requérait son attention, mais Griff ne pouvait abandonner son poste pour s'en charger. En plus, il avait besoin de s'assurer que Dante allait bien ce soir.

Durant l'heure suivante, Griff essaya de garder un œil sur Tommy, qui n'avait pas fait le moindre mouvement pour rentrer chez lui. Ce petit enfoiré titubait de table en table, portant des toasts avec des étrangers et s'invitant dans les conversations. Deux fois, le barman sembla prêt à faire signe à Griff de le jeter dehors, mais la requête n'était jamais venue.

Vers vingt-et-une heures, Griff balaya la salle des yeux à la recherche de l'ambulancier et ne put le trouver. *Oh seigneur.* Un doute tenace s'empara de lui. Tommy n'était sûrement pas assez stupide pour…

Griff fit signe au patron de prendre sa place une seconde.

— J'ai besoin d'aller pisser.

Il se dirigeait vers les toilettes quand il repéra Tommy calé dans la petite alcôve près du fond, tétant une pinte ambrée et hochant la tête à l'attention de quelqu'un assis près de lui. Puis il reconnut la tête rasée et le costume.

C'était Alek.

Il lui racontait une histoire en souriant et en faisant des gestes avec ses longs doigts ; le sourire de Tommy était un peu saoul, et ses yeux semblaient intéressés par plus que des paroles.

Putain de bordel de merde.

Griff pria pour qu'aucun d'eux ne soit assez stupide pour commencer quelque chose au Stone Bone. Alek n'allait pas se mettre à raconter quoi que ce soit, si ? Ou était-il en train de recruter Tommy pour le site de TêteBrûlée ? *Bon Dieu !*

169

Pire : et s'ils baisaient ensemble ? Si Tommy voulait se faire défoncer par des mecs quelconques à Manhattan, c'était une chose… mais ici ?

Nan. Alek ne ferait rien pour tout foutre en l'air avec lui ou avec Dante. Merde, Griff avait rencontré Alek à peu près à l'endroit où il se tenait maintenant. Le Russe savait comment la jouer cool. Et Tommy n'allait pas sortir sa queue là où il gagnait sa croûte, pas vrai ?

Si Griff n'avait rien su à propos de l'un ou l'autre de ces mecs, il ne leur aurait même pas jeté un second regard.

Telles qu'étaient les choses, il compta jusqu'à trois. Tous les deux étaient installés vraiment confortablement. Il jeta un œil autour de lui pour voir si quelqu'un avait pu le remarquer. Ici, peut-être qu'ils étaient simplement deux mecs en train de refaire le monde, et de boire une bière. Rien d'important. *Ouais.*

Il prit sa décision, traversant la foule pour atteindre leur petit coin. Il n'avait que quelques minutes pour contrôler les dommages avant de reprendre sa place à la porte. Il se glissa sur le siège en vinyle en face d'eux.

— Le Grand Griff !

Tommy était encore plus ivre et plus souriant qu'en arrivant. Il avait l'air heureux.

— Hé, mec. 'sieds-toi ! chantonna-t-il comme si Griff ne l'était pas déjà.

— Monsieur Muir, le salua Alek en souriant. Je ne vous ai pas vu quand je suis arrivé. Thomas et moi étions juste en train de bavarder à propos des pompiers.

— Oh ?

Griff regarda Alek fixement et secoua la tête brusquement.

Mais qu'est-ce que vous faîtes à chasser ici, crâne d'œuf ! Il le savait exactement.

— Nous ne faisons que parler.

Alek secoua la tête en réponse à la question muette et laissa tomber son regard bleu.

Tommy se réinstalla dans le box, les bras suffisamment écartés pour que l'un d'eux se retrouve derrière Alek. Rien d'étrange si vous n'y prêtiez pas attention.

— Je disais à Monsieur…

— Vaklanov, compléta Alek d'une voix tranquille avec son accent sans tache. Alek Vaklanov.

Tommy grogna.

— Ouais, c'est ça. J'lui racontais juste des trucs sur la caserne. Le meilleur des putains de job, une paye de merde. Mais nous sommes tous frères, pas vrai ?

Il regarda Griff comme un chien battu.

— Tout le monde surveille tout le temps tes arrières.

Alek se leva mais seulement pour se diriger vers le bar, déplaçant son poids sous le regard noir de Griff.

— À boire ?

— Je travaille, gronda Griff d'un air de défi.

Ne me cherche surtout pas.

Alek se pencha pour dire quelque chose à Tommy qui fixait la table marquée devant lui en se léchant les lèvres. Tommy hocha la tête et s'essuya grossièrement le nez. Alek se redressa et s'en alla vers le bar.

Dès qu'il se fut un peu éloigné, Griff frappa la table en bois pour obtenir l'attention de Tommy.

— Hé, Dobsky ! Je pensais que tu devais rentrer chez toi.

— Je suis chez moi.

Tommy se tourna mollement pour mater le cul d'Alek. Il se lécha les lèvres et se retourna.

— Je veux dire, j'y vais… ah ah.

Il ricana.

Fils de pute.

— Hé ! Hé, tonna Griff en claquant des doigts et en baissant la voix à un niveau que Dante appelait sa voix de barbare. Peu importe à quoi tu es en train de penser, ne le fais surtout pas. Dobsky, tu m'écoutes ?

Allait-il devoir être direct ?

Tommy se retourna vers la table et fouilla dans la poche de son pantalon pour attraper quelque chose. Il leva une carte de visite froissée à hauteur de ses yeux injectés de sang.

Griff dut prendre sur lui pour s'empêcher de la lui arracher. Était-ce le numéro de téléphone d'Alek ? Ou la carte de TêteBrûlée ? Dans un cas comme dans l'autre, c'était un désastre. Il devait faire sortir Dobsky d'ici sans faire une scène ou laisser échapper qu'il savait qui était quoi.

L'ambulancier se mordit la lèvre d'un air concentré et tapota la carte avec ses doigts boudinés. Ses yeux se posèrent à nouveau sur Alek au bar.

— Dobsky, ne m'oblige pas à te botter le cul jusqu'à la sortie. Tu es dans un état lamentable. Rentre chez toi voir ta femme avant de tomber dans les vapes.

Tommy se retourna et fusilla Griff du regard. Il ne savait toujours pas que Griff était au courant et c'était un avantage. Alek lui avait-il déjà fait une offre ?

— Écoute-moi bien, là, annonça Griff en se penchant vers lui. J'essaie de te rendre service.

Tommy renifla et siffla sa pinte de bière. Pendant une seconde, ses yeux dorés furent sur le point de pleurer ; puis l'aspect vitreux disparut. Sortant de la stalle pour pouvoir faire face à Griff, il poussa l'homme plus grand d'un doigt dans la poitrine afin de ponctuer sa colère éméchée.

— Tu… ne peux pas… m'aider… merde.

Il hoqueta et se laissa retomber lourdement sur la banquette.

— Parle moins fort, crétin.

Griff jeta un coup d'œil autour de lui pour s'assurer que personne ne faisait attention au petit ivrogne et au géant aux cheveux cuivrés qui discutaient dans cette stalle. Il gronda tout bas :

— Avant que je te foute dans une boîte et que je te *renvoie* chez toi par La Poste. Laisse-moi t'appeler un taxi.

Tommy sourit et cligna une fois des yeux, sa colère oubliée. Un autre lent battement de cils, comme s'il lui faisait un double clin d'œil. Il soupesa l'offre et ravala un rot.

— Non merci, mon pote. Je vais bien. Tu es super grand, hein ?

Son regard parcourut la poitrine et les épaules de Griff.

Parfait. L'intimidation physique s'était retournée contre lui et avait fait en sorte que cet enfoiré pervers s'excite encore plus. Il avait oublié que l'intimidation soulevait la manivelle de Tommy.

— Allons, Tommy.

Griff considéra la sagesse de contourner la table, de le remettre sur pied, et de le traîner dehors dans l'air frais, mais il ne bougea pas. Il regarda son poste à la porte. L'horloge tournait.

Ils étaient assis dans ce petit coin à essayer de trouver des mots pour dire des choses très différentes l'un à l'autre.

Avant que Tommy lâche une quelconque vérité, Griff toussa et brisa le moment tendu.

— Hé, mec, rien n'est aussi terrible que ça.

C'est un putain de mensonge et nous le savons tous les deux.

172

— Griffin. Je pense que je veux divorcer, dit Tommy d'une voix brisée en travers de la petite table. Les gens divorcent.

Oh merde.

— Qu'est-ce que tu racontes ?

— C'horrible, mec.

Tommy se frotta le visage.

— Merde, je ne sais pas à qui parler de tout ça.

Bienvenue au club, connard. Griff pensa à quel point il avait été près de tout balancer à Tommy avant de – *Dieu merci* – décider de fermer son clapet.

Au bar, Alek emportait sa commande prudemment. Griff vit une femme d'âge moyen à côté de lui en train de flirter, avec zéro effet. *Tu fais fausse route, et de loin !*

Tommy faisait glisser son verre dans la condensation sur la table.

— Griff, tu es vraiment un mec bien, pas vrai. Réglo. Euh, déjà pensé à… ?

À le regarder patauger, Griff réalisa qu'il essayait de trouver dans sa folle ivresse le courage de confesser quelque chose de terrible. Tommy voulait tout lui dire et lui demander des conseils que Griff n'avait pas à donner.

— Enfin, tu es un chic type de la taille d'une armoire à glace. Je veux dire, toi et Anastagio êtes de vrais *mecs*. Comme des frères. Mmm. Personne ne vous emmerde. S'il avait besoin…

Tommy essayait de ravaler sa peur, de faire sortir les mots, et Griff le laissa faire ; il avait ses propres peurs.

— Parce que, nous sommes tous les deux, euh, des gars.

Le spectre de cette baise brutale dans la ruelle gonfla dans l'air entre eux, planant et se matérialisant alors que Tommy parlait.

D'eux deux, seul Griff savait qu'il pensait tous les deux au même désir dangereux : de la peau éraflée, des sexes dressés, des poitrines velues, la brûlure d'une barbe, du sperme et la chaleur grognante-claquante-transpirante-gémissante possible entre deux hommes qui voulaient la même chose. Lui n'avait pas peur.

Mais moi oui ; je suis terrifié.

Tommy prit une inspiration.

— Nous avons tous nos genres de besoin. Ce qui veut dire que nous pouvons être des porcs aussi.

Il ravala un rire.

Griff ferma les yeux, attendant que la hache tombe juste là, au Stone Bone, espérant à moitié qu'elle le ferait.

Tommy trouva finalement les mots, le regard résolu.

— Ce que je veux dire c'est, t'es-tu déjà demandé ce que ça fait de… ?

Coucher avec un homme.

Baiser ton ami.

Être gay.

Griff serra les dents et retint sa respiration, ouvrant les yeux pour voir les mots émerger.

Tommy leva les yeux, étourdi, prit une inspiration pour finir sa quest…

D'un coup, Alek se tenait debout devant eux, son entrejambe cognant la table.

— Et voilà, Messieurs.

Une vague de soulagement et de culpabilité s'écrasa sur Griff alors que le spectre du sexe entre hommes s'évaporait avant que Tommy ait pu le rendre tangible.

Alek posa une tasse de café sur la table criblée de trou devant les grosses pattes de Tommy.

— Tom ? appela Griff, posant une question pour laquelle il savait qu'il ne recevrait jamais de réponse. Quoi, mec ? Ce que ça fait de… ?

— Peu importe.

Tommy se tut, refermant ses doigts boudinés sur la tasse chaude. Alek s'assit à côté de l'ambulancier, perplexe, et hocha la tête vers Griff… *Il est temps de partir.* Ils parvinrent à un accord silencieux tandis que Tommy essayait de comprendre comment sa terrible confession avait été détournée et pourquoi il était en train de boire une tasse de jus de chaussettes au Bone.

— Je dois retourner à mon poste.

Griff s'extirpa du box, faisant un geste de la tête au patron à l'entrée, qui semblait énervé.

— Bois, Dobsky. Dernier round. Rentre chez toi voir ta famille.

Il lâcha ce dernier mot en regardant Alek.

Alek inclina la tête vers la porte. Il comprit Griff parfaitement, l'ordre et la menace.

— Quand il aura atteint le fond de sa tasse, je mettrai notre ami dans un taxi. Je vous le promets, Monsieur Muir.

Pauvre Tommy.

Griffin retourna à son poste à la porte, souhaitant savoir à qui *lui* pouvait demander des conseils.

LE MATIN suivant, Griff quitta la maison de son père sans manger. Il était sérieux à propos de déménager avant les vacances, et on était après le Colombus Day [13].

Loretta Anastagio avait pris plusieurs rendez-vous pour aller visiter des locations avec lui. Avant que le bébé naisse, elle avait étudié pour avoir sa licence d'agent immobilier et vendu quelques maisons.

Griff l'avait appelée et lui avait demandé de l'aide pour foutre le camp du sous-sol de chez son père. Il savait ce qu'il voulait… rien d'extraordinaire, juste un endroit qu'il pouvait se permettre avec les boulots qu'il avait et qui était suffisamment proche de sa vie de tous les jours pour ne pas gâcher la moitié de sa journée en transport.

Il voulait quelque chose de propre, proche de ses deux familles, et dans un rayon d'une demi-heure de la caserne et du bar en voiture ou en métro. Elle avait essayé de le forcer à être plus précis, mais il s'en fichait et ses règles étaient simples : pas de colocataire, même s'ils étaient sympas ; pas de studio, même s'il était confortable ; rien sur Staten Island, même si ce n'était pas cher.

Simple, non ? Apparemment pas. Loretta essaya de négocier, même ses plus petites requêtes, mais il était resté ferme. Griff savait exactement ce qu'il pouvait aligner au jour le jour.

En soupirant, elle avait fait quelques prédictions inquiétantes à propos de loyers impossibles, et Griff lui avait juste dit de continuer à creuser. Le marché immobilier de New York était toujours un réservoir radioactif rempli de requins. Griff avait juste besoin de voir plusieurs possibilités. À contrecœur, elle avait accepté de s'en occuper après avoir déposé Nicole au jardin d'enfants. Il retrouverait Loretta là-bas et la redéposerait à temps pour qu'elle récupère sa fille à midi.

Alors qu'il conduisait vers l'école, Griff vérifia son téléphone. Juste un message vocal de la part d'Alek lui faisant savoir qu'il avait mis Tommy dans un taxi suite à ses instructions. Traduction : je n'ai pas défoncé le cul de ton ami saoul avec mon gros pénis russe la nuit dernière.

---

13 Le Jour de Christophe Colomb est un jour férié célébré le deuxième lundi d'octobre aux États-Unis, en Amérique latine et en Espagne (NDLT)

Griff se demanda s'il y avait un moyen d'effrayer suffisamment Tommy pour lui faire éviter Alek complètement.

Il pensa à appeler Tommy pour être sûr qu'il était rentré chez lui sain et sauf, mais se ravisa. Ils n'étaient pas exactement amis et il semblait que les choses étaient déjà tendues chez les Dobsky. La dernière chose qu'il voulait était de compliquer une situation déjà mauvaise en fourrant son nez là où il ne devait pas être.

Mêle-toi de tes propres affaires.

Après s'être garé en double file devant les fenêtres peintes de couleurs vives, il chercha Loretta, mais elle était introuvable. Griff regarda son téléphone. Avait-il oublié de vérifier ses messages ? Nan. Rien ici venant de Loretta.

— Bonjour !

Une chaude voix de baryton l'appela de l'autre côté de la rue. Dante déambulait vers lui avec une tasse de café et un sac en papier taché de beurre dans une main et un siège enfant dans l'autre. Une camionnette ralentit pour les laisser passer.

— Je t'ai pris des viennoiseries.

L'accident de Dante lui avait valu un arrêt de quelques jours dû à sa légère commotion. Cela ne faisait qu'une semaine depuis qu'il s'était ouvert le crâne et avait presque failli brûler vif. Il avait l'air plus beau que jamais. Apparemment, frôler la mort lui avait réussi.

Griff inclina la tête en signe de confusion.

— Je suis censé retrouvé ta sœur.

— Et moi je compte pour rien, alors ? répliqua Dante en lui tendant le café.

— Si. J'ai juste…

Griff accepta le sac de la boulangerie. Il pouvait sentir l'abricot et son estomac gronda.

— Frankie lui a fait une visite-surprise pour leur anniversaire. Il est revenu d'Irak la nuit dernière et elle m'a appelé pour la remplacer et jouer la nounou et l'agent immobilier à la fois.

Griff le remercia d'un hochement de tête, plissant les yeux dans le soleil du matin. Il ne semblait y avoir aucune gêne entre eux. *Tu m'as manqué, D.*

Dante lui sourit en retour, comme s'il avait lu dans les pensées de Griff et était d'accord.

— Je savais que tu aurais faim.

176

— Super, répondit Griff en retournant vers sa camionnette. Tu veux conduire pendant que je mange ?

— Ouais. Je veux que tu aies de la nourriture dans le corps quand tu verras ces trous à rats. Comme ça tu auras quelque chose à vomir.

Griff n'avait pas de mains libres pour claquer une gifle à son ami souriant, mais c'était la pensée qui comptait. En outre, frapper un type avec une commotion semblait exagéré. Il prit une gorgée du café fort.

— Comment va ta tête ?

— Aussi dure que jamais, répondit Dante cognant sa tête comme il l'aurait fait sur une porte, faisant grimacer Griff. Qu'est-ce qui ne va pas ?

Les yeux de Griff s'écarquillèrent face à l'attitude blasée de son meilleur ami.

— Euh. Ça fait quoi, même pas une semaine ? Tu es en arrêt maladie. Ça te dit quelque chose ?

— Nan. Je suis taillé pour tout ce que tu pourrais me balancer.

Il leva les yeux et se frappa la poitrine.

— Dante, soit sérieux. Tu as presque grillé vivant. Tu t'es ouvert le crâne.

— Ne t'inquiète pas, G. Tu m'as déjà sauvé. Je ne vais pas finir comme un légume.

Le souffle de Griff s'échappa comme une rafale d'étonnement.

— Bon sang. Tu es déjà un putain de légume. Une *jeune pousse*.

— Et ta jeune pousse est juste là, Muir.

Dante pressa son paquet et mâchouilla sa lèvre rosée.

— Nous ne pouvons pas tous être des séquoias et *tu* peux ne pas être fan, mais ma jeune pousse ici est très appréciée et souvent plantée.

Il suivit Griff jusqu'à son camion.

— Clés ?

Sans avertissement, Dante s'approcha davantage et poussa sa main dans la poche de Griff, cherchant le trousseau juste là dans la rue.

— Ahh !

Griff se figea à côté de la porte passager. Dante rigola tout bas.

— *Le voici*, mon rougissement.

Griff retint son souffle pendant que la main de Dante glissait contre le côté du renflement mou. Il essaya de se rappeler qu'ils n'étaient que deux amis plaisantant dans un coin de Brooklyn.

— Ouais, siffla-t-il. J'aurais pu... tu n'as pas besoin de jouer les chercheurs de trésors sous-marin dans mon pantalon, merde.

177

— Mais je dois faire gaffe à cette anguille électrique.

Dante referma la main sur l'anneau avec les clés, fit un clin d'œil et retira son poing.

Clic, ding.

Griff avala une gorgée de café et vérifia pour être sûr que personne n'avait vu.

Le trottoir autour d'eux était vide. Il s'en fichait presque.

Eh bien. Je suppose que le porno est un genre de remède aux complexes.

Dante ouvrit la porte pour que Griff grimpe à l'intérieur, puis la claqua fermement. Il trotta pour contourner le véhicule par l'avant et sauta sur le siège conducteur.

— Je n'arrive pas à croire que tu me laisses conduire ton foutu camion.

— J'ai toujours voulu un Rital tout mince pour chauffeur.

Griff mordit dans sa viennoiserie à l'abricot et mâcha joyeusement.

Dante rit et tira de sa poche arrière une liasse de papiers pour lui tendre la liste de Loretta : son plan d'évasion. Ils avaient été réchauffés par le corps de Dante et incurvé d'avoir été serrés contre ses fesses.

— Quel est le premier arrêt, Monsieur Muir ?

Griff mâcha un moment et laissa les pages froissées refroidir un peu avant de les déplier.

Dante était gonflé à bloc.

— Choisis un dépotoir, n'importe lequel.

Griff balaya les feuilles. Loretta les avait soigneusement organisées par quartier.

— Hum. Le premier arrêt m'a l'air d'être Sunset Park.

Dante hocha plusieurs fois la tête, vérifia dans le rétroviseur et se mit doucement en route dans la rue

GRIFFIN NE savait pas à quoi il s'était attendu, mais il n'avait aucune idée que les New-Yorkais étaient prêts à vivre dans des endroits aussi dégoûtants. Pour certains, les bidonvilles auraient été un cran au-dessus.

Ils étaient tous merdiques, chaque appartement que Loretta avait dégotté… pas juste un petit peu, mais à une échelle biblique. Il était épouvantable de voir ce que Brooklyn avait à offrir à un travailleur célibataire cherchant un logement. Finalement, Griff comprit ce que Loretta avait cherché à lui dire avec tant de tact.

Ce n'était pas tout à fait juste, cependant. Certains endroits s'étaient avérés sympas, mais complètement surréalistes. Même avec ses revenus en tant que pompier, videur au Stone Bone et en travaillant sur les chantiers les week-ends, ces appartements étaient si chers que Griff aurait dû bosser soixante heures par jour pour payer le loyer, sans parler de manger ou de payer les factures d'électricité.

Les appartements qu'il pouvait se permettre, trois d'entre eux, étaient moyenâgeux dans leur laideur et leur conception.

La première option se trouvait au cinquième étage sans ascenseur avec des piles de détritus éparpillées jusqu'à la dernière marche et des crottes de chien sur le palier. À l'étage, un couple s'engueulait en français, semblait-il. Un bébé errait dehors en couche-culotte et pieds nus. *Non merci.*

Un autre n'avait même pas de murs ou de toilette, juste un tuyau nu dépassant du béton inachevé au milieu d'une pièce vide.

— Quelques semaines et il sera comme neuf ! s'était exclamé le propriétaire. Vous pouvez installer les pièces et les toilettes comme vous voulez.

Il pointa la fenêtre en hauteur sur un mur avant d'ajouter :

— Et il y a une vue !

Le dernier s'était avéré être un deux-pièces pas franchement légal, construit sans permis au-dessus d'une pizzeria par deux cousins. Ils leur avaient expliqué que leur famille ne devait pas découvrir l'existence du locataire et que le loyer devait être payé à la semaine en liquide. En prime, Griff pouvait avoir toutes les pizzas qu'il pouvait manger, *et* ils pouvaient placer des paris pour lui avec leurs pères dans le milieu. À l'étage, Dante trouva un rat de la taille d'un opossum, enroulé mort dans une chambre parfumée aux pepperonis. Les cousins tout penauds expliquèrent qu'ils avaient répandu du poison en bas dans le sous-sol, et que l'air était monté ici : 'genre, en vacances'.

Dante rit sur tout le chemin du retour jusqu'au camion, frappant Griff dans le dos, essayant de le faire rire aussi.

Une fois qu'ils furent à nouveau sur la route, Griff ne dit plus rien. Il tourna et retourna simplement les feuilles de Loretta qui avaient toujours la forme des fesses de Dante.

Dante roulait vers le jardin d'enfants pour récupérer Nicole.

— Désolé, murmura Griff se sentant comme un idiot d'avoir entraîné Dante dans une telle odyssée.

— Mais enfin ! Pourquoi ? Je voulais aider.

— Ça ne te dérange pas de jouer les chauffeurs ?

— Quoi ? Non ! Je déteste carrément ça, G.

Dante se tourna vers Griff et ses beaux traits se tordirent pour prendre le visage de l'idiot du village : des yeux qui louchent, la langue sortie.

— Sérieusement, je veux que tu emménages avec moi, mec.

— Nan. J'apprécie, mais j'ai besoin d'avoir mon chez-moi. Je suis adulte.

Griff se tourna pour regarder par la fenêtre passager, ne voulant pas voir la supplique dans les yeux sans fond de Dante.

— Réfléchis. J'ai toutes ces chambres.

— Ouais, sans mur et sans porte !

Griff rit et regarda son meilleur ami.

— Exactement ! Nous pourrions mettre nos ressources en commun. La moitié des coûts. Je pourrais utiliser à bon escient un loyer stable et tu pourrais même couvrir ta part de factures en m'aidant à rénover. Nous nous en sortirions mieux tous les deux et tu le sais. Même mes parents le pensent.

— Ils ont dit ça ?

— Griffin, ils l'ont suggéré.

Dante détourna ses yeux de la route pour le transpercer d'un regard sombre. Il fronça les sourcils.

— Ils savent à quel point tu travailles. Ils savent à quoi ressemble la vie chez ton père. Et ils s'inquiètent pour nous deux.

Griff essaya de formuler ses craintes avec des mots qui ne franchiraient aucune ligne et exprimeraient quand même sa gratitude envers la proposition de son ami.

— Dante, je ne pense pas que je devrais à nouveau vivre avec quelqu'un. Je suis casse-couilles. J'ai des horaires impossibles. Je ronfle.

Et je me branle toutes les nuits en te regardant sur le web.

Dante n'achetait pas ces conneries.

— Ouais, idiot, et je suis un connard arrogant. Je possède et j'*utilise* plus de produits de beauté qu'une fille. Je peux dormir même pendant un bombardement et j'ai exactement le même emploi du temps, au cas où tu n'aurais pas remarqué. Pourquoi es-tu aussi opposé à cette idée ?

Il posa une main sur la grosse jambe de Griff et la pressa.

Pourquoi, pourquoi, pourquoi ? Je me demande.

Griff lutta pour garder sa cuisse détendue, pour ne pas réagir. Il regarda la main puis la route devant eux. Il déglutit.

180

— Ce n'est pas toi. J'aime ta maison, et tu le sais. Et traîner avec toi. Merde, j'ai aidé à bâtir et débarrasser un paquet de gravats jusqu'à maintenant. C'est… je ne veux pas t'envahir.

— Ce n'est pas le cas ! Comment pourrais-tu m'envahir ? Je te le *demande* !

L'exaspération de Dante montait dans sa voix, résonnant d'un petit air de démence.

Griff prit une profonde inspiration et la laissa s'échapper.

— Je ne veux simplement pas ajouter plus de pression à celle que tu subis déjà.

Dante pressa à nouveau la jambe de Griff et la tapota – bon chien – avant de remettre ses deux mains sur le volant.

— Ok. D'accord. Je veux juste que tu saches que je te veux là-bas. J'aimerais que tu y réfléchisses.

— Je sais, répondis Griff en hochant la tête.

Le passage de la main lui picotait toujours les cuisses.

— J'y pense. J'y ai pensé.

J'y pense vingt-trois heures par jour, c'est bien pour ça que c'est une mauvaise idée.

Dante se gara en bas de la rue de l'école de Nicole. Il coupa le moteur et lui rendit ses clés.

Griff les prit et se tourna vers Dante.

— Désolé d'avoir caché ton vendredi. Tu devrais être au lit.

— Il n'a pas été gâché. Pfff.

Des bambins s'affairaient avec leur mère devant les lettres peintes en couleur pastel sur l'entrée du bâtiment.

Dante pointa son doigt et descendit du camion.

— Elle est là.

À la surprise de Griff, il s'entendit demander :

— Je peux venir lui dire bonjour ?

— Bien sûr ! Ouais. Elle adorerait ça.

Dante attendit que Griff ait verrouillé le camion et mis les clés dans sa poche.

Sous une peinture brillante de citrouilles empilées, Nicole tenait la jupe d'une jeune institutrice, les pointant du doigt quand elle les vit approcher. La maîtresse se pencha en avant pour que Nicole puisse lui dire quelque chose.

Dante parla du coin de la bouche.

181

— Je dois te le dire, juste pour que tu le saches : elle t'appelle Monstre.

— Monstre ? reprit Griff en secouant la tête alors qu'il traversait la rue. Je me demande où elle a été pêché ça.

— Sais pas.

Dante détourna les yeux et échoua complètement à feindre l'innocence.

— Tu es immense et grognon avec une crinière rouge feu.

— Je vais essayer de ne pas marcher sur les miniatures.

Griff sourit et lui donna un coup d'épaule assez fort pour le faire trébucher.

— Hé ! aboya Dante avec un éclat de rire indigné. Merde, je suis fragile ! Je suis en train de récupérer.

— Tu me sembles aller aussi bien que d'habitude.

Les deux pompiers firent leur chemin à travers la foule des petits élèves pour aller récupérer la leur.

Nicole les regardait approcher avec une sorte de scepticisme patient, comme si elle s'attendait à ce que Griff marche sur le bâtiment. Griff avait vraiment l'impression d'être Godzilla.

— Allez viens, moustique, dit Dante en soulevant sa nièce, remerciant d'un signe de tête la maîtresse d'avoir attendu avec elle.

Nicole leva les yeux au ciel à l'injustice d'être traité comme un enfant.

— Oncle Dante !

— Et Monstre, marmonna Griff alors qu'ils se dirigeaient vers la voiture de Dante.

Dante et Nicole rirent jusqu'à ce qu'il s'y mette aussi.

AUX ALENTOURS de quatorze heures, Griff réalisa que Dante et lui feraient de bons parents… genre, tous les deux ensemble. Curieusement, Nicole fut celle qui diagnostiqua leur situation délicate.

Après que les deux hommes eurent récupéré Nicole à l'école, ils étaient allés déjeuner au Fernandino, un *ristorante* sicilien entièrement de la vieille école. Ils dévorèrent plusieurs commandes de boules de riz puis Nicole et Dante partagèrent un plat du jour de panelli, de savoureux beignets de pois chiches qui étaient le plat favori de Dante. Griff avait pris le pizziole, du porc si tendre qu'il n'avait jamais touché à son fichu couteau.

Griff avait insisté pour payer l'addition, et la manière dont Dante le regarda pour lui dire 'merci' lui donna envie d'offrir un million de déjeuners, même aux gens qu'il ne connaissait pas.

Bien qu'il sache qu'élever des enfants n'était pas aussi facile qu'il y paraissait, Griff aimait avoir l'occasion de faire le clown avec son meilleur ami et de jouer au père pendant un moment. Pas d'alarme, pas de bagarre de bar, pas de chantiers. Juste eux trois se baladant autour de Cobble Hill, s'arrêtant pour acheter des pâtisseries quand l'envie leur prenait. Et si une part secrète de lui prétendait qu'ils étaient un couple d'hommes passant l'après-midi avec leur fille, il essaya de ne pas trop y penser. Dante avait promis à sa sœur qu'il ramènerait Nicole à la maison à quinze heures.

En sortant du Fernandino, Dante s'assura que Nicole était bien emmitouflée et enveloppa à son tour sa gorge mince d'une écharpe tricotée. Il fourra les mains dans ses poches et plissa les yeux vers le ciel comme s'il était embarrassé.

— Euh. Je voudrais passer par la banque. J'ai un rendez-vous maintenant. Avec un conseiller financier.

Griff n'était pas sûr d'avoir bien entendu.

— Hein, quoi ? Un vendredi ?

Il était si surpris qu'il en oublia de continuer à marcher.

Dante ne le remarqua pas et continua d'avancer sur le trottoir en disant quelque chose à propos d'avoir un plan solide et un chiffre rond en tête.

Que je sois damné. Il m'a écouté.

Finalement, Nicole revint en arrière et mit sa main dans celle de Griff pour le tirer ; sinon, il aurait pu rester debout, là, ahuri jusqu'au coucher du soleil.

— Banque, répéta Nicole avec un haussement d'œil à peine visible au-dessus du col de son manteau violet.

Elle savait qu'elle était en train de parler au grand Monstre bête, alors elle parla doucement et avec précaution.

— Y veut aller.

Dante réalisa finalement qu'il était tout seul et s'arrêta pour regarder derrière lui, le vent poussant une mèche noir corbeau le long des traits parfaits de son visage. Son sourire blanc étincela. Il ouvrit les mains comme pour demander : 'quel est le problème ?' tandis que Nicole traînait le gros Monstre derrière elle pour rattraper son oncle.

Griff prononça finalement quelque chose quand ils l'eurent presque rejoint.

— Tu as écouté.

— J'écoute toujours, G.

Et avec ça, Dante prit l'autre main de Nicole et tous les trois allèrent à la banque… en route pour aller voir le magicien.

La banque de Dante à Brooklyn Heights s'avéra être un palace, littéralement : des murs carrelés, des plafonds voûtés, un sol en marbre. Tout le rez-de-chaussée était un rappel à la Renaissance Italienne.

— Waouh, réussit à dire Griff. Je pense que ta banque se porte mieux que la mienne.

Dante rit.

— Ouais, mais pas vraiment en fait. C'est la copie d'une maison de Florence. Ces Italiens, hein ? Quelques familles l'ont construite comme une réplique il y a environ une centaine d'années.

Ses yeux balayèrent les bureaux à la recherche de quelqu'un.

Par terre, au niveau de leurs genoux, Nicole faisait attention à ne marcher que sur les carreaux de couleur crème pour avancer à l'intérieur. La réverbération des sons étouffés de la pièce faisait penser à une église.

— Monsieur Anastagio ?

La voix d'un homme rebondit sur les murs et le plafond, faisant se retourner plusieurs personnes.

Dante et Griff se tournèrent pour voir un homme ayant la quarantaine et arborant un air sévère lever une main vers lui depuis un petit bureau au milieu de la pièce caverneuse.

— Ça ne devrait pas prendre plus d'une seconde, murmura Dante.

Il vérifia silencieusement avec Griff pour s'assurer qu'il acceptait d'être laissé entre les mains de Nicole.

Griff hocha la tête.

— À mon avis, elle voudra repérer les lieux.

— Merci.

Il s'accroupit à la hauteur de Nicole.

— Sois gentille avec Monstre.

Griff laissa Nicole le tirer dans la salle, un carreau crème à la fois.

Dix minutes devinrent trente et Nicole avait fait le tour de l'espace imposant. Quand elle lui annonça que ses jambes étaient fatiguées, ils trouvèrent un siège et s'y laissèrent tomber. Dante était toujours en train de parler avec le type en costume.

Y avait-il quelque chose qui clochait ? Griff avait la bougeotte et il déplaça son poids d'une jambe sur l'autre. Il était également inquiet de découvrir ce qui prenait si longtemps, mais il n'était pas question qu'il aille s'incruster.

Griff regarda Nicole assise de l'autre côté du banc près d'une briquette de jus de fruits à moitié vide.

La gamine avait l'air assez enjoué ; elle était en train d'inventer des histoires élaborées sur les gens dans les deux files réservées aux dépôts, partageant ses conclusions avec Monstre. *Trop bizarre.* Elle parcourut la salle à la recherche d'une autre âme perdue ayant besoin d'une histoire.

— Désolé, ma chérie. Est-ce que tu t'ennuies ?

Nicole inclina sa tête en signe de confusion.

— Pourquoi je m'ennuie ?

— Toutes ces histoires de grandes personnes. Je ne pensais pas que ce serait si long.

— Tu t'ennuies ? demanda Nicole avec un air très sérieux, croisant les bras comme un oncologue, inquiète que Griff ait un cancer.

— Euh, non. Je ne m'ennuie pas. J'aime faire des choses avec toi et ton oncle.

— Est-ce qu'il s'ennuie ? demanda-t-elle encore en virevoltant pour vérifier si Dante avait le cancer.

À ce moment-là, son oncle était assis à environ six mètres, devant le bureau brillant, les sourcils froncés et hochant la tête tandis que le conseiller en crédit amidonné disait quelque chose avec force et tenait un morceau de papier. Il avait inconsciemment passé les doigts dans ses boucles désormais pleine d'épis, ce qui signifiait qu'il faisait de son mieux pour essayer de rester calme sans y parvenir.

Griff tendit l'oreille pour essayer d'écouter, mais assez bizarrement et malgré la résonance, c'était impossible. Toutes les conversations étaient masquées en murmures étouffés dans la pièce.

À nouveau, Griff eut l'étrange fantasme qu'ils étaient un couple et qu'ils allaient à la banque ensemble, qu'il pouvait s'asseoir à côté de Dante comme un mari le ferait tandis que le banquier proposait des options. Il pouvait prendre la main de Dante pour qu'il ne tire pas sur ses cheveux. Il détestait le voir coincé seul là-bas dans son pire cauchemar : écoutant calmement quelqu'un qui pouvait lui prendre sa maison.

S'il vous plaît, donnez-lui tout ce dont il a besoin.

Alors, comme si Dante pouvait sentir leurs regards, il se tourna et regarda droit vers Griff pour lui sourire. Et tout son visage s'illumina. Il pointa sa montre et leva une main. *Cinq minutes.* Ses yeux noirs sur Griff, il lui adressa un lent et léger clin d'œil – *merci* – puis regarda à nouveau le conseiller financier.

Griff reprit ses esprits pour revenir là où il était assis et réalisa qu'il avait le même sourire sur son visage rougissant. Et aussi que son petit docteur s'était glissé plus près pour expliquer quelque chose à son gros Monstre.

— Non, non. Il ne s'ennuie pas, répondit finalement Nicole, donnant son diagnostic à un autre patient. Tu lui manques juste.

Elle tapota son épaule massive de sa petite main – *tap, tap* – avant de glisser à nouveau de son côté du banc. Le médecin retourna rendre les adultes plus intéressants sous les petites lumières octogonales.

Griff ravala un nœud qui s'était formé dans sa gorge, regardant le sol carrelé. Elle voulait dire que Dante était heureux de plaisanter et s'amuser avec eux. Pour une raison stupide, ses yeux brûlaient et il se sentait étourdi.

Ne pleure pas, connard.

Griff inspira et expira irrégulièrement plusieurs fois et retint sa tristesse avant qu'elle lui échappe. Comment allait-il s'expliquer, ce coup-là ? Il jeta un œil à Nicole. Il n'aurait probablement pas à le faire ; elle l'avait fait pour lui.

Tout à coup, avec une parfaite clarté, Griff put imaginer à quoi leur fils ressemblerait. Le sien et celui de Dante. Il aurait l'humour et l'apparence de Dante, la taille et le grand cœur de Griff, et peur de rien dans ce putain de monde. Il serait fort et réfléchi, idiot et gentil… le genre d'enfant dont les autres parents seraient jaloux, un garçon qui gagnerait des tas de choses et franchirait les montagnes. Griff pouvait imaginer à quoi ressemblerait exactement son visage souriant et solide, comme si leur fils était assis à côté de lui, et Nicole en train de parler avec lui au lieu d'elle-même. Griff haleta presque à la douce vision d'une famille qu'il ne lui serait jamais permis d'avoir.

L'instant suivant, il regardait les chaussures de Dante. Il leva les yeux pour le trouver debout devant lui, l'air un peu gris. Leur fils imaginaire s'évapora en volutes de fumée à côté de lui.

— Ça va ? lui demanda Griff.

— Désolé, mon petit gang, répondit Dante d'une voix rauque. Il était d'humeur grincheuse.

Griff posa une question silencieuse au regard de Dante.

Dante secoua la tête. Ça s'était mal passé.

— Tu as besoin d'une olive, annonça Nicole.

Le docteur était de retour, semblait-il.

— Maman dit que les olives…

— … peuvent guérir n'importe quoi, finirent Dante et Griff en même temps avant de rire.

— Ouais, moustique, répondit Dante en hochant la tête à son attention. Elle a appris ça de Nonna. Je pense que tu dois avoir raison.

Ils avaient tout juste assez de temps pour faire un saut chez Sahadi pour acheter quelques olives avant de ramener Nicole chez ses parents ; à cette heure-ci, ils avaient probablement besoin aussi d'un diagnostic de la part de leur fille.

Alors qu'il remontait tous les trois la rue Clinton vers Atlantic Avenue et le magasin, Griff pencha la tête vers Dante et lui parla tout bas.

— Quoi que ce soit, nous le rembourserons.

— Je ne crois pas que tu puisses… ce que ça va demander, je veux dire. Je ne crois pas que tu pourras.

Le cœur de Griff se serra, et les mots lui échappèrent plus fort qu'il en avait eu l'intention.

— La ferme !

— C'est pas gentil ! répliqua Nicole.

Nicole essayait de découvrir comment elle en était arrivée à baby-sitter ces deux rigolos.

— Pardon. Tu as raison, s'excusa Griff.

Puis, il murmura à nouveau à Dante.

— Dante Anastagio, je vais t'aider même si je dois briser tous les os de ton corps. S'il te plaît.

Dante eut l'air mal à l'aise et baissa les yeux sur l'enfant.

— Tu vas finir par me détester. Seigneur.

Plus probablement, tu vas me détester. Griff le poussa pour qu'il trébuche.

— Arrête-ça !

Dante ne rit pas.

— Je suis vraiment un moins que rien.

Qu'avait donc dit la banque ?

Nicole s'était arrêtée pour faire semblant de s'intéresser à une vitrine pleine d'orchidées. Comment un enfant en arrivait-il là ? En vivant avec sa mère farfelue, probablement.

Griff avança de quelques pas, puis regarda droit dans les yeux inquiets de son meilleur ami.

— D, je me fiche de ce que c'est ; je me fiche de ce que j'ai à faire. Tu décides. D'accord ? Je te le promets. Nous aurons tout l'argent pour eux, à temps.

S'il te plaît, reste avec moi. Notre fils était assis si près, si près de moi.

— Très bien.

Dante avait l'air fatigué. Ses yeux semblaient enfoncés et la lumière qui les illuminait plus tôt avait disparu.

— Griff, tu es en train de me laisser t'entraîner dans la boue.

Merde. Comme pousser un bouton, ils n'étaient plus une famille. *Clic !* Ils étaient juste deux tas de merde gardant un enfant pour une belle-famille dans le besoin. Dante était juste une tête brûlée en train de perdre sa maison. Les sentiments impossibles de Griff et leur fils imaginaire n'étaient que ça.

Je ferais n'importe quoi. Demande-moi seulement.

Griff soupira et regarda Nicole. Elle jouait les enfants en train d'espionner, gardant les yeux droits devant et les oreilles grandes ouvertes… un aspirateur à potins. S'ils n'étaient pas prudents, toute la couvée des Anastagio saurait que Dante était dans la merde et Griff impliqué.

Dante alla reprendre la main de Nicole.

— Allez viens, moustique. Allons chercher des olives pour ton père.

XII

Deux jours plus tard, Griff lavait le camion, coincé à faire des heures supplémentaires pour que le lieutenant puisse aller à l'hôpital accueillir son nouveau bébé.

Il était tard et il avait besoin de sommeil, mais après deux heures à essayer de garder les yeux fermés, il était descendu et avait aidé à recharger les réservoirs d'oxygène, puis envoyé la nouvelle recrue prendre un peu de repos.

Il avait été incapable de fermer l'œil, quel que soit l'endroit de la caserne, de peur que quelqu'un arrive à le trouver et commence à avouer quelque chose de terrible. Il avait réussi à éviter Tommy depuis la rencontre inopinée au bar, et il priait de pouvoir s'éclipser avant que le petit infirmier se montre pour sa tournée.

Dante passa à toute vitesse près de lui pour entrer dans la caserne, courant vers les escaliers menant au dortoir.

— Salut, dit Griff d'un ton moqueur en laissant tomber le chiffon dans le seau.

— Pourquoi est-ce que tu travailles encore ?

Dante avait l'air d'avoir couru tout un pâté de maisons, ses cheveux en bataille et ses yeux noirs brillants.

— Tu ne répondais pas au téléphone, continua-t-il.

— Désolé, on était de sortie pour une alerte. Fuite de gaz, dit Griff, puis il haussa les épaules et s'essuya les mains sur son sweat-shirt. Je fais quelques heures pour Siluski. Sa femme est finalement entrée en travail.

Dante hocha la tête et s'appuya contre le camion.

— Je voulais te parler du contrat de TêteBrûlée. J'ai pensé à la façon de combler ma dette à la banque.

Griff regarda du côté des portants où se trouvaient leurs tenues d'intervention et vers la porte menant à l'étage, paranoïaque.

— Activités étendues ! s'exclama Dante, ses yeux charbonneux brillants de triomphe.

— Dante ! Viens-là…

189

Griff le tira, lui faisant faire le tour du camion et jeta un œil à la rue sombre. Vide. La dernière chose dont ils avaient besoin était qu'un passant les entende par hasard. Les gars étaient tous là-haut en train de dormir ou de regarder la chaîne sportive.

— Je ne pense pas que la caserne soit l'endroit…

Dante secoua la tête pour rejeter l'idée.

— Ne t'inquiète pas. Viens par ici.

Griff laissa Dante le conduire vers l'avant du bâtiment, puis dans la rue, dépassant les casiers et les penderies d'uniformes ; ils sortirent de la lumière pour se glisser dans l'ombre à l'écart de l'entrée de la caserne. Il ne fumait pas, mais c'était le fumoir non officiel de la maison. Des mégots de cigarettes jonchaient le caniveau où les autres gars les avaient jetés. Au moins, personne ne pouvait les espionner.

Griff haussa un sourcil et dit :

— Très bien. Quoi ?

— Activités étendues. Les options filmées en extra. J'ai réalisé quelque chose.

Les yeux de Dante étaient cernés, comme s'il n'avait pas dormi depuis plusieurs jours.

— Seigneur, Dante.

Griff se frotta un œil sans ménagement. Il sentait un mal de crâne se former.

— Nous pouvons peut-être en parler plus tard…

— Non. Écoute, la branlette mutuelle est payée en plus.

Dante mima la masturbation et le giclement sans avoir l'air gêné, ce qui ne fit qu'embarrasser Griff davantage.

— Et le truc que tu as fait à la fin a gonflé nos gains encore…

— Je sais, mec. Désolé pour…

— … plus. Désolé de quoi, merde ? Avoir balancé ta purée sur moi nous a rapporté un bonus de trois cents dollars. Tu savais ça ?

Dante leva les yeux au ciel et balaya ses inquiétudes.

— Mec, si je pouvais être payé à chaque fois que tu gicles sur moi, je camperais sous ton lit et te ferais le faire trois fois par jour.

Aide-moi, Seigneur.

Les yeux de Griff sortirent littéralement de leurs orbites lorsqu'il entendit ça. Il se tourna à droite et à gauche pour être sûr que le pâté de maisons était désert, puis étira le cou pour vérifier la porte menant aux escaliers qui menaient à la cuisine et au dortoir. Il n'y avait personne. Il essaya de ne pas penser à Dante se proposant pour être son chiffon à sperme.

Il doit savoir ce qu'il est en train de me faire, non ?

— Est-ce que tu réalises que si j'avais juste léché un peu de crème sur mes mains pour Alek, j'aurais pu avoir cinq cents dollars de plus ? Je ne le savais même pas, merde ! Cinq cents dollars, G, juste pour goûter ton sperme à peine une seconde !

Griff s'étrangla, couvrit son étouffement sous une toux, et s'étouffa encore. Il passa une main lente sur son visage échauffé, essayant d'effacer la pensée avant de s'évanouir dans le caniveau.

Dante le frappa dans le dos, complètement sérieux.

— Tu comprends ce que je veux dire. Mec, si tu m'avais laissé faire la même chose, nous aurions pu doubler notre paye. J'aurais pu payer la banque et encore avoir de l'argent en trop.

— Euh. Ouais. Et ?

— Mais, c'est juste la partie émergée, dit Dante en souriant, de l'iceberg porno. Donc, je réfléchissais à ça et puis j'ai relu le contrat. On peut se faire une tonne d'argent en plus si on la joue adroitement. Pour faire clair, si on se met d'accord à l'avance sur certaines activités étendues supplémentaires, on obtient ces bonus. Je pense que c'est la façon dont tu peux vraiment te faire du fric avec ce contrat de star du porno. Passer aux extras petit à petit.

Dante faisait les cent pas. Griff l'observa, puis baissa la voix à un niveau calme et serein – du genre qu'on peut entendre dans l'aile d'un hôpital psychiatrique – pour raisonner avec lui.

— Je ne veux pas d'un truc en caoutchouc enfoncé dans mon cul juste pour que tu puisses t'offrir un nouveau plan de travail dans ta cuisine, Anastagio.

Griff passa une main sur son visage, exaspéré, frustré et écrasé par l'excitation soulevée par cette idée.

— Alors maintenant tu… quoi ? Tu es partant pour lécher une décharge de sperme sur les poils de ma poitrine ? Allez ! À d'autres.

— Nan, nan, nan. Nous devons juste la jouer fine sur ce coup-là. Écoute, dit Dante en sortant un contrat froissé de TêteBrûlée de sa veste, il y a une liste entière de choses ici. Je dis juste qu'on devrait en parler.

— C'est comme de la prostitution… du marchandage de sexe.

Griff savait que c'était important de rester calme.

191

— Je suis loin d'être vierge, dit Dante, puis il ouvrit les bras et se regarda. J'ai fait bien pire pour bien moins, crois-moi.

— Est-ce que ça ne te fait pas flipper, D ? Nous, ensemble comme ça ?

— Pourquoi ? C'est juste nous, mec. Nous avons tout fait ensemble.

— Pas tout.

Griff gardait un œil sur la porte de derrière. Il avait un petit lutin sur chaque épaule, des jumeaux diaboliques lui chuchotant des péchés dans chacune de ses oreilles.

S'il vous plaît, faites que quelqu'un descende et l'arrête pendant que je peux encore dire non.

S'il vous plaît, faites que personne ne descende ici jusqu'à ce que je dise oui.

Lequel choisir ? Une part sombre et terrible de lui, affamée, voulait que Dante le convainque, voulait que Dante le force pour que ce ne soit pas de sa faute.

— Eh bien, pratiquement, répondit Dante en arrêtant de tourner en rond pour s'asseoir à l'arrière du camion. Nous nous sommes retrouvés à poil ensemble un millier de fois, avons baisé dans la même pièce, avons gerbé l'un sur l'autre , nous sommes lavés l'un l'autre et nous sommes saoulés ensemble à en perdre l'esprit. Bon Dieu, il y a encore quelques semaines, tu t'es même vidé les couilles sur ma poitrine nue.

— Arrête ! Tu sais que c'était un accident. Je me suis excusé…

— Mais c'est quoi le problème ? explosa Dante. Je n'en ai rien à foutre ! Tu es mon frère. Tu es mon meilleur ami. Tu es la seule personne que j'ai.

Le cœur de Griff se serra. Presque tout ce qu'il dirait maintenant serait la mauvaise chose.

— Je sais. Je sais.

Quel mal pourrait-il y avoir ? Oh ouais… tout.

Les jambes de Griff s'étaient déjà mises en mouvement de leur propre chef, effectuant de longues enjambées pour dépasser le camion et rentrer à la caserne. Les pas de Dante faisaient un bruit sourd derrière lui, le suivant. Griff continua à marcher, passant les portes des vestiaires crasseux. Il se dirigea droit vers la rangée de douches et ouvrit au maximum les robinets de deux d'entre elles, espérant que le bruit couvrirait leur conversation. Il retourna vers la rangée de casiers bosselés.

Dante s'était assis sur un banc et était plié au-dessus du contrat ouvert de TêteBrûlée, cherchant quelque chose ; il ne regarderait pas Griff dans les yeux.

— Encore cinq ou six mille dollars et j'aurais de quoi faire tampon avec la banque. Un putain de filet de protection ! Et nous n'avons pas besoin de nous inscrire à la partouze d'un nain pour l'obtenir.

Griff ne marchait pas là-dedans.

— Il y a d'autres moyens pour toi de…

— Pas vraiment. Pas rapidement. Tout ce que je dis, c'est qu'on peut être malin.

Quand il regarda Griff, sa voix était stable et calme, comme s'il calmait un chien blessé.

— TêteBrûlée fonctionne par niveau. Comme un chemin pour inciter les acteurs à en faire plus à chaque fois. Ils ont déjà une vidéo de moi en solo, mais je peux choisir de faire d'autres choses. Aller plus loin.

Dante se leva et posa une main hésitante sur le dos de Griff.

— Si c'est trop difficile pour toi à gérer, je peux laisser quelqu'un d'autre… disons, me frotter.

— Comme un massage, dit Griff en ayant l'impression d'avoir avalé un œuf entier tant le nœud dans sa gorge était gros.

— Ouais. Ou même une fellation.

Griff se tourna.

— Attends. Qu'est-il arrivé à frotter ?

— Ça revient au même : tu restes juste là et tu ne fais rien. C'est à toi qu'on le fait.

Dante continua juste à le regarder, aussi calme qu'un chat, l'usant avec ce demi-sourire plein d'espoir.

— Me faire lécher, éjaculer, toucher le fric et fin de l'histoire.

Dante lui demandait-il réellement de faire ça ?

— Ils ont déjà quelqu'un qui peut le faire ? Te toucher, je veux dire, demanda Griff dont l'estomac se retourna et la bouche s'assécha. Ou est-ce Alek ?

Ou Tommy.

— Je n'en sais rien. C'est important ? Voudrais-tu qu'un mec louche jongle avec tes couilles ? Hors de question.

Griff tressaillit, et se détesta de tressaillir. Il essaya de considérer l'idée d'un autre homme touchant Dante, et d'avoir à regarder ça sur le site parce qu'il ne pourrait pas s'en empêcher. Il sentit une rage possessive monter dans sa gorge jusqu'à ce qu'il soit sur le point de gronder. Il serra les dents pour retenir ce son sauvage et s'assit, très calme, dans la flaque de lumière qui passait au-dessus des casiers.

Comment peut-il ne pas savoir ce que ça me fait ?

— Mais si je viens…

— Alors c'est juste nous deux.

Dante baissa la voix et se rapprocha.

— Sinon ce sera n'importe qui qu'il puisse trouver pour me branler. Un autre glandeur comme moi, je suppose. Je ne peux demander ça à personne d'autre, mec. C'est toi. Tu es le filet de sécurité. Après toi, j'arrive sur le béton à 9,8 m/s.

La douche sifflait toujours dans la pièce voisine, protégeant leur secret de tous ceux qui pourraient les surprendre.

Dante interpréta mal son silence, le prenant pour du dégoût.

— Écoute, tu peux juste te détendre, et je ferai le boulot. Les trucs intenses, tu vois. Je pourrais, tu sais… dit-il en regardant par terre. Te sucer un peu.

Le cerveau de Griff se déconnecta, devenant neigeux comme une télévision avec une mauvaise réception. Il lui fallut une seconde pour se reprendre.

— Un peu ? On dirait que… As-tu déjà accepté de le faire ? demanda Griff alors qu'il se tournait pour le regarder.

— Non ! s'écria Dante dont le corps entier implorait Griff. Je voulais d'abord en parler avec toi.

— Je ne veux pas en parler, dit Griff dont la voix était un grondement dans sa poitrine.

— Okay, G. Désolé, répondit Dante en mettant les mains dans ses poches et en plissant les yeux de déception.

À l'aide.

— Non. Ce que je veux dire c'est que je vais le faire, dit Griff en fermant ses yeux gris ; son pouls battait dans ses oreilles. Écoute. Tu décides quels genres d'activités 'étendues' tu es prêt à nous voir expérimenter et c'est bon.

Ses yeux volèrent vers la porte fermée, reconnaissant que son équipe soit à l'étage pendant qu'il avait cette conversation bizarre.

— Quelles que soient les choses auxquelles tu penses, d'accord ?

— Et, par exemple… s'embrasser n'est pas un gros problème, dit Dante, ses yeux étant énormes et secs, comme s'il n'avait pas cligné des yeux pendant une semaine.

— Alek ne parle pas d'une bise sur la joue, D. Il veut parler de ta langue dans ma bouche, branlant-ma-camelote, nous roulant des pelles avec suçons-et-pelotages.

Griff se concentra sur le béton taché sous ses bottes. Le contrat était ouvert sur le banc à côté de lui.

— Ils paient un supplément pour se peloter ? demanda Griff.

— Ouais. Ça ne semble pas trop tordu, répondit Dante en repoussant ses cheveux noirs comme la nuit de son front.

Sainte mère de Dieu, cela devait être une sorte de test. Griff sentit sa bouche s'assécher jusqu'à l'os.

— Nous avons déjà… Je veux dire, qu'est-ce que j'en ai à faire si tu colles ta langue dans ma bouche ? C'est deux cents dollars. Ça ne veut rien dire. Jouer avec mes tétons, même chose. J'ai pincé les tiens avant. Et même pire ! continua Dante.

— Ouais. Quand on était en formation, pour me faire chier. Ce n'est pas ce qu'il recherche.

Bien que le béton garde la pièce fraîche, Griff sentit un filet de sueur couler à l'arrière de son crâne à la pensée d'embrasser son meilleur ami. Sa bouche ressemblait au Sahara.

Ne te lèche pas les lèvres. Ne te lèche pas les lèvres.

— Tout ce que je veux dire, c'est que je pense que nous pouvons aller plus loin et ramasser un peu plus de blé.

Dante se leva et s'adossa contre le casier de quelqu'un.

— Je ne veux pas avoir un mec quelconque qui rampe sur moi, mais si c'est toi… dit-il alors que ses yeux revinrent sur Griff.

— T'es sérieux ? Penses-y ; c'est foutrement bizarre.

— Nan. C'est seulement nous. C'est *toi*. Tu ne pourrais jamais être bizarre.

Visage sérieux, voix basse. Puis, à brûle-pourpoint :

— Je t'aime, Griffin. Tu le sais, ça.

Qu'est-ce que ça veut dire ? Un pic de confusion traversa la tête de Griff et alla s'enterrer dans sa poitrine.

— Pourquoi n'essaierions-nous pas ? proposa Dante en lui tendant la main pour l'aider à se remettre sur pied.

— Qu'est-ce que ça veut dire ?

Les mots glissèrent hors de la bouche de Griff, et il souhaita pouvoir les ramener à l'intérieur.

Et s'il essayait de me dire quelque chose ? Mais là encore, et si ce n'était pas le cas ?

Griff prit la main offerte et se leva juste dans l'espace personnel de Dante, le touchant presque. Ils étaient si proches qu'il pouvait sentir la chaleur qui irradiait de son meilleur ami.

Dante ne recula pas, il poussa juste son menton à fossette en avant comme s'il s'attendait à recevoir un coup de poing.

— Je ne suis pas un lâche. Tu veux me frapper ?

Les mains enfoncées dans ses poches arrière, ses yeux partout où ils n'avaient pas besoin d'être. Son visage était un hybride étrange de terreur et de détermination alors qu'il cognait leurs hanches l'une contre l'autre.

— Allez, Griff, montre-moi ce que tu sais faire.

Les doigts bruns de Dante se retrouvèrent brusquement sur le cœur de son ami, sur le devant de la chemise de Griff. Un bouton s'ouvrit sous son poing. Un autre bouton. Le murmure de la toison rousse de Griff contre son maillot. Les mains de Dante étaient chaudes et tremblantes. Un autre bouton s'ouvrit, puis un autre, et un autre. Dante écarta les pans de sa chemise lâche puis souleva le maillot pour révéler son abdomen, ses pectoraux durs.

— Tu n'as pas à...

Les bras de Griff pesaient aussi lourd que du plomb ; il n'aurait pas pu les bouger même s'il avait essayé, de peur d'interrompre l'exploration hésitante de Dante sur sa peau. Dante le regardait, et il se sentait rougir, juste là dans la caserne devant les casiers cabossés et un calendrier Penthouse de 2007. Son visage et sa poitrine semblaient prendre un coup de soleil au deuxième degré, dans un vestiaire bétonné à onze heures du soir.

Dante se pencha sur son torse pâle, passant une main sombre dans les boucles cannelle jusqu'à ce que ses mamelons roses se raidissent. Dante rit.

Griff lui lança un regard, ses sourcils cuivrés plissés en une question muette. Au loin, le sifflement de la douche étouffait l'écho de la pièce.

— Si petits, murmura Dante en levant ses yeux aussi noirs que du verre volcanique. Tes tétons. Tu es immense et ils sont si petits.

Ses mains ne cessaient de bouger.

— Tu vois ? Tout va bien, Griff. On ne fait que s'amuser un peu, pas vrai ?

Griff hocha la tête à nouveau, sa langue trop épaisse pour sa bouche. Son cerveau complètement brouillé.

— Hé. Hé. Ça va ? l'interrogea Dante, accordant sa respiration à la sienne, lente et profonde.

— Ouais. C'est juste beaucoup à gérer. Tu es meilleur au... sexe que moi.

— Nan.

Griff se sentait pataud contre lui. Le corps de Dante était si élancé et bien proportionné, et Griff avait l'impression d'être un gros morceau de bœuf décoloré. Il pouvait sentir le rougissement se propager de son visage vers son abdomen.

— J'aime ça, dit Dante d'une voix taquine qui était un peu rauque.

Griff leva les yeux, confus.

— Quand tu rougis comme ça. La façon dont ça se déplace sur ton corps. C'est comme si je pouvais voir ce que tu ressens là où tu le ressens. Tout va bien. Détends-toi, G.

— Je me sens juste stupide.

— Nan. C'est comme l'ombre des nuages vu d'un avion. Ces formes se déplaçant sur ta peau et tu n'as peur de rien.

— Tu parles si je n'ai peur de rien. Ça me fait l'effet d'être lentement électrocuté.

— Au moins tu peux toujours sentir les choses, G. Reste avec moi.

Une voiture klaxonna dehors, mais Dante ne sursauta pas, entièrement concentré sur les épaules et la gorge de Griff. Se penchant plus près, plus près et – *oh, Seigneur* – frottant cette légère barbe noire comme de la suie dans le creux de son cou, envoyant des décharges le long de sa colonne vertébrale. Dante était – *Jésus-Marie-et-Joseph* – en train de le sentir. Quelque chose d'humide sur son cou, qui devait être la langue de Dante glissant là pour goûter la saveur de la sueur. Il siffla de surprise et Dante s'écarta pour le regarder.

Puis il vit ces yeux, noirs comme le jugement. Griff leva une main et toucha presque le visage de Dante. Presque, mais il s'arrêta au dernier moment, stupéfait par la chaleur et l'expression vulnérable de Dante. Griff déglutit, puis encore une fois. Il pouvait sentir tout son corps se contracter, les muscles comme de la corde noueuse. Il s'entendit murmurer :

— S'il-te-plaît-s'il-te-plaît-s'il-te-plaît...

Dante se rapprocha, inclinant légèrement la tête en arrière, l'invitant, le défiant.

Prends ce que tu veux.

Griff s'inclina, grogna et sa langue s'invita dans le paradis moite de la bouche de Dante, et ce ne fut pas son cœur qui s'arrêta ; ce fut le temps.

Je savais que ce serait comme ça. Je savais qu'il aurait ce goût-là.

Griff posa les mains dans le dos de Dante pour remonter et attraper une pleine poignée de cette brillante crinière noire, leurs dents s'entrechoquant. Des baisers affamés, lents et humides qui continuèrent encore et encore.

Dante émit un grognement du fond de sa gorge, comme de l'abandon ou de l'espoir, sa bouche brûlante sous celle de Griff. Il n'y avait pas de fin à cela. Et cela ne ressemblait à rien de ce qu'il avait pu avoir un jour.

La réalité dépassait même son imagination coupable et collante. Les bras de Dante autour de lui étaient plus robustes qu'il l'avait imaginé, et plus prudents. Les lèvres de Dante étaient plus douces, ses mains plus rudes. Griff ne s'était pas attendu à la sensation de deux poitrines velues, de deux visages rasés, de deux corps musclés claquant l'un contre l'autre, ici, à la caserne. Et Dieu savait que Dante avait une odeur douce et forte : comme de figues et de cuir et de quelque chose de brûlant.

Si différents de Leslie. Je ne savais pas. Je ne savais pas. Une larme coula de son œil qui picotait.

Avec les femmes, Griff avait toujours tellement eu peur de les briser. Le sexe avec sa femme avait été une série d'intrusions prudentes qui finissait en une éjaculation calculée et heureuse, suivi par un rinçage rapide 'parce qu'elle n'aimait pas être sale'. Leslie avait passé des années à essayer de l'amadouer pour qu'il fasse quelques expériences et se laisse aller à faire des choses insolites, mais il avait vécu dans la peur de la blesser, de la pousser trop loin, de la briser avec son sexe de la taille d'une canette de bière. Il n'était pas un monstre, mais son désir était si grand et elle était si petite.

Pas Dante. Dante était une bête grandiose et lumineuse. Si forte, si forte que même maintenant il soulevait Griffin du sol alors qu'ils luttaient pour se rapprocher encore. Leurs sexes entrèrent en collision avec un frisson brûlant qui rayonna vers l'extérieur, l'inondant de la chaleur d'un soleil levant.

Chaque centimètre du corps de Griff vibrait et chantait comme des cordes que l'on pinçait sur une basse. Son cuir chevelu frissonnait et ses mains le démangeaient et, à l'endroit où la peau chaude se pressait, le glissement doux et fluide de leurs muscles l'un sur l'autre était si tendre qu'il crut qu'il allait en pleurer. Sous son pantalon, son érection était comme du granit contre sa hanche.

Dans ses bras, Dante tremblait encore plus fort. *Je suis en train de le briser ; c'est si mal.* Mais il ne pouvait pas s'arrêter, ne voulait pas s'arrêter, et Dante revenait à la charge comme un animal. Pas étonnant que les nanas s'accrochent avec toutes ces conneries. Si magnifique. Leurs corps s'accordaient parfaitement, leur force, leur faim.

Seigneur, et c'était juste une des possibles... activités étendues. Le cerveau de Griff en fut tout retourné.

Dante recula assez pour incliner la tête et ajuster leurs bouches ensemble plus profondément. Sa langue léchait les dents de Griff, balayait les profondeurs de son désir. Les cheveux de Dante étaient dans leurs yeux, un enchevêtrement brillant qui les empêchait de se regarder clairement l'un l'autre. Et Dieu merci.

Griff sentit la salive couler dans sa bouche. Il avala. Et avala encore et pensa, *je suis en train de baver, putain. Mon meilleur ami est en train de me faire baver. Je vais me noyer dans ma propre salive.*

Quelque part plus bas, sous leurs tailles, Dante bataillait avec son jean, le dézippant et le repoussant jusqu'à ses genoux.

D'avoir regardé... Monte sur TêteBrûlée, Griff savait à quoi s'attendre, mais ne savait pas quoi faire avec tout ça sous ses doigts gourds. Les poils soyeux sur les jambes de Dante démarraient vraiment à mi-cuisse, comme s'il portait un pantalon légèrement plus foncé qu'il n'avait pas remonté complètement. De près, la cicatrice en forme de croissant sur son genou avait l'air plus petite et plus délicate.

C'est comme s'il me taquinait intentionnellement.

Griff ne savait pas s'il pouvait s'arrêter, mais il devait essayer, pour leur bien à tous les deux. Dante suçait langoureusement sa lèvre inférieure, la mordillant et la léchant, la goûtant délibérément comme s'il cherchait quelque chose de délicieux sous la chair pulpeuse. Leur souffle était chaud dans l'espace qu'ils avaient créé entre eux. Ils étaient tous les deux glissants de sueur. Dante gardait les yeux fermés très fort, son front plissé par l'inquiétude.

Je suis tellement désolé. La culpabilité de Griff lui déchirait les entrailles. *Il est en train de penser à une fille. Maria peut-être, ou Shelly qui habitait plus haut dans la rue.* Il espéra que sa barbe n'avait pas trop poussé depuis qu'il s'était rasé ce matin. Shelly ne piquait certainement pas comme lui.

Dante gardait juste les yeux fermés et s'occupait de sa bouche avec une tendresse vorace.

199

Faites que ça dure.

Griff leva la main jusqu'au torse ferme de Dante, serpentant sous son tee-shirt, pétrissant sa peau dorée en sueur, ses doigts rugueux effleurant les mamelons sombres, minuscules sous le léger duvet, incapable de se retenir de les pincer légèrement.

La barre rigide de Dante tressauta contre sa hanche. Le devant de son boxer était humide entre leurs cuisses.

Dante tira son maillot un peu plus haut encore, le tordant dans son poing, sa bouche couvrant le téton de Griff, puis suçant durement l'aisselle juste à côté.

Griff glapit en cambrant le dos, puis grogna, fléchissant son gros bras pour garder la tête de Dante à cet endroit en train de le goûter, le téter et le mordre.

Je suis con. Tout ça ne veut rien dire. Griff savait que son pote ne comprenait pas ce qu'ils étaient sur le point de faire. Il ne pouvait pas profiter de son meilleur ami et vivre avec ça.

Quand a-t-on perdu nos vêtements ? Griff se sentit commencer à paniquer alors qu'il sentait le début d'un chatouillement annonciateur de l'orgasme. Il n'y avait aucun moyen qu'il puisse contrôler ce qui se passait sous son équateur. Quelque part, la main calleuse de Dante était ferme dans le bas de son dos, un doigt traçant juste le haut de la naissance des fesses musculeuses de Griff. Une flamme lécha sa colonne vertébrale et il eut peur d'éjaculer ici, tout de suite.

Il allait jouir. Il allait jouir dans son caleçon parce que Dante l'embrassait comme ça.

Un avertissement remonta dans le cerveau de Griff. Quelque chose se passait dehors, dans le garage. Il y avait du mouvement pas loin et une voix d'homme se faisait entendre, mais Dante ne le remarquait pas. *Putain de merde.*

— Attends. Attends !

Griff le repoussa, les écarta l'un de l'autre pour reprendre son souffle.

Dante se figea et retira aussitôt ses mains.

Griff couvrit son énorme érection d'un geste protecteur en plaçant une main au-dessus de son caleçon tendu, et s'assit à nouveau sur le banc, respirant difficilement et secouant la tête.

Quelqu'un arrive.

Dante se laissa tomber sur le banc opposé. Ses yeux charbonneux se relevèrent brusquement pour croiser le regard gris et calme de Griff.

Des nuages de culpabilité ou de dégoût traversaient son beau visage. Une lumière s'éteignit en lui – *whoomp* – comme une torche noyée dans l'eau.

Des bruits de pas résonnèrent sur le béton juste derrière la porte ; puis le bras flou d'un homme ouvrit la porte assez fort pour la faire rebondir.

Siluski passa sa tête à l'intérieur.

— Quoi de neuf, les filles !

Le cœur de Griff tambourinait sous ses côtes.

Dante laissa tomber un bras sur ses genoux et tourna le dos à Siluski.

— C'est un garçon. Dix doigts, dix orteils.

Siluski buvait du café noir d'un thermos. L'odeur emplit la pièce sale, repoussant les effluves de moisissure et de poudre médicamenteuse.

— Désolé, je suis en retard.

Dante semblait figé, assis là. Son pantalon était autour de ses genoux et sa bouche d'un rouge rare était gonflée.

Griff ouvrit la bouche et essaya de penser à quelque chose à dire de normal.

— On va bien. Anastagio est passé pour, euh…

Me donner la trique et m'aspirer le cerveau par la bouche.

— … voir si je voulais aller dîner.

Dante hocha la tête silencieusement, mordillant sa lèvre humide. Il ne pouvait lever les yeux du sol.

Siluski était en train de fouiller dans son casier.

— Alors, tirez vos culs d'ici, les garçons !

Leur adressant un grand sourire, il disparut vers l'entrée de la caserne pour partager ses nouvelles.

La porte se balança doucement avant de se refermer.

Dante leva les yeux pour regarder Griff, et la terreur qu'il y vit le fit se ratatiner de l'intérieur. Le pouls de Griff était si bruyant qu'il pouvait l'entendre autour d'eux. Il pouvait aussi voir le pouls de Dante pulser contre le creux de sa gorge. Seuls, ensemble.

Toc. Toc. Deux grands coups contre la porte.

À nouveau ils sursautèrent presque à en avoir une attaque, chacun agrippant le banc sous ses fesses, chacun retenant son souffle.

La voix de Siluski venait juste de derrière la porte, s'éloignant déjà.

— Le camion est nickel, Muir. Merci !

Son sifflement s'estompa avec le bruit de ses pas le conduisant à l'étage.

— Seigneur Jésus, soupira Griff.

Il ne savait pas où se mettre, où regarder.

Dante respirait avec difficulté et gardait ses poings tendus comme un funambule tenant une perche en équilibre entre ses jointures blanchies, comme s'il pensait qu'il allait tomber. Même comme ça, il était magnifique, sa poitrine montant et descendant, les lignes sculptées de ses muscles sous cette peau couleur miel.

De la samba flotta jusqu'à eux depuis la chaîne hi-fi dans la cuisine ; Siluski devait traîner par-là à cuisiner quelque chose, et les autres mecs viendraient le rejoindre d'ici quelques minutes.

— Désolé.

Dante avait l'air malade.

— C'était vraiment une idée stupide. De venir ici. Je n'ai pas pensé…

Griff se sentit mal, mais lui sourit doucement.

— Non. C'est bon. Je suis… je suis…

Dante attendait, essayant de calmer sa propre respiration. Il regarda ses sous-vêtements et ses jambes nues comme s'il ne pouvait se souvenir de l'endroit où étaient allées ses fringues.

Ce qui est fait...

La pièce devint soudain très nette autour d'eux, comme un objectif qui aurait été ajusté : les graffitis sur les casiers, l'horloge cassée, les dalles moisies du plafond que la Ville ne voulait pas réparer. Tranchant comme un rasoir. Le moment enflammé perdu s'étira entre eux, s'affinant jusqu'à devenir un fil délicat.

— Tout va bien. Je suis désolé.

Griff trouva sa voix enterrée au fond de sa gorge et boutonna sa chemise.

— J'ai juste paniqué un peu.

Le fil qui le reliait s'étira davantage, à peine plus fin que celui d'une toile d'araignée maintenant.

— Je me suis laissé emporter.

Dante feignit un rire qui sonna faux et quelque chose se mit en place dans ses yeux – *clanc* – comme une porte de prison se refermant. Son sourire se durcit, se transformant en armure.

— Je suppose qu'un mec peut vraiment baiser n'importe quoi.

Avec ça, même les extrémités de la toile d'araignée partirent en fumée, et ils ne furent plus que des amis plaisantant dans leur caserne. Seuls, ensemble. Tours Jumelles.

— Ouais. N'importe quoi.

Griff regarda le sol, les mains dans ses poches pour qu'elles ne le trahissent pas.

— C'était juste un baiser. Tu embrasses…

Incroyablement.

— … bien.

— Ouais. Euh. Toi aussi.

Dante aboya un autre rire mais il avait l'air complètement troublé, incapable de croiser son regard.

— Donc, tout va bien entre nous ?

Merde. Merde. Mais Griff ne voulait pas avoir à regretter quoi que ce soit.

Ça ne veut rien dire.

Sans se lever, Dante se baissa pour rassembler ses affaires et se couvrir : sweat-shirt, jean, chaussures.

— Et ce truc de bonus étendu ? Tu en es ?

— Ouais. Ouais ! Bien sûr, aucun problème.

Griff pointa le contrat à l'endroit où il était tombé.

— Et tu as raison. Ça en vaut la peine, tu sais. Quels que soient les trucs en extra auxquels tu penses. Je te fais confiance. Tu décides et je suis prêt.

Il savait qu'il avait déjà poussé les choses trop loin, mais il ne pouvait s'arrêter de parler. Il se demanda quand Dante dirait quelque chose et qu'il devrait admettre la vérité.

Dante ramassa le contrat et le plia soigneusement. Il le mit dans sa veste et l'enfila immédiatement, comme s'il avait besoin d'une barrière entre eux pour sa propre sécurité.

— Merci, Griff. Sérieusement. Je te le revaudrai.

— Pas de problème. Quelles que soient les choses auxquelles tu penses.

Griff se sentait comme un putain d'agresseur. Il alla jusqu'à son casier et attrapa son propre blouson en cuir et une écharpe.

— Allez viens. Je meurs de faim.

— Que faisons-nous ?

Dante avait l'air perdu, là, dans le couloir de l'entrée.

Sauver les apparences. Griff lui colla une main dans le dos, un point final viril sur un 'hallucinant moment homo' qu'ils venaient juste de partager.

— Tu m'as laissé t'embrasser au premier rencard, Anastagio. Le moins que je puisse faire, c'est de t'offrir un bon steak et un petit bouquet.

Dante hocha la tête et ouvrit la porte des vestiaires ; quelque chose d'effrayant semblait tourner dans sa tête. Comme peut-être essayer de découvrir comment ils pourraient rejouer les cinq dernières minutes devant les caméras d'Alek. Ou pourquoi Griff avait développé une érection fuyante aussi massive et dans les bras de son meilleur ami.

Qu'avait-il failli se passer ?

En passant devant le camion, les supports de leurs uniformes et leurs chaussures et pantalon n'attendant que quelqu'un pour sauter dedans, Griff le suivit dans la rue en se demandant exactement la même chose.

SORTIR DU quartier semblait être une bonne idée.

Dante était étrangement calme dans la voiture que conduisait Griff en direction de Manhattan. C'était totalement inhabituel chez lui de ne pas remplir le vide de blagues, de potins de la caserne ou d'anecdotes sexuelles complètement dingues, mais alors qu'ils laissaient Court Street derrière eux, son visage de marbre resta tourné vers les enseignes lumineuses qu'on voyait par la vitre.

Griff conduisait d'une main et jeta un coup œil à son ami.

— Est-ce que ça va ?

— Bien sûr.

Dante hocha la tête mais ne le regarda pas. La tension dans la voiture était étouffante.

Derrière eux, un impatient les klaxonna pour faire savoir à Griff que le trafic avait avancé de quelques mètres. *Connard.* Moins d'une semaine s'était écoulée depuis que Dante avait failli mourir. Peut-être souffrait-il ? Griff demanda doucement :

— Est-ce que tu as mal à la tête ?

— Nan.

La circulation pour traverser le pont de Brooklyn allait au ralenti et Griff faisait tambouriner ses gros doigts sur le volant. Il essaya de réfléchir à un moyen de faire comprendre à Dante que tout allait bien ; qu'ils étaient toujours amis et qu'il n'était pas paniqué.

Encore une fois, Griff lança un regard vers Dante pour essayer de déchiffrer son visage.

— Il n'a rien vu. Siluski n'a rien vu.

— Je sais. Je n'étais pas... désolé.

Dante secoua la tête et cligna des yeux, cherchant ses mots.

À un feu rouge, près du centre commercial Fulton, Griff pencha la tête pour regarder la ligne de signaux lumineux qui menait au pont. Il attendait que Dante continue, mais il était retombé dans le silence.

— Dante ?

Ne se tournant pas vers lui, Dante faisait semblant de regarder les vitrines défiler pendant qu'il cherchait ce qu'il voulait dire.

— Les activités en extra, ça représente beaucoup. Je pense... ce n'est pas rien, tu sais ? Faire... des trucs chauds devant la caméra. Tu te sens...

— Exposé, termina Griff en hochant la tête.

— Ouais !

Dante le regarda brusquement, se retournant dans son siège pour que son dos soit davantage collé à la porte.

— Quand Alek me l'a demandé la première fois, je pensais que cette histoire de TêteBrûlée ne consisterait qu'à se toucher les couilles et se branler pendant que ta copine t'enregistrerait sur son iPhone. Enfin, comme si tu avais un *million* de petites amies excitées en ligne. Qui s'avèrent être des mecs, je suppose. Je ne suis qu'un crétin, comme d'habitude.

— Pas de commentaire.

Griff croisa son regard et lui adressa un sourire de chimpanzé, lui montrant toutes ses dents, avant d'ajouter :

— Tu es un crétin. Et un nain.

— Haha. Un nain d'un mètre quatre-vingt. Sérieusement... Je crois que je n'avais jamais remarqué que les gens dans les pornos étaient des gens. Des mecs. Des filles.

Le front de Dante était marqué et ses sourcils froncés.

— Flippant, hein ? Je veux dire, je sais qu'ils ont des vies, des factures, des allergies, des animaux de compagnie, peu importe. Mais, je ne sais pas. Faire des trucs privés aussi publiquement, c'est plus bizarre que tu le croirais. Ce n'est pas de l'argent gratuit. Ça te prend quelque chose à toi aussi.

C'est maintenant que tu t'en rends compte ?

Secouant la tête, Griffin changea de voie et se dirigea vers la rampe qui menait au pont de Brooklyn.

— Moi j'y ai pensé. C'est pour ça que ça paye, Anastagio. Les entreprises paient parce que c'est un putain de job.

— C'est ce que je veux dire : baiser et travailler. Compliqué.

205

Dante se réinstalla correctement sur son siège.

— Je réalise à quel point j'irais loin s'il le fallait. Je crois que je panique un peu.

— À la caserne. À cause du baiser, tu veux dire.

Le visage de Dante se tendit de confusion.

— Quoi ? Non ! répondit Dante vivement en riant.

— Non ?

— Nan ! Griff, tu embrasses super bien. Je veux dire ouais, nous n'avons jamais… Mais non, c'était bien. Vraiment super bien. Bon sang.

Dante hocha la tête plusieurs fois sur son siège et leva les yeux.

Bon Dieu ! Les trucs qu'il sort sans même le réaliser. Le sexe de Griff se contracta sous son pantalon, se remémorant la façon dont ils s'étaient si bien sentis ensemble.

Dante sourit en grand pour lui-même et secoua la tête pour chasser l'idée, comme s'il pensait exactement à la même chose, ce qui était encore plus chaud en un certain sens. Les lumières de l'extérieur glissaient en rythme sur le chaume de son visage. Il avait besoin de se raser.

Seigneur, il est magnifique. Et juste-là, Griff sut. *Je n'aimerai jamais personne d'autre. Je ne voudrai jamais.*

Griff toussa, jeta un coup œil dans son rétroviseur extérieur et se concentra sur son changement de voie, ignorant sa semi-érection pour ne pas rater la sortie qu'il devait prendre pour rejoindre le nord de la ville.

— D'accord… donc... ce n'est pas le baiser.

— Non, non. C'était la liste des autres activités. Comme un menu avec des prix, sauf que je ne suis pas le restaurant ; je suis le repas. J'ai en quelque sorte *compris* ce que le porno représentait quand tu es fauché, désespéré et idiot. Ce n'est pas mauvais ou malfaisant, mais ça commence à ressembler à une bouée de sauvetage, et alors, ce n'est plus si important et tu prends ces décisions.

— Peut-être que tu devrais dire à Alek que c'est fini. Nous ne devons rien à ce mec.

— Non ! Après la prochaine, c'est sûr. Merde, je viens juste de comprendre comment maximiser les bonus. Nous allons nous faire trois mille cinq cents dollars. Mais quand ce sera fini, il faut que tu me rappelles cette conversation, ok ? Ne me laisse pas oublier ce que je suis en train de te dire.

Dante lui sourit avec une affection familière.

206

— Tu dois être le monstre de ma conscience, mon Jiminy Cricket aux cheveux cuivrés.

— Euh, d'accord…

Griff pouvait sentir le sourire en coin germer sur son visage.

— Si je m'assieds sur ton épaule, je vais écraser ton cul de nain.

— Nan, je suis plus robuste que tu le penses.

Dante avait le même sourire. Et tout revint à la normale entre eux à nouveau. Incroyable.

Griff les conduisit sur l'autoroute Franklin D. Roosevelt. Leur sortie n'était plus très loin.

— Et si tu ne veux pas écouter, gros malin ? Demain tu pourrais souffrir de l'amnésie du porte-monnaie vide. Si tu es désespéré, tu pourrais ne pas vouloir te rappeler de quoi que ce soit à propos de ce soir.

Dante frappa une cuisse avec son poing, et ensuite la bosse sous sa braguette.

— Dans ce cas, colle ta foutue langue dans ma bouche, G. Je te garantis que ça retiendra mon attention.

ILS TROUVÈRENT à se garer sur la 9eme Rue Est et retournèrent à pied jusqu'à la 1ère Avenue. Quand ils trouvèrent le restaurant, Griff tint la porte pour laisser entrer Dante dans le bar à pâtes bondé. L'endroit était plein d'une foule en costume dont les employés avaient un look artistique recherché.

— Des nouilles, ça te va ? Cet endroit est un peu coréen-japonais. Le Momofuku.

— Super. Ouais, répondit Dante, mais tu devras commander pour moi. Je ne me sens pas du tout dans mon élément ici.

Il regarda son tee-shirt moulant et son jean repassé.

— Quoi, parce que maintenant tu es une *star du porno ?*

Griff sourit, haussa un sourcil roux et fit un signe de tête vers les tables.

— Tu es parfait. Allez viens.

Une jolie serveuse avec les cheveux blonds coupés au carré et un anneau dans le nez les conduisit vers un banc où ils se retrouvèrent assis, coincés entre des groupes bavardant bruyamment. L'air embaumait les oignons verts, le porc et quelque chose de poivré.

Alors qu'ils se faufilaient devant les gens pour s'asseoir, le téléphone de Dante gazouilla pour lui indiquer qu'il avait reçu un message.

Griff sourit et regarda le menu sur le mur.

— Un plan cul ?

— Non, connard. C'est ma sœur.

Griff pensa à Loretta la solitaire en train de sautiller sur le perron de Dante, espérant son chevalier casqué pendant que la petite Nicole attendait patiemment que l'aria s'achève.

— Rappelle-la. C'est peut-être important.

— Je la rappellerai plus tard. Nous sommes en plein rencart.

— Mon cul oui ! répliqua Griff, écarquillant les yeux avant de se reprendre en bafouillant. Nous sommes en train de dîner.

Dante haussa les sourcils et son sourire s'épanouit.

— Tu as dit que si. Un dîner coûteux asiatique à Manhattan. Tu as conduit. Tu payes. Après que j'ai débarqué à la caserne pour fourrer ma langue dans ton gosier.

À ce niveau-là, Dante se moquait de lui.

— Relax. Je te taquine, G.

— Oh ! murmura Griff qui retourna à son inspection du menu avant de grommeler. Crétin.

— En fait, ça fait du bien de s'asseoir et de manger quelque part où je ne connais pas chaque foutue personne que je vois.

Dante se tordit le cou pour regarder la foule en train de discuter et de plonger ses couverts dans les entrées exotiques.

— Nous sommes presque invisibles. Nous pourrions nous peloter ici et personne ne cillerait.

Mais qu'est-ce qu'il raconte ?

— Je ne savais pas que cet endroit était si populaire. Je l'ai vu dans le journal.

— Parce que tu lis, contrairement à certains d'entre nous.

Dante tendit une main comme s'il en présentait la preuve.

— Pour ton information, si ceci n'est pas un rencart, je ne couche pas.

— Seigneur !

Griff regarda les clients à sa droite, puis sa gauche, mais personne ne faisait attention.

— Alors, fais marche arrière, mon pote. Je dois épargner ma charge pour le tournage. Et tu devrais faire pareil.

Dante haussa un sourcil et jeta un coup d'œil à la table devant Griff, comme s'il pouvait voir la semi-érection faire une bosse dans son pantalon à travers le bois. Il pointa un doigt en direction de la poitrine de Griff.

— Et tu ferais bien de m'acheter un putain de petit pain fourré au porc ! Deux même !

Bizarrement, c'était la chose la plus drôle qu'ils avaient entendue. Ils explosèrent de rire comme si un bouchon avait sauté, recrachant la bière par le nez et s'étouffant pour respirer. Les autres clients ne furent pas touchés, mais leur lancèrent quelques regards agacés. Griff et Dante ne s'occupèrent de personne d'autre. À ces tarifs-là, Manhattan pouvait bien s'arranger de deux pompiers relâchant la pression.

Leur fou rire emporta toute leur tension jusqu'à ce qu'il ne reste plus qu'eux à nouveau, l'un en face de l'autre à la table.

Quand la serveuse revint et que Griff commanda pour eux, Dante fut un parfait gentleman. Presque comme si c'*était* un rencart et qu'il veillait à se comporter au mieux. Quand Griff et la serveuse eurent fini de déterminer leur commande – nouilles, calmars, petits pains fourrés au porc – Dante leva sa bière pour porter un toast, mais il ne dit rien des choses qu'il aurait pu dire. Il n'en avait pas besoin ; ils pensaient à la même chose : *Merci, mon pote... Ma maison est presque sortie du rouge et nous de cette folie... Rien n'a été détruit au point de ne pouvoir être sauvé... Tout est ce qu'il doit être, où et quand il doit l'être... Et oh ouais, tu es ma putain de personne préférée sur cette planète.*

Griff leva sa propre bière, plus enthousiaste qu'il l'avait jamais été de toute sa vie, à rire à propos de tout et de rien avec la seule personne qui lui serait toujours spéciale.

Tchin.

Le dîner fut presque à la hauteur de la compagnie.

XIII

Dante était presque joyeux quand ils rejoignirent Alek ce mercredi-là. Il marcha tranquillement dans les studios de TêteBrûlée comme un vieil ami et salua Alek d'une tape amicale dans le dos.

Griff le suivait de près, le sac de toile contenant leurs uniformes en bandoulière sur une épaule. Une part de lui voulait que la journée soit déjà finie ; l'autre voulait qu'elle ne finisse jamais.

Alek était toujours aussi poli, s'excusant de la température un peu fraîche et leur offrant à boire.

Griff n'avait pas avalé de whisky, mais seulement parce qu'il était onze heures et qu'il commençait à se sentir comme un poivrot. Il opta pour une bouteille d'eau. L'air froid était en fait agréable contre sa peau chaude.

En vérité, les lumières sur le plateau chauffaient et Griff savait qu'il transpirerait avant que le jour s'achève.

Alek déplaçait les meubles et installait les équipements. Il fit demi-tour avec des planches à pinces pour que les deux amis puissent signer leur contrat pour la journée. Il hocha la tête en signe d'approbation.

— Et vos analyses ?

Dante claqua des doigts et fouilla dans le sac, en tirant deux formulaires médicaux froissés.

Griff rougit. Dante et lui s'étaient rendus dans une clinique de Chelsea pour faire des prises de sang, comme un couple fiancé faisant une demande pour une licence de mariage. Ils étaient sexuellement actifs et ils faisaient juste attention. C'était du zèle de toute façon ; ils étaient tous les deux testés régulièrement pour le FDNY. Ça faisait partie du boulot.

Néanmoins, quand ils avaient réservé pour le tournage de ce jour-là, Alek avait été insistant à ce propos… pour ses dossiers, avait-il dit. Ces bouts de papier disaient qu'ils n'étaient pas porteurs du VIH, de l'hépatite, de la chaude-pisse, du SRAS et de Dieu seul savait quoi d'autre… en bref, propres comme des sous neufs et prêts pour la bagarre. Alek hocha la tête en direction des formulaires et les ramena à son bureau.

Tandis qu'ils attendaient qu'Alek finisse, Dante poussa Griff du coude.

— Donc, nous sommes d'accord sur tout ce qui peut arriver. Je veux dire par là que tu ne t'inquiètes pas s'il arrive qu'il y ait quoi que ce soit sur ta peau ou dans ta bouche.

Dante feignit de grimacer, comme s'il plaisantait. Ce qui n'était pas le cas.

— Je ne veux pas que tu paniques.

— Je ne paniquerai pas, D. Je suis un grand garçon.

— Sans blague.

Dante s'accroupit à côté du sac et en tira leurs uniformes. Il murmura à l'attention de Griff.

— Tout l'intérêt de cette journée, ce sont ces activités étendues. Pour les bonus. Fais comme moi.

— Ouais. C'est bon, D. Tout ce que tu veux. Finissons-en avec cette merde.

Griff accepta son pantalon plié, essayant d'avoir l'air de ne pas vouloir Dante étendu et en pleine action sur lui.

— Ok. Super.

Dante retira son tee-shirt, ébouriffant ses cheveux noirs. Il secoua la tête et plissa les yeux vers Griff.

Griff fit de même.

— Tu as un plan, non ? Tu sais déjà les choses que tu veux nous faire faire.

Dante hocha la tête.

— Tout est réglé. C'est plutôt inoffensif ; je ne veux pas te faire flipper.

Griff réalisa que Dante pensait que sa résistance était de la répulsion. Cela aiderait.

— Aucune panique. Finissons-en maintenant, mec.

— J'ai choisi des trucs qui paient de gros bonus… sans que nous, tu sais, ayons besoin de complètement faire des trucs homos.

À Dieu ne plaise !

— Bien sûr.

Griff enleva son propre tee-shirt et son pantalon, se tenant là en caleçon. Cela semblait presque naturel maintenant. Incroyable à quel point les choses commençaient à sembler normales avec le temps. Cette merde de TêteBrûlée l'avait tellement décoincé. *C'est déjà quelque chose, je suppose.* Peut-être que quand tout cela serait fini, Griff serait capable de rencontrer un mec qui, cette fois, voudrait de lui aussi.

Dante secoua sa tenue de pompier.

— Quoi que je fasse, agis seulement comme si tu aimais vraiment, vraiment ça.

— Aucun problème.

Et ça ne l'était certainement pas.

— Merci, mec. Je te le revaudrai. Je te le jure.

Oui, dans mes rêves.

Griff appela Alek à travers la pièce.

— Que voulez-vous que nous portions ?

Alek regarda le plafond un moment.

— Hmm. Juste les pantalons, je pense. Les bretelles sur vos torses nus. Vos bottes aussi peut-être ?

— Casques ? demanda Dante en se penchant pour ramasser leurs casques, les tenants à deux mains loin devant lui comme s'ils étaient des chiots difficiles. Je me suis finalement souvenu de les emporter.

— Absolument ! déclara Alek, rayonnant d'enthousiasme.

— Vous pourrez vous en débarrasser quand vous voulez, mais les casques pour commencer, définitivement oui.

Griff prit le sien ; Dante avait masqué tout ce qui était identifiable. Dans son pantalon, avec son casque et torse nu, il ressemblait exactement à…

— On dirait qu'on pose pour un calendrier, rigola Dante en lui lançant un regard.

— Comment le saurais-je, répondit Griff en haussant les épaules, ne sachant pas comment désamorcer la situation.

— Ouais, eh bien, mis à part l'aspect porno.

Griff grimaça et baissa la tête. Il se concentra sur le fait de se déshabiller.

— Hé, Alek, tu veux que nous, tu sais… qu'on se tonde la pelouse ? demande Dante en tirant sur ses poils pubiens. Qu'on coupe les boucles ?

— Euh, non. Nos membres préfèrent les poils au naturel. Êtes-vous tous les deux… ?

— Rasés ?

Dante sourit.

— Je suis un putain d'italien ; je me tonds la pelouse depuis que j'ai treize ans. Mes frères m'ont appris.

Seigneur.

— Pas moi.

Les yeux de Griff s'écarquillèrent. Il n'avait jamais pensé à se raser là-bas.

Dante gratifia son entrejambe d'un coup d'œil.

— Griff est plutôt soigné à sa manière. Le buisson écossais !

Dante gloussa.

Pas Griff.

Une fois qu'ils furent à moitié vêtus de leur tenue et de leurs casques, Alek les invita sur le plateau ; il était déjà en train de prendre des clichés et de les filmer sur un trépied. Il avait déjà fait ça la dernière fois à des fins légales, filmant leurs contrats signés et leur pièce d'identité. Ensuite, il leur avait demandé de faire face à l'objectif pour décliner leurs noms, leurs âges et leur autorisation pour être filmés.

— L'un d'entre vous a-t-il été contraint ou menacé d'une quelconque façon ?

Griff rigola.

— Pas du tout.

Dante prit la parole.

— Non. Nous sommes ici pour filmer une scène de fellation pour TêteBrûlée. Et nous sommes plutôt enthousiastes.

Wa-ouh !

Griff eut soudain le sentiment étrange d'être un pion sur un énorme et ridicule échiquier avec des maisons en feu, des bagarres de bar et des éjaculations à répétition. Il essaya de repenser aux étapes qui les avaient menés jusqu'à cette pièce, en ce jour, pour faire ces choses pour un site Internet.

La vie était tellement bizarre.

Alek regarda la paperasse.

— Et vous avez accepté d'accomplir une fellation sur M. Muir ?

Dante hocha la tête et tapa une page de son contrat.

— Euh. Ouais. Et nous allons essayer de faire un petit peu plus aussi, si c'est d'accord.

— C'est merveilleux, Monsieur Anastagio. Aussi longtemps que vous vous sentez tous les deux à l'aise avec ça.

Griff fit craquer son cou et essaya de relâcher ses épaules. Dans quelques heures ce serait terminé et la maison de Dante serait sauvée et les choses reviendraient à la normale, si c'était encore possible.

Sur le plateau aménagé, la table basse avait disparu et la zone où se trouvait le tapis était nue. Alek prit davantage de photos.

— Je voulais vous donner de l'espace pour vous déplacer : les sièges, le sol, les murs.

Alek pointa deux caméras en hauteur dont les objectifs étaient dirigés vers le bas.

— Celles-là filmeront tout le temps, et je me déplacerai avec celle-ci.

Il tenait sa propre caméra vidéo compacte.

Alex leur montra une pile de magazines avec des femmes dans des poses alanguies, avec de jolis petits culs rebondis et retouchés.

— Si vous avez besoin de magazines. Pour rester dur.

Dante leva les yeux.

— Tu plaisantes ? Ma bite est comme une barre de fer, mec. Une fois levée elle ne descend pas.

— Souvent, quand des modèles hétéros sont invités à travailler ensemble, cela pose des problèmes.

Alek était en train de leur donner la permission de perdre leur érection.

Griff décida aussitôt d'essayer de débander à un certain point si c'était possible. *Aucune chance, bordel !* Il ajusta le casque sur sa tête.

— La chose principale à garder en tête, c'est de rester détendu autant que possible. Nous allons procéder par étape. Quand l'un ou l'autre d'entre vous a besoin d'une pause, faites-le-moi savoir.

Alek regarda entre eux. Griff hocha la tête.

— Parlez-moi à tout moment. Soyez libres de changer de position ou de faire des suggestions. Je peux modifier presque tout, mais pas vos éjaculations.

Alek monta sur une courte échelle pour ajuster une toile carrée qui renvoyait la lumière sur le plateau. Il prit quelques clichés de là-haut, puis recommença à filmer.

Dante se pencha en avant.

— Hé, G. Tu dois parler autant que possible. D'accord ? Les trucs obscènes nous donnent un coup pouce.

— Euh, ouais. Bien sûr. Qu'est-ce que tu veux que je… ?

— Tout ce que tu veux et qui te fait te sentir bien, dis-le-moi. Vraiment crus. Dis-moi comment te la sucer. Parle-moi.

Griff hocha la tête.

— Je vais essayer.

— Aussi dégueu que tu veux, mec. Ne sois pas doux ; ne sois pas gentil. Je peux le supporter. Tout est bon, d'accord ?

214

Même dans son casque et dans son pantalon d'uniforme usé, Dante avait l'air d'un prince : le profil parfait, les ondulations légères de ses cheveux.

Griff déglutit.

— Comme tu veux.

Dante se rapprocha. Ils étaient presque face à face dans leur pantalon à bretelles.

— Je ne sais pas jusqu'où je peux aller, mais si tu m'entraînes, je parie que je peux aller plus loin. Et c'est plus de blé. Je le veux, d'accord ? Aussi loin que tu peux me pousser.

— Je me sens bizarre de faire ça, de te forcer à faire des trucs, dit Griff.

Comme Tommy.

— Je te le demande, murmura Dante, l'air embarrassé.

Puis Alek se rapprocha et les lâcha sur le plateau. Il les a accueillis sur le site et leur demanda de se présenter.

— Quoi de neuf, les gars !

Dante en rajoutait pour la caméra, se penchant dans le cadre. Il enfourchait le bras d'une chaise rembourrée où Griff était assis pour que leurs jambes se chevauchent. Il pressa durement l'épaule de Griff.

— Mon pote a un problème.

Griff savait que sa bouche était une ligne serrée et le montrait mal à l'aise, mais il agita la main en guise de salut.

Alek s'agenouilla pour un plan de côté de la chaise et fit un geste vers Dante.

Ce dernier salua également de la main et prépara le terrain pour les fans, perché sur le bras de la chaise de Griff.

— Euh, salut les gars. Alors voilà, la copine de Duff est un peu dure en affaires avec lui, mais il ne peut pas la tromper avec une autre nana comme ça. Ce n'est pas sa façon de faire, hein ? Et puisque nous sommes potes…

Dante glissa du bras du fauteuil jusque par terre.

— Je pensais que peut-être, vous savez, je pourrais donner un coup de main.

Ses épaules étaient couleur olive sous les bretelles rouges rigides. Puis il se retrouva accroupi entre les cuisses écartées de Griff, le regardant à travers ses cils avec une lueur de mauvais garçon alors qu'il retirait son

215

casque. Il posa délicatement les mains sur les genoux de Griff et attendit sa permission.

— Ça va, mec ?

Griff émit un grognement d'assentiment et réalisa qu'Alek voulait de lui qu'il utilise des mots.

— Super bien !

Il lécha ses lèvres sèches.

Dante se pencha plus avant au-dessus de son torse, suffisamment près pour que la chaleur pulse entre eux.

Les yeux mi-clos, Griff regarda Dante lever une main et la passer sur la fourrure rouille de sa poitrine, effleurant les mamelons roses qui se contractèrent et s'érigèrent. Il pouvait sentir le souffle de Dante sur sa clavicule. Il se sentait drogué par la spirale de plaisir, comme s'il était attaché à la chaise, captif de Dante. Son sexe gonfla brusquement dans son pantalon d'uniforme. Il remua les fesses sur la chaise, adorant cette délicieuse douleur. Il n'y avait même pas de whisky dans ses veines à blâmer.

— C'est une sensation complètement dingue, murmura Griff.

Dante leva les yeux vers lui, surpris, puis plissa la bouche en un sourire coquin. Il hocha la tête et se pencha pour sucer légèrement le téton de Griff.

Alek s'avança sur le côté, la caméra dirigée vers Dante en train de grignoter les pectoraux ciselés de Griff. Il pointa son pouce vers le haut dans leur direction.

Ka-ching ! Griff entendit pratiquement le pouce d'Alek tinter comme une caisse enregistreuse. Des mots plus crus signifieraient de gros bonus. Tout le monde aurait quelque chose qu'ils voulaient si Griff voulait bien simplement s'abandonner à la tentation.

Sois avec lui. Sois reconnaissant. Sois courageux.

Griff attrapa donc la tête de Dante avec sa large main, passa les doigts dans les boucles pour tirer cette bouche rosée sur son autre pectoral pâle. Il pensa à Tommy en train de se faire malmener dans cette ruelle et serra plus fort, tirant les cheveux de Dante.

Gémissant sous la pression, Dante se blottit contre lui et téta avidement, mordant et léchant les deux tétons sensibles jusqu'à ce qu'ils soient durs et rosis sous les suspensions rouges. Griff laissa Dante lui lever le bras et lécher son aisselle. Dante poussa son visage directement dans les poils brillants enfouis là et lécha sauvagement la peau sensible.

Griff frissonna.

— Différent d'avec une nana, hein ?

La bouche de Dante le fit tressaillir de plaisir comme s'il avait une crise. Dante enfouit son nez et suça son aisselle jusqu'à ce que Griff tire sa tête de l'autre côté et lève le bras, offrant l'autre creux musculaire au même traitement. Dante plongea avidement. Quand il leva ses yeux sombres, il haletait et sa bouche gonflée était moite.

— Si différent. Tellement plus fort.

Alex se rapprocha, zoomant sur la langue humide de Dante qui lissait les poils soyeux sous les bras massifs de Griff, puis sur le biceps gonflé.

Griff regardait son ami agir avec faim.

— Tu les manges, mec. Est-ce que ça a bon goût ?

Dante poussa à nouveau son visage dans la poitrine musclée de son ami, se frottant contre les boucles rousses comme un chat. Il parlait tout bas.

— J'y ai pensé. À la caserne. Dans les douches, dans les dortoirs, dans ce foutu camion…

Encore du baratin de porno. Griff pouvait presque entendre le bonus-o-mètre invisible tourner : *ka-ching, ka-ching.*

Il gémit de toute façon. Il se fichait que ce soit un mensonge, et son sexe ne faisait pas la différence. Il saisit brutalement la main de Dante, la faisant glisser vers le paquet de chair gonflant sa braguette.

La voix de Griff était rauque et urgente.

— Je suis juste là, mec. Tu n'as pas besoin de penser à tout ça.

Puis il se redressa au-dessus de son meilleur ami, forçant sa tête en arrière, et récita les capitales des cinquante États silencieusement pour s'empêcher de bander trop fort trop vite.

Pense à n'importe quoi d'autre. Ne le regarde pas. Ne finis pas en soixante secondes.

Dante serra prudemment son paquet, le dessinant à travers le tissu matelassé. Ses yeux étaient verrouillés sous la courbe de boucles cannelle qui entouraient le nombril de Griff et plongeaient hors de vue.

— Merde, mon pote. Viande et patates.

Alek s'agenouilla pour avoir un profil serré de Dante en train d'aduler le monstre.

Je peux le faire.

La rougeur de Griff se répandit, chaude, sur ses épaules et sa poitrine, heureusement hors champ, cuisant son visage d'une timidité atroce.

— Allez, mec. Ne sois pas timide, dit Griff.

Dante fit sauter un bouton avec des doigts tremblants.

— Pas comme ça. Utilise ta putain de bouche.

À nouveau, il tira la tête de Dante et ses yeux volèrent jusqu'aux siens. Un hochement de tête imperceptible fit savoir à Griff qu'il jouait le jeu exactement comme il fallait.

Bon garçon.

Dante pressa son profil romain dans l'entrejambe du pantalon, cherchant la braguette avec sa langue. Il l'attrapa et la mordit, la tirant entre ses dents étincelantes. L'épais gourdin encapuchonné jaillit, frappant la joue de Dante.

— Bon garçon…

Griff laissa tomber une de ses bretelles, n'en gardant qu'une en place, son érection et la courbe de ses fesses tenant son pantalon en place.

Un ronronnement se fit entendre sous lui. Dante laissait échapper un grondement sourd de plaisir de sa poitrine. Puis, sans avertissement, il le poussa fortement, le faisant retomber sur son trône de cuir, les genoux écartés, ses bourses étalées sur le cuir. Son casque avait été éjecté et avait roulé sur le tapis se retrouvant comme une tortue sur le dos.

— Hé !

— Ouais, c'est ça.

Dante tomba à genoux et gronda.

— Comme si tu ne pouvais plus le supporter. Je ne peux plus non plus.

Griff caressa sa large érection.

— Tu es complètement dingue.

— Tu n'en as aucune idée, mec.

Quelque part derrière Dante, Alek changea de position, mais tout s'était téléscopé sur eux deux. Juste eux. Griff se cramponna aux bras du fauteuil.

Dante tendit la main et pressa son sexe jusqu'à ce que les veines se détachent en relief bleu. Il ouvrit la bouche et s'avança vers elle, sa tête noire se balançant vers les genoux de Griff.

J'aimerais tellement voir ses yeux.

Pendant une minute, le seul bruit que l'on entendit fut celui des lumières bourdonnantes et de la succion étouffée. Le son semblait aussi bon que cette dernière. Les yeux et la bouche de Griff s'ouvrirent en avertissement. Dante commença à virer au rouge, luttant pour respirer autour de l'intrus.

Griff le repoussa, jetant un coup d'œil à Alek.

— Attendez. Attendez. Un moment ! Temps mort.

Juste comme ça, Dante toussa, se retira et leva les yeux en clignant des paupières. Il se balança sur ses talons, bavant et les yeux hagards. Il se leva en faisant basculer son poids. Griff soupira de soulagement. Il avait été proche. Trop proche. Dante se débarrassa d'une bretelle d'un haussement d'épaules et reprit sa respiration.

Il se mit à arpenter la pièce. Il avait l'air un petit peu écœuré et affolé. *Euh, sans blague ?*

Dante déboutonna son propre pantalon et tira sur la fermeture. Sa propre verge était à moitié dure. Il se dirigea à grands pas vers Griff et plongea à genoux à nouveau entre ses cuisses charnues. Il hocha la tête en direction d'Alek pour continuer et retira les lourdes bottes de Griff. Il le débarrassa du pantalon également, le laissant cul nu sur le fauteuil noir.

— Ça tourne.

Alek restait calme et leur donnait beaucoup d'espace, comme s'ils étaient une espèce en voie de disparition visitant son zoo.

Griff plissa les yeux en une question silencieuse à Dante. *Est-ce que ça va ?*

Dante attrapa les mains tachetées de son de Griff, les tirant derrière sa propre tête bouclée.

Que faisait-il ? Que voulait-il ?

En réponse, Dante poussa les doigts de Griff *dans* ses cheveux autour de sa tête et intensifia la pression sur son crâne pour qu'il le force en avant et oblige son visage à faire face à la queue rose.

Il veut que je baise sa bouche. Que je le force.

Griff rougit et regarda son ami. Son sexe néandertalien n'avait aucun problème avec cette idée.

Par terre, Dante attendait qu'il prenne les choses en main, suçant la chair de Griff avec un abandon humide… mais il avait besoin que Griff la lui fasse vraiment prendre.

Griff serra la tête de Dante avec ses mains déployées, emmêlant ses doigts épais dans la soie brûlée de ses cheveux ondulés.

Dante lui fit un petit signe de tête et prit sa respiration. Comme s'il s'apprêtait à courir dans une maison en flammes.

Griff contracta ses bras massifs et tira le beau visage de Dante vers ses boucles de feu. Il fora dans une chaleur glissante.

219

Un halètement sur le côté lui fit jeter un coup d'œil vers Alek qui tenait la caméra sur ses genoux, essayant de couvrir tout ce qui était en train d'arriver. Le Russe avait une érection sous son pantalon en toile.

Griff secoua la tête et essaya d'ignorer cette présence de la manière dont Dante à l'évidence le pouvait. Il s'enfonça plus profondément.

Dante grogna son approbation, et la vibration se répercuta le long de la hampe épaisse, forçant l'intérieur de sa bouche. Il respira par le nez et sembla allez bien jusqu'à ce que la large tête touche le fond de sa gorge. Il tressaillit de surprise et se retira.

— Désolé.

Griff savait que c'était impossible.

— Conneries, mec. Elle est grosse.

Dante étira sa bouche en l'ouvrant assez pour crier et tira la langue, comme si elle avait une crampe.

— Je ne m'y attendais pas, c'est tout…

— Je ne veux pas t'étouffer ni te filer la nausée, crétin.

— Je suis solide. Fais-la glisser complètement à l'intérieur. J'ai une grande bouche.

Griff rit à ce commentaire.

— Non, sans déconner.

Dante rit lui aussi.

— Tu ne me blesseras pas. Je me suis entraîné.

Il a quoi ?

— N'importe quoi !

— Tu plaisantes ? Je ne suis pas débile. Après la dernière fois, je savais avec quel genre de punition j'allais finir. Je peux la prendre. Vas-y.

Dante jeta un œil de côté à la caméra.

Effectivement, à l'écart, Alek hocha la tête et leva un autre pouce – *ka-ching* – en l'air. Il avait tout enregistré.

Merde ! Peut-être qu'il couperait la séquence au montage.

Tu rêves, idiot.

Puis Dante avala toute sa longueur à nouveau, et Griff ferma les yeux.

Tiens bon. Tiens bon.

Après quelques instants, Griff se rendit compte qu'Alek avait cessé de filmer et les regardait avec une main couvrant sa propre érection.

— Si vous voulez essayer autre chose, j'ai beaucoup de séquences de la fellation.

Mais Dante s'assit sur ses talons, et son sexe s'arqua hors de la fermeture qui bâillait.

— Rien à foutre de ça ! Nous n'avons pas fini. Hein, G ?

Il avait l'air énervé et ses yeux larmoyaient. Il toussa et s'éclaircit la gorge.

— Ça va. Je n'ai juste pas l'habitude. Je pense que je peux le faire décoller comme ça. Sans les mains. Ce serait cool, hein ?

— Certainement, mais j'allais juste suggérer…

— Donne-moi une seconde. C'est une défense d'éléphant. Laisse-moi essayer…

Dante se pencha par-dessus le bras du fauteuil et s'avança sur l'érection par le haut, l'angle plus facile, apparemment. Il ronronna en signe de triomphe. Il se manœuvra jusqu'à être courbé en travers de l'accoudoir et dos au fauteuil en cuir, incliné au-dessus du torse de Griff pour garder la bouche là où elle pouvait faire le plus de dommages.

Griff sentit quelque chose pousser contre son oreille et réalisa que la hanche de Dante était juste à côté de son visage. Les bourses lâches pendaient sur une cuisse dorée, la courbe de son érection se balançant dans l'air a seulement vingt centimètres des lèvres de Griff. Les hanches de Dante se contractèrent.

Rosée. La queue de Dante avait exactement la couleur d'une bonne viande rosée. Le visage de Griff se rapprocha du gland. Quelques centimètres de plus et il serait dans sa bouche. Il savait que Dante pouvait sentir son souffle l'effleurer ; la peau brillante était hypnotique. Tout ce qu'il avait à faire était d'ouvrir la bouche et il pourrait le toucher de sa langue, le goûter. Presque… Il leva une main hésitante et le caressa légèrement.

Dante se tordit légèrement pour regarder à travers ses cils charbonneux, sa queue inclinée à quelques centimètres de la bouche rose de Griff, s'assurant qu'il était sûr de ce qu'il voulait faire.

Griff secoua la tête et se mordit la lèvre, mais ne le lâcha pas.

— Eh bien… ça me fait bizarre d'être juste assis là.

Un pouce levé de la part d'Alek : *ka-ching ! Ka-ching-ching !*

— Tu n'es pas obligé, murmura Dante pour lui.

— Ce n'est pas un problème. Je veux dire, c'est plus de fric, non ?

Ouais, c'était la raison. Griff se sentait comme un salaud, mais il devait le goûter pendant qu'il en avait la chance.

Dante hocha la tête et grogna pour lui accorder la permission.

221

Griff saisit le sexe rigide et passa la langue sur toute la longueur pour goûter la couronne salée. Le musc explosa dans sa bouche.

Parfait.

— Ohhh.

Dante crispa les orteils et laissa tomber son visage sur l'érection de Griff.

Quelque part sur le côté, on entendait Alek s'agiter, circulant autour d'eux, prenant des clichés. Il s'agenouilla plus près pour filmer sous un angle nouveau, ne manquant rien.

Le sexe dans la bouche de Griff bondit, les veines s'étirant en relief ferme. On aurait dit qu'il était sur le point de… Dante allait déjà jouir ? N'était-ce pas trop tôt ? Griff sentit de l'air froid sur son propre membre alors que Dante se retirait pour se cabrer et haleter.

— Alek ?

— Je suis là. Vas-y.

Alek s'accroupit et se pencha au-dessus d'eux.

Dante roula sur le dos, un bras sur le fauteuil, laissant tomber la tête en arrière pour que ses cheveux se balancent au-dessus du sol. Il poussa les hanches en avant, contractant fortement ses abdos… puis – *tchit-tchit* – envoya sa charge sur son torse sculpté. Le sperme coula vers le creux de sa gorge jusqu'à ce qu'il se redresse, souriant.

Confus, Griff croisa le regard de Dante pour essayer de comprendre ce qu'il était supposé faire. Était-ce déjà fini ?

Dante lui adressa un clin d'œil.

— Je n'ai pas pu m'en empêcher, mec. Ne t'inquiète pas ; je suis bon pour un autre round. Je te le promets.

Il était parti pour un doublé. *Fils de pute prétentieux.* Il allait remettre ça une deuxième fois pour un autre bonus. La poitrine haletante, Dante passa les doigts sur son torse pour récupérer un peu de sperme et les sucer jusqu'à ce qu'ils soient propres. Merde, il semblait vraiment en aimer le goût, ou au moins il en faisait tout un spectacle pour la caméra.

Griff pouvait presque imaginer le porno-compteur tourner dans sa tête. *Ka-ching.* Un jeu télévisé sur le thème du plaisir : *je vais prendre 'sucer mon sperme' pour deux cents dollars de plus !*

Mais pas tout, non.

Dante avait quelque chose de plus pervers à l'esprit. Il rassembla le reste de son sperme et l'utilisa pour lubrifier la propre érection de Griff. La sensation était indescriptible. Et puis – *doux Jésus* – Dante commença à sucer sa propre crème chaude sur le membre de Griff.

Il l'avale ! Il l'avale !

La vue et l'odeur rendirent Griff complètement fou. Il se tortilla dans le fauteuil, glissant dans sa propre sueur le long du cuir, les bras enveloppés autour du dos fléchi de Dante pour le maintenir très près. Griff ne pouvait s'empêcher de baiser durement la bouche de Dante, l'obligeant à le prendre, percutant son visage.

Et Dante suivit simplement le mouvement imposé, pesant sur le bras du fauteuil, grognant et salivant sur sa chair, le chevauchant alors qu'il glissait au sol – tout du long, jusqu'en bas.

Finalement, le cul de Griff se retrouva sur le tapis, les genoux grands écartés, les mèches noir corbeau de Dante flottant entre eux et les chatouillant.

— C'est ça. Avale chaque putain de goutte, mec. Nettoie ton bordel.

Avait-il dit ça à voix haute ?

Puis Griff l'imita, nettoyant le sexe humide de Dante. Dante hocha la tête pour approuver et l'encourager. Il balança les jambes pour libérer la poitrine de Griff et les posa par terre pour qu'ils puissent s'occuper l'un de l'autre.

Le seul bruit que l'on pouvait entendre était le murmure et l'aspiration bruyante qu'ils faisaient en dégustant le plaisir de l'autre. Comme s'ils étaient seuls. Comme Griff l'avait voulu. Comme s'ils étaient ensemble. Comme si c'était réel.

Ka-ching ! Alek leur montra un autre pouce.

Je prendrai le 69 classique et l'échange de sperme pour trois cents dollars.

Dante sursauta.

— Doucement ! C'est sensible…

Il saisit le sexe de Griff et fit mine de le traire.

— On dirait qu'il a grossi.

Griff gémit.

— C'est toi qui le fais grossir, mec.

Il ne devrait pas être en train de faire ça ici. Griff jeta un coup œil à Alek derrière la caméra.

Le Russe transpirait et se tenait debout immobile. Apparemment, ils étaient en train de faire tout un show qui devenait hors de contrôle. Cela faisait combien de temps qu'ils avaient commencé ?

Dante ouvrit la bouche et aspira le gland rougissant de Griff, ronronnant alors qu'il le faisait glisser plus profondément.

Les mains de Griff se posèrent à nouveau derrière sa tête et l'agrippèrent fermement. Il poussa en avant dans la gorge de Dante, luttant contre l'impression d'être un porc.

Il me l'a demandé.

Puis Griff sentit le prépuce se rétracter pleinement dans la gorge glissante de Dante ; les muscles se contractant autour de la crête. Il compta à rebours depuis mille, priant de ne pas exploser avant que les choses aient même commencées.

Un Mississippi, deux Mississippi....

Respirant par le nez, Dante garda le rythme, empalé sur la queue de son ami, poussant son visage dans les poils roux aussi longtemps qu'il le put... puis s'étouffa et se retira.

— Waouh. Profond.

— Désolé.

Mais Dante se rua à nouveau sur lui, l'engouffrant dans sa bouche, grognant et léchant Griff jusqu'à ce que ses orteils se contractent, complètement concentré sur son plaisir, semblait-il.

— Ses cheveux.

Alek fit dépasser sa tête de derrière la caméra pour la hocher vers Griffin.

— Oh.

Griff attrapa une pleine poignée de boucles noires comme la nuit et les retint hors du champ pour que les spectateurs ne ratent pas Dante en train de lécher sa queue luisante et de fourrer son nez dans ses bourses roses et contractées. Il pouvait voir l'érection de Dante se balancer dans les airs, à nouveau intacte et raide comme le manche d'une hache... comme s'il n'était pas écœuré.

Bien sûr.

Griff se redressa, le dos contre le fauteuil en cuir et se détendit un peu, laissant ses cuisses musclées retombées légèrement ouvertes tandis que Dante rampait vers lui, le suivant avec un sourire malicieux. La tête de Dante s'inclina vers la toison lumineuse au-dessus de son membre, inspirant.

Est-ce qu'il vient juste de me sentir ?

Et puis, Dante le fit à nouveau, il le huma délibérément, les yeux mi-clos... prenant une profonde inspiration de son odeur masculine avant de

224

pousser ce nez patricien sous le rose souple de ses bourses pour lui donner un coup de langue. Dante fit passer ses bras sous les cuisses charnues de Griff et les souleva, faisant s'incliner son cul vers le haut.

Est-ce qu'il va vraiment... ?

De si près, Griff regarda sa queue fléchir et le prépuce se rétracter du gland glissant. Au-delà, la tête sombre de Dante s'enfonça plus bas entre ses jambes, sous la crête dure derrière ses bourses, et cette longue langue lécha l'iris serré de son cul.

Merci, ô dieux des activités étendues !

Des gouttes de liquide séminal perlèrent et coulèrent le long du sexe de Griff alors qu'il pulsait, tendu comme un gourdin, tressautant au rythme de son cœur, dirigé vers son visage rougi. Retenant un rire fou, Griff eut un flash de Dante lors d'une bien lointaine lutte :

— Embrasse mon cul, mec ! Embrasse. Mon. Cul.

Oui, s'il te plaît.

Et puis, *sainte mère de Dieu,* il le fit. Dante pressa toute la longueur ferme de sa langue dans sa fente, léchant entièrement le sillon pâle.

Les yeux de Dante étaient brumeux de l'autre côté de son sexe rosi.

— Si doux. Ta peau a le goût...

La fin de la phrase se perdit dans les muscles crispés de son cul.

Alek se déplaça sur la gauche, pour que la caméra puisse attraper la langue de Dante, le trou, et la grosse barre de Griff fuyant dans le duvet cuivré de son nombril.

Trop tôt ! Trop tôt !

Griff s'étouffa.

— Attends !

Mais Dante n'écoutait pas, ne voulait pas écouter ; il écartait les fesses fermes de ces mains rugueuses ; il pressait sa langue *à l'intérieur* de Griff.

Les yeux de Griff roulèrent dans le vide, cherchant apparemment à saisir un aperçu de l'intérieur de son corps, de cette langue parfaite qui le sondait. Le feu grimpait le long de ses hanches. Sa bouche était ouverte en état de choc, et des sons dingues s'en échappaient.

— Je ne peux pas... je ne peux pas...

Les jambes de Griff commencèrent à trembler, des incohérences se répandaient de sa bouche, sa queue vira au violet pâle et – *oh, Seigneur* – il émit un faible aboiement alors que son plaisir jaillissait de lui encore et encore et que des fils humides de sperme éclaboussaient encore et encore son torse en sueur – *splash, splash* – coulant sur ses pectoraux et dans les replis de ses abdominaux. Son souffle rapide sifflait à travers ses dents alors qu'il haletait et essayait de revenir à la réalité.

Alek dit quelque chose tout bas en russe et se rassit pour ajuster la bosse sous son pantalon. Une tache humide. Il avait joui dans son pantalon rien qu'à les regarder ensemble.

— Ça va ?

Dante leva les yeux pour le regarder d'entre ses cuisses, sa voix étouffée contre le cul et les couilles de Griff.

— Hum mm.

Griff avait peur de dire quelque chose qui pourrait faire changer quelqu'un d'avis. Il hocha la tête et offrit un petit sourire anxieux.

Le sexe de Dante était raide et virait au rosé-impatient à nouveau.

Il avait dû se masturber pendant qu'il le léchait pour faire croire qu'il aimait pousser son visage dans la fente de Griff.

— Laisse-moi te sucer encore un peu. Je suis vraiment tout proche.

Quoi ? C'est quel bonus ça ?

Dante se retourna pour pouvoir prendre le sexe ramolli de Griff pendant qu'il pétrissait le sien. Il en écréma une dernière goutte et la lécha du plat de la langue.

Griff glapit, son gland hypersensible.

— Attention.

Dante se calma légèrement, nettoyant le sperme avec une concentration patiente et implacable.

Griff trembla du bonheur qui le faisait se tortiller sous la caresse, souhaitant que Dante s'arrête et terrifié qu'il le fasse. Quelques minutes de plus de cette douce torture et il serait dur à nouveau, lui aussi. Il saisit à pleine main le sexe incurvé de Dante.

Dante libéra sa bouche.

— Merci, mec. C'est tellement mieux avec ta main. C'est ça ! Ouais. Tu vas encore me rendre dingue.

Dante se pencha pour attraper et étirer ses bourses serrées, mais Griff repoussa sa main et affermit sa propre prise, faisant ressortir les orbes. Il ne pouvait croire que cela ne fasse pas mal. Apparemment pas.

Dante haletait contre lui, baisant son poing, tendu vers l'effort d'un deuxième orgasme, suppliant qu'on l'aide.

— Presque… presque… je peux le faire. Ahh. Tire juste sur mes couilles. Tire fort. Plus fort. Fais-moi décoller. Ouaiiis.

226

Dante se pencha en avant avec ses hanches minces, le gland mou de la queue de Griff rebondissant contre ses lèvres ouvertes. Sa langue glissa à nouveau pour goûter la perle crémeuse sur la pointe. Dante serra les yeux très fort alors qu'il luttait vers sa délivrance

Griff s'étira, son visage au-dessus du ventre de Dante, et laissa son ami baiser sa grosse poigne pendant qu'il pressait ses bourses soyeuses dans l'autre… juste à la limite de lui faire mal. La courbe de l'érection parfaite de Dante emplit sa vision. Il pressa les lourds testicules une dernière fois, à peine au-delà de la douleur. Dante siffla et les veines gonflèrent le long de son membre. Très doucement, Griff attirait ce nœud brillant au-dessus de sa joue mal rasée, millimètre par millimètre. Une douce torture pour chacun d'eux. Ses bourses se contractèrent dans la main de Griff, et Griff les libéra pour qu'elles puissent se rétracter et tout donner.

Un cri monta et jaillit de la bouche de Dante, qui était toujours ouverte autour du large gland rose de Griff. Ce dernier s'assit sur les talons pour regarder l'explosion.

— Argh !

Juste comme ça, avec un souffle rauque, Dante envoya une chaude pluie de friandises sur son torse lisse, secoué de spasme et grognant de satisfaction. Alors que Dante ruait sur le sol, une goutte de sperme éclaboussa la joue de Griff pour glisser sur le côté de sa bouche, mais il n'eut pas le courage de goûter. Instantanément conscient de la caméra qui capturait tous leurs mouvements, Griff garda la bouche hermétiquement fermée.

Un bonus que je ne partagerai pas. À moi.

Dante trembla et frissonna, puis il se détendit petit à petit.

— La putain de per-fec-tion, murmura-t-il.

Sa cage thoracique brillait, montant et descendant alors qu'il essayait de reprendre son souffle emballé.

Griff s'appuya sur un bras, conscient de la goutte chaude sur son visage et d'Alek s'assurant de tout filmer, prenant une ribambelle de clichés.

Une coulée argentée glissait le long de la gouttière à sperme de Dante jusque sur le tapis. Griff se pencha presque en avant pour nettoyer…

Stop.

— Qu'est-ce qui te fait rire, trouduc ?

Les yeux de Dante souriaient et sa bouche était recourbée en une sorte de grimace heureuse. Il se pencha en avant et pressa le mollet dur de Griff. Griff glapit et rit lui aussi avant de rouler hors de portée de ces mains calleuses.

Ils étaient littéralement fumants. Leur peau était si chaude que de la vapeur s'élevait de leurs corps dans l'air froid.

— Eh bien, messieurs, murmura Alek tout en balayant la caméra sur leurs corps moites, les flaques de sperme, les muscles rosis et dorés fléchis. Vous semblez avoir été inspirés.

Griff avait presque oublié qu'ils avaient un public. Il se remit sur pieds et regarda Dante jouer devant la caméra.

Ce fils de pute prétentieux dirigeait la pleine puissance de son charme vers l'objectif alors qu'il se levait, fumant et luisant de sueur.

— J'étais si foutrement excité, mec. Et sa nana le gardait à distance… tu sais comment c'est. Et toi, mec, tu ne nous en veux pas trop, n'est-ce pas, si nous nous sommes un peu laissés emporter ?

— Oh non. Largement laissés emporter. Plus que je l'imaginais possible. Oui ! C'était phénoménal.

Alek laissa la caméra planer entre eux comme s'ils étaient reliés par des fils invisibles. Comme s'il pouvait voir ce que Griff gardait caché.

— Je ne m'étais pas attendu au...

— Tu veux dire l'anulingus ?

Dante haussa les épaules.

— Je n'avais jamais léché un mec avant, mais un cul est un cul, pas vrai ? Je veux dire, j'ai déjà léché le cul d'une fille. Le mien est souvent léché.

Griff ne dit rien. Que pouvait-il dire ? Il n'était pas sûr de pouvoir se sentir heureux du compliment ou jaloux des filles qui avaient bien meilleur goût. *Bordel, mais que se passait-il ?*

— Bon dieu, j'adore le cul.

Dante serra la croupe de Griff une seconde alors que Griff restait immobile.

— En plus, celui-ci ne s'est pas plaint.

Il sourit à son meilleur ami comme s'il était en train de simplement parler de malbouffe.

Alek tourna la caméra sur Griff, la tache humide sombre sur son pantalon.

— Tu as semblé aimer ça et en avoir profité.

Griff rougit et secoua la tête.

— Personne ne m'avait jamais fait ça avant.

Je n'arrive pas à croire que je viens juste d'admettre ça. Je ne peux pas croire que j'ai eu à le faire.

Le rougissement envahit son cou et remonta sur son visage. Dante avait l'air abasourdi.

— Vraiment ? Bon sang. Tu es sorti avec les mauvaises filles.

Alek recula pour les avoir tous les deux à l'écran.

— Il semblerait que tous les deux ayez poussé un peu vos limites aujourd'hui. Votre éducation TêteBrûlée commence seulement.

— Je ne sais pas trop… Je suppose.

Griff n'arrivait pas à croire qu'ils avaient cette conversation. Et devant la caméra. Ses oreilles brûlaient alors qu'il regardait par terre, vers ses vêtements de ville.

— C'était bon, hein ?

L'évidence soulignée par Dante ne laissait aucune place à l'embarras.

— Mon cul est très sensible aussi.

Puis, vers l'objectif,

— Je ne sais pas pour vous les gars, mais ça me rend dingue.

— Ouais… murmura Griff.

Ses jambes étaient toujours tremblantes ; s'il s'asseyait, il ne se relèverait jamais.

— Alors, peut-être que tous les deux aurez envie de revenir et de pousser les choses un peu plus loin.

Alek était en train de les encourager pour obtenir un final sexy. Il voulait qu'ils flirtent avec la caméra et disent plus de conneries pornos, qu'ils disent à quel point ils aimaient que des mecs bizarres battent leurs tiges en les regardant.

Dante semblait savoir exactement ce qu'il voulait. Il se rapprocha de Griff et passa un bras moite autour de sa taille en faisant un signe d'au revoir au Grand Réseau Mondial.

— Peut-être que nous aussi… À bientôt, les Têtes Brûlées !

Griff fit un signe lui aussi, comme un robot nu, mais il ne réussit pas vraiment à concéder un sourire.

Finalement, Alek éteignit cette foutue caméra.

— C'était vraiment bien joué, messieurs. Au-delà de mes plus grands espoirs pour vous.

Il retourna tranquillement vers la rangée d'ordinateurs le long du mur principal et posa la caméra sur le bureau.

— Merde ! Putain de merde, mec !

Dante avait l'air ennuyé et donna un coup violent à Griff.

— Attends, Alek. Rallume ta caméra ! Je voulais l'embrasser. Merde. Nous allions…

— Désolé, répondit Griff.

Il secouait la tête, mais il n'était pas désolé. En fait, son cœur se serrait de soulagement. Quelque part, laisser Alek les voir être tendres semblait trop intime.

— La prochaine fois, messieurs. Si vous êtes prêts à partager.

Alek n'était pas déçu du tout.

— Ça, c'est quelque chose que moi et environ dix millions d'autres hommes adorerions voir.

Toujours nu, Dante fonça en ligne droite jusqu'à Alek devant son bureau.

— Nous avons fait quelques trucs en extra. Il y a des bonus, pas vrai ?

— En effet !

Alek éclata d'un rire heureux et hocha la tête. Il passa leurs enveloppes à Dante et sortit son portefeuille. Sans hésiter, il compta quinze billets de cent dollars supplémentaires.

— Et vous méritez tous les deux une prime en plus pour la mise en scène. C'était… magique.

Les yeux de Dante s'élargirent et il hocha la tête vers Griff. Ils avaient fait presque un tiers de plus que ce qu'ils avaient prévu. Dante était tiré d'affaire. Il était en sécurité.

Griff laissa échapper un souffle qu'il ne savait pas avoir retenu.

Pour toi. Pour toi.

— Maintenant, puisqu'il semble que vous n'ayez pas d'angoisse avec le jeu anal, je me demande si vous pouvez tous les deux être convaincus de pousser les choses un peu plus loin ; j'offrirais une motivation substantielle…

— Non !

Griff n'avait pas voulu l'interrompre aussi brusquement. Le mot était juste sorti tout seul.

— Pas tout de suite, apaisa Dante en tempérant le rejet brutal. Tu sais quoi ? Voyons déjà comment ça se passe.

— Il y a plusieurs options. Chacun de vous pourrait former une paire avec un autre modèle, bien sûr. Ou si vous préférez travailler ensemble à nouveau, nous pourrions voir à franchir quelques limites.

Dante secoua la tête.

— Ouais. Mais, non. Nous avons franchi plein de limites pas plus tard que maintenant. Griff a été vraiment patient avec moi, mais je pense qu'on va garder nos distances et décliner.

— Ça me va.

Alek les observa tous les deux, les évaluant comme des taureaux de prix aux enchères.

— Vous êtes tous les deux des atouts exceptionnels pour le site. De véritables héros.

— Nan.

Dante cligna des yeux et pointa Griff.

— C'est un héros. Je suis une catastrophe.

— Ouais, plutôt l'inverse, D, souffla Griff embarrassé en remettant son jean.

Alek vérifiait la séquence sur les caméras, le visage pensif.

— Eh bien, les héros ont besoin de catastrophes, n'est-ce pas ? Et vice-versa. Vous êtes un héros vous-même d'une certaine manière, Monsieur Anastagio.

— Pas du tout.

Dante se refermait comme il l'avait fait après sa première scène pour le site. Son visage se durcit et se fit prudent comme s'il regrettait tout et savait qu'il avait fait une erreur et ne pouvait pas l'effacer. Ses yeux se posèrent sur Griff anxieusement. Chacun remâchait sa propre culpabilité et son dégoût.

Pour Griff, c'était la pire, la honte de Dante après coup, quand il se sentait comme un vulgaire morceau de viande. Il passa son poids d'une jambe à l'autre, mal à l'aise.

Dante avait déjà remis ses baskets et fourrait leurs uniformes dans le sac de sport, prêt à foutre le camp.

— Ce grand enfoiré me sauve chaque putain de jour. Tu n'en as aucune idée.

Alek pivota sur sa chaise et considéra Griff.

— Et j'imagine que vous avez eu des moments désastreux dans votre jeune vie, Monsieur Muir.

Il pencha sa tête rasée et mesura Griff du regard, notant la mesure de sa douleur, sa loyauté et son désir sans espoir.

Il sait.

La tristesse ombragea le front d'Alek, assombrissant ses yeux bleus.

— C'est impossible d'être son propre héros, n'est-ce pas ?

231

À cet instant, Griff s'aperçut qu'Alek savait exactement ce qu'il essayait de cacher, qu'il avait vu le désir et la douleur arquer entre eux comme la foudre. Il avait vu le cœur à vif de Griff.

— Euh, ouais.

Griff savait ce qu'il essayait de dire, mais n'avait aucune envie de le voir énoncé devant Dante.

L'homme en question attendait Griff, pressé de partir et d'aller prendre une douche bouillante pour se laver de cette journée.

Alek en rajouta.

— Vous avez de la chance tous les deux d'avoir un ami prêt et capable de voler à votre rescousse. Et beaucoup de gens appelleraient ça un étrange sauvetage.

Alek rit.

Pas eux.

Il était temps d'y aller.

Près de la porte, Dante vibrait d'anxiété et était déterminé à être dur avec lui-même. Il rit sans plaisir.

— Nan. Je suis la boue du ruisseau et il est la pagaie.

Alek leur sourit avec une douce affection.

— Ou peut-être que vous êtes la fumée et lui le feu ?

Le rire de Dante mourut.

— Hum. Peut-être.

Avant que quelqu'un ajoute autre chose, Griff enfonça son pied dans l'autre chaussure et enfila sa chemise.

Au moment où il atteignit la porte, Dante s'enfonçait déjà à travers le labyrinthe de boîtes dans le couloir menant à l'ascenseur.

Griff s'arrêta un instant et se retourna pour dire au revoir, sachant qu'il verrait de la compassion sur le visage d'Alek.

Alek lui fit un signe de la main, et c'était là. Il savait et Griff savait qu'il savait. Le regret survola l'air piquant qui flottait entre eux.

Merci de garder mon secret.

Alek hocha la tête et fit la moue. Ils se comprenaient l'un l'autre.

Griff salua sans sourire et se dirigea à travers la pénombre vers Dante et le bruit de l'ascenseur grinçant qui montait pour les ramener à la maison.

XIV

LA NUIT d'Halloween, Griff était à une journée de ses soixante-douze heures de repos de la caserne, et il travaillait comme videur à l'entrée du Bone. Alors que la nuit avançait, la foule devenait plus folle et plus jeune. En plus des costumes, il y avait un enterrement de vie de garçon qui s'y déroulait… super pour les affaires, super pour les pourboires, bruyant comme l'enfer.

Vers vingt-trois heures, il entendit une fille hurler à pleins poumons. Un groupe de mecs était en train de se bousculer au coin de la rue. Au début, il pensa que la fête entre célibataires avait commencé à se disperser pour se diriger vers Manhattan et profiter des lap-dances. Puis il se rendit compte que ces hommes étaient en train de se battre et de crier dans un cercle étroit à une cinquantaine de mètres de là. L'alarme d'une voiture se déclencha alors que quelqu'un se cognait contre elle. Brisant la vitre.

Les cris étaient venus d'une fille potelée de l'autre côté de la rue, habillée en frelon, qui fixait quelque chose par terre à leurs pieds. Griff ne pouvait voir ce que c'était, mais il avait fait un pas dans la rue. Son visage était un masque d'horreur, mais elle ne s'enfuyait pas.

Mais que font-ils, bon Dieu ?

Griff se dirigea lentement vers le bruit. Il avait les tripes nouées ; ce n'était pas une bagarre pour savoir qui devait payer les bières. Le reste d'entre eux était en train de crier et de frapper le trottoir à coups de pieds. Était-ce un chien ? *Bande de connards malades.*

Sous le lampadaire, un des enfoirés arrêta de frapper, déboutonna son pantalon, et sortit son sexe. Griff serra les poings et se mit à courir, fonçant d'un pas lourd vers eux.

— Hé !

Les hommes ne l'entendirent pas. Leur voiture était à côté d'eux dans la rue, et le moteur tournait. Les portes étaient ouvertes. Ils étaient en train de crier et de jurer en direction du béton. Et Braguette Baissée commença à pisser par terre, comme ça, au milieu de la rue comme si c'était une pissotière. Mais il n'urinait pas sur le trottoir. Le jet frappait des vêtements.

Un gémissement. Une toux grasse.

— Putain de pédé de merde…

233

Seigneur Jésus. C'était une personne de petite taille recroquevillée par terre, un gamin se faisant frapper à mort et pisser dessus.

— Hé ! Tête de nœud ! aboya Griff alors qu'il courait vers eux comme un géant en colère.

Braguette Baissée leva les yeux, tressaillit de surprise, et s'arrêta de rire quand il enregistra la taille de Griff. Remettant son sexe dans son pantalon, il dit quelque chose au reste des génies. L'un d'eux cracha sur le gamin.

Ils s'entassèrent rapidement dans leur voiture dont le moteur tournait et décollèrent, s'éloignant à vive allure du trottoir avec leurs membres à moitié à l'intérieur et claquant les portes quand ils eurent remonté la moitié du pâté de maisons. Un dernier cri et une bouteille de bière jetés vers le corps alors qu'ils s'éloignaient.

— *Pédé !*

La bouteille éclata contre le béton. Des gens jetaient un œil prudent de leurs fenêtres et de leur porte.

— Que quelqu'un appelle les flics !

Griff s'agenouilla au-dessus du corps prostré, recroquevillé en position fœtale. La victime était un adolescent, ou un homme de petite stature. Il y avait de la pisse et du sang partout, et il craignait de faire rouler le corps. Au moins la cage thoracique bougeait un petit peu ; ce n'était pas encore un meurtre. La voix du bourdon grassouillet dit quelque chose de l'autre côté de la rue.

— J'ai appelé les secours.

Le bruit de ses pas approcha. D'autres gens s'avançaient dans la rue. *Vautours.*

— Bien.

Griff savait qu'il devait s'assurer que les voies respiratoires n'étaient pas bloquées. La victime ne semblait pas respirer régulièrement, ou si c'était le cas, elle ne prenait pas assez d'air.

Les cheveux du mec étaient emmêlés de sang. Ses faibles halètements sifflaient à peine à travers sa bouche ensanglantée.

Griff se pencha pour s'assurer qu'il entendait le son. La crainte dans son estomac s'amplifia.

— Est-ce qu'il… est mort ?

Elle se tenait debout à côté de Griff, se balançant sur ses jambes grasses alors qu'elle luttait avec la fascination curieuse du badaud voyeur qu'elle était et le dégoût.

— Je crois qu'il vaudrait mieux que vous ne le touchiez pas jusqu'à ce que les ambulanciers arrivent ici.

— Je suis pompier. Il pourrait…

Griff contourna la victime pour vérifier les voies respiratoires sans avoir à déplacer quoi que ce soit, et alors il réalisa.

C'était Tommy. Dobsky.

Le visage de Tommy était zébré et fendu, son nez cassé. Son bras gauche pendait à un angle étrange. Le devant de son tee-shirt était trempé de sang. Ces connards l'avaient salement amoché. Il pouvait mourir. Il avait sauvé Dante.

— Tout a été si rapide. Pas du tout comme à la télé, dit la femme-abeille boudinée à personne en particulier.

Pédé !

Griff l'ignora et vérifia les constantes : le pouls était régulier, la respiration difficile. Des côtes cassées aussi, probablement.

— Où est cette foutue ambulance ? gronda Griff vers les nuages.

Quelqu'un savait que Tommy était gay. Quelqu'un avait-il vu quelque chose et vendu la mèche ? Quelqu'un l'avait-il vu avec Alek l'autre nuit ? Bordel, est-ce qu'*Alek* avait dit quelque chose à la mauvaise personne ? *Oh bon sang.*

Tout un tas de badauds s'agglutina autour de Griff et Tommy par terre. Leurs genoux dans son champ de vision.

— Dégagez !

La voix de Griff était plus forte qu'il en avait eu l'intention.

Des sirènes.

Pédé !

Avec une certitude soudaine, Griff sut ce qui était arrivé : Tommy avait dit la vérité à quelqu'un, avait craché le morceau à quelqu'un d'autre que Griff, et ils avaient pris ça… très mal, c'était le moins qu'on pouvait dire. Il avait flirté avec le mauvais gars ou s'était confessé au mauvais partenaire sexuel anonyme ou s'était fait prendre dans le mauvais bar. Le mauvais quitte ou double. Il en avait payé le prix. Il continuait de le payer sur le trottoir.

— Griffin ? appela Jimmy.

Il était sorti du bar et ses pieds ralentirent quand il vit la flaque noire tremper le pavé et le jean de Griff.

— Seigneur. Seii-gneur ! Mort ?

Griff secoua la tête.

235

— C'est un des gars de la caserne. Tom Dobsky.

Pédé !

Les sirènes se rapprochaient. Le souffle de Tommy était irrégulier et faible dans sa poitrine. Une bave épaisse de sang coulait de son nez jusqu'à son oreille, il aurait pu provenir de l'un ou de l'autre.

— Je dois y aller avec lui.

— Ouais, ouais, bien sûr. Bordel de merde. Les flics sont en route. L'ambulance aussi.

— Cette jeune femme devra faire une déclaration.

Griff se tourna vers la fille déguisée en abeille qui tenait son téléphone portable.

— Vous pouvez rester encore un peu ?

La fille potelée hocha la tête, plissant les yeux sur lui. Ses cheveux étaient un halo de boucles brunes serrées. Elle pleurait.

Griff regarda les spectateurs.

— Tous les autres, vous feriez mieux de foutre le camp d'ici tout de suite.

Un vieil homme avec une casquette prit une photo du trottoir taché avec son BlackBerry. Davantage de vautours se rassemblèrent, murmurant et spéculant. Une fille qui portait des cornes et des talons hauts retenait un bouledogue français en laisse qui essayait de renifler la flaque.

Pédé !

Griffin dévisagea le rassemblement d'idiots costumés et serra les dents.

— Jimmy, fais dégager ces connards loin de lui avant que je tue quelqu'un.

Jimmy grogna et repoussa les voyeurs à bonne distance avec ses bras tatoués.

Les véhicules arrivaient. Il pouvait les entendre à quelques blocs en haut de Van Brunt. Griff baissa la tête pour parler à Tommy.

— Tiens bon, mon pote.

La fille-abeille potelée s'assit sur le bord du trottoir, les larmes striant son visage.

— Ils étaient en train de le tuer. Ils étaient en train de le tuer.

Tommy gisait immobile sur le trottoir. Il allait mourir juste là, sous les yeux de Griff. Il gardait son corps comme un chien enragé, à genoux dans le sang et la pisse, en priant pour un miracle.

Au moment où les sirènes les atteignirent, la foule d'Halloween était passée à une quarantaine de curieux, et la respiration de Tommy était si faible que Griff s'inquiétait que ses côtes cassées aient perforé les deux poumons.

Derrière lui, Griff entendit vaguement les flics parler avec la fille potelée. Les urgentistes passèrent devant en trombe et le prirent en charge.

— Griff ?

Pédé !

— Ce n'est pas un... euh, Seigneur Dieu. C'est un des nôtres, murmura Griff en hochant la tête à l'attention de l'ambulancier au visage poupin. C'est Dobsky par terre. Tommy.

— Oh bon sang !

Le type au visage de bébé était consterné. *Si seulement il savait.*

— Huit mecs lui ont sauté dessus. Peut-être neuf. Je peux les identifier.

Jimmy marcha vers eux et frappa Griff sur l'épaule.

— Je dois retourner surveiller le bar. Les flics vont avoir besoin de ton témoignage.

Griff hocha la tête.

Rien de tout ça n'aurait dû avoir lieu. Si je l'avais laissé me parler l'autre soir.... Si je m'étais moi-même confié à lui... Si l'un de nous avait dit la putain de vérité.

Les ambulanciers firent rouler Tommy sur une planche et le soulevèrent pour le déposer sur une civière. Jimmy s'éloignait.

Griff commença à se diriger vers l'arrière de l'ambulance. Alors qu'il arrivait à hauteur des flics et de la fille-abeille, il s'arrêta et la serra dans ses bras.

Elle lui rendit son étreinte.

— Merci, dit-elle, la voix étouffée dans sa chemise.

Griff hocha la tête, comme si elle pouvait entendre le mouvement de sa tête, et la relâcha. Un des policiers dit quelque chose à propos d'une déclaration, mais il l'ignora.

— Questionnez-moi à l'hôpital.

Avant que quiconque puisse s'y opposer, Griff grimpa dans l'ambulance et s'assit, les défiant de lui ordonner de descendre.

— Je vais avec lui.

C'est de ma faute. Je savais qu'il avait besoin d'aide, mais j'ai été lâche. La culpabilité en lui était comme de l'acide, glissante et toxique.

Pédé !

L'équipe d'urgence jeta un œil à la carrure de Griff et à sa colère, et ils laissèrent tomber.

— Allons-y, dit l'urgentiste au visage de bébé.

Tommy ne bougeait pas. Derrière le masque à oxygène, son visage était tuméfié et il puait.

Je suis un putain de lâche. C'est sur moi qu'on aurait dû pisser.

GRIFF ÉTAIT assis dans la salle d'attente quand Dante arriva.

Il était recroquevillé contre le mur à côté d'une poubelle, attendant qu'on lui donne des informations. Les genoux de son pantalon étaient raides du sang de Tommy et de l'urine de ce fils de pute malfaisant. Il voulait coller son poing dans un mur… non, dans la tronche de ce pisseux. Griff voulait choper la gorge de cet enfoiré, lui attraper le cul et le tirer à l'envers comme un tee-shirt.

Dante arriva environ quarante-cinq minutes après que Tommy eut été admis.

— Ils me l'ont dit au Bone.

La voix de Dante était calme. Il savait juste qu'un de leurs collègues avait été agressé. Il ne savait pas pourquoi. Seuls Tommy et Griff et les connards qui avaient fait ça connaissaient la vérité.

Ça aurait pu être Dante. Et si ces connards s'en étaient pris à Dante et que je n'avais pas été là ?

Griff se pencha au-dessus de la poubelle et vomit.

Dante lui frotta le dos en faisant de légers mouvements circulaires.

— Tout va bien, G. Tu as fait du bon boulot. Ils s'occupent de lui.

Griff gratifia Dante d'un regard fou.

— C'est facile de dire ça. La bagarre est finie.

Dante leva les mains comme un drapeau blanc.

— Ces merdeux l'auraient tué.

La voix de Griff semblait étrange à ses propres oreilles, comme s'il était un gigantesque ventriloque fou et que quelqu'un d'autre parlait à travers lui, comme si quelqu'un avait sa main dans son cul, lui faisant dire des choses.

— Je l'ai vu. Il serait mort. Ils voulaient tuer…

Dante fronça les sourcils et croisa les bras, ne voulant pas comprendre.

— Mais il n'est pas mort. Laisse tomber. Tu as fait tout ce que tu pouvais et tu l'as sauvé. Quel est le problème ?

238

Griff secoua la tête, mais il ne dit rien, ne pouvait rien dire. Les scènes de TêteBrûlée étaient comme une putain de cible sur eux.

Ça aurait pu être Dante en train de se vider de son sang parce que je n'ai rien dit.

Autour d'eux, les gens se tortillaient d'inconfort sur le mobilier en plastique retapé, sous des néons fluorescents. Des annonces grésillaient de façon inintelligible dans les haut-parleurs. Les salles d'urgence à New York n'étaient jamais exactement accueillantes.

Dante haussa les épaules.

— Tommy revient toujours avec des éraflures, hum ? Il s'est fait agresser par plusieurs personnes en même temps cette fois, ça s'est retourné contre lui.

Il essayait de s'adresser à Griff d'un ton condescendant en lui expliquant que les mecs se battaient tout le temps.

Griff pensa aux égratignures et aux contusions de la baise dans la ruelle. Dante ne savait rien de Tommy, ni de cette autre vie secrète, et il n'était pas question que ce soit lui qui vende la mèche.

— Tu ne comprends pas.

— Il s'est fait tabasser, G, le raisonna Dante doucement.

Mais ce n'était pas ça. Griff, Tommy et le sac de pisse de cette petite troupe savaient que c'était un putain de mensonge. C'était un, comment on appelait ça déjà, un crime haineux. Tommy n'avait pas été agressé ou malmené, il avait été passé à tabac par un hétéro parce qu'il était gay. Tout le monde le raconterait de cette manière.

Hum mm. Tu m'en diras tant.

— Je ne savais même pas que tu le connaissais si bien.

Le front de Dante était plissé de confusion.

— Je ne le connaissais pas. Je ne le connais pas. Ils étaient tellement prêts à le tuer.

La respiration de Griff se coinça dans sa gorge alors qu'il pensait à Dante recroquevillé sur le trottoir, prisonnier d'un cercle de bottes.

— Pour autant qu'on le sache, il pourrait très bien avoir sauté la femme d'un type quelconque.

Euh. Non.

Griff se passa une main dans les cheveux. Il avait besoin d'une douche.

— Ils étaient tous en train de le frapper à coup de bottes, ils le transformaient en bouillie. Pour le plaisir. Il était inconscient. Tout ce qu'il pouvait faire, c'était se recroqueviller et saigner. Personne ne mérite ça. Ça aurait pu être toi ou ta sœur, ou je ne sais pas...

— Hé. Hé ! Personne ne veut me tuer. Je ne me tape plus les femmes mariées. Ce n'est pas mon terrain. Et ils auraient dû en passer par toi d'abord, hein ?

Dante essayait de lui soutirer un rire.

— Tu as foutrement raison.

Griff voulut l'étreindre, mais ne le fit pas. Il baissa les yeux sur lui-même et se rendit compte de ce à quoi il devait ressembler, à quel point il devait sembler fou. Il pensa à la séquence qu'ils venaient juste de tourner pour TêteBrûlée. Si quelqu'un voyait Dante sucer...

Dante laissa tomber une main sur sa grosse épaule et la serra.

— Laisse-moi te déposer.

— Je peux conduire.

— Tu n'as pas ta camionnette, mec. Tu es venu avec l'ambulance, tu te souviens ?

Dante lui tendit une veste qu'il avait apportée.

— Oh, laissa échapper Griff, le cerveau en compote. C'est vrai. Merci.

Ils marchèrent vers la sortie.

Dante sortit les clés de sa poche.

— J'ai appelé la caserne pour le dire au chef. Les gars passeront le voir demain.

Griff repensa aux agresseurs, se demandant à qui ils le raconteraient. Qui d'autre savait désormais que Tommy se tapait des mecs ? Combien d'autres le sauraient demain ? Combien de gars passeraient le voir pour lui souhaiter un bon rétablissement avec des magazines Playboy et des chocolats une fois qu'ils sauraient que Tommy se la prenait dans le cul ? Quelque part, quelqu'un avait dit la vérité, et Tommy était dans une merde profonde. Ils l'étaient tous, seulement Dante ne le savait pas encore. Griff devait juste garder les choses telles quelles.

Pédé !

— Griffin ?

Griff réalisa qu'il était planté devant les portes automatiques, tenant la veste. L'air extérieur était glacial, mais il ne semblait pas être capable de sentir quoi que ce soit. Il passa la veste.

Dante approuva de la tête et attendit que son meilleur ami le rattrape, cognant leurs épaules ensemble et se dirigeant vers l'endroit où il était garé dans une rue latérale.

Griff hocha la tête. Aimer son ami était déjà assez mal comme ça. Le perdre serait...

Serait...

Griff s'étouffa et continua à marcher.

Même si ça le tuait, il s'assurerait que Dante ne découvre pas la vérité.

GRIFF SE rendit au studio de TêteBrûlée l'après-midi suivant, juste après le travail, prêt à vendre son âme. Il ne le dit pas à Dante. Il ne prévint même pas Alek.

Sur la route, il appela le poste d'infirmière à l'étage de Tommy. Pas de changement ; il était stable, mais toujours sans connaissance.

À l'entrepôt sur la Dixième Avenue, Alek était complètement professionnel au moment où il descendit ouvrir la porte qui donnait sur la rue pour rencontrer Griff sous les nuages bas, comme un feutre épais. Un jour gris pour la Toussaint.

Ils ne parlèrent pas dans l'ascenseur, et Griff était parfaitement conscient de ne pas avoir le sac avec sa tenue de pompier. Il portait le kilt qu'il utilisait pour jouer les videurs au Bone, espérant que l'envie de botter les fesses dont il avait besoin viendrait plus facilement. Il devait trouver le moyen de se foutre en rogne contre ce connard de ruskov.

À l'étage, Alek ouvrit le monte-charge avec un bruit sec et se dirigea vers le studio dans la pénombre. Il parla à Griff sans se retourner en slalomant à travers les cartons et les caisses de stockage.

Alek regarda ses jambes.

— J'aime votre kilt.

Griff baissa les yeux sur les plis kaki. Il avait oublié qu'il le portait.

— C'est un kilt pratique. Je vais sur un chantier plus tard.

— Vraiment magnifique. Mais vous n'avez pas apporté votre uniforme.

— Non, répondit Griff qui regarda ses mains vides tout en le suivant. *J'ai oublié. Non. C'est un mensonge. Je ne voulais pas l'apporter.*

Alek déverrouilla la porte et entra dans le studio. Les rideaux étaient ouverts, et la froide lumière du jour envahissait la pièce.

— Mes excuses pour le froid. Mon propriétaire est réticent à l'idée d'allumer la chaudière parce que la plupart de mes voisins utilisent cet endroit pour du stockage. Ah les Russes !

Il vérifia rapidement les ordinateurs et se dirigea vers le faux salon aménagé.

— Je vais supposer dans ce cas que vous n'êtes pas venus pour filmer la vidéo solo dont nous avons discuté.

Griff se tenait debout les mains vides à côté de la porte, prêt pour la discussion qu'il avait besoin d'avoir, essayant de trouver le courage d'être désagréable quand Alek n'avait jamais été rien d'autre que sympa avec lui. Il avait l'impression d'être un connard au cœur de pierre.

Les yeux d'Alek lui sourirent.

— Vous avez l'air de quelqu'un prêt à faire une scène.

Il s'installa sur la causeuse de cuir noir, attendant.

— Ouais.

Griff s'avança suffisamment pour se tenir debout sur le tapis en face de lui.

— En quelque sorte.

— Quel genre de scène avez-vous à l'esprit, Monsieur Muir ?

Même assis, Alek réussissait à avoir l'air d'un beau concierge parlant à un client troublé dans un hôtel.

— Y a-t-il un problème ?

Griff déplaça son poids d'une jambe à l'autre. Il avança d'un pas.

— Eh bien, je suis venu ici dans l'intention d'être un connard, mais vous n'avez été rien d'autre que sympa avec nous.

— Je suis heureux que vous le pensiez. Je vous apprécie beaucoup tous les deux, et Monsieur Anastagio est une bonne affaire.

Alek lissa son pantalon, le menton levé, prêt à faire face à tout.

— Vous m'avez même sauvé d'une agression, la nuit où nous sommes rencontrés.

Griff l'avait oublié, ça. Ça lui semblait être arrivé une centaine d'années plus tôt. Et c'était bizarre de parler avec toute la pièce entre eux, mais il ne pouvait se résoudre à approcher, et les seuls meubles étaient de ce côté du studio.

— Écoute, mec, ces vidéos sont un vrai problème. Pour Dante et moi. Tu vois ? Le genre de problème qui pourrait nous faire virer ou tuer ou pire.

— Alors je peux comprendre votre inquiétude. Vous êtes dans un métier dangereux.

Alek se pencha en avant dans le fauteuil, semblant soucieux ou feignant de l'être... l'un ou l'autre.

Griff haussa les épaules, impuissant et désespéré.

— Je pensais... je suis venu ici pour vous dire que j'ai des amis flics et que je pourrais être un enfoiré et faire fermer le site. Mais je ne veux pas rendre tout ça public et foutre le bordel dans nos vies. Et je ne veux pas faire capoter votre business.

Il fit un pas en avant. Puis un autre. Il ferma la distance entre eux jusqu'à ce qu'il soit complètement dans le décor de tetebrulee.com avec Alek.

— J'apprécie cela, mais nous avons toujours un problème. N'est-ce pas ? À cause du contenu homo-érotique que nous avons tourné de vous et votre ami.

Le Russe fit tambouriner ses doigts sur la fausse table de salon, comme s'il réfléchissait à une solution, ou le prétendait.

Griff s'approcha encore, n'arrêtant pas de gigoter.

— Ouais. Vous ne comprenez pas... Ce truc porno pourrait le faire tuer et je réalise que ce n'est pas votre problème et je ne sais pas comment arranger les choses et je ne veux pas que Dante le sache et je ne veux pas vous faire perdre votre temps.

— Ralentissez. Tout va bien, Monsieur Muir.

— Putain, mais c'est terrible.

Griff s'assit dans le gros canapé et se pencha en avant, désespéré de faire comprendre à Alek ce qu'il disait.

— Écoutez, vous êtes quelqu'un de bien, Alek. C'est bizarre en fait. Je pensais que vous étiez une véritable ordure perverse avant de...

— D'éjaculer sur ce fauteuil.

Le sourire d'Alek se répandit sur son visage comme du sirop.

— Mais je suis un pervers. Vous savez ça. Nous sommes tous pervers d'une façon ou d'une autre, n'est-ce pas ?

— Ouais. C'est vrai.

Griff savait ce qu'il voulait dire. Alek savait qu'il savait. Cette connaissance mutuelle glissa entre eux dans la fausse pièce porno où tant de choses avaient changé. Ses jambes avaient la chair de poule sous son kilt.

— Cependant, je ne suis pas un méchant de propagande.

Haussant un sourcil, le Russe exagéra l'intonation slave de son accent jusqu'à prendre la voix d'un Raspoutine de dessin animé.

— Le Soviétique malfaisant trafiquant de chair innocente.

Griff acquiesça de nouveau, essayant de deviner ce qu'Alek essayait de dire. Il semblait important qu'il saisisse le sens de tout ça. Pourquoi avait-il l'impression de parler avec un ami ?

Alek s'appuya contre le cuir noir et pensa à voix haute.

— Je ne souhaite aucun mal à l'un de vous. Au contraire, je préférerais de loin trouver un moyen de partager un peu de la bonne fortune que vous avez fait retomber sur mon petit coin obscène du Réseau Mondial de la Branlette.

Sans la caméra et les lumières, ce petit salon ressemblait à la salle d'attente d'un bureau. Griff eut l'étrange pensée qu'ils pouvaient tout à fait être en train d'attendre de voir un dentiste.

Pour une dévitalisation. Ou un arrachage de dent.

Griff s'essuya la bouche. Il était supposé menacer ce type, ou supplier pour une sorte de sursis, ou tenter de l'acheter. Mais quelque chose de totalement différent sortit.

— Je suis complètement terrifié.

Griff sembla gêné dès que les mots furent sortis dans l'air froid.

— Quelqu'un vous a-t-il menacé, vous ou M. Anastagio à cause du site ?

— Non ! Je veux dire, pas encore. Personne ne sait, et j'ai besoin que ça reste comme ça.

Le front d'Alek se plissa de confusion.

— Dans ce cas, puis-je vous demander la raison de vos craintes ?

— Un gars a été blessé. Il s'est fait méchamment ravager.

— Je ne vous suis pas. C'est arrivé lors d'un incendie ?

— Non. Comme passer à tabac. Par un hétéro parce qu'il est gay. Un des hommes de la caserne. Vous l'avez rencontré au Stone Bone. L'ambulancier qui traînait pour, euh, dormir avec des mecs. Coucher. Seigneur. Vous savez ce que je veux dire.

Griff pensa à cette baise sauvage dans la ruelle. Au visage rassasié de Tommy et à la main sombre de l'homme sur son dos après. Tommy s'occupant calmement de garder Dante en vie lors de cet incendie. Tommy recroquevillé sur le trottoir, en train de mourir.

— Thomas ?

Le visage d'Alek se fit brusquement sérieux. Ses épaules se contractèrent et ses mains se fermèrent en poings. Il avait l'air en colère, presque autant que Griff.

— Ouais, Tommy. Il fricotait avec des hommes. Beaucoup, apparemment. Sa femme l'a découvert, puis ses beaux-frères, et je l'ai trouvé en train de se faire malmener, et maintenant il est dans un putain de lit d'hôpital à pisser dans une poche en plastique avec le visage couturé d'agrafes.

— Mais c'est affreux !

Alek avait l'air de vouloir tuer quelqu'un, les traits de son visage rigides.

— C'était une telle âme perdue.

— Et, je veux dire, il sait se battre, mais pas contre tous à la fois. Vous voyez ? Et bon, oui il a trompé sa femme, mais tous ces putains de mecs qui trompent leurs femmes tout le temps !

Griff se frotta le visage et ferma ses yeux douloureux, essayant de ne pas se laisser aller.

— Mais pas avec un autre gars. Pas avec des gars. Donc c'est un sale *pédé*. Ils l'ont presque tué. Ils lui ont pissé dessus. Sa famille. Sa famille bon sang !

Alek était bouche bée, sous le choc. Il s'en rendit compte et se couvrit de sa main tremblante.

— Je l'ai regardé agoniser dans l'ambulance. Presque mourir. Du sang coulait de ses oreilles.

Derrière ses doigts, Alek jura en russe, puis recommença.

Griff secoua la tête et se frotta un œil.

— Et ils s'en tireront. Il ne portera pas plainte. Soixante et quelques points de suture. Trois côtes cassées. Une commotion cérébrale. Une luxation de l'épaule. Son visage ressemblait à une putain d'aubergine.

Le visage d'Alek était de granit.

— Vous l'avez aidé, cependant. Vous êtes un héros. Et il s'en sortira.

— Vraiment ? Je me sens tellement mal. Parce que je savais. Je l'ai vu une nuit, dans le Village avec un mec. Se tapant un gros dur, je veux dire. Même Dante ne le sait pas.

Griff s'essuya le nez et serra le poing.

— Mais je n'ai jamais rien dit. Peut-être que si je l'avais fait, il aurait été plus prudent.

— Ou peut-être pas.

Alek ne posa pas la main sur lui pour le réconforter, mais Griff pouvait dire qu'il essayait d'être gentil.

— Peut-être que Thomas a fait en sorte de se faire prendre. Peut-être qu'il voulait que sa pauvre femme le découvre et qu'il n'avait pas les mots pour lui expliquer. Peut-être était-ce sa façon de se punir lui-même. Masochisme. Les gens se torturent plus terriblement que n'importe qui d'autre le pourrait. Pas vrai ?

Griff hocha la tête.

Alek fit de même. Il n'avait pas oublié ce qu'il avait vu.

Soudain, ils ne parlaient plus de Tommy. Les sirènes retentirent dans la tête de Griff, mais il attrapa la rampe et glissa jusqu'en bas en plein dedans, incapable de s'arrêter...

La voix de Griff était faible et il parla au sol, incapable de regarder quoi que ce soit d'autre.

— Le mensonge est terrible. La dissimulation.

— Ça l'est.

Alek haussa une épaule et fronça les sourcils au studio autour d'eux.

— Mais c'est courant. Regardez TêteBrûlée. Beaucoup de nos membres sont des hommes gays enfermés dans des mariages amers. Ils se disent eux-mêmes 'curieux'. Le fantasme est leur façon de survivre. Cet endroit est un rêve pour eux.

Il regarda les trois murs qui encadraient le faux salon.

— Le monde est construit de personnes seules.

Griff grimaça.

— Comment peut-on être 'curieux' si on sait déjà ? Je ne comprends pas comment les gens peuvent le refouler. Je veux dire, je sais qu'ils le font, mais je ne peux pas imaginer le faire toute une vie entière. Mentir aux personnes que vous aimez, c'est comme être brûlé vivant à petit feu. Pas étonnant que les gens deviennent des ivrognes, se cachent et se battent les uns les autres. Vraiment. C'est plus facile d'être mort à l'intérieur.

— Il y a tellement de meilleures façons de se tuer.

La lumière de l'extérieur argenta le visage sévère d'Alek, lui donnant un air plus âgé, ses yeux pâles.

— Vous buvez, lui dit Alek.

Et ce n'était pas une question.

— Je bois trop. Je sais. Je le sais. Comme mon père, répondit Griff en regardant ses jointures abîmées. Je le fais seulement quand j'essaie de ne pas...

—Aimer votre ami ?

246

La voix d'Alek était douce, son accent léger, dégoulinant de compréhension.

La pièce sembla tout à coup immobile à Griff, comme si même la poussière avait cessé de danser dans les particules des rayons de soleil froid et que le vent s'était complètement arrêté dehors. Son cœur se mit en pause. Le sang s'arrêta dans ses veines. Le monde retenant son souffle, retenant son souffle…

Jusqu'à ce qu'il lève ses yeux gris, surpris, son regard humide et soulagé alors que le mot s'échappait de sa bouche.

— Ouais.

Son cœur se remit à battre.

— Monsieur Muir, aimer Dante n'est pas une mauvaise chose. Il vous aime certainement… bien que je ne sache pas s'il peut vous aimer de la façon dont vous le souhaitez. Ou que je le souhaite moi-même, si vous voulez le savoir. Lui seul le sait. Vous comprenez ? La vie est rarement romantique.

Alek s'essuya les mains sur son pantalon.

— Mais si vous n'envisagez pas d'être honnête avec lui, vous devez au moins l'être avec vous-même.

Griff hocha la tête puis la secoua. *L'un ou l'autre, imbécile ?*

— Je me prends juste une cuite une fois de temps en temps pour ne plus avoir à ressentir quoi que ce soit. Je préfère largement être hébété que tout ressentir tout le temps. Brûler pour lui.

Il joua avec les plis de son kilt et s'étrangla sur sa lâcheté.

— Une habitude dangereuse pour quelqu'un qui met sa vie en péril si souvent dans un métier à risque. Que disent-ils sur les boîtes de pilules ? Ne pas manœuvrer de machinerie lourde ? La *vie* est une machinerie lourde.

Alek regardait quelque chose sur son pantalon, ne voulant pas lever les yeux, comme s'il savait qu'il allait trop loin avec un étranger, mais ne pouvait s'en empêcher.

— Croyez ceci : boire jusqu'à ce que vous quittiez ce monde ne fait que gaspiller des moments de votre vie. Tout ce temps est perdu. Et le temps et l'amour sont incroyablement précieux. Vous êtes d'accord ? Oui ? Ne gaspiller ni l'un ni l'autre.

— Je sais. Je sais, je sais, je sais, je sais…

Griff hocha la tête. Il sentit les larmes chaudes sur son visage avant même de réaliser qu'il pleurait.

Ploc.

247

Une larme frappa sa main.

— Vous n'avez pas vu Tommy complètement écrasé là sur ce putain de trottoir. Des gens qui *l'aimaient* ont fait ça. Sa famille. La vérité a fait ça, pas la romance. Merde. Je dois faire quelque chose. Quoi que ce soit. Et je dois m'occuper de ces vidéos ou quelqu'un fera du mal à Dante et je m'éteindrai comme une putain de bougie. Je m'éteindrai. Si notre famille faisait ça à Dante ou à moi, je serais... je ne sais pas, je ne sais pas si...

Il s'étrangla, se battant calmement au milieu d'un studio porno avec ce Russe étrange et sympa qui le regardait avec une préoccupation maladroite.

Comment en était-il arrivé à ce point précis ? Griff essaya et échoua à retracer toutes les étapes qui l'avaient fait atterrir ici, sur ce faux canapé, à pleurer de vraies larmes, avec un doux pervers qui voulait le sortir des décombres.

Ground Zero.

Alek ne dit rien pendant un moment, il tapota juste son avant-bras couvert d'une toison de feu avec le pessimisme patient d'une infirmière dans une unité de soins pour grands brûlés. Sa respiration tranquille aida en fait Griff à se calmer. Après quelques minutes, il hocha sa tête chauve pour lui-même et s'étira pour ouvrir une serviette sur la fausse table basse.

— Monsieur Muir... puis-je vous faire une offre ?

Il tira une grande enveloppe.

— Vous plaisantez ? Avez-vous écouté ce que j'ai dit ?

Griff jeta un regard noir aux papiers puis à Alek.

— Bon Dieu. Je n'ai pas apporté mon putain d'uniforme ! Je ne veux plus de ces fausses conneries pornos en ligne qui nous feront tuer. Non merci.

Il prit une inspiration.

— Sans vouloir vous vexer.

— Non. Ce n'est pas ce que j'allais vous suggérer. Un moment.

Alek remua sur le canapé et se pencha en avant, les coudes sur les genoux.

— Vous m'avez aidé une fois, alors que vous ne me connaissiez même pas. Maintenant, j'aimerais vous aider.

— Ouais. Bien sûr. Mais d'abord je dois trouver un moyen d'assurer notre sécurité, d'aider Dante à protéger ce qui compte pour lui, de nous trouver un endroit où nous pourrons être honnêtes, même si ce n'est que pour une seule foutue minute, tous les deux.

Alek ne faisait que le regarder, les rouages tournant dans sa tête, comme s'il était en train de faire des calculs.

— Je pense que nous devrions retirer le film remarquable de 'Monte et Duff' du site. Le diffuser en streaming était une erreur qui pourrait avoir des répercussions fâcheuses pour vous et pour moi.

Griff hocha la tête, abasourdi.

— Cependant, le contenu de ces vidéos a été très populaire avec les membres. Vous êtes les favoris de nos abonnés. C'est cette chaleur lumineuse entre vous, vous voyez. Ce n'est pas juste la chair, mais les sentiments. Le reste d'entre nous est attiré par elle comme de pitoyables papillons. J'ai eu une montée en flèche dans les abonnements avec vos clips de masturbation, et je suis un homme d'affaires.

Alek joignit les doigts de ses mains, les tapotant sur son grand nez et regarda droit dans les yeux de Griff.

— Donc je vais faire un marché avec vous, si vous êtes prêt à l'accepter.

— Oui !

Griff se mit sur pieds si vite qu'Alek tressaillit.

— Je pourrais vous payer. Je les rachèterai. En liquide ! Je peux emprunter…

Il vendrait son camion. Il dévaliserait une banque. Il ravalerait sa fierté et supplierait son père.

— Non. Je ne pense pas que vous puissiez vous permettre ce que les séquences se sont avérées valoir. En particulier la scène extraordinaire de fellation, qui n'a été vue par personne d'autre que moi-même.

Les mains vides d'Alek s'ouvrirent comme s'il offrait quelque chose.

— Et n'a pas besoin de l'être par qui que ce soit d'autre.

Tout. Oui.

Griff hocha la tête, puis la secoua, se sentant comme un idiot. Il tira sur un des plis sur son kilt.

— Mais les scènes précédentes ont atteint leur objectif, et l'appétit des membres pour le produit frais est insatiable. Vous représentez quelque chose pour eux maintenant. Un fantasme. En supprimant ces clips, je pourrais bien sûr laisser planer l'idée d'une sorte de scandale homo-érotique chez les pompiers de New York, ce qui ne ferait que renforcer la réputation du site. C'est presque une stratégie.

Les yeux bleus d'Alek scannèrent le plafond, et il passa une main sur son crâne chauve.

249

— En retour, je voudrais quelque chose de votre part.

Il tourna son regard vers celui de Griff et sourit.

Griff se figea, sa poitrine gelée, son visage rose saumon cuisant d'embarras.

— Je ne pense pas que je pourrais, en fait. Je sais que vous… m'aimez bien. Peu importe. Je veux dire, si vous demandez… Vous êtes beau et tout, mais je ne pense pas que je peux avoir des relations sexuelles…

Alek rit et secoua la tête.

— Non, non ! Vous m'avez mal compris. Je vous aime effectivement énormément, Monsieur Muir. Mais, aussi beau que vous soyez, je pense que vous avez déniché quelque chose de plutôt rare et précieux avec votre ami italien qui mérite d'être protégé des pervers. Même de moi. Non, je veux que vous posiez pour quelques photographies.

— Mais je pensais…

— Rien d'explicite. Rien qui dévoilerait votre identité. J'aimerais que vous soyez l'Homme de TêteBrûlée. Celui qui représenterait le site, pour ainsi dire. Ma marque. Je ne montrerais pas votre visage. Vous n'avez même pas besoin d'être représenté en tant que pompier. Nous pouvons facilement vous trouver un autre uniforme si vous préférez.

— Mais vous voulez prendre des photos de nu. De moi. Tout nu.

Griff était certain que quelque chose lui échappait. Il regarda attentivement l'affreux tapis couleur flocons d'avoine, essayant de remettre les pièces à leur place. Il frotta ses cils humides.

— Eh bien, oui. Évidemment. Avec quelques éléments d'uniforme, bien sûr. Et en échange de ces photos, j'accepterais de retirer l'ensemble du contenu de Monte et Duff : les vidéos, les photos, les profils. Le site est devenu très populaire ces quelques derniers mois, en grande partie grâce à vous et à Monsieur Anastagio. Mais je suis en train de faire évoluer la marque en quelque chose d'un peu plus haut de gamme, et je veux quelqu'un...

Alek détailla franchement le corps de Griff.

— ...d'exceptionnel pour représenter TêteBrûlée dans sa nouvelle incarnation.

Griff balaya cette idée d'un geste de la main.

— Comment le fait de me voir nu sur tout votre site va-t-il résoudre mon problème ?

— Nous ne montrerons pas votre visage ou aucune marque identifiable, tatouages, etc. Mais bien sûr, vous n'avez pas de tatouage sur cette peau sans défaut. Intelligent.

Alek sourit en grand et hocha la tête, flirtant légèrement, d'une manière amicale qui fit ressortir son accent un petit peu plus fort pour une raison quelconque.

— Conneries.

Griff était déjà en train de secouer catégoriquement la tête.

— Je ne suis pas si sexy, ni si bien foutu. Et je ne suis pas si bien monté. J'ai vu certains des monstres que vous avez sur le site.

Il rougit, mais choisit de rester honnête. À présent, qu'en avait-il à faire qu'Alek sache qu'il hantait le site incognito ?

— Je pourrais débattre sur ce point.

Les yeux bleus d'Alek brillaient doucement.

— Et les membres sont fascinés par cette alchimie entre vous et votre ami. Mais ce n'est pas la raison.

— Quoi, parce que je suis roux ?

— Parce que vous êtes *authentique*, Monsieur Muir. Cent pour cent véritable. Vous ne ressemblez pas à un strip-teaseur, un gigolo ou un criminel. Vous n'êtes pas mignon, soigné ou gonflé d'excitation. Vous ressemblez exactement à ce que vous êtes : un beau héros américain qui n'a pas conscience de son propre charme. Et vous *êtes* intensément attirant. C'est la raison principale, de toute façon.

Alek inclina la tête, jetant un nouveau coup d'œil aigu aux bras et à l'entrejambe de Griff.

— De plus, j'aime effectivement votre couleur de cheveux remarquable, et c'est approprié après tout. Je ne peux pas imaginer une tête plus brûlée.

Un clin d'œil et Alek se mit à rire comme s'ils n'étaient pas en train de marchander leurs avenirs respectifs.

Près de la porte, un des ordinateurs émit un bruit bizarre, redémarrant de lui-même, pour le Monde, comme s'il intervenait dans leur conversation. Griff et Alek se retournèrent, mais la machine n'avait rien d'autre à dire. Sur la rangée de moniteurs, le logo en feu de TêteBrûlée rebondissait comme une balle de ping-pong dans les écrans vides. Le mur ombragé indiquait que la lumière du jour diminuait dehors.

Depuis quand était-il si tard ?

Alek pencha sa tête chauve et jeta un œil vers Griff pour entendre sa réponse.

Griff fronça les sourcils si fort qu'il savait qu'il ressemblait à son père jouant le mauvais flic.

251

— Alors… quoi ? Vous prenez des photos de ma peau et les vidéos pornos disparaissent ?

— Mm. Pas moi, non. J'ai une photographe qui travaillerait avec vous sur une période de trois jours. Beth. Elle est très polie, extrêmement talentueuse et vraiment professionnelle.

Il mit les mains derrière sa tête et se détendit contre les coussins, rêvant au succès du nouveau site TêteBrûlée.

— Une nana ? Argh.

— Elle est adorable, vraiment. Beth fait principalement de la photographie éditoriale et de mode. Mais elle a une activité annexe avec les calendriers de beaux mâles, et elle a un vrai talent pour les nus artistiques. Elle sera, sans aucun doute, en pâmoison quand elle vous verra dans toute votre gloire. On lui fera comprendre que votre visage, votre nom, et des éléments pouvant vous identifier ne devront jamais pouvoir être associés à tetebrulee.com ou aux photos elles-mêmes.

— Dante me tuerait s'il prenait ça pour de la charité.

Griff retourna l'idée plusieurs fois dans sa tête.

— Pire, il sera énervé que vous ne lui ayez pas demandé. Il est vaniteux à mort et c'est lui qui a besoin de ce putain de fric.

— Alors vous devriez en discuter avec lui d'abord. En même temps que... d'autres choses. Parlez-lui.

Alek déplia des pages avec les éléments juridiques du contrat écrits en intervalles simples sur du papier à en-tête de TêteBrûlée et attendit la décision de Griff. Ses sourcils bruns se froncèrent au-dessus de ses yeux aimables, comme s'ils étaient de vieux amis en train de parler. Il comprenait Griff et vice-versa, donc en un sens, ils l'étaient.

Dingue.

Griff ne savait pas par où commencer. Sa bouche essaya de sortir des mots, mais rien ne vint. Est-ce que c'était réel ?

— Et n'allez pas penser que je vous laisse vous en tirer facilement. Une séance de trois jours peut être vraiment épuisante. Vous gagnerez chaque centime pour compenser mes coûts de retrait de ces vidéos.

— Pourquoi ?

Griff forma finalement une pensée intelligente, se frottant les mains sur ses cuisses et se levant pour pouvoir arpenter le studio comme un ours en cage. *Rien n'est aussi facile.*

— Encore une fois, Monsieur Muir, vous posez la bonne question.

Alek semblait heureux, comme si cela avait été un test. Il regarda Griff faire les cent pas sur le tapis, et comme il l'avait fait le jour où ils s'étaient rencontrés pour la première fois dans cette pièce, le Russe décompta ses motifs sur ses doigts.

— Parce que vous pourriez être en mesure de remplir un fantasme incroyable pour moi sur des hommes sexy en uniforme. Parce que j'ai vu quelque chose de rare brûler entre vous et votre Dante. Parce que j'ai une fois ressenti la même chose et je l'ai laissé mourir. Parce que les gens ne devraient pas être punis d'aimer, d'espérer et d'avoir le cœur ouvert.

Griff se sentit sourire et hocher la tête, stupide de gratitude. *Merci, merci, merci.* Il s'essuya la joue d'une main rude. Dans cet endroit où tout avait changé entre eux, il pouvait presque sentir la jambe de Dante pressée contre la sienne, comme s'ils étaient ensemble sur le canapé.

— Qu'y a-t-il de drôle ?

Alek semblait perplexe par sa réaction, mais toujours heureux.

Puis Griff rit franchement, le visage chaud, son soulagement si intense qu'on aurait dit du whisky dans ses veines.

— Cœur ouvert. Quelqu'un m'a dit quelque chose de similaire il y a un moment déjà. Une dame qui me connaît depuis longtemps. Ha.

— Eh bien… nous avons tous les deux raison.

Alek tendit la main, attendant une réponse.

Tout à coup, Griff espéra que Tommy allait bien dans sa chambre d'hôpital. Que quelqu'un était passé le voir. Il irait lui rendre visite dans la matinée avant sa garde. Il se demanda si Dante s'y rendrait lui aussi. Il se demanda si l'un d'entre eux était assez courageux.

Il prit une grande inspiration, soupesant l'offre. Quelle était la bonne chose à faire ?

Dehors, la lumière de cette journée de novembre s'était estompée et refroidie pour prendre la teinte bleue poudrée de début de soirée. À l'intérieur du studio, avec la lueur déclinante, il faisait presque noir, à l'exception d'un halo chaleureux de lumière projeté par un faux lampadaire à côté de la causeuse, sur le faux tapis dans le faux salon. Une petite île au milieu du ciel froid et bleu de novembre. La fausse pièce, le faux art, le faux monde porno, et Alek tenant simplement la porte de sortie ouverte pour lui, pour Dante... pour le monde qui attendait.

Griff soupira, les yeux fermés et heureux. Il pouvait sentir le regard d'Alek posé sur lui avec une patience qu'il ne méritait pas. Pendant une fraction de seconde, le fantasme vacillant du décor sembla presque confortable. Un endroit pour se cacher, mais aussi pour trouver des réponses pour toutes les personnes curieuses dans le monde qui n'avaient pas d'autre endroit pour demander ou pour rêver.

— D'accord.

Griff serra la main d'Alek fermement, comme une promesse.

— Je lui parlerai.

GRIFF CONDUISIT de TêteBrûlée jusqu'à la maison délabrée de son meilleur ami prêt à vider son sac, à poser ses tripes sur la table. Il ne répéta même pas ce qu'il avait besoin de dire. Il le savait déjà.

Je t'aime ; oui, comme ça.

Son cœur tapait contre ses côtes comme un chimpanzé dans une cage.

Quand il arriva, le soleil avait disparu pour de bon. La porte d'entrée était grande ouverte, laissant entrer l'air d'hiver, et la musique se déversait au-dehors dans la rue éclairée par les lampes intérieures : les Carpenters.

Monsieur Anastagio devait être là. Il aimait toutes ces sirupeuses chansons d'ambiance des années soixante-dix. Il les aimait tellement qu'après une quinzaine de minutes à l'écouter fredonner en rythme et à *ressentir* les paroles à l'eau de rose, vous commenciez à les aimer aussi.

Il valait sans doute mieux que Griff s'en aille et revienne quand il pourrait parler à Dante seul à propos d'Alek et de l'offre et, oh ouais, de ses sentiments. Cela allait être assez compliqué sans impliquer Monsieur A. par-dessus le marché. Il allait juste dire bonjour et se rendrait à la caserne un peu plus tôt pour prendre son service.

Griff s'avança dans le couloir de l'entrée et enleva sa veste pour l'accrocher sur une patère.

— Bonjour ?

Pas de réponse. Pas étonnant. Avec Karen Carpenter en train de chantonner 'Top of the World' à ce volume, une bombe pourrait s'écraser ici avant que les hommes Anastagio le remarquent.

À l'intérieur, toutes les fenêtres étaient ouvertes et la maison était glacée. Alors que Griff entrait dans le salon, il put entendre la voix éraillée de baryton de Dante chanter en accord avec la voix irrégulière et peu mélodieuse de basse de son père. Il sourit en les entendant. Étaient-ils dehors à l'arrière ?

Pourtant, la voix de Dante semblait provenir de la cuisine ou de la salle à manger, mais de plus haut.

Papier peint ! Griff se souvenait maintenant.

Père et fils étaient en train de retapisser la chambre à coucher de Dante avec des rouleaux que Madame A. avait trouvés dans le grenier de la maison de famille… un motif à rayures diagonales couleur bronze qui semblait coûteux et sexy. Elle avait déroulé un morceau de l'antique rouleau de papier lors d'un dîner du dimanche, et Dante avait bondi pour le réclamer instantanément. Flip était furieux, mais sa maison était une location, donc il ne pouvait pas vraiment protester.

Ils savaient tous combien Dante avait investi dans cette ruine. En plus, Dante avait attendu et attendu pour repeindre la chambre principale, travaillant progressivement sur toutes les autres réparations jusqu'à ce qu'il ne reste que les murs à finir. Les bandes de couleurs bronze de Madame Anastagio seraient la touche ultime de la première pièce entièrement terminée dans la maison de Dante.

Que sa mère ait trouvé le papier, que ses grands-parents l'aient acheté et ramené d'Italie, était la cerise sur le gâteau. Son père s'était porté volontaire pour venir aider, et c'était parfait aussi.

Griff avança en souriant dans la salle à manger sombre. Leurs voix chantantes provenaient d'un trou dans l'ombre du plafond d'à peu près la taille d'une porte. C'était bien trop loin pour être sous la chambre principale où ils travaillaient. Griff se tenait sous le bureau inachevé qui donnait sur le jardin de derrière. Toutes les portes étaient ouvertes pour laisser la pâte à colle se mettre en place et sécher.

À l'étage le CD se termina, et Griff ouvrit la bouche pour crier un bonjour à leur attention et faire une plaisanterie sur l'installation d'un dosseret derrière le lit. Il prit une inspiration pour parler…

Et dans le court silence durant lequel Dante marcha sur le plancher, Griff entendit quelque chose qui lui fit fermer la bouche. Cela fit écho dans le trou noir au-dessus de sa tête.

— As-tu discuté avec Griffin ?

La voix de Monsieur A. semblait contrariée.

— Tu lui as demandé ?

Le sourire se transforma en glace et fondit sur le visage de Griff. Il fit un pas pour se rapprocher et lever les yeux vers le trou. Leurs voix rebondissaient sur les plaques de plâtre nues posées contre les murs dans la chambre de Dante. Griff avait l'impression d'être un fantôme planant en bas dans l'ombre.

— Non, P'pa.

La voix de Dante ressemblait à celle d'un adolescent effrayé.

— Comment suis-je censé lui demander un truc pareil ?

Griff essaya de se rapprocher des voix qui étaient retournées vers l'avant de la maison, mais loin du trou au-dessus de sa tête. Elles étaient étouffées. Il retourna vers le trou dans la salle à manger et ils parlaient encore.

— … sais que ta mère le prendra mal. Elle aime Griffin comme son fils. Tu es prêt à exposer Griff à ce genre de conneries ?

Mais qu'était-il arrivé, bon Dieu ?

Dante semblait bouleversé.

— Il faut que je sache, pourtant, merde.

— Griff est grand ouvert. Son cœur est ouvert. Ses yeux sont ouverts. Dire quelque chose pourrait…

— Je sais ! Je sais putain, P'pa.

Dante semblait presque sur le point de pleurer.

Merde ! Merde, merde, merde. Griff pouvait sentir sa vie brûler et s'écrouler autour de lui, les décombres écrasant le souffle qui s'échappait de son corps.

— Tu pourrais laisser tomber. Ça te préoccupe tant que ça ? Je veux dire, s'il dit que tu as raison, est-ce que tu vas faire quoi que ce quoi que tu ne ferais pas en temps normal ?

— J'étais tellement stupide. Je veux dire, j'ai été tellement stupide. Il essayait de m'aider parce que…

Parce que je t'aime, je t'aime…

— Je lui ai demandé. Ce n'était pas lui. C'est moi.

Griff sentit le murmure s'échapper de sa bouche.

— Non.

Il devait monter et arrêter ça. S'il y avait un blâme à endosser, il le prendrait.

La voix de Monsieur A. était presque inaudible.

— Gamin, c'est vous deux.

Griff fouilla frénétiquement dans son esprit pour essayer de comprendre ce qui avait pu se passer. La seule conclusion à laquelle il pouvait parvenir était….

Le putain de site web !

C'était trop tard. Ils étaient découverts. Tout le monde savait. Tout était perdu. La solution qu'Alek avait offerte ne valait plus rien maintenant.

Ils perdraient leurs boulots. Ils allaient finir battus à mort dans un caniveau crasseux avec leurs amis leur pissant dessus.

Le souffle de Griff sortit de son corps comme si quelqu'un avait laissé tomber un bloc de ciment sur ses côtes. Il glissa le long du mur, sous le trou, dans l'obscurité.

— Peut-être que tu devrais prendre un congé. Peut-être qu'il a besoin d'être loin de toi.

Griff serra les genoux. Il avait été si heureux de venir chez Dante, et maintenant ils parlaient de lui comme s'il était un putain de délinquant sexuel. *Mm, sans blague ?* Il ne savait pas ce qui était pire... son autre famille cherchant à comprendre comment le prendre ou le fait qu'il soit coupable de tout et encore plus. Il devait sortir d'ici.

Monsieur A. ne dit rien pendant un long moment. Griff pouvait presque l'imaginer en train de mâchonner un cigare éteint jusqu'à en faire de la bouillie tout en transpirant dans son maillot pendant qu'il badigeonnait la pâte laiteuse sur le mur. Mais il ne pouvait voir le visage de l'homme.

Quand le père de Dante parla, il semblait résigné et un autre sentiment transparaissait qu'il ne pouvait identifier. Était-il en train d'arpenter la pièce ? Était-il en colère ? Honteux ?

— Dante, tu vas refaire la même erreur toute ta vie, hum ? Nous le faisons tous. Tout ce que chacun de nous fait n'est qu'une longue erreur. Ce que tu as à faire, c'est chercher ta solution.

Dante digéra ça avant de reprendre la parole, ses mots résonnèrent dans la maison.

— Et si j'ai tort ?

Tu n'as pas tort.

— Alors tu sauras. Il saura. Et la vérité est la *seule* façon de faire tout commencer ou tout terminer, gamin.

La voix de M. Anastagio s'estompa alors qu'il marchait vers l'avant de la maison.

Il y eut un bruit de frottement sur le plafond de la salle à manger alors que les Anastagio déplaçaient quelque chose de lourd dans la chambre de Dante.

Griff se remit sur pieds et sortit par la porte d'entrée ouverte. Heureusement, ils ne l'avaient pas vu, mais si cela avait été le cas, ça n'aurait rien changé.

257

XV

LE FOOTBALL du lundi soir. Exactement comme d'habitude, sauf que ce n'était en rien comparable à d'habitude.

Près d'une semaine s'était écoulée depuis qu'il avait surpris Dante et son père en train de parler de lui comme s'il était un lépreux.

Griff s'était enterré lui-même dans des conneries pour se cacher, évitant tout le monde. *Autruche ville, bébé.* Il avait travaillé un double service de folie à la caserne, suivi d'une nuit au Bone où quelqu'un avait fini par passer à travers une baie vitrée. Des feux de friture et des petits merdeux universitaires l'avaient gardé d'une humeur massacrante. Ensuite, pour rester à l'écart de Dante, il avait pris deux jours de maladie. Personne n'avait rien dit à propos d'Internet, il n'y avait aucune façon de découvrir qui avait craché le morceau.

Tommy allait mieux. Sa femme l'avait jeté dehors et avait rempli les papiers du divorce avant même qu'il soit réveillé. Le voisinage savait ce qu'il était et agissait comme s'il était mort. Mais il avait guéri ; il pouvait désormais parler et marcher un petit peu. Griff allait le voir et s'asseyait avec lui la plupart des nuits. Juste pour ne pas avoir à être seul. Et parce que l'hôpital était un endroit sûr pour se cacher. Personne ne pouvait l'y trouver.

Dante était lui-même resté hors de vue, évitant Griff pour probablement les mêmes raisons, même s'il ne le savait pas. Il était toujours en arrêt maladie avec sa possible commotion cérébrale. Avec du temps libre et la liasse de billets de la dernière séance de TêteBrûlée, il avait replâtré le deuxième étage de sa maison délabrée.

Griff savait qu'ils avaient besoin de parler, mais ils étaient tous les deux frileux. Comment terminait-on une amitié qui avait duré toute une vie ? Il avait laissé tomber et s'était mis à la recherche d'un appartement à Staten Island. Il avait aussi commencé à regarder pour se faire transférer dans une nouvelle caserne. Il devait être prêt. Ce soir avec les gars serait un dernier avant-goût des choses revenues à la normale.

Ouais, c'est ça.

Dès la minute où Griff passa le seuil de la porte de Dante, ils furent extrêmement conscients l'un de l'autre. Il ne savait pas comment réagirait son meilleur ami et en conséquence, ne savait comment se comporter. Apparemment, ils allaient être sur des charbons ardents pendant un moment, jusqu'à ce que l'un d'eux parle. Nul ne se précipitait là où les anges craignaient d'aller.

La maison était la même : des pièces de moto dans le couloir, la porte hors de ses gonds dans les toilettes du rez-de-chaussée, l'énorme canapé d'angle sur lequel les gars avaient tous regardé les matchs depuis le 11 septembre. Mais Dante était complètement différent, et ce, à la seconde où il ouvrit la porte, après le coup frappé par Griff.

En fait, le coup déclencha la bizarrerie. Normalement, la porte de Dante était grande ouverte ; lorsque vous passiez le seuil, il y avait un ou deux mecs qui fumaient sur les marches et quelqu'un en train de pisser dans les toilettes. Griff avait l'habitude d'entendre des gars en train de rire et de crier sur la télé, Dean Martin chanter depuis la radio de la cuisine, et Dante raconter des plaisanteries salaces pendant qu'il versait un quart de sauce dans un bol pour l'équipe.

Pas ce soir. Ce soir, c'était comme se diriger vers une potence sous la pluie.

La porte était fermée ; la maison était calme ; les fenêtres étaient sombres. Pour la toute première fois dans sa vie, Griff frappa à la porte de la Brownstone délabrée de Dante. L'action lui semblait étrangère, comme si sa main était faite de bois. *Toc, toc, toc* sur un marteau de cuivre qu'il n'avait jamais remarqué parce qu'il ne pouvait se souvenir d'avoir vu la porte fermée comme ça une nuit de match.

Peut-être qu'on n'est pas lundi ? J'ai dû confondre les...

Mais Dante ouvrit la porte et il était habillé comme toujours... un maillot de hockey, un pantalon de survêtement et les pieds nus. C'était normal. Il sourit et c'était normal aussi.

— Hé.

— Salut.

Griff tendit les packs de bière qu'il apportait toujours, et Dante hocha la tête, mâchant un morceau de pain, avant de retourner dans la maison. *Jusqu'ici tout va bien.* Sauf que ce soir, il pouvait sentir cette chaleur qui exsudait de Dante. Même ses pieds étaient beaux, à cet enfoiré. Traversant le couloir, Griff pouvait imaginer les muscles de Dante rouler sous ses vieux vêtements et sentir son léger parfum musqué sous les arômes de sauce tomate et de farine.

— J'ai préparé un ziti que je dois mettre au four. Il y en a pour deux secondes.

Une fois Griff à l'intérieur, il réalisa que le reste des mecs n'étaient pas là. *Bon sang, mais que se passe-t-il ?* Les présentateurs de la chaîne sportive bavassaient tranquillement depuis l'écran plat dans le salon – les seules autres voix dans l'énorme maison.

— J'allais t'appeler. Ernie fête son enterrement de vie de garçon et j'ai oublié.

Dante s'essuya les mains sur son pantalon et le déchargea de l'un des packs, se tournant vers la cuisine et l'odeur des tomates séchées.

— C'est juste nous.

Dante s'était arrêté de marcher pour regarder Griff droit dans les yeux, si soudainement que ce dernier avait stoppé net.

Griff rumina ce qu'il venait de dire.

—Ça te va ? lui demanda Dante, comme s'il croyait que Griff pourrait se précipiter vers la sortie.

Griff voyait bien qu'il était nerveux. *Sans blague.* Bien sûr qu'il l'était.

— Ouais, D. C'est génial. C'est plutôt agréable d'avoir une soirée tranquille après les deux dernières semaines.

Il va me demander des comptes. Je suis seul avec lui.

S'esquivant dans la cuisine, Dante lui lança une bière et hocha la tête, comme s'ils avaient négocié quelque chose et s'étaient mis d'accord.

Griff avait l'impression qu'ils attendaient tous les deux que quelque chose arrive.

— Ta tête va mieux ?

— Pour sûr : en petite forme, couci-couça. Mais comme neuve.

Dante se tapota doucement le crâne et sourit.

Griff regarda désespérément les comptoirs encombrés et ouvrit ses mains puissantes devant Dante pour emporter quelque chose, n'importe quoi, dans l'autre pièce.

— Je peux faire quelque chose ?

Dante secoua la tête, faisant un geste vers lui pour l'envoyer au salon.

— Nan. Contente-toi de manger ce que je te sers et ne réplique pas. Va t'installer. J'arrive dans cinq minutes avec le gratin.

Ses yeux noirs se plissèrent et il sourit à nouveau tristement à Griff qui décampa rapidement avant que quelque chose soit dit. Il se dirigea vers le vieux et grand canapé d'angle de Dante, de trois mètres sur un, et s'affala.

Il se débarrassa de ses chaussures avec les pieds et se frotta le visage en essayant de deviner les plans de Dante pour la soirée.

Il voulait appeler les secours, sauf que, bien sûr, une équipe d'urgence était déjà là.

— GRIFF, TU en veux encore ?

Dante se tenait sur le seuil de la porte avec une casserole à moitié finie de ziti et une longue cuillère. Griff était affalé sur le canapé. Il secoua la tête et tapota son estomac, un mur dur de pâtes et de ricotta sous les abdos.

— Je risquerais de vomir. C'était génial.

— Quel est le score ? demanda Dante par-dessus son épaule alors qu'il ramassait le plateau pour l'emporter à la cuisine.

Aucune foutue idée, c'est ça le score. Queue un, cerveau zéro. Griff plissa les yeux pour déchiffrer les résultats sur la télé jusqu'à ce que la voix de Dante résonne depuis la cuisine.

— Tu veux une autre bière ?

Oui. Non. Peut-être.

Dante ne devrait pas boire de toute façon, avec sa tête, bien qu'une part de Griff veuille qu'il soit assez dévasté pour lui sauter dessus jusqu'à ce qu'il se rende complètement. *Arrête ça.* Il déplaça sa demi-érection vers sa cuisse pour qu'elle ne soit pas aussi flagrante.

En y réfléchissant, rester sobre et garder les idées claires semblaient une bonne idée dans son cas aussi, vu le sexe de Dante se balançant dans son pantalon, dans ses sous-vêtements lâches.

Lorsque Dante s'adossa, Griff put voir le renflement sous le coton et ses bourses énormes collées contre sa cuisse. Il savait à quoi elles ressemblaient, il connaissait leur parfum et ce que cela faisait de les avoir en main.

Il se sentait comme le pire des pervers, à détailler ainsi son meilleur ami, mais après ce qu'ils avaient fait, il était naturel qu'il… y fasse attention, non ? Il n'était pas obsédé, mais il n'arrêtait pas de penser à des choses qu'ils avaient faites ce jour-là devant les caméras. Même en sachant ce que Dante avait dit à son père. Est-ce que Dante pensait à la même chose ?

Qu'est-ce qu'on attend ?

— Je ne t'ai pas entendu, mais je crois que tu as dit oui.

Dante passa au-dessus de ses jambes étendues et posa une bouteille sur la table devant lui, attendant qu'il l'attrape. Griff rit et abandonna,

261

faisant tinter leurs bières ensemble. Dante le fixa intensément, mais pas son visage ; en fait il n'avait pas regardé le visage de Griff au-delà du minimum requis durant la dernière demi-heure. Au début, Griff avait cru qu'il devenait paranoïaque, mais Dante avait continué de regarder ses mains alors qu'il décapsulait sa bière, qu'il buvait, qu'il coupait le pain, qu'il piquait les pâtes avec sa fourchette.

Durant le repas, il avait songé que Dante ne prêtait pas attention à lui, mais à ses grosses pattes. Dante ne semblait même pas en être conscient, mais il semblait hypnotisé par les mains abîmées de Griff, les larges jointures, les quelques poils cuivrés sur ses poignets.

Info archivée. Juste pour tester sa théorie, Griff avait attrapé la télécommande et Dante, totalement honnête, avait rougi et regardé ailleurs en faisant semblant de se gratter les bourses.

Il a une barre dans son survêtement. À cause de mes mains ? Puis Griff avait dû regarder ailleurs. Il s'était caché derrière ses ziti. Madame Anastagio avait appris la bonne cuisine à son fils cadet.

En fait, étrangement, le sujet de conflit majeur de Griff ce soir-là était concentré sur la taille de Dante et le bas de son dos... Pas son entrejambe ou ses fesses, mais cette longue ligne de muscles qui s'étirait de ses côtes jusque dans son pantalon. Il ne l'avait jamais particulièrement remarqué avant, mais ce ventre mince ne cessait d'attirer son regard. Dante tourné pour attraper quelque chose derrière le canapé et son tee-shirt se soulevant. Dante agenouillé devant le frigo pour attraper les ziti et les mettre au four. Dante se penchant pour attraper sa bière sur la table basse. Dante s'étirant avant de se lever pour aller pisser et lui montrant cette ligne parfaite et mince de poils frisottants menant...

Mais qu'est-ce que je fais, bordel ?

Dante ne semblait pas conscient de son trouble. Griff ne cessait de déglutir parce qu'il salivait à cette vue. L'idée de mettre les mains sur la taille de Dante, de faire descendre son pantalon. De se mettre à genoux entre ses pieds nus et de supplier, et pire encore.

Toute la soirée, ils firent comme si de rien n'était, qu'ils ne s'étaient pas touchés l'un l'autre, qu'ils étaient seulement deux pompiers passant du temps ensemble à finir des restes en regardant un match à la télé et en faisant des blagues graveleuses sur les nanas. *Mais pas de bol !* Les souvenirs de cet après-midi devant la caméra flottaient dans l'air entre eux. Si clairement que parfois Griff savait exactement quel souvenir ils essayaient de ne pas partager. Même dans la maison de Dante, les heures passées chez tetebrulee. com continuaient de faire surface autour d'eux.

Dante était tendu. Quoi que Monsieur Anastagio lui ait dit, cela ne quittait pas son esprit. Être assis sur le canapé à faire semblant de regarder le match était un rappel vif d'eux, nus, cuisse contre cuisse, en train de polir leur érection en tandem. Ou de Dante plaisantant alors qu'il attrapait le lubrifiant glissant.

Dante se tourna pour lui poser une question, et Griff le vit à ses côtés en train de décalotter son prépuce rosé avec un clin d'œil. Peut-être qu'il se rappelait tous les deux de Dante glissant à genoux sur le tapis, levant les yeux vers Griff comme s'il lui demandait sa permission. *S'il vous plaît, Monsieur, puis-je m'étouffer sur votre queue ?* Maintenant, tout faisait écho entre eux et ramenait le porno sur le devant de la scène.

Ils avaient oublié comment se comporter normalement. Chaque mouvement leur rappelait la dernière fois où ils s'étaient trouvés ensemble dans une pièce. Griff avait envie de se masturber et de vomir à la fois.

Il avait déjà jeté des regards en douce à Dante avant ce soir-là, mais après avoir filmé cette dernière séquence de fellation complètement dingue, il savait exactement ce qu'il était en train de regarder et ce qui était caché. Tous les deux le savaient. Il pouvait sentir la peau de Dante. Il pouvait entendre ces sons. Il connaissait ses réponses dans toute leur autre signification.

Pour la première fois de sa vie, il comprit pourquoi la Bible appelait le sexe… 'Connaissance'. Tout était différent. Maintenant qu'il *connaissait* Dante. Il avait connu Dante. Et, merveille des merveilles, Dante l'avait connu lui aussi. Ils ne pouvaient oublier parce qu'ils ne savaient tout simplement pas comment gérer cette connaissance. Pour l'instant.

D'une certaine façon, c'était pire d'être assis sur *ce* canapé parce qu'il ne pouvait plus compter le nombre de nuits où il avait atterri là, ou ri, ou frappé Dante derrière la tête, ou même confessé des histoires embarrassantes à propos de ses rencards. C'était comme avoir une érection à l'église, définitivement sale… mais dans le genre pervers, pas dans le genre poussière qui part sous la douche. Il déplaça son érection incontrôlable et tira son tee-shirt plus bas pour la couvrir.

À certains moments au cours du match, il lui sembla presque que Dante flirtait avec lui, mais il avait l'air si paniqué que Griff se rendit compte que Dante essayait de se lancer et d'entamer la confrontation que son père avait suggérée.

À la mi-temps, par une série de déplacements invisibles et aléatoires, ils avaient réussi à se retrouver pressés jambe contre jambe sur le canapé, face au match. Griff ne regardait plus du tout la télé. Il biberonnait sa bière et essayait de garder son calme pour que Dante puisse dire ce qu'il avait à dire et qui le travaillait tant.

Dante coupa le son de la télé durant la mi-temps alors que ces idiots de journalistes discutaillaient.

— Écoute. Euh. Je voudrais discuter de quelque chose.

C'est parti. Griff haussa les épaules et garda ses yeux droits devant lui, feignant un air décontracté.

— Ça va les finances maintenant ?

— Ce n'est pas de ça que je voulais parler. Je dois te demander quelque chose.

Dante se gratta la tête durement, et ses cheveux se retrouvèrent bizarrement ébouriffés en une crête ondulée.

Griff résista à l'envie de tendre le bras pour les lui lisser. Un mois plus tôt, il l'aurait fait. Ça craignait.

— Ça ne voulait rien dire. Je me suis déjà fait sucer avant, D. Tout va bien entre nous.

— Ce n'est pas le porno.

Dante essayait d'amener le sujet de la conversation qu'il avait eue avec son père.

— Dante, tu es comme mon frère. Et c'est pour ça qu'on l'a fait. Problème résolu.

Griff poussa plus loin.

— Rien n'a changé. Je ne suis pas différent de ce que j'étais.

— Je ne sais pas. Allez, Griff. Je t'ai fait jouir. J'ai sucé ta queue. C'était super flippant. Je suis un peu flippé. Pas toi ?

— Stop. Je ne veux pas y penser.

— Moi si.

Dante tritura l'étiquette de sa bouteille. Son visage était concentré, son front plissé, comme s'il essayait de traduire du chinois. Il pencha la tête et prit une gorgée, croisant les yeux de Griff juste une seconde.

— Penses-y. J'ai pensé à ça toute la semaine. Pas toi ?

— Non ! Je veux dire, si, mais nous n'avons pas besoin d'y penser. Ça va.

Griffin pouvait sentir la brûlure de l'embarras lui réchauffer les joues et les oreilles.

— Tu n'as pas semblé avoir de problème d'éjaculation, déclara Dante en fronçant les sourcils et en ayant l'air offensé.

Griff se tourna pour s'appuyer sur le bras du canapé, mettant de l'espace entre eux.

— Qu'est-ce qu'il y a ?

Comment son père l'a-t-il découvert ?

— Nous sommes amis. Les meilleurs. Tu ne me détestes pas ?

Tout le corps de Dante trahissait son anxiété ; ses yeux, ses mains et ses muscles crispés.

— Non ! Non. Je ne pourrais pas te détester, D. Si tu vas bien, je vais bien. Je ne voulais simplement pas te compliquer les choses avec... tout ça.

Griff essaya de se placer de façon à voir les yeux de Dante.

— Ce que je veux dire, reprit Griff, c'est que tu es plus que ce que tu parais. Un corps bien foutu. Si nous devons laisser tomber le FDNY, tu as des options. Je veux dire, si les gens ont découvert que nous…

— Ils ne le découvriront pas. Ils ne l'ont pas découvert. Écoute...

Attends. Quoi ?

Griff avait l'impression d'avoir été frappé à la tête avec une pelle de bande dessinée. *Don-nn-inngggg !*

— Je pensais que quelqu'un nous avait vus. En ligne.

— Nan. Non ! Ce n'est pas ce que je suis en train de dire, crétin. Veux-tu me regarder ?

— Je t'ai entendu parler avec ton père.

Le visage de Dante se crispa et il essaya de se rappeler quand cela avait pu...

— Quand vous retapissiez. Vous parliez de moi.

— Oh.

— Et avant tout chose, je dois te dire...

La voix de Griff se coinça dans sa gorge et il baissa les yeux.

La main basanée de Dante était sur sa jambe, assez haute, le serrant près de ses bourses et du renflement évident poussant sur la couture. C'était si bon qu'un gémissement lui échappa avant qu'il essaie de repousser la main.

Griff s'enfonça aussi loin qu'il le put dans le canapé.

— N'aie pas peur.

En un mouvement fluide, Dante se mit à genoux sur le canapé au-dessus de Griff, à califourchon sur lui.

— Bordel, qu'est-ce que tu fais ?

Les papillons dans l'estomac de Griff étaient devenus ptérodactyles, mais il ne pouvait repousser Dante. Il avait peur qu'en le touchant, il ne puisse s'empêcher d'attirer son meilleur ami à lui pour le goûter.

— Je n'arrête pas de penser à ça, G. C'est drôle. J'ai essayé de ne pas y penser quand nous étions là-bas. Mais maintenant, je te vois différemment, en quelque sorte. Ou je te vois, point, comme je ne t'avais jamais vu avant. Je te sens, là. J'ai eu ces sentiments et je n'ai jamais pensé que tu… Je n'ai jamais rien fait qui ressemble à ça ou pensé que c'était possible, mais maintenant oui. Je le fais. Je pense à ça tout le temps.

Dante effleura un trou noirci sur le bras du canapé.

— Ce n'est pas comme si j'étais gay, mais d'une certaine manière, ça me faisait me sentir mieux que jamais.

— C'est une mauvaise idée.

— Je n'ai pas de mauvaises idées.

Dante secoua la tête, tapotant fermement Griff à travers sa chemise.

Tout ça est une putain de blague !

— Je veux te parler de trucs réels. De trucs importants. J'ai besoin de t'expliquer…

Dante poussa son cul ferme et parfait sur le lourd canon de Griff à travers leurs survêtements.

Griff haleta, coincé sous le corps mince de son meilleur ami.

— Nous l'avons déjà fait, ça, murmura Griff.

— C'était des conneries pour le site. Maintenant c'est juste nous. Je veux connaître la réalité.

Les lèvres de Dante effleuraient son cou, aussi douces qu'une plume.

Les cheveux de Griff se dressèrent sur sa tête et il frissonna. Était-ce un test ? Une sorte de coup étrange que les hétéros faisaient par pitié ? Comme si Dante savait ce que son ami pédé ressentait et qu'il était prêt à s'amuser. Un genre de remerciement tordu ?

— Ne fais pas ça. Je t'ai entendu parler de moi !

— Tu es à ce point dégoût…

Dante pinça ses mamelons à travers sa chemise. Un courant électrique passa entre eux et dans sa verge.

— Dégoûtant.

— … dégoûté de moi ?

Dante secoua la tête et se recula pour le fixer.

— Attends, quoi ?

— Je suis dégoûtant.

266

— Tu n'es pas dégoûtant, Griffin. Mais…

— Tu n'as pas idée.

— Donc, tu *es* dégoûté. C'est ce que tu m'as entendu dire à mon père.

Griff attrapa les mains de Dante avant qu'elles causent plus de dommages à son sang-froid. *Dernière chance.* Il les poussa dans le dos de Dante, les tenant là, dans un poing puissant. Sa voix gronda dans sa poitrine – le mauvais flic barbare.

— Arrête de jouer. Tu ne veux pas de moi.

Dante arqua sa poitrine, les poignets piégés, comme s'ils étaient vraiment restreints, ses fesses rebondies contre les genoux de Griff.

— Qu'est-ce que je veux, hein ? À toi de me le dire.

Je ne sais pas !

— Quelqu'un d'autre. Quelque chose d'autre.

Griff essaya de ne pas prêter attention au renflement qui se nichait dans la fente entre ces fesses rondes et fermes.

La voix de Dante était rauque et ses yeux brillaient comme deux canons.

— Tu te souviens du soir où je suis passé à la caserne et où je t'ai embrassé ? Moi oui.

— Tu t'es cogné la tête et tu ne réfléchis pas clairement.

Griff essaya de se lever, mais Dante le retint fortement entre ses cuisses.

— Je ne réfléchis définitivement pas clairement, mec.

Dante rit et laissa ses mains derrière lui, torse bombé.

Cligne des yeux. Griff déglutit.

Dante se pencha plus près, murmurant presque, comme s'il ne pouvait pas confesser ce qu'il avait à dire pendant qu'il regardait son meilleur ami dans les yeux. Il déposa les mots directement dans l'oreille de Griff.

— Après t'avoir embrassé et que tu m'as embrassé en retour, après notre restau-rencard, je suis rentré chez moi et je me suis branlé deux fois, et je l'ai mangé. J'en ai rêvé. Je me suis branlé en pensant à ce putain de baiser plus de fois que je peux les compter. Je me suis masturbé en pensant à ton goût, ton parfum, les sons que tu émets, ton odeur. Et…

Griff repoussa Dante vigoureusement.

— Arrête ça ! Arrête de raconter ce tissu de conneries pornos.

— Seigneur, ce que tu es têtu !

Dante trébucha sur ses pieds et baissa les yeux sur Griff, les mains sur ses hanches minces.

267

— Je n'ai jamais été avec un homme. Pas pour de vrai. Putain ! Je n'ai jamais *voulu* l'être.

— Moi non plus.

Griff respirait plus vite qu'il l'avait réalisé. Il avait une érection flagrante qu'il ne fit rien pour couvrir.

— N'es-tu donc même pas curieux ?

Dante utilisa le mot d'Alek. Le mot de Tommy. Un mot qui détruisait des familles et envoyait les gens à l'hôpital pour pisser dans un sac.

À la télé, un groupe de joueurs à la retraite avec des postiches et des costumes en taille cinquante se donnaient des airs et se disputaient sur des futilités dans une salle de rédaction. Dante s'avança d'un pas et regarda Griff étendu sur le grand canapé, vêtements à moitié retirés, son énorme érection faisant une tente dans son pantalon.

— Une nuit. Une expérience. Nous avons déjà fait des choses. Si c'est trop bizarre, c'est une seule fois et plus de peur que de mal. Toi et moi, juste pour voir. Putain, je t'en défie, et je surenchéris, si tu l'oses, Griffin.

— Je sais déjà. Je n'ai pas besoin d'essayer.

— Je ne suis pas laid à ce point, connard.

Dante donna un coup de pied moqueur à Griff.

Griff esquiva le coup, tirant ses jambes sur le canapé et glissant en arrière pour s'échapper. Une sensation bizarre de déjà-vu l'arrêta net. Le site Internet ? L'école de formation ? La salle de repos à la caserne ? De quoi se rappelait-il ?

Dante passa une main dans ses cheveux, poussant les mèches noires d'encre hors de son visage.

— Juste à titre d'expérience. Tu me fais confiance. Et je te fais confiance. Ensuite, nous pourrons parler de tout ce que tu voudras. Mais mec, je ne peux pas parler maintenant.

Il pressa ses lèvres sur celles de Griff.

Oh !

Griff tremblait et son cœur essayait de se frayer un chemin pour sortir par ses oreilles. Il hocha la tête sans rompre le baiser.

Dante agissait comme si tout semblait normal.

— N'aie pas peur. Tourne-toi pour que je puisse te masser le dos.

Houlà !

Griff s'étouffa presque puis se mit à respirer par la bouche, essayant de ne pas hyper-ventiler. Il pouvait sentir son QI dégringoler vers le sous-sol. Il laissa Dante soulever ses jambes sur les coussins moelleux et le déplacer sur le ventre, et le dépouiller de son survêtement. Il y avait toutes ces choses qu'il avait besoin de dire, mais tout cela semblait inutile avec Dante si proche, si chaud et inexplicablement excité.

Dante grimpa à nouveau sur lui, s'asseyant sur les fesses rondes de Griff pour lui pétrir les épaules.

— Je veux juste essayer. Tout ira bien. Ce n'est rien. Peut-être un massage pour commencer ? Deux mecs. Ça devrait le faire, hein, non ?

Qu'est-ce qu'il demandait ?

— Et ensuite, je veux que tu…

Dante se pencha en avant, appuyant sa poitrine contre le dos musclé de Griff, ses lèvres contre son oreille :

— … t'en remettes complètement à moi.

DEPUIS QUINZE ans qu'il l'aimait, Griff n'avait jamais rencontré ce Dante : hésitant, attentionné et patient.

D'où viens-tu ?

Dante se décala légèrement vers l'avant afin de se trouver assis exactement sur la douce inclination des reins de Griff. Il se frotta les mains pour les réchauffer et pressa ensuite son poids entre les omoplates de Griff.

Griff gémit.

— Trop fort ?

— Nn... nn-euh.

Les grognements de Cro-Magnon de Griff les firent rire tous les deux.

— Argh. C'est bon.

Griff cacha son rougissement dans les coussins du canapé. Pourquoi aucun autre massage ne ressemblait-il à celui-ci ? Il n'avait jamais eu de raideur quand ses entraîneurs l'avaient massé après les entraînements, et à l'époque il chopait une érection rien qu'en cherchant ses clés dans sa poche. Quelque chose à propos de la rugosité des mains de Dante. De son petit sifflotement heureux alors qu'il travaillait les nœuds des lourdes épaules de Griff.

Il ne connaissait pas du tout cette personne calme et tendre. Peut-être que c'était à ça que ressemblait Dante dans sa chambre, en privé. Derrière des portes closes, son effronterie se transformait – *pouf* – en une sorte de désir de plaire maladroit et enfantin.

C'est pour ça qu'il arrive à ses fins avec tout le monde, même moi.

Griff soupira.

Le poids de Dante bascula alors qu'il se penchait par-dessus le canapé, à la recherche de quelque chose.

— Je l'ai !

Griff tourna la tête juste à temps pour le voir s'asseoir avec une bouteille dans les mains. Dante sourit timidement.

Il avait l'air... d'avoir peur ?

Griff essaya de ne pas s'attarder là-dessus lorsqu'il entendit sauter le bouchon de la bouteille, puis le son glissant de Dante lubrifiant ses mains et *humphhh*, les plonger profondément dans les muscles de son dos. Alors, il fut incapable de former la moindre pensée cohérente. Dante commença par les épaules et dénoua le stress accumulé, sur toute la longueur de son dos jusqu'à la courbure de ses fesses. Il recula légèrement pour avoir un meilleur angle, utilisant ses poings pour pétrir les globes pâles.

Griff sentit une goutte de sueur tomber du front de Dante sur ses fesses et rouler entre elles.

Apparemment, Dante l'avait vue, parce qu'il se pencha plus près, son souffle rafraîchissant la peau de Griff. Plus bas. Plus bas. Dante reculait pour approcher son visage, et il sentit alors sa bouche contre son cul, suçant la goutte sur lui et mordant le muscle. Des mains dures lui écartèrent les fesses. Sa langue plongeant profondément entre elles, transperçant le minuscule iris de muscle rose enterré dans la fente.

Un aboiement silencieux de surprise échappa à Griff. *C'est ça !* Cette sensation à nouveau, et il la voulait.

Cette fois, Dante savait lui-aussi exactement ce dont il avait besoin, et il ne lâcha pas Griff une seconde. Il suçait et mordillait le petit trou rougissant, sa légère barbe égratignant la peau entre les globes de Griff. Fesse contre joue et joue contre fesse. Griff rit et haleta alors que la langue se frayait un chemin sur toute sa longueur à l'intérieur de lui et que le petit muscle se refermait autour d'elle.

Oui, s'il vous plaît.

Dante faisait des bruits démentiels, reniflant et grognant alors qu'il essayait d'enfoncer son visage plus loin dans ce sillon profond. *Voilà ce que tu obtiens à faire trop de squats à la caserne.*

En riant, Dante se redressa légèrement et fit glisser sa poitrine le long des cuisses de Griff jusqu'à ce qu'il soit complètement allongé au-dessus de lui, son cœur battant entre ses omoplates, son membre calé dans le sillon de ses fesses. Il portait un préservatif.

Où est passé son caleçon ?

Dante s'était débarrassé de ses vêtements… connard sournois.

Son érection démesurée glissait derrière Griff, effleurant le nœud serré caché là. Une perle de sueur coula le long de son visage sur l'épaule de Griff et les lèvres rosées de Dante furent à son oreille, lui faisant vouloir des choses terribles.

— C'est bon, non ? Ton cul est si ferme. Seigneur, mec. Cette sensation est totalement incroyable.

Encore une fois, Dante faisait preuve d'une douce timidité pour prononcer les mots les plus salaces, et son sexe gainé était insistant, passant sur son ouverture, s'arrêtant à l'occasion pour pousser tout contre elle. *Toc, toc.* En avant et en arrière et poussant, en arrière et poussant et en avant.

Dante sentit leur peau brûler de la friction et son cul se détendit un peu alors qu'il était massé, massé et massé encore jusqu'à la soumission. Il n'avait pas peur. Ce n'était pas son idée. Sans y penser, il arqua le dos légèrement, et à la poussée suivante il sentit le gland de Dante pousser un peu en lui. Un sifflement de Dante dans son oreille. Griff faillit presque éjaculer à l'instant.

— Attends.

Dante le fit, son membre courbé violant à peine ce petit anneau de muscles.

Griff était paralysé ; il pouvait sentir la chaude longueur pressée contre la tranchée, et l'étrange espace en lui où le sexe de Dante avait besoin d'être.

Maintenant.

Dante poussa son nez contre son oreille, mordant le lobe, léchant la morsure.

— Je porte un imperméable.

— Je sais... ce n'est pas ce que je…

Griff ne savait pas comment demander ce qu'il voulait. Tout était si calme.

— Juste nous. Juste maintenant, dit Dante.

Ce dernier prenait de grandes respirations, mais Griff retenait la sienne.

— Mon Dieu, je sais.

Pendant un fol instant, Griff entendit un vieux tube dans sa tête : *should I stay or should I go ?* Il pouvait sentir la respiration lente de son ami qui se crispait pour s'empêcher de pousser.

Griff prit sa décision, parce qu'il n'y avait pas vraiment de décision pour lui. Il arqua brutalement le dos et se repoussa contre Dante alors que la pointe s'insinuait en lui. Dante haleta avec lui.

Aïe. Waouh.

Il ne s'était pas attendu à cela. Le sexe de Griff s'engorgea sous lui, jusqu'à lui faire mal.

Avec une infinie patience, à faire grincer des dents, Dante fora ce sexe parfait, épais et rose à l'intérieur de Griff jusqu'à ce que le plaisir lui fasse voir des étoiles et qu'il doive respirer par la bouche pour s'empêcher de s'évanouir. Il grogna tout bas, un son provenant du ventre et sentit un grondement lui répondre sur son dos large.

— Oh. Mon. Putain.

Dante s'enfonça davantage, ses mains agrippant les épaules larges sous lui, poussant ses hanches minces profondément, très loin. Griff pouvait l'entendre serrer les dents, et cette queue italienne brûlait comme si elle le faisait fondre de l'intérieur.

— Griff. Ton cul.

Pompant régulièrement mais lentement, Dante fit glisser ses mains des épaules de Griff le long de ses bras jusqu'à ce que sa poitrine soit étroitement pressée contre son dos et leurs doigts entrelacés, crispés dans cette chaleur glissante.

— Tu… tu… oh !

La forme incurvée de son sexe fit quelque chose de merveilleux à l'intérieur de Griff. La tête frappa contre ce petit endroit affamé qui le fit trembler et rouler des yeux vers l'intérieur de son crâne.

Dante serra les bras autour de lui assez fort pour lui laisser des bleus et embrassa son épaule à pleine bouche.

— Ah oui ! Recommence.

— Oui, Monsieur.

Griff rit par-dessus son épaule et Dante l'imita. Ça semblait tellement fou et tellement juste. Les yeux de Griff se fermèrent alors qu'il refermait son corps sur cette verge et se poussait à nouveau en arrière.

— Ouais ! Ouais, ouais. Seigneur… Tu me rends dingue. Ahhh. Baise-toi sur ma… Oh mon Dieu !

Griff s'exécuta. Il ne pouvait pas s'en empêcher. Cette courbe parfaite le transperçait jusqu'aux tréfonds de son être, forant dans quelque chose qui faisait baver sa queue. Chaque coup faisait jaillir de lui des filets glissant et le poussait vers la jouissance.

Trop tôt.

Si profondément que ses entrailles ne voulaient pas laisser tomber. Chaque coup appuyait sur ce point insatiable, attisant une flamme, le poussant vers un ravin jusqu'à ce qu'il soit sur le point de…

— Dante, attends. Ne bouge pas. Ne bouge pas !

Griff s'arrêta net, essayant de tendre chaque muscle de son corps pour se retenir. Il allait jouir trop vite. Il venait juste de commencer, et il n'y avait aucun moyen que cela soit assez long pour le satisfaire. Sur le tapis, une bande de préservatifs en papillote brillait comme un Graal.

Dante fit exactement ce qu'il lui dit, haletant et reposant son front entre les omoplates de Griff. Ses lèvres caressèrent la peau et il l'embrassa une fois.

— Est-ce que je t'ai fait mal, mec ?

— Non, j'ai presque… une seconde…

Griff tendit la main pour agripper durement la hanche de Dante. Ses jambes étaient raides et tremblantes entre celles de son ami. Son cul s'agrippait à son sexe incurvé, le retenant en lui à cet *endroit*. De la sueur coulait entre eux alors qu'ils reprenaient leur souffle, leurs côtes se soulevant ensemble au rythme de leur respiration.

— J'essaie… commença-t-il.

Mais Griff sentit la légère caresse : la langue de Dante se faufilant de manière incontrôlable pour lécher son échine, un léger chatouillement.

Ce fut trop.

Griff se redressa, soulevant Dante avec lui avec un rugissement. La pique courbe de Dante glissa hors de lui, mais avant qu'il en sente complètement l'absence, il renversa l'Italien sur le dos.

Surpris, Dante essaya de se retenir puis tomba contre le bras opposé du canapé, sur le dos, son érection brillante fléchie contre la ligne de poils bouclés qui plongeait depuis son nombril parfait.

— Attends, attends-moi.

Se retournant, Griff saisit ses jambes et le tira en travers du canapé pour les envelopper autour de son dos. Il se pencha pour embrasser une partie du visage confus de Dante, lui lécher la gorge, tâtonnant pour dérouler un préservatif sur son propre sexe.

Leurs queues se livrèrent duel pendant un moment alors qu'il s'inclinait pour rapprocher leurs visages à nouveau, puis jetait un coussin hors du canapé pour faire de la place. Il renversa quelque chose sur la table basse, mais au diable s'il se souciait de savoir quoi.

Il mit ses doigts dans la bouche de Dante et Dante les lécha.

Le plaisir s'empara de Griff, coincé dans sa gorge jusqu'à ce qu'il ne puisse plus respirer à moins d'avoir leurs bouches ouvertes l'une contre l'autre.

C'était tout Dante, sous lui, le regardant, poussant vers lui comme une flamme. Dante essayait de se relever sur le canapé, mais le cuir couvert de transpiration et de lubrifiant était trop glissant.

Griff suça la salive de Dante sur ses doigts et tâtonna plus bas pour trouver la minuscule ouverture de Dante, la massant fermement comme il avait vu Dante le faire une vie plus tôt.

Je sais ce que tu aimes. Tu me l'as appris.

Les yeux brillants, Dante inclina ses hanches et tint ses genoux ouverts, donnant plein accès pour que Griff puisse ramper plus près et enfoncer son doigt mouillé, puis les autres, à l'intérieur. Un, puis deux, glissant doucement dans la petite ouverture.

La large couronne de son érection titilla les bourses de Dante, puis dessous.

— Ne lutte pas contre moi. Ça rentre. Je le veux, grogna Griff à son attention.

— Bien.

— Je ne vais pas être capable de me contrôler.

— N'essaie pas, murmura Dante en secouant la tête.

Encore cette timidité.

— Seigneur… s'il te plaît, ne te contrôle pas.

Dante leva une main pour toucher le visage de Griff. Griff hocha la tête et embrassa brutalement sa paume.

Griff chercha le lubrifiant, mais il ne voulait pas détourner les yeux de son homme, et finalement Dante le lui mit entre les mains et ouvrit le bouchon pour en presser une bonne quantité entre eux, enduisant sa fente lisse avec ses propres doigts. En gémissant, il glissa un long doigt en lui à côté des deux de Griff déjà présents, et ensemble, leurs lèvres s'effleurant, les yeux dans les yeux, ils l'ouvrirent.

Griff ne pouvait attendre une seconde de plus ; il sortit les doigts, et celui de Dante.

— Dernière chance.

Griff positionna le gland brillant et émoussé juste devant l'entrée parfaite de Dante qui cherchait à l'attirer. *Toc, toc.*

Dante hocha la tête.

Griff poussa un peu plus avant, respirant à peine, mais il s'arrêta dès qu'il vit les yeux de Dante s'élargir et prendre un air choqué.

— Ahh ! Ok… ok...

Dante acquiesça à nouveau.

— Doucement ! Vas-y en douceur. D'accord ? Bon sang, tu es énorme, Griffin !

Griff prit son temps, se contentant de presser fermement en avant pendant que Dante s'ouvrait millimètre après millimètre autour de sa grosse pomme rougissante.

Tout à coup, le muscle se détendit et il surgit à l'intérieur. Ils glapirent tous les deux. Dante haletait entre ses dents comme s'il courait un marathon. Il déglutit et se lécha les lèvres.

Griff s'immobilisa d'inquiétude et commença à se retirer.

— Non. Je le veux. C'est tellement…

Les yeux de Dante se firent sauvage et sa voix étouffée. Ses fesses se contractaient autour du gland. Son pouls pulsait dans sa gorge.

— Bon Dieu, comme si je ne savais pas que je le voulais !

Il haletait, et son cul glissa d'un autre millimètre sur l'érection de Griff, la serrant comme un poing. Dante frissonna.

— Chatouilleux ?

La bouche de Griff était ouverte sur son épaule, il mordit le muscle salé.

Dante frémit, hocha la tête et en eut le souffle coupé.

— Génial… super. Ah ! Mmm.

Dante faisait bouger ses hanches en petits cercles, essayant d'amener l'érection de Griff profondément en lui.

Griff était étourdi ; des étincelles vacillaient sur les bords de sa vision.

— Est-ce que c'est trop ? Je peux…

— Non. Mets-la-moi.

Soudain, Dante s'empala lui-même sur le robuste envahisseur ; il enroula juste les jambes autour du dos de Griff et l'amena de force vers lui, le prenant entièrement, les choquants tous les deux. Sa tête brune tomba en arrière, étirant sa gorge puissante, et son souffle sortit en courts halètements.

— Put-tainnnn.

Dante respirait difficilement et se lécha les lèvres. Ses yeux étaient des fentes fébriles. Sa bouche un O de surprise.

— Tu me coupes le souffle ! Tu es si foutrement…

Griff embrassa sa clavicule doucement, puis se retira légèrement, si peu, avant de pousser à nouveau à l'intérieur, fermement jusqu'à ce qu'il se noie en lui.

— Ça y est. Abandonne. Donne-moi ton cul.

Dante grogna et son membre tressaillit involontairement entre eux. Il souleva la tête pour qu'ils puissent se regarder l'un l'autre.

— Quelqu'un aime ça, dit Griff en souriant et en écartant les mèches humides couleur corbeau de son beau visage.

Dante hocha la tête avec un grand sourire. Il avait les yeux larmoyants et il luttait pour respirer normalement.

De si près, à quelques millimètres, face à face, Griff réalisa pour la première fois que les yeux de Dante ressemblaient à du velours noir, mais avec une légère dominante de vert. Comme des scarabées... une irisation émeraude seulement visible à faible distance, au moment de s'embrasser.

Je ne le savais pas.

Dante les ferma et dodelina faiblement de la tête, ses lèvres rouges contre son sourire vif argent.

Griff bougeait avec une lenteur atroce. Ses bras tremblaient de la tension de se retenir.

— Tu sens ça ?

C'est à quel point je t'aime.

— C'est comme...

Dante s'interrompit laissant les mots en suspension, rêveur.

— C'est comme d'être masturbé de l'intérieur parce que tu es si *holà-mon-Dieu* large... Waouh.

La langue de Dante se faufila pour lécher ses lèvres gonflées, ce qui fut une tentation bien trop forte.

Griff se pencha pour lui voler un baiser. Il regarda droit dans ses yeux couleur scarabée sombre, faisant s'effleurer leurs bouches. Contre son nombril, il sentit l'érection de Dante fuir d'un filet continu de liquide séminal, créant non pas une toile d'araignée mais une toile de sperme entre eux. Griff sourit et Dante sourit en réponse, sans savoir pourquoi.

Dis-lui : Je t'aime.

Griff leva ses doigts épais pour les mettre dans la bouche de Dante, et il les mordit doucement, les suçant. Griff exerça une pression sous un angle différent et...

Quelque chose brilla et éclaboussa son abdomen.

— Bordel de merde ! cria Dante.

La longue tige de Dante pulvérisa l'air entre eux tout à coup avec une humidité brûlante.

— Je ne jouis pas. Ce n'est pas moi qui jouis. Bon sang, ne bouge pas.

— Qu'est-ce que tu… ? demanda Griff en secouant la tête, confus.

— Je ne sais pas. Tu as touché quelque chose et c'est juste… Accroche-toi. Oh, c'est complet ! Ça recommence. *Oh-mon-Dieu,* c'est incroyable. Va doucement ou tu vas me le faire refaire.

Griff rit et fléchit son membre à l'intérieur de son amant.

— Et c'est mal parce que… ?

— Je ne peux… Je ne pouvais pas me contrôler…

Dante tourna la tête sur le côté et jeta un bras sur son visage.

— Je suis tellement nul. Foutu adolescent. Bon sang. Je n'arrive pas à croire que j'ai perdu le contrôle… désolé.

— Hé. Hé ! Ne te cache pas de moi.

Griff écarta le bras loin de son visage et repoussa les cheveux en sueur de son front, se penchant pour lui prendre un baiser, grognant.

— Je n'en ai certainement pas fini avec toi.

Dante grogna et tira les hanches de Griff plus près avec ses jambes jusqu'à ce que ce bélier soit enterré au fond de lui, l'étirant de façon incroyable.

— Tu es tellement colossal, mec. J'essaie de gérer.

Des mains dorées glissèrent sur la peau moite de Griff, à la recherche d'une prise. Ils étaient trop glissants. Dante enroula finalement les bras autour des côtes de Griff et le serra dans une sorte d'étreinte d'ours. Entre ses fesses, le nœud serré de muscles massa l'entière et grasse longueur de l'érection de Griff ; tout le corps de Dante se serra autour de lui. Les yeux vert-noir de Dante trouvèrent les siens.

— C'est bon ?

— Hum. Euh, ouais. Ça. Comment fais... ? grogna Griff tout en haletant d'approbation. Continue de faire… continue ça.

Les jambes bronzées de Dante se resserrèrent autour de son dos, les poils couleur suie couverts de leur sueur commune et glissant sur ses hautes hanches fléchies. Le cercle des bras musclés de Dante pressa leurs poitrines l'une contre l'autre et Griff lécha sa gorge encore et encore.

Le sexe de Dante était piégé dans la cage qu'ils formaient, glissant entre leurs abdomens et laissant le miel s'écouler. La bouche de Dante contre la sienne bredouillait des incohérences en italien. Chaque claquement des hanches de Griff forçait son souffle hors de lui, et il poussait ses hanches pour aller à la rencontre des coups de boutoir de son amant.

— Fort… plus fort.

La voix de Dante était rauque et frénétique. Il était tendu comme s'il escaladait la face rocheuse et abrupte d'une montagne, s'étirant vers quelque chose d'impossible. Comme s'il essayait de s'échapper, mais qu'il voulait emmener Griff avec lui où qu'il aille.

— Est-ce que tu sens ça ? Est-ce que tu sens où je suis ? Je te baise, Dante.

Dante grognait chaque fois qu'il touchait le fond, l'air s'enfuyant de ses poumons, le cul tendu pour accepter la circonférence, ses yeux larmoyants sous la pression. Si écartelé. Pour la première fois de sa vie, Griff était aussi fier que soucieux de son membre plutôt épais. Sa chair faisait à Dante quelque chose d'irrévocable.

D'une main, Griff descendit vers l'endroit où ils étaient joints et passa un doigt autour de ce trou parfaitement dilaté, en traçant l'exact contour, là où sa queue était coincée à l'intérieur, élargissant Dante si complètement.

Seigneur, ne me laisse pas lui faire plus de mal qu'il a besoin que je lui en fasse.

Le cul de Dante était empalé si fermement sur Griff que la peau de son sexe ne pouvait même pas bouger contre le préservatif ; sa ronde érection glissa à l'intérieur du prépuce et empêcha la friction de frotter la tendre ouverture à vif. Ils étaient si étroitement fusionnés qu'il pouvait à peine dire où s'arrêtait son corps et où commençait celui de Dante. Une seule et unique bête.

Griff gémit et couvrit la bouche lâche de Dante avec la sienne, conduisant sa langue à l'intérieur pour voler les étoiles de ses yeux, le feu de son esprit.

— Dante, ouvre les yeux. Je suis juste là. Regarde.

Dante grogna, se tortillant pour se rapprocher encore.

Griff le souleva de quelques millimètres et parla directement dans sa bouche.

— Nous ne devrions jamais être plus éloignés que ça.

Dante haleta et hocha la tête. Ses yeux étaient humides, plongés dans ceux de Griff, et une larme s'échappa du coin de l'un d'eux pour se mêler à la sueur sur le beau visage romain. Le cul chaud de Dante, malaxant et écrémant son plaisir.

Leurs hanches cognant ensemble, Griff glapit sous la chaleur. Il avait l'impression que sa peau avait rétrécie et que son esprit était sur le point de se libérer. Il lécha la trace salée et embrassa les deux yeux, les cils noirs contre ses lèvres.

Dis-lui : Je t'aime.

Ses doigts vagabondèrent sur Dante, marquant sa peau de leurs empreintes, le mémorisant.

— Ceci m'appartient. Rien qu'à moi. Personne d'autre ne peut l'avoir. Pas même toi. C'est à moi. Tu es à moi.

Dante gémit et acquiesça, suppliant.

— Ta salive est à moi. Ta peau. Ton odeur.

Griffin continuait de baiser Dante comme une brute, ponctuant sauvagement ses paroles en le martelant. Il pouvait sentir les mamelons de Dante être frottés à vif contre la toison humide de sa poitrine.

C'est ce dont j'ai besoin. C'est qui je suis.

Dante se redressa, poussant ses mains dans l'épaisse chevelure rousse de Griffin, son long corps tremblant et grognant sous les impacts. Dante pleurait et l'embrassait si fort qu'une de leurs lèvres saignait, le goût cuivré dans leurs deux bouches.

Griff frotta sa légère barbe contre la mâchoire ombrée de Dante, la suçant et la mordant comme un tigre.

— Ces gémissements m'appartiennent. Ton sperme. Tu ne peux le donner à personne d'autre.

— S'il te plaît, Griffin ! S'il te plaît.

Les yeux de Dante étaient noircis, les pupilles dilatées par le besoin ; sa bouche murmurait librement alors qu'il suppliait avec tout son corps.

— Dis-le. Regarde-moi dans les yeux et dis-le-moi. À qui tout ça appartient ? Tu ne le feras jamais plus, Dante. Tu entends ? Écoute-moi.

Griff pouvait sentir une étincelle dans le creux de ses reins alors que ses hanches se balançaient, martelant Dante.

Il s'arqua en arrière, posant une paume ferme au centre de la poitrine de Dante, sur son cœur battant follement, pour qu'il puisse tout voir pendant qu'il jouirait, mémorisant la manière dont ses muscles étaient secoués par ses poussées et ses cheveux noirs comme la nuit répandus sur les coussins, tout le canapé grinçant alors qu'il essayait de faire d'eux un tout, une chose, une seule chose...

Et si ce n'est que cette fois ?

— Il se passe quelque chose. Je ne peux pas arrêter... haleta Dante.

279

Il écarquilla les yeux et déploya les bras comme s'il avait été éjecté d'un avion, comme si la terre se précipitait à sa rencontre. Il ne touchait pas son érection.

— Argh ! Qu'est-ce que tu me fais ? Bordel, mais qu'est-ce que tu me fais ?

Je suis en train de t'aimer. Dis-lui.

Griff sentit ses bourses se ramasser, un nœud dur à la base de sa queue, préparant la charge dont il avait besoin d'emplir Dante.

— Je ne vais pas te laisser te faire plus de mal. Je ne vais pas te laisser seul, blessé ou apeuré. Ah. Mmm. Chaque partie de toi est à moi, D. Le beau comme le laid.

Ils glissaient et frappaient l'un contre l'autre. Le canapé était trempé de sueur. Griff renforça une jambe pour avoir une meilleure prise et pouvoir pousser un peu plus près, un peu plus profondément. L'érection veinée de Dante tressautait entre eux sans qu'aucun ne la touche, assombrie sous l'urgence de la libération.

— À l'intérieur. Quelque chose...

Dante semblait apprécier, sa bouche déformée en un O de surprise et les yeux aveugles.

— Oh mon Dieu, Griffin ! À l'intérieur. Je ne peux pas arrêter… Oh Seigneur ! Je ne me touche même pas… On dirait… je ne suis pas…

Griff s'enfonça dans la chaleur souple et satinée et resta enraciné si profondément qu'il était sûr que sa rigidité touchait le cœur de Dante. Il sentait le muscle lisse le pincer sur toute sa longueur, le massant, l'attirant juste un tout petit peu plus près. Ses bras flanchèrent et il laissa tout son poids le guider à l'intérieur de Dante sur toute la longueur.

Après ça, Dante rugit… rejetant la tête en arrière, gourmand, grognant et suppliant alors que de chaudes spirales de sperme jaillissaient entre eux, jusqu'à sa bouche. Ses mains s'agrippèrent profondément au dos fléchi de Griff. L'odeur était partout : sel, musc et sperme. Tout Dante. La saveur caractéristique emplit leurs bouches pour qu'ils puissent la goûter dans un baiser. Leurs torses glissaient, se couvrant de chaleur alors que Dante cherchait son souffle et chevauchait le plaisir aussi loin qu'il le pouvait, et c'était le paradis.

Griff combattit son orgasme avec tout ce qu'il avait. Toujours enfoncé profondément et immobile, il restait tendu, essayant d'arrêter l'inévitable et impossible plaisir alors que le corps de Dante se contractait en spasme autour de lui, mais il le savait : il allait jouir. Même s'il s'arrêtait, il allait

280

jouir dans le cul de Dante. *Jésus, Marie et Joseph,* il était en train de monter son meilleur ami et il avait prié pour ça et ils étaient tous les deux absolument sobres et complètement éveillés. Il pouvait sentir cette boule de lumière à la base de sa colonne vertébrale et ses hanches se déplacèrent de façon incontrôlable un peu plus près, un demi-millimètre plus profondément.

Avec ça, les yeux scarabées de Dante – *vert foncé brillant comme du verre et je ne le savais pas* – s'ouvrirent pour regarder droit dans ses yeux gris, en *lui,* et tout fut fini.

Griff se retira de toute sa longueur une fois et enfonça la matraque qu'il avait en guise de queue une dernière fois dans ce doux anneau serré, rugissant et clouant Dante sur le canapé et se dandinant alors qu'il essayait de plonger assez loin pour vider, vider et vider encore tout ce qu'il avait à l'intérieur de Dante où cela appartenait. Quelque part au loin, il lui sembla que Dante jouissait à nouveau, rempli de lui.

La pièce fut soudain silencieuse. Dante haletait et gémissait, ne le regardant pas, se cachant les yeux. La sueur et le sperme glissait chaudement entre eux. Griff sentit la pièce revenir à la normale dans son champ de vision alors qu'il se concentrait sur Dante amolli ; le monde entier devint tout à coup phosphorescent. Jamais plus le sexe ne serait comme ça. C'était trop bon pour être normal. *Comment vais-je bien pouvoir être normal avec lui ?* Son propre souffle arrivait en énormes bouffées d'air alors qu'il essayait de ralentir son cœur tonnant derrière ses côtes.

Au temps pour l'expérimentation et la curiosité.

Un chien aboya dans la rue.

Griff frissonna et réalisa qu'il avait merdé plus qu'aucun d'entre eux n'aurait pu l'imaginer. Rien ne déferait ce qui était arrivé. Rien de ce qu'ils pourraient dire n'effacerait ceci. Rien dans sa vie ne le rendrait plus heureux que ça, et Dante essayait de ne pas croiser son regard. *Oh merde. Pourquoi ne lève-t-il pas les yeux ?* Sa peau refroidit ; son estomac se noua. Et Dante ne le regardait pas, cherchait en fait à l'éviter.

Le visage de Dante était écrasé dans les coussins du canapé humide de sueur, ses cheveux emmêlés et ses yeux à peine ouverts.

Je lui ai fait mal.

Griff pouvait sentir monter la panique. L'avait-il forcé ? Une plaisanterie venait-elle juste de mal tourner ?

Je suis tellement désolé. Je suis tellement désolé, D.

Griffin sentit son érection se ramollir et glisser hors de Dante, le préservatif plein. Il le saisit maladroitement.

Dante grimaça, relevant ses jambes et les repliant pour se mettre en boule sur le côté. Le cœur de Griff se transforma en un sac de glace dans sa poitrine.

Griff s'accroupit dans l'espace où Dante avait été allongé, les mémorisant ensemble. Il ne pouvait réfléchir, ne savait pas où se mettre sur le canapé. Devait-il partir ? Devait-il s'excuser ? *Idiot.* Comment avait-il pu merder aussi complètement ?

Il ne s'attendait pas au murmure quand il vint.

Dante ne se retourna même pas pour demander :

— Tu m'en veux ?

Griff ne savait pas quoi dire, à demi abruti de panique.

Je t'en veux ? Pourquoi je t'en voudrais ?

Il ne pouvait connecter les mots à rien de ce qu'il ressentait. Il ne savait pas quoi dire, donc il resta aussi prudent qu'un chat sur une corde. Il lécha ses lèvres sèches avec une langue sèche et les mots sortirent comme du gravier.

— Je suis tellement désolé, Dante.

Le dos de Dante se raidit ; son souffle s'arrêta. Il ne se retournait toujours pas.

— Oh.

Une fissure fendit le bloc de glace dans la poitrine de Griff, et l'espoir s'en échappa.

Griff ne savait pas où regarder, mais il savait qu'il avait besoin de mettre une distance de sécurité entre eux. Il ne voulait pas empirer les choses. Il remua et se pencha en arrière, remontant ses genoux, ses bourses étalées sur le cuir moite.

— Je te voulais juste tellement et je ressens toutes ses conneries dingues pour toi et je ne voulais pas te faire faire quoi que ce soit que tu ne voulais pas... je suis plus désolé que tout, D. Je mourrais d'abord. Je ne te ferais jamais de mal. Je tuerai quiconque t'en fera. Avec ces mains. Tu le sais. S'il te plaît, regarde-moi.

Dante roula sur le dos, son visage cherchant toujours quelque chose sur le plafond.

Je ne voulais pas. S'il te plaît. S'il te plaît, quoi que ce soit, ne dis rien.

Griff retint son souffle, l'attendant, sachant que le couperet tomberait et qu'il commencerait à mourir dès l'instant où il franchirait cette putain de porte, et où Dante sourirait simplement, plaisanterait et essaierait d'oublier ce qu'ils avaient fait ensemble dans cette pièce.

Puis les yeux lumineux de scarabée de Dante glissèrent sur les siens.

Le plus petit mouvement de ces cils d'un noir de jais et cette bouche rosée se recourbant en un sourire malicieux s'emparèrent du gros cœur maladroit et grand ouvert de Griff, et l'embobinèrent hors de sa poitrine dans l'air brillant, et Griff ne fut plus désolé, plus désolé du tout alors qu'il s'allongeait de toute sa longueur sur l'homme qu'il aimait et le caressait et le remerciait et lui faisait des promesses qu'il savait qu'il tiendrait.

XVI

L'AUBE.

Dans tous les sens du mot. Tout semblait nouvellement éclos.

Griff ne tourna pas la tête pour vérifier l'heure. Il ne pouvait voir que l'oreiller rouge sombre qui sentait bon le musc tanné de Dante. Il glissa plus près pour avoir son visage contre la nuque de Dante et respirer profondément. Humm. Son sexe fléchit et commença à gonfler.

Dante marmonna et remua contre sa poitrine, ses parfaites fesses serrées nichées contre les genoux de Griff. Comme si Griff était une chaise solide à ses côtés. Griff resta immobile, ne voulant pas partir, ayant peur de le réveiller, souhaitant être assez courageux pour lécher l'arrière de cette forte nuque. *Juste quelques minutes de plus et ensuite je partirai et nous pourrons prétendre que ceci ne signifie rien, si c'est ce que tu veux.*

Est-ce que c'est ce que tu veux ?

Dehors, le ciel était encore d'un rose argenté ; même Monsieur Soleil n'avait pas encore levé ses fesses radieuses. Quelques maisons plus bas, l'un des voisins de Dante traînait une poubelle sur le trottoir. Brooklyn retenait son souffle comme il le faisait avant que le jour se lève vraiment et reprenne ses droits. Deux hommes, des amis lovés au lit. Les quelques prochaines minutes décideraient de tout.

Griff pria un peu, se sentant comme un hypocrite. *S'il te plaît, ne dis rien de mal. S'il te plaît, ne fais pas comme si rien n'était arrivé. S'il te plaît, accorde-moi un sourire avant de dire ou de faire quoi que ce soit.*

La tête de Dante roula sur l'oreiller et quand il vit la nervosité de Griff, le sourire de pirate s'élargit sur son visage, un lever de soleil juste ici à l'intérieur. Il cligna lentement des yeux.

— Bonjour.

— Salut.

Griff laissa échapper un soupir qu'il avait retenu. Il se sentait stupide de s'inquiéter.

— Tu as bien dormi ? demanda Dante en plissant les yeux vers l'horloge digitale avant de s'étirer le cou.

— Seigneur, ouais.

La voix de Griff était sèche et éraillée à ses propres oreilles. Il s'éclaircit la gorge.

— Comme une bûche.

— Bien.

Dante arqua le dos et s'étira, se laissant retomber contre le nid d'oreillers bourgogne dans un état de paresse auto-satisfaite. Il grogna joyeusement et passa un bras au-dessus de Griff, enfouissant pratiquement son visage dans son aisselle.

— Tu sens le propre.

Bonjour !

Un petit halètement de plaisir échappa à Griff et il pressa Dante contre lui.

— Je pensais que tu botterais peut-être mon gros cul hors du lit pour t'avoir corrompu.

— Pas du tout.

Dante embrassa ses côtes et tourna le visage pour pouvoir regarder Griff sans avoir à se séparer de lui.

— C'est toi le gentil garçon. Je t'ai corrompu et j'en veux tout le crédit, Griffin Muir.

— Ouais, mais non. Désolé. Je me souviens parfaitement avoir entrepris de te séduire et t'avoir ruiné auprès de n'importe qui d'autre, et avoir réussi au-delà de mes plus folles espérances.

Griff passa la main le long du dos de Dante et l'enfouit dans l'enchevêtrement charbonneux de sa tête.

— À l'évidence, ça a fonctionné parce que j'ai l'impression, dit-il en baissant les yeux sur l'érection de Dante qui appuyait contre sa jambe, que tu es indéniablement, complètement corrompu.

— Je vais te proposer un marché.

Dante roula au-dessus de Griff, posant les mains de chaque côté de sa tête, pressant leurs aines ensemble. Il frissonna et ouvrit grand les yeux.

— Je continuerai de te corrompre si toi tu le fais tout de suite.

Ses cheveux épais tombèrent autour de leurs visages. Il se pencha et effleura leurs lèvres doucement, allant et venant, allant et venant.

Griff aimait le poids de Dante au-dessus de lui comme ça, être capable de sentir toute la longueur de son corps, et la façon dont ils s'accordaient *parfaitement*.

— Comment se fait-il que tu n'aies pas l'haleine du matin, Anastagio ?

— Parce que je suis parfait.

Un baiser sur un œil, puis sur l'autre. Griff sourit aux chatouilles des lèvres de Dante sur ses cils courts.

— Non, crétin, je me suis levé pour aller pisser et je me suis brossé les dents.

— Tricheur !

Griff rugit et retourna Dante sur le dos, le faisant rire et crier de protestation.

— Hé, tu dormais comme une bûche, et moi je dormais avec une bûche.

Dante poussa les hanches vers le haut, sous le membre dodu de Griff et laissa ses jambes retombées ouvertes de chaque côté de lui pour que la pointe rosée et arrondie le pousse à un endroit familier. Sa langue se faufila pour mouiller ses lèvres pleines. Il agrippa le haut de la jambe de Griff juste sous la courbe de ses fesses charnues.

Griff gémit et envoya ses hanches en avant, juste assez pour faire sourire Dante.

Est-ce que c'était à ceci que cela pourrait ressembler ?

— Donc, je voulais revenir où j'étais supposé être, dit Dante en se tortillant un petit peu sous Griff, appréciant son poids.

— Bonne idée.

— Jamais dans ma vie je n'ai voulu revenir au lit, G.

Dante toucha la mâchoire de Griff, la barbe naissante cuivrée râpeuse sous ses doigts.

— Pourquoi n'étais-tu pas ici tout ce temps ? Dans mon lit, je veux dire. Je ne peux vraiment pas me souvenir de ce qui m'a pris si longtemps pour trouver ma route vers toi.

— Nous sommes là, pourtant. Je ne vais pas me plaindre.

Il tourna le visage dans la main de Dante, en embrassant la paume.

— Nan, dit Dante.

Il remonta un petit peu sous Griff pour qu'ils puissent s'ajuster à nouveau ensemble et traça du doigt le chemin de poils roux du bras jusqu'à sa poitrine.

— Moi non plus. Seigneur.

Boum-poum. Boum-poum. Pressés ensemble, leurs cœurs battaient la même mesure.

Griff sourit à son homme magnifique, fou et tendre.

— C'est si étrange.

Dante fronça le visage et soupira.

— Ouais. Je suppose. Étrangement fabuleux, cependant.

Griff hocha la tête. Il plissa les yeux vers les rideaux de la fenêtre et hocha la tête à nouveau. Il avait *vraiment* l'impression d'appartenir à cet endroit. Une nuit et il ne pouvait s'imaginer dormir séparés. Il roula à côté de Dante, lui faisant face.

— Je t'écrasais ?

— Mon Dieu non. J'adore ça. J'aime ta force. Ta solidité. Je pensais… Je n'ai jamais…

La main de Dante caressait sa jambe distraitement.

— Je pense en quelque sorte à ça depuis un moment déjà. À tout ceci, je veux dire. Tu serais surpris…

Griff couvrit sa main avec la sienne et approuva.

— Ouais. Moi aussi. Probablement depuis plus longtemps que…

— Je ne crois pas. Simplement je ne pensais pas que nous pourrions jamais… tu vois ?

— Moi non plus. Mais après le truc de TêteBrûlée…

— Exactement. La nuit dernière était… je ne sais pas. La plus chaude, la plus douce, la plus folle chose que j'aie jamais faite. En fait, mes couilles me font mal d'avoir autant jouies. Trois ? Quatre fois ? Et toi ?

Dante fit remonter sa main pour presser doucement les bourses de Griff.

Boink. Érection instantanée pulsant contre sa toison rousse. Griff déglutit d'embarras.

— Désolé.

— Pourquoi ? Mon Dieu, j'adore ça. Seigneur, mec. Regarde tout ça.

La main de Dante se referma de manière possessive sur son érection rose.

— Tu es si foutrement réceptif. Comme un grand cheval.

Griff lui rendit son sourire, pour une fois *sans* rougir, ridiculement content de lui sans aucune raison particulière.

— Et j'aime quand tu souris comme ça. Juste pour moi. Mon bel étalon.

Dante rigola et se pencha pour planter un baiser quelque part près de l'oreille de Griff. Il se tourna vers le bord du lit pour attraper une bouteille d'eau sur la table de chevet. Les muscles de son dos bougèrent et se contractèrent sous les yeux de Griff. Dante avala une gorgée.

— Reviens ici.

Griff se lécha les lèvres et soupira, heureux pour la première fois depuis, eh bien, jamais.

Merci, merci, pour chaque petit bout de lui. Pour chaque minute.

Dante avait l'air embarrassé.

— Remercie Dieu pour Alek et ce fichu site. Je pensais que la seule façon de le découvrir était de simplement le faire. Ensuite, il ne me restait plus qu'à trouver un moyen de tenter ma chance sans que tu me foutes un coup dans les dents.

— Plus l'argent.

Griff passa ses jointures arrondies sur la bouche rosée de son amant.

— Ce n'est pas la raison pour laquelle je te l'ai demandé. J'avais besoin d'aide, G. Je voulais…

Dante déglutit.

— Je voulais te toucher, mec. Comment étais-je supposé faire ?

— D, ne me raconte pas de conneries.

— Ce ne sont pas des conneries. Je ne voulais pas que ce soit une erreur ou une mauvaise blague. Et j'avais vraiment besoin du fric. Mais je voulais ça. Toi tout entier.

Dante rit et tourna son visage dans l'oreiller.

— Le gorille vanille. Mon innocent et magnifique maladroit.

— Serais-tu par hasard en train de rougir, Anastagio ?

Le sexe rosé de Griff remplissait la main de Dante si complètement que ses doigts ne se touchaient pas. Il n'était pas nécessairement long, mais il était bel et bien épais. Il *était* comme une défense d'éléphant.

Dante avala et se mit à rire, les joues rouges.

— Oh-mon-Dieu, tu rougis. Ça doit être une première.

Griff rayonnait.

— J'adore ça, dit-il en embrassant une épaule tannée.

Dante s'appuya contre Griff.

— J'ai mis les doigts à l'intérieur de moi en pensant à ta putain de grosse queue.

— Tu as fait ça ? demanda Griff en frottant son nez derrière l'oreille de Dante, pressant les lèvres sous ses boucles humides. Vraiment ?

— Ça chatouille. Ouais. Ce que je veux dire, c'est que mon cul a toujours été, je ne sais pas, sensible. Même avec… avant, tu sais ? J'aime qu'on joue avec.

Dante avait presque l'air timide en se confessant.

— Mais ce putain de truc. *Madonn'*. Un petit porcelet, c'est ce que tu as entre les jambes. Avec un nez humide. Pendant des mois j'ai pensé à cette chose s'enracinant en moi. C'était comme cette démangeaison que je ne parvenais pas à atteindre. Mon Dieu, mais toi ! Argh.

Dante souleva ses hanches.

— Je suis à ton service, Anastagio. Qu'est-ce qui te fait sourire ? demanda Griff en se redressant sur ses coudes.

Le poing de Griff était enroulé autour de son membre souple.

— Il est si rose.

— Ah ouais ?

Griff lui sourit d'un air confus.

— C'est comme du camouflage. Comme les serpents ou les guêpes ou quelque chose comme ça. Tu as ce putain de monstre énorme caché dans tes sous-vêtements et il est d'un tel rose poudré et doux que personne ne pourrait jamais en avoir peur. Il t'attire et t'hypnotise. Et seigneur Jésus, tu es monté comme un bœuf, G. C'est un compliment. Ça me donne l'impression d'avoir une cacahuète.

— Conneries. Quoi, ma bite est effrayante ?

— Non. Enfin ouais. Tu es si fort, et tes lèvres, c'est pareil. Et ton cul. Cette couleur parfaite et douce et je ne sais pas. Je vais me taire maintenant.

— Allez !

— Je veux dire que c'est inattendu. Et c'est génial parce que c'est comme une drôle de surprise. Je n'ai jamais pensé à ça, mais c'était là à m'attendre. C'est Noël et mon anniversaire à chaque fois que tu baisses ton pantalon. Un cadeau, c'est tout. Pour moi, et c'est tout ce que je veux pour la première fois depuis, eh bien, toujours je suppose. Et c'est pour ça que je souris.

Griff l'attira et le serra contre lui, le menton posé sur le haut de la tête de Dante. Dante continuait de s'occuper de son épaisse manivelle.

— Si tu ne laisses pas tomber, tu vas encore avoir droit à un feu d'artifice. L'enfer se déversant sur nous deux et jusqu'à tes sourcils.

— Et ?

— Arrête de me provoquer, Anastagio.

— Qui provoque qui ? demanda Dante en léchant son sourire rosé.

Griff regarda la chambre, et les lignes épurées et les larges photos sur les murs. Les bandes de couleurs bronze de Madame Anastagio la faisaient ressembler à la chambre d'un prince… totalement Dante. Il ne pouvait attendre de se réveiller ici à nouveau.

Comment cela va-t-il marcher ?

Dante leva la tête, son visage posant une question.

Griff hocha la tête et embrassa sa tempe.

— J'étais en train de penser à quel point cela semblait normal. Je n'arrive pas à savoir pourquoi ça n'a pas l'air bizarre, mais il n'y a aucun autre endroit où je pourrais être à l'instant excepté ici à me gratter les couilles dans ton lit. C'est bizarre à quel point ce n'est pas bizarre.

— Ouais.

Dante passa les doigts sur sa mâchoire et frappa sur sa poitrine comme sur une porte. Les rouages dans sa tête se mirent en action.

— Qu'est qu'on fait maintenant ? Je veux dire…

— Je sais ce que tu veux dire, le coupa Griff.

— J'ai essayé de t'amener ici depuis si longtemps et maintenant que tu es là, je ne sais pas quoi faire après.

Griff roula sa tête sur l'oreiller.

— Donc nous sommes… ?

— Gay ? Je ne sais pas, répondit Dante.

— Je pense que la plupart des gens que nous connaissons nous jetteraient un coup d'œil, comme ça, et appellerait ça être plutôt foutrement gay.

— Eh bien, je ne suis pas prêt à défiler dans une putain de Gay Pride en slip de bain.

Dante fit courir une main le long du dos frais de Griff jusqu'à ses globes lumineux.

— Mais si toi tu le voulais, tu peux être sûr que je viendrais regarder. En première ligne. Je veux dire que je pourrais baiser des femmes, mais je n'en ai pas envie.

— Ce qui fait de nous des gays, Dante.

— Non. Enfin ouais. Je ne sais pas.

Dante passa une main dans ses boucles, exaspéré.

— Ce qui fait que nous sommes ensemble et que tout le monde peut aller se faire foutre.

— Tout le monde, ça fait beaucoup de gens, D.

Griff essaya de lire son visage. Les yeux de Dante étaient fixés sur les draps, et il les lissait tout en cherchant ce qu'il voulait dire. Pas de réponse.

Dehors dans la rue, la porte d'une voiture claqua. Brooklyn était en train de se réveiller autour d'eux. La lumière qui passait par les fenêtres

290

tombait en trapèzes sur le sol, plus doré de seconde en seconde. Le papier peint couleur bronze des Anastagio brillant.

— Eh bien…

Griffin se sentait exposé et eut envie de porter son pantalon. Il était reconnaissant que les draps soient tendus sur ses genoux le couvrant un peu, en quelque sorte.

— Est-ce que c'est un secret ? demanda-t-il.

— Est-ce que tu veux que ça le soit ?

Eh bien, merde.

— Je ne sais pas, répondit Griff, sa voix ressemblant à du gravier. Je ne veux pas être juste quelqu'un d'autre que tu mets dans ton lit.

Dante leva les yeux, le regard… blessé ? Confus ? Il secoua la tête une fois, brusquement.

— Tu n'es pas quelqu'un d'autre, G. Tu sais ça. Je ne veux personne d'autre. Et toi ? Parce que je ne serai pas capable d'accepter ça.

— Écoute, je sais que tu n'es pas capable de la garder dans ton foutu pantalon, mais vas-y doucement avec moi, ok ? Je marque facilement.

Griff savait qu'il avait l'air pathétique, mais il devait le dire maintenant avant que les choses aillent plus loin.

— Je veux dire par là, que je ne peux pas te regarder en train de lever des filles dans les bars.

— Non ! répliqua Dante en essayant d'avoir l'air indigné.

— Ce n'est pas exactement en dehors du champ des pos…

— Ça…, coupa Dante en faisant un signe vers lui, vers les draps rouges emmêlés et le jour se levant à l'extérieur, ce n'est pas juste pour m'amuser en ce qui me concerne. Je suis déjà jaloux comme un tigre de la façon dont les gens te regardent. Après ça, je peux te promettre que je ne veux pas te partager avec qui que ce soit.

Son ton possessif était féroce et étonnant.

— Pareil.

— Non. Je le pense. Tu crois qu'après… alors que je sais ce que nous…

Dante plongea la main dans l'enchevêtrement noir sur le dessus de sa tête.

— Je te veux. Je ne veux pas toutes ces conneries. Je pense à ça constamment. Merde, j'essaye de ne pas le faire. Non, Griff. Je sais ce que je veux.

— Pourquoi ?

Dante le frappa derrière la tête et fronça les sourcils.

291

— Parce que je t'aime !

Voilà, c'était dit. Les yeux de Griff s'élargirent. Les mots étaient sortis en colère, mais Dante les avait pensés. Il ne pouvait ouvrir sa bouche parfaite et les ravaler. Son visage s'adoucit, et il regarda Griff droit dans les yeux pour qu'il n'y ait aucune méprise.

— Amoureux, je veux dire. De toi. Depuis si longtemps.

Griff sourit et ne put s'arrêter, même s'il dut regarder ses propres genoux pour chuchoter :

— Moi aussi. Je t'aime aussi. Comme si je pouvais en mourir.

Dante sourit et lui vola un baiser.

— Eh bien, merci pour ça.

Pendant quelques instants, aucun d'eux ne sut quoi faire des possibilités effrayantes et merveilleuses qui bourdonnaient autour d'eux. Ils étaient assis côte à côte appuyés contre la tête de lit, la peau chaude.

— Griffin.

— Quoi ?

Griff essayait de comprendre pourquoi il se sentait toujours aussi anxieux. Il pensait qu'il avait tout dit, mais les papillons dans son estomac s'étaient transformés en chats sauvages.

Dante frotta les poils de ses jambes contre ceux de Griff agréablement.

— Écoute, hein ? La moitié du temps, je flirtais avec les filles pour les tenir à l'écart de toi. Ça me rendait complètement fou.

Griff essaya de traiter cette information-là.

— À l'écart de moi ?

Dante leva les yeux et gémit.

— Tu ne fais pas attention, mec. Les nanas se jettent sur toi, et parfois tu t'en tapais même une et ça me tuait.

— Écoute un peu qui parle !

Griff fronça les sourcils et bougea pour sortir du lit.

— Tu as des filles qui s'accrochent à toi sept jours sur sept, vingt-quatre heures sur vingt-quatre. C'est du foutage de gueule.

Dante l'arrêta d'une main sur sa jambe.

— Ce n'est pas ce que tu penses. Je n'ai pas couché avec une fille depuis longtemps, Griff. Pas vraiment. Tu n'as pas remarqué.

Griff leva les yeux et renifla.

— J'ai remarqué ! La moitié de ce putain de Brooklyn a remarqué.

— J'ai une réputation, mais ce n'est pas moi, G. Sérieusement. Ça ne l'est plus depuis longtemps.

Dante était sur la défensive, les bras croisés sur sa poitrine. Il avait l'air très jeune.

— Ce qui s'est passé était réel. Je te veux pour moi. Je viens juste de passer six mois à essayer de trouver le courage de me lancer. Si tu ne peux pas...

Griff continua avec prudence.

— Je n'ai jamais trompé Leslie, mais tu trompes... tout le monde, Dante.

Les yeux de Dante brûlèrent les siens.

— J'ai baisé à gauche à droite parce que ces gens ne comptent pas pour moi. Mais toi, si. Je ne t'ai jamais trompé.

— Anastagio, nous ne sommes pas mariés. Je ne m'attends pas à ce que tu changes du jour au lendemain ; je veux juste qu'on se laisse... une chance.

— Non ! s'exclama Dante en le regardant – en le regardant vraiment – d'un air horrifié. Je ne te tromperais pas. Merde !

— Si, tu pourras. Écoute, je suis un mec moi aussi. Je comprends, d'accord ? Je suis juste en train de dire, vas-y et trompe-moi, mais ne me joue pas de sale coup comme tu le fais avec chaque fille que tu as un jour baisée dans ce lit.

Griff prit une grande respiration et gratta sa tête presque rasée.

— Ce qui veut dire que tu veux la permission de tromper toi aussi, putain ?

Dante croisa ses jambes à l'indienne face à lui, pour qu'ils soient obligés de se regarder l'un l'autre.

— Non !

Seigneur, c'était difficile.

— Je ne le ferais pas. Jamais.

— Parce que dans ce cas-là, laisse-moi être celui qui appelle ça du foutage de gueule. Hé. Hé, regarde-moi. Griffin. Hé !

Dante l'épingla de ses yeux couleur scarabée.

— Je n'ai jamais, de ma vie, eu quelqu'un dans ce lit. Je ne pouvais pas.

Eh bien, jusqu'à maintenant.

Griff baissa les yeux sur son poing serré, relâchant délibérément les doigts. Il leva les yeux à nouveau.

Les yeux noir-vert de Dante essayaient de lire les siens.

— Donc je suppose que le nouvel adulte que je suis a besoin de découvrir ce que tu peux bien vouloir.

Griff posa sa main ouverte entre eux sur le lit.

Qui ne tente rien n'a rien.

Dante hocha la tête, dans l'attente de ce qui allait suivre.

— Je veux…

Griff cogna ses jambes contre celles de son amant.

— … être avec toi, Dante Inigo Anastagio. Que nous soyons ensemble, je suppose. Mon Dieu.

Le sourire de Dante illumina davantage la chambre.

— Oh. D'accord.

— D'accord ?

— Comme ensemble, ensemble ? Juste nous, dit Dante.

Il emmêla leurs doigts calleux, rose et doré, et serra une fois.

— Et je ne ferai jamais semblant que ça n'a pas...

— Les gars vont être complètement choqués, ils vont en faire une montagne.

Griff essaya d'imaginer les visages de leurs amis. *Qu'est-ce que nous sommes en train de faire ?*

Dante ravala un grognement de rire.

— Sérieusement. Pas de précipitation avec ça. Mais ma famille par contre...

Il roula sur le côté et appuya sa tête sur sa main.

Griff s'allongea lui aussi, un nœud glacé se formant dans son estomac. Il essaya d'aplanir le drap entre eux.

— Griff, je l'ai dit à mon père, murmura Dante d'une voix faible. Ce que je ressentais, je veux dire.

— Tu as fait quoi ?

— Le jour où nous avons tapissé. Je lui ai dit que…

— Et je vous ai entendu, mais je pensais…

Griff fronça les sourcils.

— Peu importe. À l'évidence j'ai été con et j'ai mal compris. Qu'a-t-il dit ?

— De ne pas te blesser. Il a dit que je devais être honnête. Et il m'a prévenu de ne pas me faire trop d'espoirs au cas où… Il se fout complètement que nous soyons deux mecs. Non, il était heureux. Ils t'aiment. Tu es un fils bien meilleur que je le suis. Et ce n'est pas comme s'ils n'avaient pas assez de petits-enfants. Je pense que ma mère le savait déjà.

— Quoi ?

Le visage de Griff se fit de marbre, blême et dur, regardant le plafond.

294

— Elle a dit deux ou trois petites choses quand j'étais là-bas. Je veux dire, je ne lui ai jamais dit ce que je ressentais pour toi, mais je pense qu'elle l'a découvert. Elle nous a vus ensemble. C'est ma mère, alors c'est possible.

— Est-ce que tu l'as dit à quelqu'un d'autre ?

Griff pensa à Tommy, tout rafistolé et misérable quelque part.

— Comme, je ne sais pas, à la caserne, peut-être ? Seigneur.

— Accorde-moi un peu de crédit.

— Je te donnerai tout ce que tu voudras.

— Eh bien, je ne veux plus que tu boives jusqu'à en rouler sous la table. Ou que tu travailles vingt-quatre heures sur vingt-quatre, sept jours sur sept.

Dante s'était presque renfrogné, mais sa main était douce sur la jambe de Griff.

— Je m'inquiète que tu te fasses du mal.

— Je buvais précisément pour m'empêcher de faire quelque chose de dingue. Comme ça par exemple.

— Ou comme me baiser contre le béton ? Ouais. À partir de maintenant, si tu ne le fais pas régulièrement, tu vas avoir de sérieux problèmes. Je suis bien pire qu'une femme parce que je connais tous tes tours et toutes tes conneries.

— De même, Anastagio. Toi avec les triples services sans dormir. Merde, tu aurais pu te tuer, idiot.

Griff gifla le cul de Dante.

— Aïe ! glapit Dante avant de tirer le drap sur lui, mais la longueur de leurs jambes était pressées ensemble, dégageant de la chaleur à travers le coton.

— Donc si tu t'es démené comme un diable pour m'avoir ici, maintenant je suis là. Assez avec les conneries suicidaires héroïques, ok ?

Dante eut l'air ennuyé et se rapprocha de lui.

— Monsieur, oui, Monsieur. D'autres ordres ?

— Plus de démonstration porno. Si tu as besoin de quelque chose, tu viens me voir et je te l'obtiendrai.

Griff savait qu'il ressemblait à son père. *Effrayant.*

— Je ne suis pas une fille. Tu n'as pas à payer pour moi.

— Stop ! Bon sang ! Ce n'est pas ce que je suis en train de dire. Je ne veux pas que tu…

— Ok. Accordé.

Dante avait déjà écarté l'idée.

— Mais Alek a encore des vidéos sous le coude. Je veux dire, celle de toi et moi. La, euh, fellation.

— Non, rétorqua Griff en soutenant fermement son regard. Je lui ai déjà parlé. Je me suis occupé de ça.

— Quand ?

— C'est une longue histoire... J'ai passé un accord avec Alek.

— Quoi ? Griffin...

— Plus tard.

Griff poussa le visage de Dante sur le côté et inspira à pleins poumons le parfum musqué sur sa nuque.

— Tu veux petit-déjeuner, des boulettes de viande ? demanda Dante en mordant la poitrine de Griff.

— Plus tard, répéta Griff.

Griff réalisa qu'il souriait sans raison. C'était une conversation sérieuse, mais elle était pleine de promesses. C'était comme s'ils cherchaient à trouver un chemin parmi tous les décombres.

— Cool.

Les yeux de Dante cherchèrent le plafond.

— Alors peut-être que nous pourrions. Je ne sais pas. Traîner. Aller dîner.

— Comme un rendez-vous...

Griff rougit au simple plaisir de pouvoir cogner leurs genoux sous une table, de Dante le dirigeant à travers une foule d'une main au creux de ses reins. *Ensemble.*

— Un deuxième rendez-vous, reprit-il, songeur.

Puis Dante souffla les mèches qui tombaient sur son visage et eut l'air agacé.

— Bon sang. Je ne veux pas te laisser sortir de la maison. Je vais devoir dépasser ça, je suppose.

Griff mordit son épaule.

— Allons. J'ai toujours été à toi, D.

Leurs têtes étaient sur le même oreiller. Cheveux noir et roux. *Il n'y a jamais de fumée...*

Dante tourna la tête dans sa direction pour croiser son regard et fondit. Griff souriait, et Dante pressa un baiser sous sa mâchoire, murmurant contre sa peau.

— Seigneur. Tu me rends tellement heureux que je vais exploser de bonheur.

Griff couvrit un peu ses arrières.

— Écoute, ce n'est pas comme si nous irions voir un ballet ou un truc du genre, mais j'aimerais qu'on sorte ensemble pour de vrai. Même si c'est pour regarder du hockey et manger une pizza.

— Mais en quoi est-ce différent de ce qu'on fait déjà ? À part pour ça, je veux dire… demanda Dante en prenant la demi-érection de Griff en coupe.

— Parce que nous allons dire la vérité. Parce que j'ai mon mot à dire. Et tu as ton mot à dire. Parce que ça importe et que nous allons faire en sorte que ça compte, ensemble. Marché conclu ?

Griff hocha la tête, comme s'ils avaient conclu un pacte. D'une certaine façon c'était le cas. Peut-être que tout ceci n'était pas si difficile.

Dante fronça les sourcils.

— Et je ne veux plus te voir paumé. À partir de maintenant, à chaque fois que je penserai à quelque chose je te le dirai, pour que tu ne commences pas à essayer de deviner à quoi je *pourrais* être en train de penser.

Dante remua ses orteils sous les draps rouges.

— Ça te va ?

— Ça me va.

Griff acquiesça une fois. Cela pouvait-il être aussi simple ? *Fais un vœu.* Griff continuait d'attendre que quelque chose vienne gâcher ce qui était en train d'arriver.

— Parce que, à moins que tu sois en train de penser : 'Dante aime quand je fais ça' ou 'Dante se branle en pensant à moi en train de lui faire ci', tu te goures complètement.

Griff rit.

— D'accord… je veux dire, oui, Monsieur.

— Est-ce que…, commença Dante en s'asseyant, tu viens juste de m'appeler Monsieur ?

Un sourire espiègle s'élargit sur son visage jusqu'à ce qu'il rayonne.

Griff bredouilla, voulant protester, puis abandonna.

— Je crois que oui.

L'érection de Dante tressaillit entre eux.

— Tu vas me faire avoir une crise cardiaque.

— Tu es un enfoiré de pervers, Anastagio.

— Tu – *smack* – n'en – *smack* – as pas – *smack* – idée.

Dante le frappa sur la hanche, assez fort pour laisser une empreinte sur la peau claire. Avant que Griff puisse l'attraper, il était dans la salle de bain en train de glousser derrière la porte qu'il venait de claquer.

Griff roula de son côté et fixa la fenêtre, sa fenêtre, leur fenêtre.

Puis Dante revint, rampant vers lui, sur leur lit.

FINALEMENT, ILS descendirent et Dante prépara le petit-déjeuner, un tablier sur sa peau nue se pour protéger. Griff finit collé contre son dos pendant aussi longtemps qu'il lui fallut pour faire frire six œufs et du bacon, son cœur était gonflé à l'hélium.

Ça, tous les jours.

Dante transvasa leurs œufs sur une assiette et Griff attrapa deux fourchettes. Ils se dirigèrent vers le grand canapé dans le salon et s'assirent les jambes croisées, partageant le petit-déjeuner.

Quand ils eurent mangé, Griff retomba en arrière et émit un petit rot satisfait, puis sourit.

— Une sieste dominicale ? Hé. Qu'est-ce qu'il y a ?

— Merci, G. Je sais que tout ce que j'ai fait était stupide, et tu es patient même dans ce cas-là.

— Quoi ?

Dante essayait de lui dire quelque chose.

— Je ne sais pas comment expliquer...

— Je suis ton meilleur ami, crétin. Essaie pour voir.

Dante se tourna et releva ses genoux contre sa poitrine, s'asseyant à côté de lui et rassemblant ses pensées.

Griff hocha la tête avant même qu'il commence, mais garda le silence.

— Je voulais construire quelque chose. Je suis fatigué de simplement empêcher que tout s'écroule et de courir pour couvrir mon prêt hypothécaire. Je veux quelque chose à moi.

Dante le regarda.

— À nous.

— Ça ressemble étrangement à une réflexion mûrie, Anastagio.

Dante leva sa fourchette pensivement.

— Tu sais, si j'avais un colocataire ici pour aider avec le prêt, je n'aurais pas à m'éclater le cul pour chaque facture ou chaque petite réparation.

— Un colocataire, hein ?

Griff se retourna et croisa les bras sur sa grosse poitrine. Le cuir était frais sous ses fesses, et ses bourses reposaient contre le coussin.

— Ouais. Et s'ils étaient prêts à donner un coup de main pour la maison, je garderais le loyer à un tarif raisonnable.

Dante posa l'assiette et leurs fourchettes sur la table basse.

— Des mains supplémentaires et des revenus supplémentaires, résuma Griff.

Il glissa un peu pour que leurs jambes se touchent.

— Ça ne pourrait pas être un simple étranger. Je dois pouvoir lui faire confiance sur n'importe quoi.

— Les gens seraient choqués si quelqu'un d'autre ne te lâchait pas les baskets. Ils penseraient à toutes sortes de trucs dingues si tu laissais quelqu'un s'approcher aussi près. Ils pourraient se faire une fausse idée.

— Peut-être. Mais ils pourraient se faire les bonnes idées, et ce serait bien aussi. Ce serait notre maison... si je pouvais trouver la bonne personne.

Dante était content de lui maintenant, et il se retourna pour ramper sur Griff comme un chat sauvage. *Connard.*

Le canapé craqua sous leur poids.

— Tu vas passer une annonce ?

— Je suppose que je vais être obligé. Sur Internet. Une annonce. Avec une description complète aussi, parce que je ne veux pas de problèmes par la suite.

— Photos ?

Dante sourit.

— De la maison ou de moi ?

— Non.

Griff le frappa sur les fesses.

— Hé ! Eh bien, je pense que les photos pourraient être de trop. Mieux vaut trouver quelqu'un du coin, qui connaît le quartier, et la maison.

Dante enroula les mains autour de la taille de Griff, frottant délicieusement leurs sexes ensemble avec une délicieuse friction qui le fit frissonner et lui coupa le souffle.

— Oui ?

Griff essaya de s'arrêter de sourire et échoua.

— Bon plan.

Il leva un peu les genoux pour que Dante soit confortablement installé entre eux.

Dante tapota sa poitrine pensivement.

— Ouais. J'ai besoin de quelqu'un qui restera hors de la cuisine, mais qui sait comment faire la vaisselle.

— En plus, cette personne devra être capable de s'adapter à un planning de dingue. Les horaires d'un pompier.

Dante se gratta la tête – *scratch, scratch* – et enroula les doigts dans ses mèches bouclées couleur suie jusqu'à ce qu'elles vrillent.

— À l'aise avec des outils électriques pour pouvoir se lancer dans des travaux de rénovation.

— Et puis… continua Griff en énumérant les critères sur ses doigts. Quelqu'un qui aime le foot. Et le hockey.

— Quelqu'un qui ne paniquera pas si je suis bruyant au pieu. Parce que je suis bruyant au pieu.

Griff grogna.

— Hum mm. J'ai remarqué. Et dans la cuisine aussi.

— Ce que je veux dire, c'est que je suis un emmerdeur de première, alors vivre avec moi…

Dante haussa les épaules d'un air de fausse modestie.

— Hum, ouais ! rigola Griff. Un souillon. Une grande gueule. Un coureur.

— Plus maintenant. Enfin, je ne suis plus un coureur. Je pense que je peux rayer celui-là de la liste en toute bonne foi.

— Un nain.

— Va te faire foutre !

Griff le tapota d'une main rassurante.

— Il devra donc être grand, quand tu voudras attraper des trucs en hauteur.

Dante saisit les bourses de Griff et serra.

— Et je peux être une vraie tête brûlée si je ne fais pas attention.

Griff mordit son oreille en douceur et lui fit relâcher ses doigts.

— Moi aussi. Mais c'en est fini. Tu as dépassé tout ça.

— Absolument. Et pas d'animaux de compagnie.

Il tapota Griff sur la poitrine d'un doigt avec insistance.

Griff renifla.

— Je t'ai toi, c'est bien assez.

— Hé !

Griff tira Dante contre lui afin que leurs longueurs soient pressées l'une contre l'autre.

— Eh bien, Monsieur Anastagio, je pense que vous avez un problème.

La bouche de Dante était suffisamment proche pour que lorsqu'il parla, leurs lèvres s'effleurent.

— Oui.

— Tu réalises à quel point le nombre de candidats est restreint ?

Griff pressa un léger baiser au coin de sa bouche.

— Oui.

Les yeux gris de Griff se plissèrent quand il sourit.

— À mon avis il pourrait n'y avoir qu'une seule personne qui corresponde au profil. Tu veux vraiment prendre ce genre de risque ?

— Oui.

Puis Dante pencha la tête et lécha les lèvres de Griff pour y entrer, dégustant sa bouche, tirant en arrière pour faire basculer leurs têtes ensemble.

— Okay, D.

Griff enroula un bras sous ses épaules et l'attira sur lui pour avoir Dante tout contre sa poitrine.

— Mais nous allons construire ça ensemble. Marché conclu ?

— Je ne suis pas stupide.

Dante lutta contre lui prêt à débattre.

— Et je ne suis pas invalide.

— Sans blague ! Merci. Ouais. Mais laisse-moi être là pour toi, hein ? Comme une faveur.

Griff emmêla ses doigts épais dans l'enchevêtrement noir des cheveux de Dante avant de parler.

— Peut-être que nous pouvons construire tout ça ensemble à partir de maintenant. Non ?

Dante s'immobilisa contre lui ; il jouait avec la toison sur la poitrine de Griff. Sa voix était presque un murmure.

— D'accord, G. Toi et moi.

Griff serra fortement son homme dans ses bras pendant une seconde et pressa ses lèvres sur le haut de sa tête. Ses yeux se fermèrent d'eux-mêmes, et si une larme de bonheur glissa, aucun d'eux ne le remarqua.

XVII

HUIT JOURS plus tard, la séance photo de Griff pour TêteBrûlée les déchira presque.

Deux cents heures à se réveiller ensemble, à faire de petites réparations, à déménager les affaires de Griff, à rembourser les dettes de Dante et à baiser comme des lapins. Puis Griff dut remplir la part de son accord avec Alek.

Dante piqua une crise.

S'il avait été jaloux avant, désormais il était complètement irrationnel. Peu importait qu'ils aient déjà fait du porno sur Internet. Peu importait que ce qu'il allait faire leur permettrait de garantir leur sécurité. Peu importait que personne ne sache jamais que c'était Griff sur les photos. Maintenant qu'ils étaient un couple, Dante ne pouvait supporter l'idée de laisser Griff seul dans un studio pendant trois jours pendant qu'une quelconque... pute le peloterait et prendrait des photos de son attirail.

Dante était même allé voir Alek pour essayer de prendre sa place. Il avait supplié et menacé en fait, mais Alek était resté inflexible ; il voulait Griff pour les photos. Point. Ce qui bien sûr ne fit qu'exacerber la situation. D'un point de vue positif, Dante n'avait pas attaqué Alek physiquement, mais seulement parce que Griff s'était rapidement excusé et l'avait ramené à temps au camion.

À la fin, Griff avait accepté qu'il vienne avec lui, et Dante était déterminé à faire de ces trois jours un enfer sur terre pour toutes les personnes impliquées, Griff inclus.

Pendant que l'ascenseur montait, Dante avait littéralement été en train de fumer. Son hostilité émanait de lui comme la chaleur dans le désert jusqu'à ce que Griff soit sûr qu'il en modifie l'air, formant des mirages autour d'eux de rage.

Que Dieu nous préserve des Italiens possessifs.

Ils avaient pris le métro jusqu'à Broadway-Lafayette et marché jusqu'à un vieux loft délabré reconverti sur Bowery, à côté d'un foyer pour sans-abri et d'un dispensaire de méthadone. La porte rouge défoncée s'ouvrit sur un couloir sale. Cet endroit avait à l'évidence été une usine à

302

un moment donné, et l'ascenseur était ouvert, avec une grille métallique qui leur permettait de regarder le béton à nu de la cage tandis qu'il montait doucement vers l'appartement de la photographe dans un silence tendu.

Enfin, alors que l'ascenseur dépassait les graffitis peints sur le béton entre le quatrième et le cinquième étage, Dante murmura :

— Quel trou pommé !

— Allez. Elle a besoin d'espace. Alek dit qu'elle est vraiment douée et super cool.

Griff jeta un coup d'œil aux épaules raides de Dante ; pourquoi agissait-il toujours de façon aussi extravagante ? En plus ça devait être l'ascenseur le plus lent de l'univers.

Dante sourit, mais son sourire n'atteignit pas ses yeux froids.

— Alek te veut tellement qu'il se couperait la gorge pour avoir tes mains sur lui.

— Doucement, le tigre.

Griff pinça les lèvres.

Ding ! Ils sortirent et regardèrent à gauche, puis à droite dans un couloir dont le sol était parqueté de bois dur qui craquait sous leurs pieds. On entendait une faible musique venant du fond de l'un des couloirs ; instinctivement, ils se dirigèrent tous les deux dans cette direction.

Dante marchait un peu en avant, s'assurant d'arriver là-bas le premier pour bien faire comprendre à cette photographe sa façon de penser.

— Hors de question de laisser une petite salope baver sur toi et te tripoter.

— D, tu ne peux pas tout avoir.

— Ouais, si je drague quelqu'un, je sais ce que je fais et jusqu'où. Mais comment puis-je être sûr que ce qu'elle fait avec toi…

Dante réalisa qu'il parlait dans le vide et marchait seul.

— Où est-ce que tu vas ?

Griff avait fait demi-tour et remontait le couloir au plancher craquant vers l'ascenseur.

— Je rentre à la maison. Nous allons devoir régler ça tous les deux. J'ai passé toute ma vie à essayer de t'atteindre. Je ne vais pas tout ruiner pour une nana que nous n'avons jamais rencontré par le passé et qui veut juste prendre des photos. Alek est généreux avec nous. Ce qu'il fait est généreux, crétin.

Griff appuya sur le bouton.

Dante le rejoignit et leva une main pour le toucher, mais ne le fit pas.

— Allez, G. Je suis désolé. Je sais… Écoute, si ça avait été l'inverse…

— Eh bien j'aurais fait avec. Oh, attends, je l'ai déjà *fait* !

Griff explosa dans le couloir vide, se foutant complètement d'être entendu.

— Je suis en train de nettoyer ton bordel ! Tu crois que je ne t'ai pas regardé sur ce site, flirtant avec Alek. Cent fois ? Mille fois ? Tu crois que je ne connais pas chacun des mots que tu as prononcés, que je ne voulais pas me foutre en l'air chaque fois que tu lui as fait un clin d'œil ou que tu as léché tes putains de lèvres comme si tu allais le laisser te sucer ? Comme si ce n'était pas un coup de hache sur ma nuque ?

Le visage de Dante était pétrifié. Ses yeux étaient noirs comme la nuit. Il n'y avait aucune trace de ce vert enfoui au plus profond d'eux.

— Qu… je…, bafouilla Dante.

— Tu sais quoi ? Va te faire foutre. Va te faire foutre ! L'idée de venir ici pour me désaper pour des étrangers me donne envie de vomir. Mais je le fais.

Griff s'appuya contre le mur et se pencha, les mains sur les genoux, regardant le sol. Enfin, il murmura :

— Je fais ça pour nous. Pour toi ! C'est déjà assez horrible sans que tu remues ce putain de couteau dans la plaie.

Du coin de l'œil, il pouvait voir Dante debout, tout près, mais aucun d'eux ne bougea.

Puis Dante émit un petit son qui fit se retourner Griff. Bordel, il pleurait, là debout comme un soldat brisé. Son visage était un rictus d'agonie, un masque tragique, empli de douleur.

Lorsque Griff se redressa pour le regarder, ils semblaient tous les deux petits dans le vaste couloir.

Dante hocha la tête, baissant les yeux vers le sol.

— Je ne peux pas te perdre, mec.

— Alors parle-moi. Parle-moi et nous trouverons une solution.

La main tendue de Griff vers lui semblait trop grande, comme s'il creuserait un trou dans les murs de plâtre s'il ne faisait pas attention.

Dante se secoua devant lui, sa frustration se répandant au sol, une goutte amère à la fois. Il ne voulait pas prendre la main pâle.

— Allez, D. Arrête avec ces conneries. Tu vaux mieux que ça.

Griff se raidit et tira Dante contre sa poitrine, se foutant que quiconque voie les pompiers homos.

— Sois courageux pour moi et je ferai pareil.

Il embrassa le sommet de sa tête aux cheveux en bataille.

Dante hocha la tête et se laissa bercer pendant un moment.

— Connard.

— Abruti, répliqua Griff.

Il l'écarta de lui pour qu'ils puissent se regarder.

— Maintenant, tu décides. Est-ce que tu vas rester ici dans ce foutu couloir à me chanter ton opéra comme Loretta, ou vas-tu venir avec moi pour que nous puissions solutionner notre vie et pouvoir enfin la commencer ? Ton choix.

Finalement, Dante se calma et essuya son nez. Il leva les yeux vers ceux de Griff, les cherchant. L'enfoiré réussit à lui adresser un petit sourire.

— Est-ce que tu m'as vraiment regardé autant de fois sur le site ?

Dante cligna des yeux, *deux fois*. D'une vanité tout innocente. Griff gémit et lui frappa l'arrière du crâne, mais quand ils atteignirent la porte du photographe, ils étaient debout l'un à côté de l'autre.

— Loyer régulé, c'est un HLM de la ville de New York…

Beth ouvrit la porte en grand avant qu'ils puissent sonner.

— Je suis loin d'avoir autant de succès que cet appartement le laisse penser. J'ai eu de la chance quand j'ai rompu avec ma dernière petite amie. Vous êtes à l'heure.

Ça avait d'ailleurs l'air de la surprendre. Eux aussi ; elle mesurait peut-être un mètre quarante-huit ou quarante-neuf, certainement moins d'un mètre cinquante en tout cas et pesait quarante-cinq kilos toute mouillée à tout casser. Ses cheveux étaient d'un blond brillant noués en chignon flou. Elle portait une salopette sur un tee-shirt à manches longues, et des baskets montantes. Son atelier prenait tout l'étage, avec des fenêtres donnant sur Bowery.

— Tu es Griffin ?

— Ou Griff. Salut.

Griff déplaça son poids d'une jambe à l'autre sur le seuil, se sentant maladroit et stupide.

Elle tendit la main, et Griff la serra. Elle reporta son regard sur Dante et plissa les yeux.

— Petit ami ?

Euh. Ils n'en avaient pas exactement discuté ; Griff n'était pas sûr de ce qu'il devait répondre.

Dante, oui.

— Ouais. Ça pose un problème ?

Dante était en total mode Brooklyn. Il plissa les yeux et déambula dans la pièce, en remettant vraiment une couche sur son côté étalon italien.

Elle ne le regarda même pas.

— Du moment que tu ne te mettes pas en travers de mon boulot, non. Est-ce que c'était toi en train de piquer une colère dans le couloir ?

Ouille.

— Nous avions une conversation.

— Ça avait plutôt l'air d'une engueulade. J'ai l'habitude. Je bosse avec un tas de mannequins, alors les sautes d'humeur tournant à l'hystérie dans ce trou, je connais.

Griff croisa son regard et secoua la tête pour lui faire savoir que tout allait bien. Elle n'était pas d'accord.

Beth se retourna pour engueuler Dante.

— Comme si tu étais un dalmatien enragé et lui ta pompe à incendie ? Des conneries de macho territorial. Rien de nouveau pour moi, *Tonto.* Pourquoi tu ne pisserais pas sur lui si ça peut te faire sentir mieux ?

Beth leva les yeux au ciel alors qu'elle posait des objectifs en rang sur le comptoir.

— Pour ton info, je ne suis pas intéressée par ton homme, génie. Il a les mauvaises pièces. Tu piges ?

Elle se pointa du doigt et se mit à loucher.

— Grosse gouine, tu vois ?

Griff essaya de désamorcer les bombes à retardement jumelles.

— Euh, je suis là.

Dante l'ignora et leva son noble menton, prenant un air hautain.

— Je veux juste m'assurer que personne ne le harcèle ou ne fasse…

— Ouais, ouais. Bla-bla-bla. Assis.

Beth l'avait cerné, et elle n'avait absolument pas peur.

— Ne touche à rien.

Le mur était composé de fenêtres solides, et à l'ouest, il y avait un énorme rouleau de papier blanc fixé sur la corniche, qui tombait sur le sol dans un débordement homogène. Il était éclairé par de grandes lampes sur pieds éteintes pour le moment. Quand elles seraient allumées, ce serait aveuglant.

— Griffin ?

Juste en face de lui, Beth souriait de ses yeux bleus, le tapotant avec ses petites mains noueuses. Sa colère s'était évaporée. C'était comme parler à un lutin autoritaire.

— Tu as déjà posé ?

— Non, m'dame.

Il devait en fait pencher la tête pour vraiment pouvoir la voir. Même dans cet espace caverneux, il avait l'impression d'être un cyclope.

— Bon sang. Je ne suis pas ta grand-mère. J'ai seulement trente-six ans. Je veux dire, Alek a dit que tu avais…

Dante renifla depuis la cuisine.

— … fait exploser sa charge pour la Russie, lança Dante depuis la cuisine.

Super. Merci, D.

Beth ne cilla pas, elle attendit simplement la réponse de Griff.

— Hum mm. Mais rien à voir avec des photos et… tout ça, dit Griff en embrassant du geste l'étalage de papier blanc.

— Nous allons commencer doucement. Si tu as besoin de faire des pauses, tu me le dis. Si tu es mal à l'aise, fais-le-moi savoir.

— Et si moi je suis mal à l'aise… m'dame ? intervint Dante en revenant tranquillement de la cuisine avec un muffin, le mâchant la bouche ouverte.

— Alors je saurai que je fais mon putain de job, *Guido*, rétorqua Beth, impassible.

Elle piqua le muffin dans sa main et prit une bouchée avant de le lui rendre.

— Venez.

Et elle leur fit faire le tour du studio et des installations : toilettes, frigo, équipement de base. C'était un appartement gigantesque et la lumière provenant des fenêtres était assez brillante pour leur coller la migraine.

— Bon sang ! Tu te fais un paquet de blé avec ce truc de photos, hein ?

Dante ramassa un gros objectif sur la table où étaient posés les appareils photo, jouant délibérément les connards.

— Dante ! siffla Griff en lui jetant un regard noir. *Ça suffit.*

Mais Beth se contenta de le lui prendre des mains et de le reposer avec soin.

— Si tu as du talent et les dents longues… ce qui est mon cas, alors ouais.

Elle allait retourner vers la cuisine, mais s'arrêta pour sourire. Sa voix était une berceuse.

— Et si tu touches encore à mon bordel, je te botte les parties et je te fais porter une robe de soirée.

Dante acquiesça et baissa les yeux. Griff sourit. *Femme intelligente.*

Elle observa Griff à quelques mètres de distance, évaluant ses proportions et dimensions comme une lionne chassant le gnou.

— Nous avons trois jours. C'est une faveur pour Alek.

Elle leva les yeux vers la lumière au-dessus d'elle et tint un petit carré noir devant son visage.

— Luxmètre, pour mesurer l'éclairage. Tu es bon.

Dante gravita autour d'eux comme une lune irritée, mais il n'interféra pas au-delà de demander :

— Quel genre de faveur ? Je veux dire, pourquoi aides-tu TêteBrûlée ?

— Alek me trouve des modèles de temps en temps. Il a…

Elle jeta à Griff un regard d'estimation et approuva.

— … un putain de bon coup d'œil.

— Là-dessus nous sommes d'accord, déclara Dante en posant la main sur le large dos de son petit ami.

— Alek ne peut pas se permettre les services de toute mon équipe, alors je travaille parfois en solo pour lui, comme aujourd'hui. J'ai des trucs à grignoter, comme ça on n'a pas besoin de courir chercher un truc de toute la journée.

Griff était soulagé.

— Donc, ce sera juste nous ?

Beth sourit.

— C'est mieux de toute façon. Je n'aime pas avoir une grosse équipe autour de moi, surtout avec quelqu'un qui n'a jamais…

— … montré son cul, dénudé son os de chien pour ton attirail de chatte ? proposa Dante avec un sourire angélique, se tenant tout près.

— Bon Dieu, D.

Griff se tourna vers Beth pour s'excuser, mais elle parla en premier.

— Euh, ouais. Merci, suceur de queue.

Beth regarda Griff, lui demandant son autorisation, puis s'approcha pour le disséquer à environ cinquante centimètres de distance.

— Il n'y a pas de prise de visage dans cette séance, donc nous n'avons pas besoin de ce genre de maquillage. Je pourrais cependant avoir besoin de tailler quelques poils pubiens ou sous les aisselles et à d'autres endroits. Ta peau est vraiment pâle ; peut-être l'ombrer légèrement, mais pas beaucoup. Un peu d'huile aussi ?

Elle prononça ces derniers mots à un assistant invisible, puis réalisa qu'il n'y avait personne. Elle ferma les yeux et grimaça poliment.

— Désolée. Mauvaise habitude. Tu as l'air plutôt bien taillé.

— Je fais de l'exercice à la caserne. Et je cours parfois.

Griff se sentait mal à l'aise de regarder son corps comme si c'était un costume qui lui appartenait.

— Je ne vois pas beaucoup de gars bâtis comme toi qui ne sont pas carbonisés. Gay ou hétéro, les culturistes ont tendance à se faire griller assez régulièrement. Et ils ont tous des tatouages sur le yin et le yang.

Dante passa une main possessive sur les épaules et la nuque de Griff, les callosités rugueuses le touchèrent exactement de la bonne façon.

Griff se retrouva à se cambrer comme un gros chat. Ça faisait du bien d'être caressé devant un témoin amical.

— Tu as une sorte de talent naturel pour être mannequin-corps. Sérieusement. Tu pourrais te faire de l'argent.

Beth conduisit Griff derrière un paravent pour qu'il puisse se déshabiller et lui donna un épais peignoir bleu qu'il pourrait porter entre deux prises.

— Pour que tu ne te gèles pas.

Elle le laissa se dévêtir et il s'exécuta, ressentant le froid et se sentant étrange dans cette pièce exposée, super conscient de ces fenêtres faisant face au papier d'un blanc saisissant. Quand il sortit en peignoir, elle marcha autour de lui comme s'il était un taureau à une vente aux enchères. Le peignoir atteignait seulement ses genoux et lui arrivait au milieu des bras, ce qui la fit sourire.

— Tu es un sacré morceau, hein ? Tu pèses combien, cent huit, cent dix kilos ?

Griff hocha la tête.

— Désolé.

Elle se mordit la lèvre et tripota une de ses oreilles, soupesant quelques options.

— Ne le sois pas. C'est génial. Je crois que je sais ce que veut Alek. Viens là une seconde.

Griff la suivit, parcourant le parquet jusqu'à la cuisine en inox, sous le regard noir et irrité de Dante.

Beth ignora simplement Dante, le contournant pour attraper une bouteille d'huile d'olive. Elle en versa dans ses mains et les frotta ensemble comme si elle les lavait. Elle s'avança vers Griff.

— Baisse le peignoir une seconde, tu veux ?

— Qu'est-ce que vous faites ?

Dante se mit devant Griff de façon protectrice, exactement comme s'il allait se mettre à lutter au sol avec la petite lesbienne.

— Je ne vais pas molester ton petit ami. Recule, génie !

Elle montra ses paumes glissantes.

— Le muscle sera plus beau sous l'huile. C'est pour attraper la lumière. Et il est si pâle que nous avons besoin de tout le contraste possible.

— Rien à foutre. Je vais le faire.

Dante ramassa la bouteille d'huile d'olive et s'en répandit sur les mains, agacé. S'approchant de Griff, il parla dans un murmure.

— Ça va ?

— Bien sûr, répondit Griff en hochant la tête. Je ne vais pas casser, Dante. C'est pour nous. Ce ne sont que des photos.

Dante grimaça et murmura :

— Je sais. Désolé, G. Je déteste ça.

Beth rit et s'éloigna, s'essuyant les mains sur la serviette pendue à son épaule.

— C'est mieux de toute façon. Il vous laissera être plus rigoureux que moi. Soyez sûr de passer dans tous les coins et recoins. Peut-être que ça vous détendra tous les deux.

Dante posa ses mains chaudes sur les clavicules de Griff et étala un vernis d'huile d'olive sur ses épaules, sur toute la partie supérieure de son dos, le long de ses bras puissants jusqu'à ses mains.

Le sexe de Griff le remarqua tout de suite, se détachant de son nid de boucles sauvages pour piquer Dante.

— Désolé.

Dante lança un regard possessif à Beth. Il était en train de marmonner dans sa barbe tout en travaillant.

À côté de son trépied, Beth balaya sa modestie d'un geste de la main.

— Pas besoin de t'excuser auprès de moi, Rouquin. Il faut que tu sois dressé et que tu le restes. Aucun assistant ici, tu te souviens ? Alors si l'imbécile qui est là est heureux de te graisser et de te faire gonfler, ça rendra tes quelques jours plus faciles.

Elle regarda entre eux, mesurant quelque chose.

— Je comprends cependant... Vous deux êtes plutôt étonnants ensemble.

C'était un honnête compliment.

310

Dante sourit avant de pouvoir s'en empêcher et grogna un merci. Reprenant la bouteille autant que nécessaire, il polit patiemment tout le corps de Griff comme une statue, l'adorant avec de l'huile, son visage calme, fier et possessif.

Dante travailla tout autour de lui, s'agenouillant pour se rapprocher de sa moitié inférieure, chatouillant de son souffle les poils cannelle sur les cuisses de Griff.

À nouveau, il murmurait, et Griff pouvait juste distinguer les mots :

— À moi – à moi – à moi, tu es à moi – à moi.

Dante se pencha et effleura de ses lèvres l'arrière du genou de Griff.

Griff sourit et soupira. Une fois le processus achevé, sa peau luisait sous les lumières chaudes et son érection était semblable à une barre de fer.

— Ne sois pas timide !

Beth était enchantée du résultat ; elle se leva, la hanche sur le côté, sous le poids de l'appareil photo numérique retenu à son épaule.

— Tu es *canon*, waouh ! Je vois ce qu'Alek voulait dire. Doux Jésus.

Dante se leva, fulminant, et elle lui jeta une serviette pour qu'il s'essuie les mains. Il ne pouvait détacher les yeux de Griff et marmonna tout bas :

— Je déteste que d'autres personnes te regardent.

Griff murmura en retour.

— C'est bon, D. C'est pour nous. Personne d'autre que nous ne le saura jamais.

Dante hocha la tête, les yeux au sol alors qu'il reculait vers l'obscurité, au-delà des lumières et de l'appareil photo.

Beth tint ce truc qui mesurait la lumière sous son visage et plissa les yeux vers l'un des spots sur sa droite. Elle monta sur un escabeau et installa une mince pièce de tissu qui cassa le faisceau trop violent pour le transformer en lueur diffuse.

Griff pouvait sentir la jalousie, l'anxiété et la culpabilité italienne émaner de son homme par vague. Son homme.

— Hé. Hé, Anastagio. Regarde-moi.

Dante obtempéra, se retournant juste sur l'extrémité de la zone de lumière, le visage réservé et sombre.

— À qui j'appartiens ?

Dante hocha une fois la tête, sourit légèrement. C'était mieux.

DANTE ET Beth formèrent une sorte de complicité faite de marmonnements taquins et de cheveux coupés en quatre, au cours de ces trois jours, se cherchant la petite bête.

Elle pensait qu'il était un connard jaloux et arrogant, et il pensait qu'elle était un singe-araignée autoritaire.

Secrètement, Griff se disait qu'ils avaient tous les deux raison. Et il découvrit que le mannequinat était bien moins glamour et beaucoup plus difficile pour son corps qu'il s'y était attendu.

Contracter les muscles, bander et tenir une position pendant une heure d'affilée le laissait aussi trempé et tordu qu'un vieux chiffon. Il était pétri de crampes dans le froid.

Être pompier était beaucoup moins douloureux et beaucoup plus intéressant. Merde ! Même en étant videur il arrivait à parler aux gens, à respirer normalement et à porter un pantalon.

Pourtant, trois jours pour rembourser TêteBrûlée n'étaient rien. Et ensuite le monde serait à eux. Les deux premiers jours avaient été pris avec ce que Beth appelait : 'persillade', parce que ces photos étaient comme une garniture sexy qu'Alek pourrait saupoudrer sur les pages du site comme il le jugerait nécessaire.

Elle avait une liste des parties du corps et attaqua chacune d'elle avec une sinistre efficacité, les cochant à mesure qu'elle avançait sur chaque centimètre carré de lui. Au bout de la troisième heure, il ne pouvait même plus éveiller sa timidité en voyant Beth grimper sur lui comme sur son terrain de jeu personnel. Elle l'admirait, mais comme s'il était un arbre ou un rocher.

Pendant deux journées de neuf heures entières, Beth prit des photos des mamelons de Griff, de son dos, ses pieds, ses biceps, ses muscles fessiers, ses mollets.

Clic - Flick - Ca-clic - Clic -

De son sexe au repos et en érection, et des courbes de ses abdos bien dessinés, de ses épaules, ses triceps, ses biceps.

Clic - Clic - Ca-flick -

Elle fit des plans larges de ses jambes pliées, de ses bras puissants contractés, du bas de son dos et de la fente de ses fesses, de ses bourses et de son prépuce calotté contre ses cuisses.

Clic - Clic - Flick-clic - Clic -

Elle photographia même ses aisselles. Elle avait donné à Dante une brosse à dents et lui avait fait peigner les volutes lumineuses jusqu'à ce que Griff devienne si chatouilleux qu'il avait cru qu'il allait se rouler en boule.

Clic - Fa-clic -

Cou, orteils, poitrine velue, fesses écartées, hanches, gorge, mains déployées et poings.

Flickcliccaclic -

Pour Griff, cela ressemblait à un boucher en train de trancher un quartier de bœuf.

Meuuuh.

Beth plaisanta tout le temps, et elle le fit presque se sentir à l'aise. Elle était incroyable.

Dante grommela en continu et ne put être convaincu de s'en aller. Son arrêt de travail était terminé, mais il avait pris des jours de maladie supplémentaire à la caserne et avait défié Beth,

— Je suis son… je ne sais pas, toiletteur, esclave, ce que tu veux. Donne-moi quelque chose à faire.

Fidèle à sa parole, Dante enregistra consciencieusement leur progression dans le tableau de boucher de Beth, alla chercher le café, les sandwiches et l'eau minérale pétillante, huila Griff et lui massa les épaules pendant les pauses comme un homme à tout faire. Il prit soin de Griff, le débarrassant des peluches et des poussières, comme un chimpanzé.

Si Beth insistait trop longtemps, Dante se dressait juste devant son nez jusqu'à ce qu'elle accorde une pause à Griff. Dès le deuxième jour, elle montrait les prises à Dante sur son appareil numérique et en discutait avec lui. Il avait le coup d'œil apparemment, et après la première journée il était désireux de prendre des photos par lui-même. Soudain, ils étaient potes, mais se chamaillaient encore gentiment tout le temps.

Même s'il ne l'admit pas, Griff était heureux, à la fois de l'aide de Dante et de sa jalousie farouche et protectrice. Ils étaient vraiment une équipe parfaite, la fumée et le feu. Et de temps en temps, il surprenait Dante en train de le regarder si intensément, les yeux noir scarabée et affamés, qu'il en frissonnait – ça alors ! – sous les lumières brûlantes.

Alors que les heures passaient, Dante le regardait différemment. Beth lui montrait quelque chose qu'il n'avait certainement pas l'habitude de voir.

Dès le deuxième jour, Griff se mit même à faire le clown tout nu. Il enfilait encore souvent son peignoir, mais c'était pour le froid. Sa modestie s'était envolée comme de la cendre.

Le deuxième après-midi, Beth cessa de tirer des gros plans du bas de son dos et se redressa pour murmurer :

— Pas une tache de rousseur.

Griff essaya de ne pas bouger quand il demanda :

— Pardon ?

— Je continue de chercher une tache de rousseur ou un grain de beauté. Je n'arrive pas à en trouver un seul.

Beth observait sa peau à environ trois centimètres de distance comme un archéologue.

Dante l'interpella pour lui rappeler que Griff était une personne.

— Hé...

Elle sourit en guise d'excuses et fit craquer son cou avant de reprendre les prises de son dos.

— Ta peau est incroyable. Je ne peux pas croire que tu n'aies jamais fait ce calendrier merdique des pompiers de New York.

— Nan. Pas mon truc.

Griff était trop timide et trop blanc pour s'afficher là-dedans.

— Moi j'ai posé plusieurs fois dans le calendrier.

Dante tendit une bouteille d'eau à Griff pour qu'il se désaltère.

— Bien sûr que tu y étais, Guido.

Elle leva les yeux au ciel.

— Bronzé et huilé. Cheveux gominés, je parie. C'était à l'époque où tu te faisais des filles dans les toilettes des bars, pas vrai ?

Dante ouvrit la bouche pour s'indigner, mais Beth leva une main. Griff rit discrètement. *Cassé.*

— Ouais, ouais. Tu es canon... Le problème, c'est qu'à la différence de ton petit copain, tu le sais.

Elle enfonça ses doigts dans la poitrine de Dante, qui venait *juste* de réussir à prendre un air offensé.

— Bon sang, je paierais pour que l'un ou l'autre de vous revienne jouer les mannequins. N'importe quand.

Elle craqua.

— Vous êtes époustouflants !

Dante avait les mains sur les hanches et se sentait insulté qu'elle ait mis si longtemps à faire son offre.

— Tu peux toujours rêver. Tu n'es pas un organisme de charité, et je suis bien trop cher.

— Tous les emmerdeurs coûtent chers. Ça va de paire. Tu ne me fais pas peur.

Perchée sur son échelle, elle se pencha au-dessus de Griff pour ce qu'il supposa être un angle serré de son pectoral et de sa clavicule et pour un balayage de son torse large vu d'en haut.

— Penche-toi un peu plus en arrière pour que je voie la ligne. Tiens. Tiens la position. Dante, mamelon.

La main de Dante se faufila jusque-là et le pinça, et le bourgeon rose se tendit. Griff était au-delà du rougissement. *Bien au-delà.*

Cliccaclic –

— Super. Contracte les intercostaux pour moi, Griffin. Allez. Pousse, pousse, pousse. Tourne un poil à droite. Je veux voir les côtes. Ne bouge pas ! Accroche-toi une seconde. Je l'ai.

Fa-clic –

Chaque soir Griff quittait ce studio en se sentant endolori et meurtri, comme s'il sortait d'un entraînement de football plutôt rude. Chaque nuit, il tenait à peine jusqu'à la porte de Dante avant de s'endormir, souriant, avec le membre dur de Dante emboîté en cuillère contre lui de façon protectrice.

Les matins, Dante le nourrissait et le bouchonnait comme un pur-sang, le réveillant avec petit-déjeuner et une délicieuse pipe à la va-vite.

— Juste pour soulager la pression.

Griff ne se plaignait pas, et ça l'empêchait en effet de trop s'embarrasser devant Beth pendant que les mains huilées de Dante parcouraient son corps.

Le troisième jour, ils commencèrent tous les trois aux petites lueurs de l'aube, et il n'y avait plus de persillade à shooter. On passait aux pièces maîtresses, aux prises qui valaient de l'argent.

Ce dernier jour, Beth commença à lui faire prendre la pose comme une poupée, et Dante commença à travailler pour de vrai. Et comme Alek l'avait promis, elle évita son visage et fut *farouchement* professionnelle.

Pour commencer, Beth tira des prises de côté, la taille baissée.

— Peux-tu étirer ses bourses de derrière ?

Elle parlait à Dante.

Dante attrapa et étira. Griff glapit. Ses cuisses étaient déjà mises à rude épreuve alors qu'il se tenait accroupi, une main plantée sur le sol parqueté, sa queue lourde et les bourses en question presque nichées dans le creux de son coude. L'autre bras était hors de vue, derrière son dos. Il se sentait comme un origami humain.

315

— Putain, Beth, lâcha Dante dans un soupir exaspéré qui effleura les poils de sa cuisse. Tout ça à huit heures du matin ?

À ce moment, Dante était coincé entre sa jambe et le mur pour rester en dehors du champ.

Beth contempla Dante de dos, tenant l'appareil photo sur sa hanche.

— Ne le castre pas, génie. Je veux seulement la jambe droite, le bras et son attirail. Je veux juste que ses couilles tombent un peu plus bas pour qu'elles reposent dans le pli du bras. Elles sont plutôt hautes et serrées.

— Désolé, murmura Griff qui réalisa qu'il venait juste de s'excuser pour la façon dont pendaient ses testicules, et il se sentit idiot.

Les mains de Dante étaient douces maintenant alors qu'il tirait – tirait – tirait les bourses huilées sans les pincer ou les laisser glisser.

Ça, c'est un travail d'équipe !

Derrière lui, Dante mordit légèrement son cul avec une bouche souriante, et le gland de Griff gonfla sous la peau de son prépuce.

Beth exultait de plaisir.

— Parfait.

Clic-ca-clicclic.

— Tiens bon, Griffin. On y est presque. Biceps ! Serre, serre. Une de plus et une de plus et une... je l'ai. Magnifique.

Fa-clicclic.

— Ça, c'est mon super mec !

— Euh. C'est *mon* super mec.

Dante se décala pour feindre un grondement à son attention.

— Alors tu ferais mieux de commencer par le mériter, prétentieux.

Alors qu'elle les contournait, elle tapota Dante sur l'épaule, et il ne répondit rien, fronçant juste les sourcils en direction du sol, réfléchissant.

Et c'est ainsi qu'allèrent les choses. Beth passa la dernière journée comme une araignée joyeuse, en haut des échelles, sur le dos sous lui, agenouillée autour des stands de lumière. C'était comme si elle avait passé deux jours à apprendre les ingrédients, et maintenant elle pouvait cuisinier avec son corps entier énorme et crémeux.

Quoi qu'elle prenne, les yeux de Dante se faisaient de plus en plus grands et sérieux alors que la journée passait, ses mains le démangeant d'avoir son propre appareil. Beth le taquinait constamment, mais il semblait aimer ces insultes bon-enfant et la provoquait autant qu'il le pouvait. Et les regards possessifs qu'il dirigeait vers Griff étaient la cause de nombreux rougissements intégraux, dont Beth profitait avec délectation. Il ne se sentait plus du tout timide avec elle dans les parages, mais son excitation était vive, et il savait que Dante le sentait aussi.

Vers deux heures de l'après-midi, Alek fit une halte pour les regarder travailler et jeter un coup d'œil aux résultats, mais s'en alla quand il fut clair qu'ils avaient tous trouvé un terrain d'entente.

Lui et Beth hochèrent la tête de concert en regardant les épreuves.

— Exceptionnel, fut ce que le Russe dit.

Et même Griff pouvait dire que c'était quelque chose de spécial. Il avait mal partout et était frigorifié, mais quand Beth les laissa voir ce qu'ils avaient construit, il fut choqué de la puissance et de la beauté de son propre corps. *Pas mal pour un col-bleu qui se fout de son apparence.* Il se demanda si c'était la manière dont Dante le voyait, si c'était la raison pour laquelle il avait l'air si excité en laissant ses yeux scarabée se promener au fil des photos finales. Il l'espérait.

Vers la fin de ce dernier jour, Dante se rendit. L'intérêt de Beth était monté en flèche sur la prise d'une image. À présent, Griff comprenait sa façon de penser et pouvait sentir le zoom se resserrer sur une partie pertinente de son anatomie et la photo qu'elle voulait prendre jusqu'à ce que les muscles à cet endroit tremblent.

À cet instant, le bas de son dos arqué le démangeait pratiquement, sous ses yeux perçants. Il avait le sentiment que ce plan serait bas, son visage juste hors du cadre ; il serait visible des rotules jusqu'aux contours de sa mâchoire rouille mal rasée.

Dante se tenait un peu derrière elle, apparemment hypnotisé. Il effleurait inconsciemment ses lèvres d'une main bronzée, regardant Griff les yeux plissés alors qu'il essayait de voir ce que Beth voyait.

Regarde-le en train de me regarder.

Griff sourit intérieurement.

Elle s'agenouilla, tirant à la hauteur des fesses de Griff et dépassant juste entre ses cuisses épaisses, les lourdes bourses pendant sous son sexe.

Son dos se tordit en un haut-relief contracté, et un téton rose fut à peine visible sur la courbe de son pectoral tourné vers elle. Une des mains de Griff tenait une fesse charnue légèrement ouverte pour révéler les quelques poils cannelle et un soupçon du petit trou rose. Saisissant le muscle huilé, la première phalange de son index glissa presque à l'intérieur de lui.

Hé !

—Arrête-toi juste là ! Ne bouge surtout pas. Surtout pas ! aboya Beth en avançant de quelques centimètres. Presque… Donne-moi une seconde…

Griff se figea. Dante aussi. La jointure était juste en lui. Un accident des plus sexy.

Comme un ouistiti excité, Beth se laissa tomber un peu plus bas, se déplaçant avec les talons et glissant sur ses épaules pour obtenir toute la longueur de son corps de la hanche à l'épaule.

— Okay. Tourne un peu plus. Bombe le torse. Presque. Tiens ça ! C'est ça, mec. Ouais ! Contracte la fesse gauche. Encore. C'est beau, c'est beau, c'est beau. Regarde-toi... Les abdos, Griffin. Contracte. Contracte ! Et...

Clic-ca-faclic -

Dante respirait fort, quelque part derrière des éclairages, comme s'il avait été blessé.

— Perfecto !

Ca-CLIC.

— On l'a eu. C'est bon. Tu peux laisser aller.

— Tu es sûre ?

Mais il avait déjà relâché la pose. Il était lessivé d'avoir tenu la position pendant si longtemps. Il commençait à faire noir dehors, et il était prêt à en finir. *Merde.* Pas étonnant que les mannequins aient toujours l'air si grognon.

Il regarda Dante qui semblait hypnotisé et aveugle, comme si ses rétines avaient été brûlées par les lumières brillantes. Sa bouche était ouverte. Ses bras étaient étroitement enroulés autour de son corps, s'étreignant lui-même pour se calmer.

Griff marcha vers lui, secouant la tête de confusion.

— Que se passe-t-il ?

Dante parla directement à Beth d'une voix basse.

— Celle-là est pour moi. Alek ne peut pas avoir cette prise.

— Que tu dis.

Mais Beth était déjà sur l'escabeau, enlevant le filtre devant l'un des spots d'éclairage.

— C'est du grand art ! À mon avis ça sera un logo d'enfer pour n'importe quoi.

Dante s'avança et se tint debout à ses genoux pour lever les yeux. Sa bouche rosée était une ligne fine.

— Je suis sérieux. Cette photo est à moi.

Il pointa un doigt coléreux vers Beth, mais elle ne broncha pas, en hauteur sur une marche.

318

D'une tape elle écarta sa main, le menant de sa petite mâchoire pointée en avant comme un boxer. *Lutin malfaisant.*

— Je sais. Je me disais bien qu'elle te plairait.

Dante grogna. Littéralement. Il *grogna* sur elle comme un doberman.

Griff fit rouler ses épaules endolories, les observant avec confusion, regardant ses muscles nus.

— Dante, qu'est-ce que tu vas faire avec une photo de moi comme ça ?

— La garder.

Dante se tourna vers lui, très sérieux. Ses sourcils noirs étaient froncés d'une façon possessive qui toucha Griff, qui le fit sourire.

— Ne te moque pas de moi.

Griff secoua la tête et leva les mains en signe de reddition.

— Je ne me moque pas. Je posais juste la question.

De son perchoir, Beth détaillait l'Italien renfrogné avec la tête inclinée et un sourire coquin. Elle manigançait quelque chose, se jouant de lui. La négociation rebondissait entre eux comme une partie de ping-pong.

Dante se tourna vers elle, les bras croisés, le visage comme un masque dur.

— Je vais te dire...

Beth laissa les mots l'envelopper comme un boa constrictor, le comprimant.

— Je dois bientôt shooter un calendrier de beaux mâles : *Mousse & Étalons.* Si tu traînes ta carcasse décharnée ici et que tu poses pour moi, un après-midi, cul nu dans une baignoire, on a un accord. Deux après-midi et je pourrais même te payer.

— Hé !

Griff se redressa, ne se souciant pas de son stupide peignoir. Il n'était pas sûr duquel des deux avait escroqué l'autre.

— Pas de gel pour les cheveux ! ajouta-t-elle en remuant un doigt vers lui.

Dante lui fit un clin d'œil et lui tendit la main.

— Marché conclu.

Ils se serrèrent la main. *Clic.* Amis instantanés, comme on allume une lampe. Dante et Beth se tournèrent ensemble et lui sourirent.

Le temps que Griff se rince de l'huile et s'habille dans la salle de bain, Dante et Beth causaient joyeusement d'ouvertures et de filtres. Beth avait une ligne de cartes de vœux à finir pour la nouvelle année, et aimeraient-ils se faire un peu d'argent supplémentaire en posant ?

Griff aperçut le reflet de son propre visage heureux dans le miroir. Il finit d'enfiler son maillot.

C'est tellement bon d'être habillé.

— Bébé, nous allons commander thaï, déclara Dante en passant la tête par la porte.

En souriant, Griff lui donna un petit bisou qui dura à peine plus longtemps que le strict nécessaire.

— J'aime quand tu m'appelles comme ça.

— C'est d'accord ?

— Seigneur, ouais ! Manger thaï ça m'a l'air super. Je meurs de faim.

Griff fit un mouvement de tête vers Beth et le reste du studio.

— Mais… ça te va avec… ?

— Tu plaisantes ? C'est un génie ! Et la dernière prise ? Waouh !

Dante se pencha en avant et lui mordilla le cou.

— Cette lesbienne complètement dingue a trouvé une façon de me faire tomber encore plus amoureux de toi. Et je pensais que… c'était impossible, murmura Dante en embrassant le coin de son sourire.

— Arrête.

Mais Griff souriait, appuyant le visage contre le sien un moment, s'appuyant contre son homme...

— Moi aussi.

La voix de Beth les arrêta.

— Guido, si tu le baises dans la salle de bain, je vais te couper cette chose que tu as entre les jambes et faire une donation à une usine de godes !

Dante se contenta de sourire. Il laissa Griff enfiler le reste de ses vêtements. Il grommela à son attention lorsqu'il s'en alla.

— Ouais, ouais.

La porte ne se referma pas tout à fait. Alors que Griff séchait ses cheveux lumineux et se rinçait la bouche, la porte s'ouvrit doucement sur le loft.

De l'autre côté de la pièce, Dante regardait par la fenêtre sud à travers l'objectif d'un appareil photo, et Beth lui souriait patiemment.

Tous les deux rirent à quelque chose, de joyeux pirates croisant le fer. La large étendue de ciel bleu noir s'étendait devant eux, un horizon où manquaient les Tours jumelles du World Trade Center, mais pas grand-chose d'autre.

Griff avait l'impression qu'il pouvait tout voir. Absolument tout.

Boum – poum, disait son cœur dans ses oreilles.

320

À l'instant, aussi sûrement qu'un déjà-vu à l'envers, Griff sut qu'ils allaient revenir, lui et Dante. Ils finiraient par jouer les mannequins pour Beth La Folle et obtiendraient l'argent pour faire de leur maison un foyer. *Humpty-Dumpty, à nouveau ensemble.* Leurs familles feraient avec. Le mari de Loretta reviendrait sain et sauf. Alek aurait son nouveau site Internet. Même Tommy guérirait, vivrait et espérerait. Et Griff savait que Dante serait debout à ses côtés.

Boum-poum... Boum-poum...

Avec un dernier coup d'œil dans le miroir, s'essuyant les mains sur son pantalon, Griff franchit la porte vers un avenir qu'il pouvait presque imaginer.

XVIII

Bar gay, deuxième round. Cette tentative de sortie avait commencé sur une mauvaise note, et tout le trajet en métro avait été une suite sans fin de bouderies et ronchonnements de la part d'un Italien jaloux.

— Il fallait que tu portes ton putain de *kilt.*

Dante avait les mains enfoncées dans les poches de son caban. Il ressemblait à un marin honteux arpentant l'East Village un vendredi soir frisquet. Dante jetait un regard noir à tous ceux qui osaient même regarder Griff… hommes, femmes, ça n'avait pas d'importance.

Griff cogna son épaule avec la sienne.

— Je pensais que tu aimais mon kilt.

— Tu rigoles ? Je l'adore. Je *rêve* de ce kilt, bon Dieu !

Dante jeta un œil à ses jambes musclées.

— Mais c'est le cas de tout le monde en fait, et je ne partage pas. Seigneur. Ce mec là-bas vient juste de te reluquer lui aussi. Je vais tuer ce…

Dante se retourna pour défier quiconque avait osé mater Griff une deuxième fois. C'était comme marcher avec un garde du corps maniaque.

Griff se retourna également, mais son admirateur supposé était déjà parti… ou avait pris peur. Il tira Dante pour le faire se retourner et avancer vers le Pipe Room.

— Nous aidons Tommy. Il est complètement à la dérive et nous devons lui donner un coup de main. On lui offre quelques bières. On discute comme d'habitude et on rentre à la maison. Après, on baise comme des lapins, et tu me prends autant que tu veux.

— D'accord.

Les sourcils noir corbeau de Dante étaient une ligne droite au-dessus de sa mine renfrognée.

— D, je suis ici avec toi. Je repars avec toi.

Ils étaient à deux pâtés de maisons du Pipe Room quand Dante lui donna un coup de coude.

— Lève la tête.

322

Griff fit comme indiqué et vit Tommy de l'autre côté de la rue assis sur les marches menant à une maison de ville. Il était tout emmitouflé contre le froid et il ne semblait pas avoir vraiment chaud.

Ils traversèrent la rue déserte vers lui. *Ça ne va pas être facile.* Dante passa une main dans ses cheveux alors qu'ils marchaient vers le petit homme.

— Hé, mon pote.

— Les gars.

Tommy leva les yeux, puis les baissa à nouveau sur le béton. Il portait son bonnet en laine bas sur son front et son col relevé. On lui avait enlevé quelques points de suture, et les ecchymoses sur son visage s'étaient estompées, pour la plupart. Son nez était encore un peu tordu. Et un cercle violacé persistait au-dessus de celui-ci, le résidu tenace d'un œil au beurre noir.

— Quoi de neuf, Dobsky ?

Griff s'approcha, tapant des pieds au sol comme s'il faisait plus froid que c'était le cas.

— Je pensais qu'on allait boire une bière.

Dante questionna Griff des yeux, puis s'assit à côté du petit ambulancier.

— Ouais, Tommy. J'ai soif et c'est moi qui invite.

— Ouais, non. Mauvaise idée.

La voix de Tommy était toujours étouffée à cause de son nez gonflé.

— Je n'ai pas trop la pêche.

Griff changea son poids d'une jambe à l'autre. Peut-être que ça avait été une idée stupide. Il avait cru que ce serait sain : trois amis prenant une bière, Tommy voyant qu'être gay n'envoyait pas nécessairement les gens aux urgences.

— Tu as mal, gamin ?

— Nan. Mais la seule façon de rencontrer quelqu'un ici c'est d'avoir l'air bien, et, euh, ce *n'est pas* mon cas.

Tommy semblait prêt à fondre en larmes, juste là, sur le perron de quelqu'un.

Argh.

— Ça ne posera aucun problème aux mecs là-dedans, crois-moi, hein ? Ils seront sympas. Merde, ils sont sympas.

Sujet délicat. Griff avait raconté à Dante sa précédente visite, mais la jalousie frémissait déjà.

Dante n'aimait pas ça et secoua la tête vers Griff.

— Aucun de nous ne cherche à brancher quelqu'un, hein ? Nous allons juste partager une bière dans un environnement sûr.

— Je ne peux vraiment pas entrer là-dedans. Seigneur, regardez-moi, dit Tommy en secouant la tête.

— Tu as été tabassé. Tu es toujours pas mal.

Il regarda Griff par-dessus la tête de Tommy comme pour dire, 'aide-moi un peu, là'.

— Je suis un monstre. Un putain de lâche.

Puis il se mit à pleurer.

— Mes gamins…

Aïe. Griff n'avait pas réalisé que l'ambulancier était aussi fragile.

— C'est bon. Hé ! Nous pouvons rentrer à Brooklyn, tenta-t-il.

— Hors de question, répliqua Dante en claquant des doigts devant les yeux de Tommy. Hé ! Hé. Laisse tomber la partie sur les apitoiements, hein ? Garde cette merde pour Oprah. Ressaisis-toi.

— Comme si ces mecs en avaient quelque chose à faire de moi, continua Tommy d'une voix creuse. Aucun des merdeux qui a pris son pied ne connaissait même mon nom. J'étais juste un bout de viande facile.

Griff déplaça à nouveau son poids dans la rue.

— Dante, vas-y doucement. Il est…

— … un grand garçon et il peut prendre soin de lui.

Dante se leva et le pointa du doigt sur les marches.

— Écoute, Dobsky. Tu veux rester assis ici dans le noir et te branler en regardant d'autres mecs vivre leur vie, et bien vas-y. Tu n'es pas mort !

— Allez… commença Griff.

Il savait ce que Dante essayait de faire, mais l'ambulancier avait l'air d'être à une corde du suicide.

— Allons juste…

— Va te faire foudre, Anastagio, lança Tommy sans le regarder. C'est facile pour toi.

— Ah ouais ? Facile, tu dis ? Merde, va te faire mettre ! J'en ai assez de ces conneries. J'ai pris le risque. Je ne suis pas curieux. Je ne suis pas un putain de héros parce que je veux l'être. Tu choisis de courir hors de bâtiments en flamme ou à l'intérieur.

Dante se leva, tourna les talons et s'éloigna. Il cria par-dessus son épaule.

— Crétin ! Tu choisis.

— Tommy…

Griff tendit la main dans l'intention de lui tapoter l'épaule, mais elle n'arriva jamais jusque-là.

— Va te faire foutre. D'accord ?

Tommy resta assis sur le perron, replié sur lui-même comme un ours en peluche abandonné avec un visage recousu et des yeux en colère comme des boutons.

Griff hésita, regardant la misère de Tommy un moment, puis suivit son petit ami à l'intérieur du pub tapageur.

Dante était au sommet de l'escalier quand Griff le rattrapa. Ils entrèrent et c'était exactement comme dans son souvenir. Même Sticky se souvenait de lui, en quelque sorte, l'appelant de l'autre côté du bar :

— Hé, le garçon de ferme !

— Mais que… ? murmura Dante à côté de lui, lançant un regard noir au barman depuis l'autre côté du bar, mesurant le potentiel des autres hommes exactement comme Griff l'avait fait la première fois.

Tout était différent maintenant.

Griff prit la main de Dante et la serra, ignorant son regard de surprise et hocha la tête à son attention. *Nous sommes en sécurité ici.*

Ils se faufilèrent à travers la foule vêtue chaudement, jusqu'au bar. Dante avait l'air sur les nerfs, comme s'il attendait que quelqu'un fasse un mouvement vers Griff, ressentant les yeux de tout le monde sur la viande fraîche. Ils arrivèrent jusqu'au barman qui se frottait les mains sur une serviette pendue à son épaule tatouée.

— Oooh, tu portes un kilt ! Tu me *tues*, mec.

Les yeux de Dante étaient noirs comme la pierre lorsqu'il évalua les abdos sculptés de Sticky, le tatouage lisse sur son biceps, le jean taille basse et les cheveux blond cendré.

— C'est mon petit ami, dit Griff en le voyant se raidir.

Il accrocha un bras musclé autour de Dante et le tira en avant.

— Dante, je te présente… Sticky.

— Stuart. Mais je serai aussi collant [14] que tu veux.

Sticky adressa un clin d'œil à Griff et tendit la main pour la lui serrer. Griff s'exécuta. Pas Dante.

---

14 Sticky fait un jeu de mot avec son propre nom qui signifie collant. (NDLT)

— M'as-tu apporté quelques pommes, fils ?

— Juste lui, répondit Griff en serrant la nuque tendue de Dante. Deux bières ?

Sticky hocha la tête et ses yeux passèrent rapidement de l'un à l'autre.

— Qui est-ce ? demanda Dante proche de l'ébullition. Je ne crois pas que je vais y arriver. Ce gamin te baisait des yeux.

— Tellement jaloux ! Comme si je pouvais voir quelqu'un d'autre que toi.

Griff leva les yeux au ciel et inspira profondément l'odeur des cheveux de Dante, s'en remplissant les poumons.

— Juste une seconde, allez. Au cas où Tommy changerait d'avis…

Un type plus âgé s'approcha, matant Griff, les yeux rivés sur ses mollets puissants sous les plis de son kilt. Il détailla Griff du regard, qui secoua la tête. Le mec plus vieux haussa les épaules et hocha la tête.

— Putain de kilt. Je le savais. Tes jambes.

Dante ferma les yeux et prit une grande respiration, écartant par la même occasion une mèche de cheveux de son visage. Il ressemblait pratiquement à un méchant de dessin animé, vert de rage.

— Imbécile, c'est toi qu'ils regardent, pas moi.

Dante se repositionna pour essayer de masquer le corps de Griff au regard des autres clients, s'utilisant lui-même comme bouclier.

— C'est parce que je suis *avec* toi. Je suis la concurrence. Ils vont m'évincer à coup de fléchettes empoisonnées. Ils attendent que j'aille aux chiottes pour pouvoir te filer un coup de massue sur la tête et te traîner dans leurs grottes gays.

Griff se sentait mal à l'aise d'être le plus expérimenté des deux pour une fois.

— C'est juste un bar. Ce sont juste des gars. Tu comprendras ce que je veux dire. Je te le promets. Nous n'allons rester que pour quelques bières.

Dante enrageait, totalement impuissant devant lui. Griff poussa les plis de son kilt contre le jean de Dante.

— Je vais porter cette chose partout si ça te met dans de tels états, dit-il en embrassant le visage surpris de Dante.

Apparemment, ils étaient la cause d'un peu de raffut, mais c'était pareil au Stone Bone. Les habitués remarquaient toujours quand de nouveaux poissons tombaient dans l'aquarium. Ils voulaient juste connaître leur histoire pour cancaner.

Une centaine d'yeux s'attardaient sur les cheveux de rock star de Dante, le kilt de Griff et leurs chaussures éraflées en essayant de recoller les morceaux. Leurs pensées étaient presque audibles : *impossible que ces deux-là soient de Manhattan. Sont-ils entrés par accident ? Ont-ils des ennuis ?* Et bon sang, une paire avait dû les reconnaître du site Internet.

Griff prit une décision, il se tourna et s'adressa à tout le monde dans le bar.

— Je suis à lui ! D'accord tout le monde ? Totalement à lui. Et vice-versa, ok ?

Quelqu'un se mit à rire à l'autre bout du bar. Plusieurs étudiants adressèrent à Dante un geste de félicitation malgré leur déception et retournèrent à leurs propres conversations. D'autres leur portèrent un toast.

— Heureux que nous ayons une réponse à cette question brûlante, hein ? dit Sticky en riant et en posant deux bières sur le comptoir. Bien sûr, un tatouage serait plus simple...

Dante sourit et allait dire quelque chose. Mais Griff lui lança un regard.

— N'y pense même pas. Je n'ai pas besoin d'une marque pour me rappeler ce que nous savons déjà tous les deux.

Il pressa la main de Dante et lui passa un verre.

Sticky regarda leurs bières.

— Vous voulez une ardoise, les mecs ?

Une voix basse parla derrière eux.

— Est-ce que je peux avoir la même chose ?

Tommy était là, ayant l'air lessivé. Il se débarrassa de son manteau et de son chapeau. Ses yeux étaient gonflés, mais il avait l'air de s'être lavé le visage et de s'être calmé.

— Désolé, les gars.

Sticky le regarda en clignant des yeux.

— Bien sûr ! Ouais, mec. Une seconde.

Autour de lui, d'autres hommes dans le bar regardaient les ecchymoses, les marques sur le visage et les bras de Tommy. Ils ne le regardaient pas avec dégoût, mais avec sympathie, avec respect. Ils savaient ce qu'ils voyaient, à quoi un… lynchage de gay ressemblait. Tommy essaya de ne pas faire attention au vif émoi que ses marques provoquaient.

Dante lui donna une rapide étreinte et l'embrassa sur la tempe, du classique Anastagio, et lui murmura :

— Dieu merci.

Sticky était de retour avec la bière.

— Ça va, mec ?

Tommy hocha la tête et Griff fit de même vers lui.

Foutrement courageux, c'est exactement ce qu'il est.

Un mec trapu avec un beau visage de bouledogue vint jusqu'au bar et lâcha deux billets de vingt.

— Je prends celle-là et les prochaines après ça.

— Nan. C'est pour la maison.

Sticky serra ses lèvres fines et secoua sa tête platine.

Les deux hommes eurent une altercation rapide et silencieuse pendant que Dante, Griff et Tommy regardaient. Griff reconnut le mec comme étant celui à la carrure de joueur de rugby de l'autre nuit… l'anniversaire du Marine.

— Euh, non. Je vais lui payer ses bières. S'il veut bien, insista le Marine.

Il se tourna vers Tommy, et ils étaient presque de tailles identiques.

— Si tu veux bien, ok ? dit-il en souriant timidement.

Tommy hocha la tête et sourit.

— Merci. Euh… ?

— Walsh, répondit-il en lui offrant une main aussi courte que celle de Tommy. Je m'appelle Walsh.

— Tommy. Et ce sont mes amis.

— Salut, dit-il en hochant la tête distraitement pour les deux autres, mais ses yeux restèrent sur le petit ambulancier. Je suis ici avec quelques potes, mais je voulais…

Ils attendirent une explication qu'il ne donna pas. Ses yeux s'agrandirent soudain et son visage vira au rouge.

— … t'offrir une bière, je suppose.

Walsh fronça les sourcils, secoua la tête et s'arrêta. Il hocha la tête dans leur direction et partit rejoindre son groupe.

— Bon Dieu, c'était quoi ça ? murmura Dante directement dans l'oreille de Griff.

Griff secoua la tête.

— Un mec sympa étant sympa.

Après un moment, Sticky parla.

— Son petit ami est mort. Il a été tué. Une bande de gamins avec des battes de base-ball.

328

Il regardait Walsh se frayer un chemin vers le coin bruyant d'où il venait.

— Ensemble pendant huit ans.

— Seigneur, murmura Tommy en le regardant lui aussi.

Dante leva sa bière et serra fortement ses lèvres un moment, observant Walsh avec ses amis.

— Mourir bravement. Vivre de la même façon.

Tchin. Ils portèrent un toast.

Tommy remarqua un Afro-Américain baraqué à côté du juke-box et leva son verre. Ils trinquèrent ensemble de chaque côté du bar. Puis d'autres hommes hochèrent la tête vers lui, saluant silencieusement l'ambulancier et levant leur verre. Tommy avait des amis mêmes s'il ne s'en rendait pas compte, même si aucun d'eux ne connaissait son nom.

Sticky frappa le bar avec ses jointures et regarda Dante et Griff.

— Laissez tomber les portefeuilles. Je vous offre les suivantes. C'est bon de te voir sain et sauf, mec.

Il tendit la main.

— Tommy, répondit l'infirmier en offrant une main meurtrie au barman.

— Stuart ou Sticky, se présenta-t-il avec un clin d'œil. C'est bon de finalement te rencontrer, mec.

Il essuya le comptoir et retourna travailler.

Griff regarda son petit ami.

— Pourquoi est-ce que tu ris comme ça ?

— Ce ne sont pas des connards en fin de compte.

Dante embrassa la pièce d'un geste de la main et lécha la mousse sur sa lèvre supérieure avec sa langue parfaite. Il accrocha un bras autour du cou de Tommy.

— En plus, depuis que cette buse les a distraits, ils ont finalement arrêté de se demander comment arriver sous ton kilt. Gagnant-gagnant.

Il agrippa l'une des fesses de Griff de son autre main et serra.

Griff soupira, mais il n'était pas agacé. Il pouvait tout à fait se faire à un Dante possessif.

Il contracta le globe dur sous la poigne de Dante et regretta de ne pas être à la maison dans leur lit.

Tommy avait l'air gêné.

— Les mecs, vous êtes plutôt... euh.

— Désolé.

— Sexy. C'est tout.

L'ambulancier tint son manteau devant lui.

— Désolé. Ça fait longtemps depuis…

— Eh bien, il va falloir t'y faire. Tu vas devoir traîner avec nous à partir de maintenant, déclara Dante en haussant une épaule.

Griff acquiesça et lui embrassa la tempe.

Dante sirotait sa bière et eut une autre pensée.

— Parce que tu ne peux plus jamais m'appeler 'le nain' quand nous sortirons avec Frodon ici présent.

— Hé ! lança Tommy, recrachant sa bière par le nez et le frappant derrière la tête.

Mais il se mit à rire, et Dante l'imita, puis Griff abandonna et se joignit à eux.

LE DÎNER de Thanksgiving avec ses beaux-parents. *Seigneur.*

Griff savait que cela devait arriver, et personne n'allait en mourir, mais il transpirait déjà rien que d'y penser, et les ptérodactyles avaient à nouveau élu domicile dans ses tripes. *Ressaisis-toi, idiot.* Lorsqu'ils grimpaient dans leur lit la nuit précédente, Dante lui avait dit qu'il fallait qu'il aille au nouveau marché aux poissons de Fulton aux premières lueurs de l'aube pour acheter ce qui lui manquait pour le cioppino : quatre heures du matin ou quelque chose d'approximativement aussi sombre. Ils avaient également acheté une petite dinde, mais en fait personne n'aimait vraiment ça sauf pour les sandwiches, donc le ragoût de poisson constituait le vrai repas.

Dante avait été désireux d'accueillir la fête, car il avait acheté sa maison, et après deux semaines de – plus ou moins – vie commune et de travail acharné, la salle à manger était finalement achevée et meublée. Seuls ses parents venaient. Ses autres frères et sœurs s'étaient excusés.

Il semblait important qu'ils aillent faire les courses ensemble ; c'était ce que faisaient les familles. Alors, même quand Dante s'était penché pour embrasser sa hanche crémeuse et lui avait dit de rester au lit, Griff en était sorti pour grimper dans la douche à côté de son Italien à moitié réveillé.

— Bonjour, dit-il en embrassant le visage heureux et surpris de Dante.

— Mmm.

Dante avait hoché la tête et enroulé les bras autour des épaules de Griff pour s'accrocher.

330

Se doucher prit bien plus longtemps et fit beaucoup plus de bien que cela aurait dû.

Dans le hall d'entrée, ils enfilèrent leurs lourds manteaux.

— Tu n'es vraiment pas obligé de venir.

Dante le regardait avec ses doux yeux scarabée, lui donnant son accord pour simplement traîner à la maison.

— Je serai de retour dans une ou deux heures.

Griff refusait de changer d'avis et le poussa à l'extérieur, vers son camion.

— Ce n'est que justice.

Le trajet prit environ quarante-cinq minutes, même avant le lever du soleil le jour de Thanksgiving. À nouveau, Griff eut l'étrange impression que faire cela ensemble était important.

Une fois qu'ils atteignirent le Bronx, ils se garèrent et traversèrent l'air gelé et argenté en se dirigeant vers les étals, les tables croulant sous la pêche du jour : des rangées et des rangées de poissons brillants – argentés, rouges et bleus – et de crustacés dans des tonneaux. Des centaines de personnes marchandaient et discutaient comme si ce n'était pas un jour de fête ou le milieu de la nuit, pratiquement.

Griff n'était pas capable d'aider beaucoup avec les achats, mais il pouvait porter ; il resta juste à proximité, à observer pendant que Dante plaisantait, marchandait et flirtait avec les vendeurs comme un présentateur de jeu télévisé. Mais bizarrement, Dante aimait le présenter aux gens comme son… homme, et regarder les filles balbutier et les mecs mesurer Griff du regard. À chaque étal, ils payaient ensemble, et cela semblait juste également. *Il est à moi ; je suis à lui.*

Thanksgiving.

Griff serra les bras contre sa poitrine pour se protéger du froid, mais il ne rougit pas et les yeux qui le regardaient se tenir là et simplement *appartenir* à Dante ne le mirent pas mal à l'aise. Depuis la séance photo avec Beth, il avait commencé à remarquer la façon dont les gens le regardaient du coin de l'œil. Comme il les avait vus regarder Dante. Étrangement, il se sentait plus calme, comme si sa propre peau lui allait mieux.

Étals après étals, Dante assemblait le cioppino, son plat favori. Griff voyait bien l'amour et le soin qu'il mettait à sélectionner tous les ingrédients. Cela avait peut-être été la chose importante, la partie dont Dante voulait qu'il soit témoin, cette attention aimante et prévenante. Pas

331

étonnant que ce soit son plat favori… toute cette affection et cette patience remuées ensemble.

Alors qu'ils en terminaient, une vieille femme chinoise qui leur avait vendu d'énormes crabes bleus leur dit :

— Quels beaux garçons.

Dante lui fit un clin d'œil et la remercia, puis se pencha et lui fit un baisemain comme un prince de conte de fées.

— Joyeux Thanksgiving.

Griff se dit que cela aussi pouvait jouer : Dante voulait qu'ils soient vus ensemble tous les deux, un endroit sûr. *C'est important pour lui aussi.*

Ils quittèrent le marché, s'assurant d'avoir tous leurs ingrédients alors qu'ils retournaient vers son camion avec leurs cageots et leurs sacs.

Dante ricana.

— Cette vieille bonne femme t'a donné des crabes.

— Pas du tout ! répondit Griff avec une grimace avant de le taquiner un petit peu en retour. Tu sais quoi, Anastagio ? Si moi je flirtais comme ça en échange de poisson frais, tu aurais malmené cette pauvre femme.

— Tais-toi, grogna Dante avant de hausser une épaule d'un air coupable et de sourire pour lui-même.

Il entassa leurs achats dans le coffre de la camionnette, puis la contourna pour grimper sur le siège passager.

Griff monta dans le camion et démarra.

— C'est drôle, dit-il, bizarrement cela ne me gêne plus. Parce que personne ne pourra plus jamais t'avoir, pas vrai ? Ce n'est pas carrément génial ? demanda-t-il en posant une main sur la cuisse de Dante et en la serrant. Je t'aime.

Dante commença à avoir une érection, encore. *Celui-là alors.* Il souleva un peu les hanches.

— Hum mm. Pas d'éjaculation dans mon camion aujourd'hui. Vous avez du travail, Monsieur.

Griff sourit et Dante croisa les bras sur sa poitrine en grommelant. Il ferma les yeux et fit semblant de faire une sieste en guise de protestation, mais son sexe frottait légèrement contre les doigts de Griff, recevant assez de frictions volées pour rester d'acier tout au long du trajet de retour.

L'aller-retour finit par prendre plus longtemps que les courses ; Griff s'en fichait complètement. Ils arrivèrent à la maison quand le soleil fut levé pour de bon. C'était comme une journée entière de plus.

Dante passa toute la matinée dans les préparations et la cuisson.

Griff conduisit jusque chez son père pour rapporter une nouvelle cargaison de vêtements et plusieurs autres choses qui lui avaient manqué : une pile de romans à suspense qu'il voulait lire, le reste de ses sous-vêtements, sa crosse de hockey. Cela le faisait flipper de voir le peu de choses qu'il voulait emporter de cette maison. Quelques jours après la séance photo, il avait finalement vu son père et en avait profité pour lui annoncer qu'il déménageait ; son père avait juste hoché la tête comme s'il avait attendu ça depuis dix ans.

— Il est temps, Griffin. Peut-être que maintenant tu peux trouver une autre femme.

Euh. Pas exactement.

Le temps de cette bataille viendrait, mais Griff avait assez de choses à gérer pour l'instant. Comme survivre au dîner de Thanksgiving.

Un jour prochain, bientôt, Dante et lui devraient parler au capitaine de leur caserne. Il était tout à fait dangereux pour eux de travailler pendant les mêmes quarts, ou dans la même caserne. Quelque chose devait changer à ce niveau-là, et ils avaient déjà pris la décision de faire tout ce qu'il faudrait.

Bien sûr, à ce moment-là son père le *découvrirait*, et donc ils devaient se tenir prêts. C'étaient des conversations qu'il redoutait, mais elles ne représentaient qu'une partie d'un prix qu'il était heureux de payer.

Le département des pompiers de New York était une boîte de conserve pleine de vers qu'ils ouvriraient prudemment ensemble.

Dans le pire des scénarios, il serait déshérité et prendrait une retraite anticipée, et le département, son père, et qui que ce soit d'autre qui brailleraient, pourraient aller se faire foutre avec une hache, des deux côtés.

Mais d'abord, il y avait le dîner avec sa vraie famille, les gens qui l'avaient élevé. Dans un certain sens, c'était la seule chose qui importait vraiment pour chacun d'eux.

Quand Griff arrivait à la maison, dans leur maison, il ouvrit la porte et cria :

— Je suis rentré !

Il déplaça les cartons dans ses bras et accrocha la lanière du sac plus haut sur son épaule.

Il ne reçut aucune réponse. Dante écoutait probablement de la musique ou était descendu au sous-sol pour aller chercher quelque chose.

— Bébé ?

Il grimpa jusqu'à leur chambre à l'étage et posa le couvre-lit et les cartons contre un mur tapissé bronze ; avant qu'il se relève, il entendit la voix de Madame A. par-dessus son épaule.

— Cela rend parfait sur les murs. Le bronze.

Elle se tenait dans l'obscurité du petit salon qui donnait sur le jardin de derrière. Elle fit un petit geste de la main en direction des murs. Elle portait un de ses tailleurs tricotés, celui-ci jaune foncé. Son ombre sinueuse était découpée contre la fenêtre du fond. Ses cheveux étaient relevés.

— Magnifique. Et les diagonales sont parfaites elles aussi. C'est une surprise. Un petit virage auquel on ne s'attend pas. Pas conventionnel.

Pas conventionnel ?

Griff n'était pas sûr qu'elle parlait toujours du papier peint et ne pouvait pas déchiffrer son expression. Il pouvait la sentir retourner le petit noyau dur de vérité tandis qu'elle en effleurait les bords en paroles, le testant en douceur. Il fit un pas vers elle.

— Bonjour, Madame A.

Elle se retourna, regardant les nouveaux murs dans les belles pièces, et alors que Griff s'approchait, il pouvait voir qu'elle souriait, plissant les yeux devant les bandes diagonales de couleur bronze autour d'eux. Elle se retourna vers la fenêtre, observant quelque chose dans le jardin.

— Dès que je l'ai trouvé dans la malle, j'ai su que *ce* papier appartenait à *cette* chambre, je n'ai pas…

Griff marcha jusqu'à se trouver à côté d'elle devant la fenêtre et regarda son délicat profil, le balayage de cheveux noirs qu'elle teignait toutes les deux semaines parce que la vanité et la beauté de son fils venaient bien de quelque part. Elles n'avaient pas surgi par hasard. Il retint son souffle.

— Je ne savais pas que c'était pour toi aussi, Griffin. Et je pense que j'aurais dû le savoir.

Elle semblait désolée, gênée et mal à l'aise et ne voulait pas croiser son regard. *Elle sait.*

Griff relâcha son souffle et prit une autre inspiration. Il avait envie de mentir, de s'expliquer, de s'excuser, de la rassurer, de fuir. Au lieu de cela, il garda la bouche fermée et laissa juste la graine de vérité germer entre eux, une pousse tenace luttant vers la lumière.

Je l'aime.

334

Il hocha la tête face à son angoisse, lui faisant savoir que tout allait bien, que tout irait bien. *S'il vous plaît, ne me le faites pas dire.* Il garda ses yeux gris sur la fenêtre, souhaitant qu'elle lève les siens.

Elle ne semblait pas être en désaccord pour l'instant, mais son regard restait verrouillé sur quoi que ce soit qui se trouve là en bas. Elle se tenait debout si près de la fenêtre que son souffle embuait la vitre froide.

— Et Dieu sait qu'il y a plus qu'assez de pièces pour aimer quelqu'un correctement, même si elles n'ont pas toutes des planchers ou des plafonds en état.

Elle jeta un coup œil au trou qui donnait sur la salle à manger, le trou qui avait permis à Griff de surprendre la conversation père-fils qui avait presque tout détruit.

— Ça va être une belle maison. Enfin, elle l'est déjà, je devrais dire, continua-t-elle.

Griff hocha la tête.

— Tous les gars de la caserne ont en quelque sorte donné un coup de main.

— Toi plus que quiconque, j'en suis sûr. Tu l'as toujours fait.

Elle hochait la tête à son attention, regardant toujours le jardin.

— Je crois que je suis plus vieille que je le pensais. Mais je comprends. Vois-tu ?

Griff regarda en bas lui aussi, passant une main sur le chaume de sa tête. Un sourire glissa sur son visage.

Sous eux dans le jardin, Dante parlait de quelque chose avec son père, l'air sérieux. Monsieur Anastagio faisait des gestes vers le mur de briques qui entourait le jardin. Dante hocha la tête et dit quelque chose qui fit sourire les deux hommes.

— Ça va être très difficile.

La voix de Madame Anastagio était basse, presque rauque. Le regardant finalement, elle prit sa large main dans la sienne délicate et la serra.

— Le monde est différent, mais les gens sont les mêmes, hum ?

Griff acquiesça simplement et la regarda, se sentant comme un géant stupide dans un conte de fées. *S'il te plaît. S'il te plaît, ne me le fais pas dire.*

Le sourire sur son visage était presque celui de Dante. Des larmes lui piquèrent les yeux, puis les siens, tandis que toutes ces choses impossibles passaient entre eux. Alors que la vérité envoyait profondément ses racines et projetait ses branches jusqu'à emplir la pièce silencieuse d'une impossible floraison.

Je l'aime.

— Donc vous devez vous aimer l'un l'autre très fort. Vraiment vous aimer très fort.

Elle pinça les lèvres et inclina la tête en direction de son magnifique fils et son père. Elle lui jeta un regard en coin de ses yeux doux, confessant un secret.

— Les hommes Anastagio ne t'abandonneront jamais. Loyaux comme des chiens enragés, c'est tout à fait eux. C'est autant une malédiction qu'une bénédiction parfois. Alors garde juste ce cœur grand ouvert.

Griff hocha la tête. Il comprenait presque. Il essayait, mais sa tête lui semblait gonflée et encombrée.

— Merci de le donner à mon fils, Griffin.

Elle leva une main et lui essuya le visage. Elle le pinça, secoua la tête, et se redressa pour lui embrasser la joue.

— Je suis si fière de toi. De vous deux.

Elle baissa à nouveau les yeux vers le jardin.

— Nous le sommes.

Tout est possible. Tout est possible.

Les oreilles de Griff bourdonnaient et son visage était chaud de larmes et les mots flottèrent hors de lui, brillant dans l'air…

— Je l'aime. Tellement.

— Je sais, dit-elle d'une voix qui lui sembla si calme et heureuse.

Puis elle s'assura qu'il l'entende.

— Et il t'aime.

À ce moment précis, Dante les regarda depuis le jardin et sourit à Griff. Il fit un geste de la main, son beau visage si fort et doux que le cœur de Griff gonfla jusqu'à remplir la pièce, la maison ; devenant si énorme qu'il pouvait à peine contenir cette énorme vérité grandissante. Sous eux, Monsieur Anastagio leva les yeux et leur fit lui aussi un geste de la main en hochant la tête pour le saluer.

Griff leva une main naturellement, puis se tourna pour lui faire une promesse, à cette femme qui lui avait sauvé la vie durant toutes ces années,

— Je ferais n'importe quoi pour lui. Tout.

Elle réfléchit à ça, le front plissé, mais ne dit rien.

Griff attendit de voir si elle avait une quelconque objection à ce plan.

— Est-ce que ça vous convient ?

— Si je disais non, alors je serais encore plus folle que mon fils.

Elle rit, essuyant ses yeux prudemment pour que le maquillage ne coule pas.

Griff se retrouva à vouloir lui dire que tout irait bien, que personne ne serait blessé, qu'ils seraient en sécurité et heureux… mais à la façon dont elle marcha avec lui dans leur chambre, admirant le papier peint de son père et les meubles élégants que son fils avait récupérés, elle semblait encore plus confiante que lui ne l'était.

La vérité ne cessait de grandir entre eux, robuste et luxuriante, remplissant leurs chambres et leur maison de promesses.

Griff resta immobile et expliqua le travail qu'ils avaient fait pendant qu'elle lui tapotait le bras. Il lui montra les parquets, le plâtre, les nouveaux moulages, le plafond d'étain qu'ils avaient gratté. À nouveau, il fut heureux de cette séance photo de dingue ; il ne se sentait pas maladroit ou gêné de se tenir debout à côté du lit, de leur lit. Mais elle non plus. Finalement, son traître d'estomac gronda.

— Tu as faim ? Moi aussi. Et Dieu sait que Dante peut te nourrir convenablement.

Madame Anastagio accrocha son coude au sien et le tira vers l'escalier.

— Allons voir s'il aimerait un coup de main.

— UNE SECONDE, dit Griff alors qu'ils passaient devant la salle à manger. Je crois que je vais aider à mettre la table.

Il indiqua de la tête le cliquetis de l'argenterie et des assiettes puis fit demi-tour et s'avança dans la pièce.

— Griffin.

Monsieur A. était juste derrière lui en train de porter une pile de bols. Et derrière lui, la table massive était dressée avec des couverts brillants en acier inoxydable et des assiettes dépareillées.

— Je me suis dit que j'allais donner un coup de main.

— Merci.

Le vieil homme lui tendit la moitié de la vaisselle et hocha la tête en souriant. Ensemble ils travaillèrent rapidement, disposant un bol en face de chaque chaise. Monsieur Anastagio n'aimait pas le silence, mais il ne racontait pas de plaisanterie ou de potins ni même ne se plaignait de ses voisins. Rien.

Il veut me tuer.

337

Griff se mordit la lèvre et essaya de trouver un sujet neutre. Il savait qu'il fallait que tout cela sorte au grand jour. À tout point de vue, cet homme l'avait élevé, et il ne voulait pas le décevoir.

Puis la table fut prête, et ils se trouvèrent chacun d'un côté à la regarder. Un moment passa, aucun des hommes ne sachant quoi dire à l'autre. *C'est une première.*

Enfin, le père de Dante tendit une main, le regardant droit dans les yeux, comme si Griff venait de demander la main de Dante en mariage, ou inversement.

Je le promets.

Avec un sourire, Griff la serra fermement et fut attiré dans une étreinte d'ours. Le soulagement le transperça, le laissant écorché vif.

Monsieur A. agita la main en direction de la cuisine.

— Est-ce que mon fils sert le cioppino ici ou dans la cuisine ?

— Laissez-moi aller voir.

Griff pressa son épaule et remonta le couloir en trottinant, suivant les odeurs délicieuses.

— Dante ! Ton père veut savoir…

Alors qu'il entrait dans la cuisine, Griff vit Madame Anastagio en train d'enlever le couvercle de la marmite et… – *Sainte mère de Dieu* – Loretta qui nettoyait le comptoir. Le sourire sur son visage flétrit. Que faisait-elle ici ?

— Je… commença-t-elle à chanter triomphalement. Le *savait* ! Je-le-savais-je-le-savais.

Elle fit claquer la serviette vers lui et laissa tomber les mains sur ses hanches, se réjouissant sans vergogne.

— Chut, Loretta.

Madame Anastagio lança un regard noir à sa fille à tendance hyperbolique alors qu'elle vidait le frigo.

Le premier instinct de Griff fut de bluffer.

— Que fais- … ?

Nous sommes juste amis. Je vais être son colocataire. Une paire de mecs célibataires. Coureurs de jupons. Dans leur garçonnière.

Il se mordit la lèvre pour s'empêcher de mentir : rien que la vérité dans cette maison.

— Je l'ai su par mon frère. Ne joue pas les attardés. Je ne suis pas là pour dire quoi que ce soit.

338

Loretta leva les yeux au ciel, à un souffle d'un aria suffisant de gloire bavarde.

— Imbécile ! Je savais que tu en pinçais pour quelqu'un. Et pour ma part, je pense que c'est foutrement fantastique.

Elle tendit la main et frotta de la poussière imaginaire de ses épaules.

La bouche de Griff s'ouvrit, mais rien n'en sortit. Puis cela vint.

— C'est vrai ?

Elle secoua la tête, sourit et l'étreignit.

— Eh bien, si je ne peux pas t'avoir, au moins l'un d'entre nous peut.

— Voyons !

Madame Anastagio ouvrit le four et sortit un plateau couvert de papier aluminium.

— Ma propre fille et elle n'a rien à apporter.

Madame Anastagio pinça les lèvres d'agacement. Elle souffla.

— Même pas du pain !

— Ma ! Il y a déjà trop à manger. Ils s'en fichent. N'est-ce pas, Griff ?

Loretta poussa la vaisselle pour faire de l'espace sur le comptoir.

Puis… *boum-boum-boum…* de petites jambes coururent vers eux depuis le couloir.

— Monstre !

Avec la loyauté folle des enfants, Nicole avait décidé qu'elle était excitée de voir Griff. Elle débula dans ses genoux.

Il la souleva et l'embrassa.

— Hé, moustique !

— On peut manger ? demanda Nicole en tapotant ses cheveux roux d'une main potelée.

Tape-tape.

— C'est doux.

Loretta gémit et écarta quelques boucles du visage de sa fille.

— Chez Dante, elle mange ! Argh. Et en plus il a un petit ami sexy. Je le déteste.

— Loretta…

Madame Anastagio leva les yeux et pria à voix basse en secouant la tête.

Des bruits de pas s'approchèrent depuis le jardin, puis sur les marches. La porte de derrière s'ouvrit en craquant, et les yeux de Dante étaient pleins d'excuses lorsqu'il regarda entre sa sœur et Griff.

Griff secoua la tête et sourit. *Tout va bien, D.*

Loretta renifla.

— Pfff ! S'il vous plaît ! Ce n'est pas comme si je n'étais pas la plus grande fille à homos du monde !

Dante sourit aussi, soulagé et s'avança pour murmurer.

— Tu es sûr ? Elle vient juste de commencer à...

Loretta agita une main vers lui.

— Je me sens stupide de ne pas l'avoir remarqué avant et de l'avoir encouragé...

Griff surprit tout le monde en éclatant de rire, un rire puissant qui brisa la tension.

— J'aurais souhaité que tu le saches.

Toute la tension quitta le corps de Dante. Madame Anastagio sourit à moitié. Griff rendit Nicole à sa mère qui jubilait.

— Ça nous aurait épargné beaucoup de stupidité, déclara Dante en poussant sa sœur.

— Ou pas, le contredit Madame A.

Elle se lava les mains dans l'évier, remontant ses manches.

— Parfois la stupidité doit venir en premier.

Elle les regarda tous les deux en se séchant avec un torchon.

Depuis l'avant de la maison, on entendit la télévision se mettre en marche avec vacarme. Une foule hurlait sous la voix d'un présentateur énumérant les statistiques. Du football et un estomac plein semblaient le paradis.

Dante se tenait à côté de lui devant le comptoir et lui demanda à voix basse en jetant un coup d'œil à sa mère.

— Tout va bien ?

Griff hocha la tête.

— Il meurt de faim, annonça Madame A. Tu veux qu'il tombe dans les pommes ? Il devient hypoglycémique, et ce n'est pas sain.

Elle tourna la tête pour crier.

— Agosto, est-ce que la table est mise ? Tu ferais bien de ne pas être devant cette télévision !

De devant la télévision, Monsieur A. poussa un grognement affirmatif. Sa femme secoua la tête, mais elle souriait.

Devant la gazinière, Dante vérifia le cioppino, soufflant sur la vapeur.

— Hé, pourquoi on ne mangerait pas simplement devant le match... ? Je plaisante !

Loretta leva les mains.

— C'est quoi le problème avec les mecs à Thanksgiving ? Quant à être gay, ne pouvez-vous pas au moins aimer les comédies musicales ou l'opéra ? Seigneur.

Elle avait dit le mot. Rien n'avait explosé. Le plafond ne s'était pas écroulé. Le monde continuait de tourner.

Griff rigola puis secoua la tête.

— Euh. Non. Désolé. J'aime ça seulement quand tu chantes et te mets à sautiller.

Loretta le frappa derrière la tête, puis une seconde fois. Ils se mirent tous les deux à rire. La sonnette retentit.

Madame Anastagio se retourna en l'entendant.

— Quelqu'un d'autre est attendu ?

— Un ami. Il ne savait pas… euh… il ne sait pas que c'est ouvert.

Dante trotta dans le couloir.

Griff termina la pensée en se dirigeant lui aussi vers la porte d'entrée.

— Il avait besoin d'un endroit où passer les fêtes. Il sait à propos, euh, vous savez, de *nous*. Et il a… quelques soucis avec sa famille.

— Eh bien, c'est parfait. J'ai dressé un couvert supplémentaire de toute façon. C'est un signe de bonne fortune d'avoir un étranger à dîner, annonça Monsieur Anastagio, émergeant de la salle à manger, comme si c'était un fait connu.

Peut-être que cela l'était. Il embrassa sa femme alors qu'elle sortait de la cuisine pour accueillir le nouveau venu.

Dante ouvrit la porte, rayonnant. Griff lui sourit, un peu à l'écart… *Une maison pleine, c'est un Italien heureux.*

Tommy entra et déboutonna sa parka. Presque un mois plus tard, les marques et les ecchymoses qui s'estompaient sur son visage étaient saisissantes à cause du froid. Les sutures au-dessus de son œil avaient l'air de démanger et étaient noires sur sa peau grise.

Griff pria pour que tout aille bien, pour leur bien à tous.

— Hé, mon pote.

— Salut.

Quand l'ambulancier vit les visages inconnus, son sourire s'estompa légèrement.

Dante commença à présenter sa famille, mais Nicole marcha droit sur lui et se présenta elle-même.

— Bonjour.

— Eh bien, bonjour, répondit-il en hochant la tête vers elle.

Puis, il regarda le reste de la famille, se tenant à part.

— Je n'avais pas réalisé que c'était…

— Ça ne l'est pas.

Madame Anastagio s'avança, lui prit la main et la serra.

— Nous sommes les parents de Dante. Et voici ma petite-fille, Nicole. Nous voulions être là pour le premier Thanksgiving des garçons *ensemble*.

Clanc. Comme une pierre tombant en place, les mots de Madame Anastagio donnèrent la permission à Tommy de se détendre et au petit ami de son fils une place dans son monde.

Dante s'illumina et avança pour prendre la main de Griff. Il la serra.

— Ouais. Et puis Loretta a débarqué parce qu'elle est trop chiante pour être invitée nulle part ailleurs de civilisé.

Le soulagement sur le visage de Tommy était sans prix. Griff pouvait voir les rouages tourner dans sa tête tandis qu'il enregistrait la scène : les deux hommes se tenant la main, la famille souriante, les odeurs venant de la cuisine, la grande et chaleureuse maison délabrée les gardant en sécurité et ensemble.

Tommy se défit de son manteau et dénoua son écharpe, les pendant sur la patère comme il l'avait fait une centaine de fois durant les nuits de football. Il était avec des amis.

Monsieur A. écarta les bras et dirigea toute la famille vers la salle à manger.

— Entrons à l'intérieur. Mon derrière osseux est en train de geler ici, et la nourriture ne va pas se manger toute seule.

Madame Anastagio prit le bras de Tommy et ils remontèrent le couloir vers la salle à manger. La table gémissait sous le poids de la nourriture. Le cioppino était sur le buffet, attendant qu'ils plongent dedans. Griff résista à l'envie. Ils se servirent et, un par un, trouvèrent une place autour de la table. Dante s'assit à la place du chef de famille, et Griff très consciencieusement choisit la chaise à l'autre extrémité. *Notre maison, notre famille.*

Quelque part dans la rue, un klaxon se fit entendre, et quelqu'un dépassa leur maison, écoutant Dean Martin dans une voiture dont les fenêtres étaient baissées.

— … some-body looooves you… [15]

---

15 'Quelqu'un t'aime' (NDLT)

Dehors, des enfants riaient... probablement les neveux de Madame Alonzo, jouant dans le jardin de quelqu'un pendant que les adultes regardaient le match auquel Monsieur A. essayait de ne pas penser.

— ... So find yourself somebody... [16]

Dante fit un clin d'œil à Griff assis de l'autre côté de la table. Une fois toute la famille servie et assise, il regarda sa sœur. Loretta joignit ses doigts et baissa la tête.

— Pour ce que nous sommes sur le point de recevoir, Seigneur, fais qu'il y ait des antiacides disponibles.

Elle se baissa rapidement avant que son frère puisse l'écraser comme une mouche.

Madame A. rit, mais eut la grâce d'essayer de le cacher en toussant derrière une serviette.

— C'est quoi atacide, Monstre ? demanda Nicole à Griff.

— C'est un médicament, moustique, chuchota Griff.

À l'autre bout de la table, Dante chuchota également.

— Parce que ta mère *est* une douleur d'estomac.

Loretta le frappa avec sa serviette en papier, puis ses parents laissèrent échapper leur rire.

Griff se contenta de sourire à Dante par-dessus la longue table.

Dante lui sourit en retour et lui fit un clin d'œil au-dessus du repas et de leur famille. *Je t'aime aussi.*

Tommy se pencha pour demander à Loretta :

— Pourquoi est-ce qu'elle l'appelle Monstre ?

— Longue histoire, répondit Griff en secouant la tête.

Loretta hocha la tête.

— Longue et effrayante. Au moins, il fait partie de la famille maintenant.

— Loretta ! Il en faisait déjà partie.

Son père avait l'air indigné au-dessus d'une pleine cuillère de bouillon.

Griff sourit à Loretta.

— Je comprends ce qu'elle veut dire.

— Moi aussi, dit Dante en hochant la tête et en articulant un mot gentil à sa sœur : *Merci.*

---

16 'Alors trouve-toi quelqu'un' (NDLT)

Tommy se leva et prit une cuillère de cioppino dans le bol de Nicole avec l'humour patient d'un parent expérimenté.

Loretta ne fut pas si silencieuse.

— À *une* condition.

Madame Anastagio se tourna pour dire quelque chose et Griff haussa les sourcils pour protester.

— Je veux être là quand vous, les gars, vous direz à Flip que vous êtes en fait un vrai de vrai couple gay.

Elle serra le bras de l'infirmier.

— Tommy peut faire la réanimation cardio-pulmonaire. Ok... ?

Tommy rougit et hocha la tête alors qu'il se rasseyait. Elle salua son frère avec une fourchette.

— Ça va embellir ma…

Elle marqua une pause pour regarder sa fille.

— … pu-naise de décennie ! Flip flippé !

Elle enfourna les pâtes triomphalement dans sa bouche. Son visage en train de mâcher était une telle caricature de contentement béat qu'ils rirent tous.

Monsieur A. piqua des haricots verts croquants au beurre. Ils vacillèrent sur sa fourchette alors qu'il les observait.

— Vous les gamins, vous êtes terribles.

— Mais… commença Griff, les yeux sur le sourire de pirate de Dante et disant ce qu'ils pensaient tous les deux : …très, très reconnaissants.

Au-dessus de Brooklyn, de Manhattan, et même de Ground Zero, le ciel s'assombrissait et le soleil se couvrait d'or. La fumée et le feu. Dix ans après que le monde se fut écroulé, toute cette folle ville était attablée pour dîner avec des survivants reconnaissants. Comme si New York était elle aussi reconnaissante.

PLUS TARD, quand le dîner fut fini et le match de foot gagné, leur petite famille repartit vers leurs foyers pour digérer leurs comas alimentaires.

Tout le monde avait participé au nettoyage de la cuisine et rangé les restes dans le réfrigérateur. Dante et Griff s'assirent ensemble dans le canapé un certain temps, à moitié assoupis, Dante adossé dans le cercle des bras de Griff. Ils se laissèrent dériver tous les deux, trop heureux pour bouger.

Quand il fit nuit noire derrière les fenêtres, Griff se réveilla et secoua son petit ami…

Petit ami !

… doucement.

— Bébé ?

Le visage de Dante était enfoui contre son torse bombé, le chaume bleu-noir de sa barbe commençant à se montrer. Il ressemblait à un charmant brigand de livre de contes. La courbe douce et heureuse de sa bouche faisait croire qu'il simulait, mais son souffle était profond et régulier. Il se blottit un millimètre plus près, mais continua de rêver.

— Bébé, répéta Griff en touchant sa mâchoire.

Dante roula la tête dans la caresse, mais n'ouvrit pas les yeux. Son sourire s'approfondit et il gémit.

— Mmm. J'ai fait le meilleur des rêves.

— Vraiment ?

— Ouais.

Dante se lécha les lèvres, et son front se plissa un peu comme s'il essayait de se rappeler quelque chose derrière ses paupières.

— Allons nous coucher.

— Mm 'kay. Bien.

Dante reposa son visage entre les pectoraux de Griff et s'assoupit à nouveau.

Griff rit et glissa une main le long du torse de Dante, suivant ce sentier au trésor jusque dans son pantalon. Il serra le membre mou niché là.

Dante s'arqua et gonfla dans sa main. Son sexe commençait à se réveiller, mais ses yeux restaient fermés.

— Ça faisait partie du rêve ça aussi.

— Ah oui ?

Griff le caressa jusqu'à ce qu'il soit dur et embrassa le sommet de sa tête ébouriffée.

— Ah mmm.

Dante rentra ses hanches pour se dégager de la grosse main. Il roula complètement afin de se retrouver entre les jambes épaisses de Griff et remonta un peu pour qu'ils soient face à face. Ses paupières étaient toujours fermées comme s'il essayait de voir quelque chose en elles.

— Qu'est-il arrivé d'autre ?

Griff inclina la tête et mordilla doucement sa lèvre inférieure jusqu'à ce que Dante frissonne et l'embrasse. Griff écarta une mèche du beau visage de son amant.

— Dans le rêve, poursuivit-il. Tu disais...

Dante secoua légèrement la tête, comme s'il essayait de faire remonter les souvenirs à la surface.

— Je ne sais pas... Je ne peux pas... me rappeler exactement. C'est drôle.

Griff lui embrassa un œil.

Dante le laissa faire, ses cils doux contre les lèvres de Griff. Puis il haussa les sourcils.

— Oh, ouais. J'ai presque fichu ma vie en l'air. J'étais amoureux de mon meilleur ami. J'étais cinglé, excité ; un truc impossible.

Griff embrassa l'autre œil. Cils, lèvres.

— Il s'est avéré que lui aussi. De la même façon. Et il m'a sauvé, chaque centimètre carré de ma personne. Comme s'il me sortait d'un immeuble en flamme.

— Tu es sûre que tu t'en souviens comme il faut ?

Griff frotta leurs barbes naissantes ensemble, lentement ; ça accrochait. Il lécha la gorge de Dante, la mordit légèrement.

— Oh ! Et il a accepté d'emménager avec moi. Et il m'a donné une photo super chaude, rien que pour moi. Et nous avions construit cette maison bizarre qui était la nôtre.

— Et une famille ?

La voix de Griff était rocailleuse alors qu'il respirait le parfum de Dante, remplissant ses poumons et soupirant de contentement.

— J'aime ce rêve.

Dante souriait et était pleinement éveillé maintenant. Il fit semblant de se rappeler, plissant les yeux.

— C'est vraiiii. Ensuite, notre famille était là et nous avons dîné.

Il ouvrit ses yeux noir-vert, souriant depuis les cinq centimètres qui séparaient leur nez.

Griff empoigna ses fesses rondes et pressa leurs hanches ensemble, il picora le lobe de Dante et gronda dans son oreille.

— Mm-hum. Je ne pense pas que c'était un rêve, Monsieur.

— Dieu merci ! Alors nous n'avons pas à nous lever.

Il replongea le visage sur la poitrine de Griff et serra ses côtes solides, se blottissant davantage.

Ils riaient tous les deux tranquillement sur le canapé où ils avaient pour la première fois....

Sans avertissement, Griff grogna et se leva, ses yeux gris étincelants.

— Hé ! protesta Dante en glissant le long de son corps. Où est le feu ?

— Juste ici, dit Griff.

Il plia les genoux et glissa ses bras sous Dante.

Dante se tortilla, chatouilleux.

— Seigneur ! Euh... M. Muir ? Vas-tu me transporter à l'étage et m'agresser ?

— J'en ai bien peur, M. Anastagio.

Il souleva Dante et le cala sur son épaule comme un poids mort, se dirigeant vers l'escalier.

— Allez ! Pose-moi par terre. Allez, G ! Je suis réveillé. Je vais marcher !

— Je ne voudrais pas que tu te réveilles au milieu de ton rêve.

Griff rit et fit claquer une main sur les fesses fermes à côté de son visage, prenant l'escalier rapidement et prudemment.

— Super romantique. Merde ! Au secours !

Il mordit les fesses de Griff et éclata de rire. L'escalier craqua sous leur poids combiné.

Puis ils furent dans leur chambre bronze. Dehors, la ville était calme ; une lune de la couleur d'un sablé planait sur les rues de Brooklyn.

— Monsieur, je suis un professionnel entraîné aux sauvetages.

Griff se pencha pour faire rouler Dante de son épaule sur leur lit gigantesque.

Dante se laissa tomber et souffla les cheveux de son visage en souriant. Il se redressa pour s'adosser contre les oreillers.

— Vous semblez ne pas réagir et avoir de la difficulté à vous mettre debout.

Griff le tira sous lui.

— Je veux tester vos constantes.

Il débarrassa rudement Dante de son pantalon et souleva sa chemise, léchant sa hanche jusqu'à son ventre puis jusqu'à son mamelon pour arriver à sa gorge et sa bouche. Il le maintint coincé sous lui, sourire contre sourire.

— Parce que je pourrais avoir besoin de pratiquer une réanimation cardio-pulmonaire.

Gardant leur bouche proche l'une de l'autre, Griff se débarrassa de ses chaussures à l'aide de ses pieds et enleva ses habits de fête en un temps

347

record pour que leur peau soit pressée exactement de la façon dont elle était censée l'être.

Oh !

Au moment où ils glissèrent l'un sur l'autre, ils gémirent tous les deux en réponse à la chaleur entre leurs deux corps, au désir qui les consumait jusqu'à la moelle, à l'assemblage parfait des deux pièces d'un puzzle qu'ils représentaient alors qu'ils se débattaient, joueurs.

— Maintenant vous ne devez plus lutter, Monsieur Anastagio.

Mais Dante continua de se tortiller, de rire et de ruer sous lui, en vain. On aurait dit le paradis.

Griff l'embrassa une fois, léchant ses dents, et essayant d'avoir l'air sérieux.

— Il se pourrait que vous soyez en état de choc.

Et juste comme ça, Dante s'immobilisa, les yeux grands ouverts, chaleureux et de la couleur sombre d'un scarabée.

— Je devrais l'être...

Il leva une main pour tracer les contours de la large poitrine de Griff, ses lèvres douces, ses cheveux de feu, puis en saisit une poignée pour l'attirer vers lui afin que leurs bouches ne soient à nouveau séparées que d'un centimètre.

— Je devrais l'être. Hein, G ? Mais je ne le suis pas.

Griff roula lentement sur le dos, entraînant Dante avec lui pour qu'il s'allonge au-dessus. Les boucles noires chutèrent autour de leurs visages, évinçant presque les murs bronze, les gardant ensemble, rien que tous les deux, respirant le même air, leurs lèvres s'effleurant simplement, s'effleurant... s'effleurant.

— Eh bien, murmura Griff. Je peux peut-être te choquer...

DAMON SUEDE a grandi en assumant fièrement son homosexualité au fin fond de l'Amérique d'extrême droite dont il s'échappa dès qu'il fut majeur. Il a vécu partout (Houston, New York, Londres, Prague) et a gagné sa croûte en tant que mannequin, livreur, promoteur, programmeur, sculpteur, chanteur, strip-teaseur, libraire, barman, expert en informatique, professeur, réalisateur… mais écrire a toujours été son gagne-pain. Il est heureux en couple depuis plus de dix ans avec l'homme le plus aimant, le plus beau, le plus malin, le plus hilarant et le plus noble qui soit sur cette planète.

Bien que nouveau dans la romance homosexuelle, Damon est écrivain à plein temps depuis près de vingt ans. Il a reçu quelques prix, mais compte plus souvent ses bénédictions : ses amis étonnants, sa famille démente, son mari magnifique, ses fans fidèles, et sa muse idiote, austère et séduisante qui continue de murmurer à son oreille, année après année.

Damon adorerait avoir de vos nouvelles. Vous pouvez le contacter sur :

www.DamonSuede.com, www.goodreads.com/damonsuede ou www. facebookcom/damon.suede.

Par DAMON SUEDE

Tête brûlée

Publié par DREAMSPINNER PRESS
www.dreamspinner-fr.com

www.dreamspinner-fr.com

Également par Dreamspinner Press

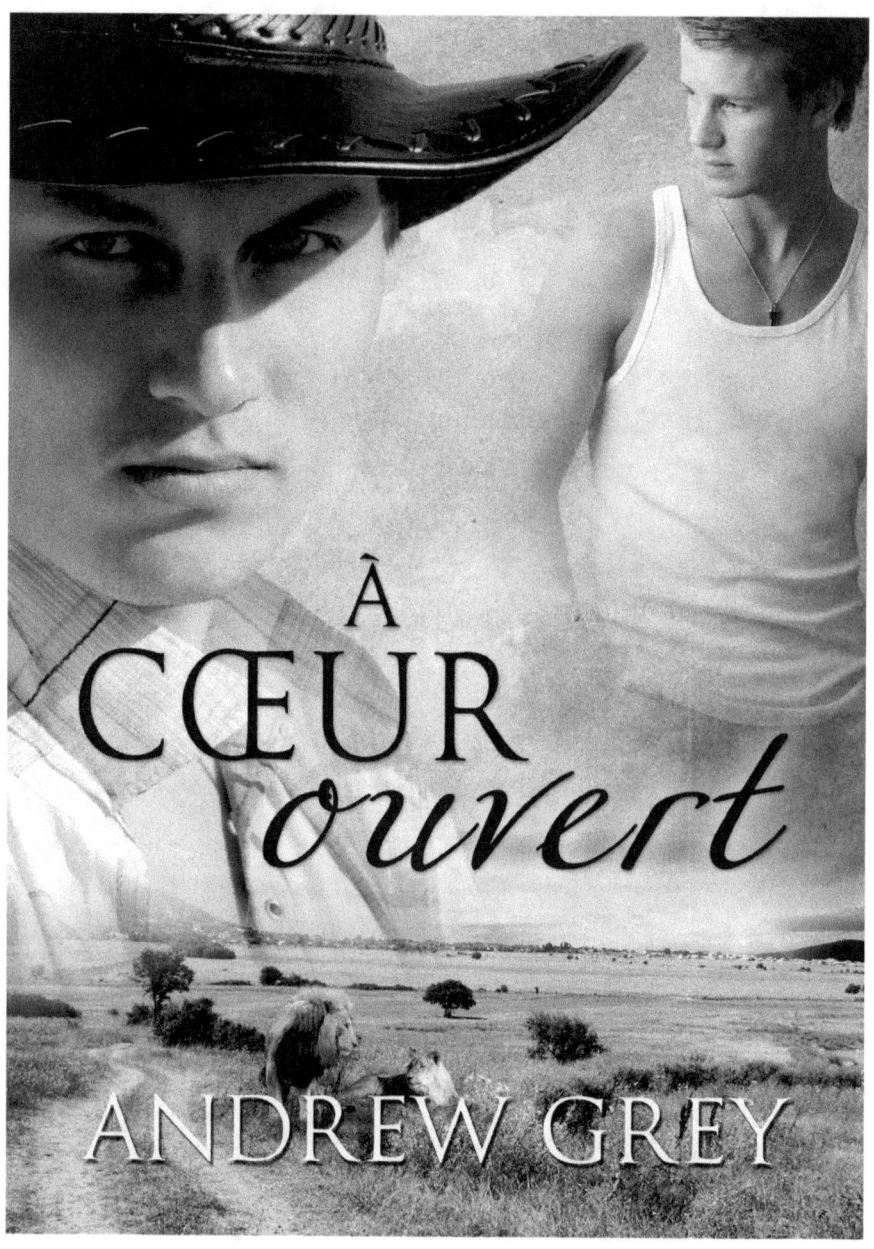

À
CŒUR
ouvert

ANDREW GREY

www.dreamspinner-fr.com